novum premium

Annelie Wiefel

NORDGEWITTER

… und wieder ist *Mord*!

Liebe Frau Kaiser,
ganz herzliche Grüße
sendet Ihnen Ihr ehemaliger
Nachbar.
   A. Wiefel
       Brambauer,
          8.4.2020

novum premium

www.novumverlag.com

Bibliografische Information
der Deutschen Nationalbibliothek:

Die Deutsche Nationalbibliothek
verzeichnet diese Publikation in
der Deutschen Nationalbibliografie.
Detaillierte bibliografische Daten
sind im Internet über
http://www.d-nb.de abrufbar.

Alle Rechte der Verbreitung,
auch durch Film, Funk und Fernsehen,
fotomechanische Wiedergabe,
Tonträger, elektronische Datenträger
und auszugsweisen Nachdruck,
sind vorbehalten.

© 2019 novum Verlag

ISBN 978-3-95840-950-7
Lektorat: Bianca Brenner
Umschlagfoto: Reinhard Wiefel
Umschlaggestaltung, Layout & Satz:
novum Verlag

Gedruckt in der Europäischen Union
auf umweltfreundlichem, chlor- und
säurefrei gebleichtem Papier.

www.novumverlag.com

Für Hille

Wir feiern das Leben!

21. April 1975

Kiel, Samwerstraße 28, 05:42 Uhr

Ein Geräusch weckt Anne aus ihrem traumlosen Schlaf. Ihr erster Blick fällt auf den Wecker auf ihrem Schreibtisch. Nein, zu früh! Das kann er noch nicht gewesen sein. Aber immerhin fünf Stunden ist sie abgetaucht in einen ohnmachtsähnlichen Zustand, zu dem ihr diese wunderbaren neuen Tabletten jeden Abend verhelfen. Manchmal gelingt es ihr sogar, geborgen in seinen Armen noch einmal wegzugleiten, nachdem sie sich am Morgen geliebt haben. Noch eine halbe Stunde Schlaf und Vergessen! Dann schafft sie es am Vormittag, für ein paar Stunden einen klaren Kopf zu behalten.

An so einem Morgen hat sie auch ihren Chef überreden können, sie wieder arbeiten zu lassen. Und eine Woche später dann noch ihren Psychologen. Mit jeder Faser sehnt sie sich zurück nach ihrem normalen Leben. Anspannung, Stress, Alltag. Wenn sie es nicht schafft, die Kraft aufzubringen, dorthin zurückzukehren, dann hat dieses Monster doch noch gewonnen. Es würde sie niemals aus seinen Klauen lassen.

Und gleichzeitig fürchtet sie nichts mehr, als wieder neuen Monstern gegenüberzustehen. Sich Gefahren aussetzen zu müssen, die sie in ihrem Beruf nicht immer kontrollieren kann.

Heute ist der Tag. Es wird von Neuem beginnen. Irgendwo wartet schon der nächste Mörder darauf, von ihr überführt zu werden. Irgendwo ein weiteres unschuldiges Opfer!

Die düsteren Gedanken treiben Anne aus dem Bett. Das frische, kalte Wasser in ihrem Gesicht nimmt ihr den Atem, aber es verscheucht auch die Gespenster. Langsam cremt sie ihren Körper mit einer wunderbar duftenden Lotion ein, die ihre Freundin ihr nach der langen Zeit im Krankenhaus geschenkt hat. Ein Tropfen Parfüm zwischen die Brüste und ein weiterer in den Bauchnabel. Dann streift sie das Seidennachthemd wieder über.

Gleich! Gleich würde er da sein! Seine Schicht endet gegen 06:00 Uhr und vom Krankenhaus sind es höchstens zehn Minuten mit dem Rad. Anne legt sich wieder ins Bett und lauscht. So früh sind nur wenige Autos auf der Straße, besonders auf der Olshausenstraße, die direkt zur Uni führt.

Wenn sie ihn nicht getroffen hätte. Sie kann sich nicht vorstellen, was aus ihr geworden wäre, ob sie es alleine hätte schaffen können. Da! Ein Bremsen! So früh am Morgen stört es auch noch keinen, wenn er wie ein Wahnsinniger über die Bürgersteige fährt. Um bei ihr zu sein!

Sein Fahrradschloss am Zaun! Dann der Schlüssel in der Haustür! Es ist jeden Morgen das gleiche Ritual, wenn er nach einer Nachtwache zu ihr kommt. Sie dreht ihr Gesicht zur Zimmertür. Da ist er auch schon in der Wohnung. Als er zu ihr ins Zimmer tritt, ist er bereits vollkommen nackt. Er gleitet unter ihre Decke, dreht sie sanft auf den Rücken und dringt sofort in sie ein. Sein Geruch nach Zitrone und Schweiß direkt über ihr betäubt sie von Neuem. Während sie sich bereitwillig seinen Stößen entgegenstreckt, verschmelzen sie zu einer Einheit. Seine starken Hände umfassen ihre Handgelenke wie ein Schraubstock. Die Decke gleitet zu Boden, als er sich aufbäumt. Dann Stille! Schweiß läuft aus seinem Nacken über ihren Körper. Sein Atem geht schwer an ihrem Ohr. Eine Stille, in der sie ihre Verschmelzung weiter vertiefen, sich gegenseitig atmen und schmecken, Körper an Körper. Eng umschlungen, ohne zu wissen, wo der eine aufhört und der andere beginnt.

„Heute mach ich dir Frühstück! Geh du in Ruhe duschen!"

So schnell wie er bei ihr im Zimmer war, ist er jetzt in der Küche und macht sich dort zu schaffen. Aus dem Radio hört sie leise Musik, während sie sich noch einmal auf die Seite dreht.

LKA Kiel, 10:21 Uhr

„Wenn ihr jetzt alle zwei Stunden fragt, wie ich mich fühle, stelle ich gleich einen Versetzungsantrag!"
„Na, ob dich jemand nimmt, wenn du so kratzbürstig bist?"
Hajo Bornemann, Annes Vorgesetzter im LKA, zeigt auf den Stuhl vor seinem Schreibtisch.
„Schon vergessen? Ich bin hier, um Mörder zur Strecke zu bringen! Da ist ein wenig Kratzbürstigkeit manchmal angesagt!"
Hajo hält den Daumen nach oben: „Ein Punkt für dich, Anne!"
„Was ist das für ein Fall, an dem Sven da gerade dran ist?"
„Das kriegt der ausnahmsweise mal alleine hin. Alles in Kiel, er braucht nicht für ein einziges Gespräch die Stadt zu verlassen. Wenn du dich da jetzt noch einklinken würdest, sozusagen auf den letzten Metern, hätte er wieder das Gefühl, es nicht alleine geschafft zu haben. War ganz gut für ihn, dass er mal ohne dich ranmusste!"
Das sieht Anne ein. Sie kennt ihren Kollegen Sven Timmermann schon lange. Für Fälle außerhalb von Kiel ist er kaum zu gebrauchen, weil seine Frau, Sabine, jedes Mal Stress macht, wenn er nicht zu Hause schläft. Und auch wenn er in Kiel leitender Ermittler ist, möchte er am liebsten Anne immer dabeihaben und sichert sich bei jedem Schritt doppelt und dreifach ab.
„Ich brauche dich woanders, Anne. Amtshilfe gewissermaßen!" „Amtshilfe? Bei welcher Abteilung?" Anne sieht sich schon bei den Schutzpolizisten für Kindergärten und Grundschulen.
„Ausland!"
„Ausland?"
„Färöer-Inseln, genauer gesagt!"
„Das ist ein Scherz!"
„Mein voller Ernst!"
„Hab ich mitzureden?"
„Nein!"
„Aber da ist doch dein Kollege, dieser Michelsen oder wie er heißt. Ich denke, der ist mindestens so patent wie du!"

„Thore Mikkelsen heißt der. Und klar, er ist fast so schlau wie ich! Aber leider hat er vor zwei Monaten einen schweren Herzinfarkt gehabt …"

„Ist er …?"

„Nein, nein, er ist auf dem Weg der Besserung. Unkraut vergeht nicht. Gerade aus seiner Kur in Dänemark wieder auf den Inseln."

„Na, dann ist doch alles bestens!"

„Eben nicht! Er müsste quasi sofort in Rente gehen, hat sein Arzt gesagt. Er hat aber noch keinen Nachfolger eingearbeitet. Der kommt erst Anfang Juli frisch von der Polizeischule in Kopenhagen nach Tórshavn!"

„Wohin?"

„Tórshavn ist die Hauptstadt der Färöer!"

„Nie gehört! Wo zur Hölle liegen diese Inseln noch einmal genau?"

„Da sieht man mal wieder, wie du mir immer zugehört hast!"

„Sag schon!"

„Du warst doch als Kind schon einmal auf Island! Wenn du von hier eine Linie nach Island ziehst und einen Bogen um Schottland machst, dann liegen sie auf halbem Weg zwischen Schottland und Island. Mitten im Nordatlantik!"

„Hört sich ja klasse an!"

Anne, die bei der Islandreise mit ihren Eltern eine Leidenschaft für nordische Länder entwickelt hat, kann trotz ihres sarkastischen Untertons eine aufkeimende Begeisterung nicht verbergen.

„Also definitiv nichts für Timmermann!"

„Definitiv!"

„Wie kommt man denn da hin?"

„Du kannst entweder mit dem Flugzeug von Kopenhagen aus fliegen oder mit einem Schiff hinfahren, zum Beispiel aus Esbjerg. Mit dem Flugzeug ist man zwar normalerweise schneller, aber auf den Färöern weiß man nie. Es kann auch sein, dass man dort wegen starken Nebels mehrere Tage hintereinander nicht landen kann."

„Auch im Sommer?"

„Auch im Sommer!"

„Oha! Und wie sieht es dort aus? Einsame karge Felsen, meerumtost?"

„Grün! Fast die ganze Landschaft ist grün und bergig. Ziemlich steil!"

„Island ist nicht besonders grün!"

„Dann ist das wohl anders!"

„Du hast deinen Kollegen doch schon einmal besucht?"

„Ja, das war 57. Mein schönster Sommerurlaub! Vier Wochen Natur pur!"

„Sag bloß, du bist gewandert?"

„Notgedrungen. Wir waren viel angeln und die Seen liegen nicht immer an der Straße oder besser gesagt an den Wegen!"

„Ich hätte trotzdem gerne Bedenkzeit!" Anne denkt an Christian. Kann sich eine längere Trennung von ihm kaum vorstellen.

„Du hast Bedenkzeit! Es reicht, wenn du Mitte Juli da ankommst. Das sind noch fast drei Monate."

„Mitte Juli, das hört sich gut an! Wie lange soll ich bleiben?"

„Wir hatten an etwa zwei Monate gedacht!"

„Das ist lange!"

„Du brauchst auch nicht die ganze Zeit dort zu arbeiten. Genieß die Landschaft und die Leute. Sie werden dir gefallen, denke ich."

„Welche Sprache spricht man da?"

„Es gibt eine Landessprache, aber du kommst auch mit Dänisch gut zurecht!"

„Das ich ja perfekt beherrsche …!"

„Mach doch einen Sprachkurs! Du hast ja noch Zeit, dann kannst du dich einigermaßen verständlich machen. Außerdem spricht Thore Deutsch!"

„Hmhh?"

„Anne, ich hab gehört, du bist jetzt mit jemandem zusammen?"

Anne blickt ihn an. „Und?"

„Vielleicht kann er sich ja so lange frei machen. Dann nimmst du ihn einfach mit!"

„Ich überleg's mir bis Ende der Woche!"

„Braves Mädchen!"
„Dann muss ich Sven ja noch länger alleine lassen!"
„Der hat ja zur Not noch mich!"

Tórshavn, 21:23 Uhr

Wäre an diesem ungewöhnlich lauen Frühjahrsabend ein Spaziergänger zufällig am Hafen unterwegs gewesen, hätte er hinter den Fenstern des großen Saales die Silhouetten eines Paares gesehen. Eines Paares im Tanz verwoben. Leise hallt die Musik aus einem offenen Fenster. Im Takt eines langsamen Walzers wiegen sie sich durch den Raum.
  Beide groß, elegant gekleidet. Die Frau den Kopf leicht zurückgelehnt, der Mann ihr zugewandt, fast vornübergebeugt.
  Ein Spaziergänger würde jetzt weitergehen. Ein verzaubertes Bild im Kopf und eine verträumte Melodie summend.
  Im Saal ist nur einer der Tänzer verzaubert, hingerissen von dem Duft der wunderschönen jungen Frau in seinen Armen. Von der betörend sinnlichen Aura, die von der Linie ihres Nackens unter ihrem locker hochgesteckten Haar ausstrahlt.
  Küssen möchte er ihn, sich in ihm vergraben, wie schon so viele Male zuvor. Jetzt ist sie die mächtigste Frau auf dieser Insel und sie gehört ihm. Ihm alleine!
  „Ich werde dich nicht teilen! Niemals!"
  „Du hast keine Ansprüche!"
  „Ich habe dich zu dem gemacht, was du jetzt bist!"
  Ein bitteres Lachen ist die Antwort.
  „Ich bin eine freie Frau, das bin ich immer gewesen, auch wenn du mich etwas anderes hast glauben lassen."
  „Vorsicht, Kleine ...! So schnell geht das." Er schnippt mit den Fingern hinter ihrem Rücken.
  „Ein Wort von mir, ein Geflüster! Und du bist nichts mehr!"
  Sie weiß, dass er recht hat.
  „Ich werde ihn trotzdem heiraten!"

„Er ist ein Waschlappen! Willst du einen Waschlappen zum Ehemann?"

„Ich liebe ihn, das weißt du!"

„Pah!"

Seine Lippen nähern sich ihrem Hals. Sie fühlt seinen heißen, gierigen Atem.

„Liebe!"

„Hast du nicht gehört? Lass das, ich will das nicht mehr!"

„Natürlich willst du!"

„Lass mich! Du bist ekelhaft!"

Abrupt lässt er sie los, so dass sie hart auf dem Boden aufschlägt. Er handelt jetzt wie in Trance. Sein Blick fixiert sie, als er zum Fenster hinübergeht, um es zu schließen. Sie versucht sich aufzurichten. Ihr Kopf schmerzt, dass ihr Tränen in die Augen schießen.

„Wage es nicht, Schlampe!"

Es werden nicht die letzten Tränen dieses Abends sein. Sie weiß, was der Unterton in seiner Stimme bedeutet, weiß, dass er keinen Widerspruch duldet.

Die Tür ist abgeschlossen.

Käme der Spaziergänger nun zurück durch die immer noch sehr milde Frühlingsnacht, er sähe nur noch das Licht im Saal brennen. Die Personen auf dem Boden sind von der Straße aus nicht zu erkennen, die Musik, die immer noch spielt, ist durch das geschlossene Fenster nicht zu hören.

Und auch kein Schrei!

3. Juli 1975

Tórshavn, 09:30 Uhr

Die Tür zu seinem Büro fliegt auf. Knallt gegen den Stuhl dahinter.
„Wer zur Hölle …? Ach …!"
„Du bist das Letzte! Das Allerletzte!!!"
Er eilt um den Schreibtisch und schließt die Tür hinter ihr.
„Aber mein Kätzchen! So wild? Du hast dich rargemacht in den letzten Wochen …"
„Du ekelhaftes Schwein! Ich werde mich von jetzt an immer rarmachen, für den Rest deines armseligen Lebens!"
„Komm, ich seh doch, wie sehr ich dir gefehlt habe. Diese Glut in deinen Augen!"
Er beugt sich über den Schreibtisch: „Sag schon, wie du es brauchst?"
„Ich brauche es wie Scheiße!" Mit einer einzigen Armbewegung von ihr ist sein Schreibtisch leergefegt.
„Du kannst mir nicht erzählen, dass dieser Waschlappen, den du jetzt überall deinen Verlobten nennst, es dir …"
„Dieser wunderbare, verständnisvolle Mann, den ich bald meinen Ehemann nenne, weil er mich in wenigen Wochen heiraten wird!"
„Aber Kätzchen! Das hatten wir doch schon besprochen! Das wirst du schön bleiben lassen!"
„Dann hättest du deine widerlichen Triebe besser im Griff haben sollen! Du Dreck!"
„Na na na! Nun mal friedlich! Sag nicht, du hättest es nicht genossen!"
„Keine Sekunde habe ich genossen! Niemals, und das weißt du genau! Ich könnte kotzen, wenn ich dich nur von Weitem sehe! Und jetzt ist es passiert! Glaubst du, unsere spießigen Mitbürger lassen mich das Amt mit einem unehelichen Kind weiter ausüben?"
Er sackt auf seinem Stuhl in sich zusammen.
„Mit einem …? Aber ich hab …"

„Nein, gar nichts hast du! Du warst viel zu gierig!"

„Er war das, der Waschlappen! Konnte seine Finger nicht bei sich behalten, der Dreckskerl! Den werd ich mir …!"

„Du wirst nichts tun! Überhaupt nichts! Er hat mich noch nicht einmal angerührt. Er ist nicht wie du! Kein bisschen!"

In ihrer vollen Größe baut sie sich vor ihm auf: „Halt den Mund, du …! Dieses Kind ist von dir, aber das wird nie jemand erfahren. Und wage es nicht, etwas gegen meine Hochzeit zu unternehmen! Dann wird es nämlich ein Geflüster von mir geben! Und dann bist du erledigt!"

„Keiner wird dir glauben!"

„Lass es darauf ankommen!"

Das Aufblitzen ihrer Augen sagt ihm, dass sie jetzt, nach den vielen Jahren, bereit wäre, den Kampf gegen ihn aufzunehmen.

16. Juli 1975

Nordatlantik, 15:43 Uhr

Esbjerg gerät langsam außer Sicht. Anne steht ganz hinten an der Reling des Frachters und beobachtet, wie die dänische Küste aus ihrem Blickfeld verschwindet, während sie sich weiter in den Nordatlantik bewegen. Es ist ein sonniger Tag. Die See ist ruhig und der Kapitän hat versprochen, dass es während ihrer Überfahrt so bleiben wird. Allerdings auf Dänisch. Und so hat nur Christian ihn wirklich verstehen können. Christian, der mit seinen Eltern viele Jahre in Kopenhagen gelebt hat. Christian, der sie jetzt tatsächlich begleitet. Auf ihrer Fahrt ans Ende der Welt.

Zwei volle Tage werden sie unterwegs sein, bis Thore Mikkelsen sie in Tórshavn in Empfang nehmen kann. Die Fahrt heute bringt sie gut die Hälfte der Strecke bis auf die Shetlandinseln. Dort hat Hajo ein Quartier für sie gebucht. Auf dem Frachter gibt es keine Gästekabinen. Und wahrscheinlich würde der Kapitän auch Einwände erheben, wenn sie mit einem Mann, der fast ihr Sohn sein könnte, in einer Kabine übernachtet. Was für eine Reise. „Da ist man ja fast schneller in Australien", denkt Anne. Wenn auch mit dem Flugzeug. Mit jeder Meile, die sich Anne weiter von Kiel entfernt, wird die Angst, die in den letzten Monaten ihr ständiger Begleiter war, weniger. Schon als sie das Schiff betreten hat, mit seinem väterlichen Kapitän und den wenigen Männern darauf, ist eine erste Last von ihr abgefallen. Und in zwei Tagen, nach einer so langen Fahrt, würde sie sich endlich wieder frei fühlen können. Hajo hat wirklich gewusst, was er tat, als er sie hierhergeschickt hat.

Christian stellt sich hinter sie, sagt ein paar dänische Worte. Anne sieht ihn verständnislos an. „Das ist nicht deine Sprache, stimmt's?"

„In der Tat! Dieser Sprachkurs hat mich nicht weit über das ‚Smörrebröd' hinausgebracht!"

„Dann werde ich die ganze Zeit für dich übersetzen müssen!"

„Der Polizist, dieser Thore, spricht ja Deutsch."

„Schade, ich dachte schon, ich wäre unentbehrlich für dich!"

„Heute Abend können wir erst einmal unser Englisch testen!"

„Warum sollten wir das tun?"

„Weil ich nicht gedenke, mich den wahrscheinlich einzigen Abend, den ich in meinem Leben auf den Shetlandinseln verbringen werde, im Hotelzimmer zu verkriechen."

„Das werden wir ja sehen!"

„Aber ganz sicher", lacht Anne.

17. Juli

Hafen von Lerwick, 06:23 Uhr

„Vielleicht hätten wir uns doch im Zimmer einschließen sollen, dann hätten wir ein paar Stunden Schlaf mehr bekommen."

„Ach was, ich sage ja immer, das wird total überschätzt." Anne gähnt herzhaft, während sie das Ablegemanöver beobachten.

„Vier Stunden ist doch schon eine ganze Menge!"
„Vier Stunden waren wir gerade mal auf dem Zimmer!"
„Stimmt auch wieder!"

Das kleine, viktorianisch angehauchte Örtchen scheint für den Besuch des Frachters aus einer Art Dornröschenschlaf erwacht.

Gespannt hat Anne am letzten Abend ihre Ankunft auf den Shetlands erwartet. Sie wusste, dass sie hier noch keinen Vorgeschmack auf ihr eigentliches Reiseziel bekommen würde. Im Gegensatz zu den Färöern mit ihren steilen Bergen und Kliffs sind die Shetlandinseln geradezu flach. Das Grün ist hier durchbrochen von hellen, abgeschliffenen Felsformationen. Nur Bäume sucht man auf beiden Inselgruppen vergebens.

Von Lerwick selbst hatte sie sich keine konkrete Vorstellung gemacht. Allerdings hätte sie sich über geduckte Häuser und Hütten, mit Gras gedeckt, weniger gewundert als über diesen durch und durch englischen Ort. Fast wie eine Vorortsiedlung auf dem Festland, hier mitten im Nirgendwo!

Und dann die Herzlichkeit der Menschen. Von jedem wurden sie freundlich angesprochen auf ihrem abendlichen Erkundungsgang. Zum Glück konnte Anne sich hier mit ihrem passablen Englisch problemlos verständigen.

Im Pub später fand dann fast so etwas wie eine spontane Feier für die wenigen Besatzungsmitglieder des Frachters und die beiden Passagiere statt. Als sich herumgesprochen hatte, dass Christian Medizinstudent ist, sah er sich auf der Stelle von potentiellen Patienten umzingelt, die ihn zu allen möglichen Leiden, vom Hammerzeh bis zum grauen Star, befragten.

Anne hingegen wurde lückenlos über die örtliche Kriminellenszene aufgeklärt, diese präsentierte sich in Gestalt von zwei Halbwüchsigen, die mehrmals auf ihren kleinen Mofas an dem Pub vorbeiknatterten. Kein Gedanke an Sperrstunde, als der Erste ein Lied anstimmte, und so saßen sie fast bis 01:00 Uhr morgens zusammen, lauschten den Inselanekdoten und stimmten in die Lieder ein. Selbstverständlich würden sie auf ihrem Rückweg hier wieder aussteigen, wie sie versprechen mussten. Und wenn das Schiff nicht anhielt, dass sie dann mitnehmen würde, sollten sie einfach ins Wasser springen. Irgendein Fischer würde sie schon herausziehen.

„Wenn ich fertig bin mit meinem Studium, dann lass ich mich genau hier nieder!", gähnt Christian.

„Und du wirst meine Sprechstundenhilfe und hältst nebenbei diese beiden Halbstarken in Schach!"

„Wenn das mal nicht sogar ein Fulltime-Job wäre!"

Während das Schiff den kleinen Hafen verlässt, winken beide noch einmal kräftig den Menschen dieser kleinen, vollkommen anderen Welt zu.

„Komm jetzt, wir haben gesellschaftliche Verpflichtungen."

„Captain's breakfast! Stimmt ja!"

Kapitän Jensen hat sich sein kleines Reich auf dem ansonsten sehr funktionell ausgestatteten Schiff ganz gemütlich eingerichtet. Durch ein großes Fenster hat er nach vorne freie Sicht auf die Brücke, und eine andere große Fensterfront erlaubt freie Sicht auf das Heck. Auf der einen Seite stehen ein Schreibtisch aus rotem Mahagoniholz, bedeckt mit allerlei nautischen Karten, und eine Sitzecke mit weichen, hellen Polstern aus dem gleichen Holz. Auch die Wände, an denen keine Fenster oder Bullaugen sind, sind holzgetäfelt, verschiedene Messinginstrumente hängen daran, die wohl mehr der Zierde dienen, denn vorne auf der Brücke kann Anne eine ganze Menge weiterer Instrumente entdecken.

Natürlich ist kein Stewart da, der ihnen servieren könnte. Der Kapitän hat alles selber vorbereitet. Kaum haben sie die kleine Kajüte betreten, ist Christian in ein Gespräch mit ihm vertieft. Anne kann nur ahnen, worum es jeweils geht. Segeln, das Leben in Kopenhagen, Fußball. Teilweise übersetzt Christian ihr ein paar Sätze, aber dann wird es ihm zu lästig und schließlich lässt er es ganz sein.

„Na prima", denkt Anne. „Vielleicht hätte ich diesen Dänischkurs doch etwas ernster nehmen sollen. Jetzt sitze ich hier und verstehe nur Bahnhof."

So lehnt sie sich stattdessen zurück und beobachtet die beiden Männer. Ihre Körpersprache! Wie macht Christian das nur?

Der Kapitän, der ihr bislang sehr wortkarg erschienen ist, scheint kaum zu bremsen. Christian hat diese Wirkung auf Menschen, auch auf ganz fremde. Das ist Anne schon vorher aufgefallen, nicht zuletzt bei sich selbst.

Bei so manchem Verhör oder bei Gesprächen mit Zeugen würde sie sich wünschen, die Menschen öffneten sich ihr ähnlich bereitwillig. Christian sitzt dem Kapitän gegenüber. Seine aufmerksamen Augen sind auf ihn gerichtet, ab und zu ein fragender Einwurf oder ein verständnisvoller Kommentar.

Christian interessiert sich für die Menschen, mit denen er es zu tun hat. Sieht sie nicht nur freundlich an, sondern nimmt sie wirklich wahr. Warum ist dieser Jensen so ein einsamer Wolf auf seinem Frachter im Nordatlantik geworden? Jetzt erzählt Christian von seinen Eltern. Seinen toten Eltern. Anne kann es an seinem Gesichtsausdruck ablesen. Und der Kapitän antwortet! Auch er hat einen lieben Menschen verloren! Seine Frau?

Anne weiß, dass sie von den hier vor ihren Augen und Ohren ausgetauschten Einzelheiten nichts zu hören bekommen wird, außer vielleicht einer kurzen Zusammenfassung der Fakten. Und das weiß auch Kapitän Jensen. Aber in ihrem Gespräch geht es lange nicht mehr um Fakten.

Was man Christian anvertraut, bleibt bei Christian! So einfach ist das, und trotz seiner Jugend hat er eine Lebensweisheit, von der Anne immer wieder erstaunt und beeindruckt ist.

Der Kaffee ist ausgetrunken! Nur ein paar Scheiben vom Rosinenstuten sind übrig. „Lecker, diese gesalzene Butter", denkt Anne. Ihr Körper folgt unweigerlich dem Auf und Ab des Frachters auf den Wellen im ewig gleichen Rhythmus.

„Hoppla!"

„Oh, entschuldige!"

Fast wäre sie von der Bank gerutscht. Sie muss eingeschlafen sein.

„Ich glaube, wir müssen uns entschuldigen! Kein Wunder, dass du einschläfst!"

„Vernachlässigung", gähnt Anne. „Die Folgen sind nicht zu unterschätzen!"

„Das sehe ich!"

„Oha, bin ich in die Butter gefallen?"

„Sieht ganz so aus! Geh dich mal waschen, das macht ja nun wirklich keinen guten Eindruck!"

Anne lacht. Christian lacht und auch Kapitän Jensen schmunzelt.

„Ich werde ja hoffentlich noch eine frische Bluse dabeihaben! Führt ihr mal eure Männergespräche weiter, ich geh an Deck!"

Färöer, 17:53 Uhr

In Anne kribbelt es. Seit einer halben Stunde tigert sie von links nach rechts über das Deck. „Du siehst aus, als stündest du kurz davor, einen neuen Kontinent zu entdecken!"

„Genau so komme ich mir vor! Da …!"

In der Ferne kommen die Silhouetten hoher Klippen in Sicht! Ein paar Möwen schließen sich dem Schiff an.

„Ich glaube, er ist noch unbewohnt!"

Christian stellt sich neben sie, nimmt sie jetzt in den Arm. Egal, was alle hier denken, auch er ist von ihrer Aufregung angesteckt und will ihr nahe sein.

„Vielleicht gibt es ein paar Ureinwohner!"

„Nicht da, wo ich hinsehen kann."

„Versteckt im Inland!"

„Hier ist überall nur Küste!"

Langsam, aber stetig nähert sich der Frachter den Inseln und Inselchen.

„Schären", meint Christian.

„Hmmhhh!"

„Norwegen ohne Bäume."

„Hmmhhh! Warst du schon mal in Norwegen?"

„Hmhh!"

„Mit wem?"

„Sie war blond, lieb, sehr lieb, etwa so alt wie du!"

„Deine Mutter!"

„Hmmhh! Jede Menge Gras hier!"

„Hmmmhhh!"

„Da!"

„Ein Ureinwohner?"

„Bestimmt!"

„Da ist sein Stamm!"

„Optimale Lebensbedingungen!"

„Wenn im Winter nicht zu viel Schnee liegt!"

„Hier wird es gar nicht so kalt, maritimes Klima und Golfstrom, das volle Programm!"

„Und im Sommer nicht so warm!"

„Heute schon!" Anne räkelt sich in Christians Armen. „… Schafsinseln!"

„Wie groß ist Tórshavn?"

„Etwa 11.000 Einwohner!"

„So viele Schafe hab ich alleine in den letzten Minuten gesehen!"

„Ich nicht!"

„Du verschließt die Augen vor der Realität!"

„Nein, vor der Sonne!"

„Da, erste menschliche Spuren!"

„Die ersten Siedler auf den Färöern sollen irische Mönche gewesen sein."

„In dieser Hütte … Wie alt mag die dann sein?"

„Wohl etwa 1.000 Jahre."

„So sieht sie aus. Was haben die gegessen?"

„Schafe!"

„Waren die Schafe vorher da?"

„Und Fische! Die waren bestimmt vorher da!"

„Die Mannschaft wird unruhig, weil sich hier keine Ansiedlung findet!"

„Du meinst Tórshavn ist das moderne Atlantis? Von Gras überwuchert?"

„Ich bau dir eine Höhle."

„Höhlen gräbt man!"

„Deinen geliebten Rosinenstuten kann man bestimmt aus Gras backen!"

„Ich glaube nicht, dass hier Wein wächst. Was genau dachtest du dann als Rosinen?"

„Hmmhh?!"

„Lecker!"

„Mandarinen wachsen bestimmt nur in Südlage!"

„Rhabarber wächst hier in jeder Lage, hab ich gelesen!"

„Dann musst du auf Rhabarber umsteigen!"
„Hmmmhhh!?"
„Da, das muss es sein!"
„Keine Höhle, schade!"
„Aber einige Häuser sind schon von Gras bedeckt, da vorne auf dieser Landzunge!"
„Da will ich wohnen!"
„Was für ein netter Ort!"
„So bunt!"
„Das gefällt mir!"
„So freundlich und friedlich und …"
Beide denken das Gleiche: Keine Monster in menschlicher Verkleidung!
„Hier bleiben wir!"
„Immer!"
„Kann man hier studieren?"
„Bestimmt!"
„Hmmhh! Kann man hier nette Frauen kennenlernen?"
„Nein!"
„Hmmhh!"
„Nur nette Schafe!"
„Können Schafe tanzen?"
„Nein, aber ich!"
„Da sind Menschen!"
„Nicht ein einziger Mönch?"
„Weiß man nicht!"
„Du meinst, es gibt verkleidete Mönche?"
„Mönche in Zivil!"
„Welcher ist wohl Thore?"
„Einer von den älteren Männern ohne Arbeitskleidung und ohne Tampen in der Hand!"
„Dann der!"
„Der hat eine Frau!"
„Das muss ja nicht seine sein!"
„Geliehen?"
„Gemietet! Vielleicht seine Haushälterin!"
„Wie lange ist seine Frau schon tot?"

„Ich meine, über fünf Jahre!"

„War sie älter als er?"

„Keine Ahnung! Sie war krank! Spekulierst du auf eine Haushälterin nach meinem Ableben?"

„Auf jeden Fall!"

Ein junger Mann, etwa in Christians Alter, geht eilig auf die beiden am Ufer Wartenden zu, während das Schiff mit seinem Anlegemanöver beginnt. Groß und schlaksig scheint er nicht zum Warten geboren. Er redet ununterbrochen auf die beiden Älteren ein und gestikuliert dabei so heftig, dass die vermeintliche Haushälterin einen Schritt zurücktritt. Aus einer Seitengasse kommt eine junge Frau mit einem Kinderwagen, einem Zwillingskinderwagen, genauer gesagt, und einem etwa dreijährigen Mädchen. Dieses läuft auf den schlaksigen Mann zu und versucht, an seinem Bein hochzuklettern.

Während Anne die Gruppe beobachtet, hat der ältere Mann sie auch entdeckt. Über den ganzen Tumult um sich herum sieht er ihr fest in die Augen und langsam breitet sich ein fröhliches Strahlen in seinem Gesicht aus. Anne lacht zurück und weiß, dass sie sich mit diesem Mann prächtig verstehen wird.

Christian, der sich von Kapitän Jensen verabschiedet hat, tritt wieder neben sie.

„Meine Güte, was für ein Empfangskomitee! Ist der junge Kollege schon verheiratet?"

„Anscheinend nicht nur das!"

„Eins, zwei, das müssen mindestens drei Kinder sein – der ist doch nicht viel älter als ich! Und die Frau sieht aus, als ob sie schon wieder mit Vierlingen schwanger wäre!"

In der Tat ist der große Kinderwagen nicht in der Lage, sie hinter sich zu verbergen, auf jeder Seite schaut noch ein wenig hervor.

„Christian!!!"

„Komm mir nicht mit Kindern! Ich möchte wenigstens erst Chefarzt sein!"

„Dann bin ich wohl Mitte 50!"

„Okay, dann brauchen wir die Haushälterin schon früher – und sie sollte jung sein!"

„Jetzt reicht es aber, sonst kannst du gleich mit deinem Kapitän wieder zurückfahren!"

„Hör doch mal auf, mich so anzuknuffen! Gleich sind wir da und ich möchte auch einen guten Eindruck machen!"

„Dann kümmer dich mal um unser Gepäck!"

„Dein Koffer ist mir zu schwer!"

Auch Anne verabschiedet sich von dem Kapitän, der sich plötzlich daran erinnert, dass er Englisch spricht, und sie dazu einlädt, in zwei Monaten wieder mit ihm zurückzufahren.

„Also wirklich!"

„Hast du in Lerwick noch ein Schaf mitgehen lassen?"

„Wenn du mich so anöselst ist der gute Eindruck gleich wieder dahin! Gib mir mal deine Tasche, du Held!" Doch bevor sie von der Gangway herunter sind, kommt schon der junge Polizist angestakt.

Er empfängt sie mit gestenreichem, aber wortarmem Englisch, während sie die wenigen Meter zu den anderen gehen.

Neben Thore steht tatsächlich seine Haushälterin, Olivia, und der junge Polizist, Aksel, hat seine Frau, Frida, und, wie unschwer zu übersehen ist, seine drei Kinder mitgebracht. Frida spricht ein deutlich ergiebigeres Englisch und begrüßt sie mit vielen Worten, während die kleine Katarina sich auf Christian stürzt und ein fröhliches „How do you do?" trällernd nun an seinem Bein hochzuklettern versucht.

Und über das ganze Getümmel hinweg strahlt Thore Anne an.

„Kommen Sie, liebe Anne! Ich möchte Ihnen Ihr Heim für die nächsten Wochen zeigen."

19. Juli

Tórshavn, 17:44 Uhr

In Tórshavn geht man zu Fuß. Thore hat kein Auto. Aksel nur den Polizeiwagen, und auch den nutzt er nur im Dienst. Meistens hat man es ja auch nicht weit.

So wie heute Abend auf ihrem Weg zu Thores Freund Svend und seiner Frau Astrid. Anne freut sich. Thore hat ihnen färingische Spezialitäten angekündigt.

Christian ist skeptisch: „Färingische Spezialitäten, das sind ja wohl traditionelle Gerichte! Und das Wort ‚färingisch' könnte darauf hinweisen, dass es Gerichte sind, die hier jemand erfunden hat."

„Aber das ist doch spannend!"

„Dann lass dich mal überraschen!"

Svend und Astrid wohnen in einem Haus am Rande der Stadt. „Wie ein Puppenhaus", denkt Anne. Die frische, blaue Farbe strahlt in den Abend hinein. Saubere, weiße Fensterläden und ein Grasdach. Ein niedriger Steinwall umgibt den Garten, in dessen hinterem Teil ein paar Schafe weiden. Die blühenden Stockrosen neben der Eingangstür machen die Idylle perfekt.

Svend ist das Ebenbild eines Nordmannes. Groß, blond, kräftig und still. Er wird an diesem Abend kaum etwas sagen. Nur wenn es in den Garten geht; der Schuppen und die Trockengestelle für Fisch, das ist seine Welt.

Astrid neben ihm wirkt zerbrechlich, reicht knapp bis an seine Schulter. Ihr schmales Gesicht ist umrahmt von einer lockigen, dunklen Haarmähne, die sie in einem großen Knoten gebändigt hat.

Und sie strahlt. Sie strahlt Thore an, sie strahlt Anne an und erst recht Christian, als der sie in akzentfreiem Dänisch anspricht. Ihr Strahlen reicht über sie hinaus. Macht sie größer als sie ist, ja fast größer als ihren Mann, der etwas unbeholfen neben ihr steht und sich zu fragen scheint, warum in aller Welt sie so viele Gäste einladen mussten.

Als sie über die Schwelle treten, fängt Astrid an zu reden, und als sie Stunden später gehen, kommt es Anne so vor, als hätte sie damit für keine Sekunde aufgehört. Ihre Stimme gehört zu diesem Haus. Melodisch und akzentuiert, wie ein Lied, das ununterbrochen durch alle Räume klingt.

Anne ist fasziniert davon, ihrem Klang zu lauschen, auch wenn sie mal wieder kaum ein Wort versteht. Und sie merkt, dass es Christian und Thore genauso geht.

Ein Esstisch ist in der gemütlichen Wohnküche gedeckt. Mit wunderschönem Kopenhagener Porzellan und altem Tafelsilber, und Anne fragt sich, ob das wohl typisch ist für eine Färinger Tafel.

„Astrid und Svend geht es ein bisschen besser als den meisten hier!", beantwortet Thore ihre unausgesprochene Frage.

„Und außerdem hat Astrid immer sehr viel Wert auf Stil gelegt. Vielleicht auch ein wenig anders als die meisten Leute bei uns. Aber sie konnte es sich ja wohl auch leisten."

„Wir haben Glück", mischt sich Christian ein. „Es gibt nur eine weichgespülte Variante von Färinger Köstlichkeiten. Das wollte Astrid unseren ungeübten Gaumen wohl noch nicht zumuten."

„Was du schon wieder hast! Sage ihr doch mal bitte, dass es ganz köstlich duftet."

Auf dem Tisch liegt ein frisch gebackenes Brot. Daneben steht eine Schale mit etwas, das wie Schmalz aussieht.

Als alle Platz gefunden haben, bittet Astrid für Anne zu übersetzen.

Und Anne erfährt, dass da vor ihr etwas auf dem Tisch steht, das früher zu fast jeder Mahlzeit gereicht wurde. Besonders bei den ärmeren Familien, und auf den Färöern waren das fast alle arm. Brot mit Schaffett.

Sehr einseitig und sehr fett hat man sich hier ernährt. Früher sind die Menschen deshalb auch nicht besonders groß geworden, erläutert Astrid. „Aber dafür sehr breit", ergänzt Thore grinsend.

Anne, die sehr gerne Schweineschmalz auf Brot isst, beißt voller Neugier in die dick bestrichene Scheibe. Christian ist vorsichtiger. Hat nur ein wenig von dem Schaffett auf den Rand gestrichen, und nach ihrem ersten Bissen wagt Anne im Stillen die Prognose, dass das alles bleiben wird, was Christian von dem fettigen Aufstrich probiert. Auch sie selber muss feststellen, dass sie jetzt mit weniger durchaus glücklicher gewesen wäre. Schaf hat doch noch mal seinen eigenen Geschmack. Und wo man zu Hause allenfalls einmal etwas Lammfleisch bekommt, merkt man sofort, dass dies hier die ausgereifte Variante ist.

Aber Anne kämpft sich tapfer durch ihr Brot und nimmt sich vor, bei den weiteren Gerichten zurückhaltender mit ihrer Probierportion zu sein.

Jetzt ist der Fisch dran. „Frisch könnt ihr ihn woanders essen. Bei mir geht es traditionell zu!", übersetzt Thore Astrids Ausführung.

Turrur fisk – Trockenfisch. Ohne den hätten die Färöer nicht Jahrhunderte überleben können. Fast jeder hat noch Gestelle zum Trocknen hinter dem Haus, die übrigens natürlich auch zum Fermentieren von Fleisch genutzt werden. So eine durchgereifte Hammelkeule, das wäre schon etwas Feines.

Der Fisch – ohne Kopf versteht sich – oder das Fleisch werden einfach geschützt vor Regen an die salzige Meeresluft gehängt, dann lässt man dort die Natur ihre Arbeit erledigen.

In anderen Ländern, etwa Italien, wird das Fleisch vorher gesalzen, damit es nicht verdirbt, meint Astrid etwas geringschätzig. Natürlich müsste man hier sehr Acht geben, aber genau das wäre die Spezialität der Färöer. Acht geben, dass nichts verdirbt. Früher hätten ganze Dörfer sich mit dem Trocknen des Fisches beschäftigt, den die Männer gefangen hatten. Der Fisch wurde auf den Wiesen ausgebreitet, ein älterer Mann stand Wache und beobachtete das Wetter. Wurde es zu feucht durch Regen oder auch Nebel, hat er schnell alle Frauen und Kinder zusammengerufen und der Fisch wurde wieder eingesammelt und geschützt gelagert. Sollte dann am gleichen Tag noch einmal die Sonne hervorkommen, ging die ganze Prozedur wieder von vorne los. Somit wurde hier auf den Färöern Trockenfisch von erlesener Qualität hergestellt und in alle möglichen Länder verkauft. Eine sehr wichtige Einnahmequelle, denn viele lebenswichtige Güter mussten auch eingeführt werden. Nicht zuletzt das Holz zum Bau von Häusern.

Anne sieht vor sich die vielen Färöerfrauen und -kinder, die auf ihren Dorfwiesen zusammenlaufen und den Fisch einsammeln, weil ein Regenschauer sich über die steilen Klippen nähert. Während Astrid erzählt hat, hat sie sich noch ein weiteres Stück Brot genommen – diesmal aber ohne Aufstrich, um den scharfen Geschmack ein wenig zu neutralisieren.

„Ich habe euch Kartoffeln dazu gekocht. Die müsst ihr aber wieder wegdenken", übersetzt jetzt Christian. „Die sind nämlich erst sehr spät zu uns gekommen und gedeihen hier auch nicht so besonders."

Auf den Tisch wandern jetzt verschiedene Platten mit Fisch, der in Streifen geschnitten ist und ein deutlich anderes Aroma verbreitet als vorher das duftende Brot. Und dann eine dampfende Schale, die Astrid aus dem Backofen holt mit einem Eintopf aus – wie sollte es anders sein – Trockenfisch!

„Aber der ist nur ein wenig fermentiert!", erläutert Christian weiter für Anne. Dann zeigt Astrid auf die zwei Platten, auf denen Fisch in unterschiedlichen Reifegraden liegt.

„Dieser ist nur anfermentiert, man nennt das bei uns reastur. Und der hier, na probier mal selber …!"

Anne probiert sich neugierig durch das fischige Angebot, und auch Christian will sich nicht die Blöße geben.

„Interessant", ist ihr Kommentar nach der ersten Portion. „Reastur, soso!" Gut, dass es Kartoffeln dazu gibt.

„Oha! Ungewohnt!" Das zweite Stück Fisch – man muss ja nicht so viel kauen.

Stolz präsentiert ihr Astrid die dritte Platte. Da hätten sie noch eine kleine Portion Walfleisch vom letzten Jahr. In diesem Jahr wurden ja noch keine gefangen. Auch der Wal verschwindet in Annes Mund und sofort taucht in ihrer Erinnerung ihre Mutter auf. Mit einem Löffel in der Hand. Stimmt ja, Lebertran kommt vom Wal.

„Bestimmt sehr gesund", schluckt Christian.

„Kartoffeln mit gar nichts dazu schmecken auch erstaunlich gut", denkt Anne.

Nur Thore scheint es wunderbar zu munden. Er lobt den Wal in den höchsten Tönen. Astrid lässt sich von den leicht verkrampften Mienen ihrer anderen beiden Gäste nicht beirren. Ihr Redefluss mit Erläuterungen zu der Färinger Küche plätschert über Anne hinweg. Christian kommt kaum hinterher mit dem Übersetzen.

Plötzlich erhebt sich der Hausherr. Als sei es jetzt genug mit dem Gerede.

Christian nimmt die verdutzte Anne an die Hand: „Es geht in den Garten."

Jetzt ist Svend an der Reihe. Mit Thore steht er schon neben den Trockengestellen, beide mit einer Pfeife bewaffnet.

„Das gibt noch mal ein krautiges Aroma!", flüstert Christian ihr zu.

„Hier, ganz frisch", meint Thore. „Gestern war Svend erst draußen".

Um sie herum laufen die Schafe.

„Was ist das da hinter eurem Garten noch für ein Trockengestell?"

„Das ist für Heu. Es ist meistens zu feucht hier, um es auf dem Boden trocken zu bekommen."

„Menschen gewöhnen sich an so vieles", denkt Anne. „Wir können ja nicht alle an der Mittelmeerküste wohnen und jeden Tag Nudeln oder Pizza essen. Da müsste es eine ganz schöne Menge mehr Mittelmeer geben!"

25. Juli

Tórshavn, 07:33 Uhr

Mjörki! Überall! So etwas hat Anne noch nicht erlebt. Dichter Nebel hüllt die Welt ein, in der sie jetzt leben. Dämpft das Sonnenlicht, das nur noch eine diffuse Helligkeit um sie verbreitet, dämpft die Farben der lustigen, bunten Stadt. Alles verschwimmt hinter einem grauen Schleier. So dicht ist der Nebel, dass Anne aus ihrem Fenster im ersten Stock des Dalavegur nicht mehr die Häuser auf der anderen Straßenseite erkennen kann und auch nicht den Kirchturm, der nur wenige Meter die Straße hinauf jeden Morgen ihren Blick auf sich zieht.

Und dann die Geräusche! Die wenigen Autos, die den Dalavegur hinunterfahren, oder die Menschen, die vor dem Haus vorübergehen und sich unterhalten. Der Nebel hat über alles sein weiches Tuch gedeckt. Er hat die Welt in Watte gepackt!

„Geht heute nicht zu weit weg alleine!", hat Thore ihnen geraten. „Im Nebel sieht alles anders aus, wenn ihr es überhaupt erkennen könnt."

Tórshavn gleitet in eine andere Welt, die Welt der Sagen und Mythen, die noch so lebendig sind in den Köpfen der Einheimischen. Jeden Abend hat Thore ihnen eine Geschichte erzählt.

„Zum Einschlafen sind die wohl weniger gedacht." Sie liegen im Bett. Es ist noch nicht spät. Gerade hat die Kirchturmuhr 21:00 Uhr geschlagen.

„Wer hat dir besser gefallen? Törndur, der Freiheitskämpfer? Ein Färinger ‚Che'!"

„Ja, aber er hat angefangen …"

„Er wollte nicht bekehrt werden. Das kannst du ihm ja nicht zum Vorwurf machen."

„Hat ja auch nicht geklappt!"

„Zwangstaufe mit der Axt an seinem Hals. Nette Überzeugungsleistung!"

„Sehr christlich!"

„Eigentlich waren das alles Wikinger."

„In ihrem inneren Kern, meinst du?"

„Ist ja dem guten Christen Sigmundur auch nicht so gut bekommen, die Aktion."

„Mündel von Graf Hákon und Getreuer des norwegischen Königs!"

„War das der erste Wikingerchrist, dieser König Olav?"

„Keine Ahnung! Was das für eine Kehrtwendung für die Wikinger war."

„Vielleicht waren sie das Rauben und Brandschatzen leid!"

Die blutige Saga der Färinger über die Christianisierung ihrer Inseln!

Anne und Christian sind gebührend beeindruckt.

„Erzählt man die Geschichte hier den kleinen Kindern?"

„Denk mal an Hänsel und Gretel! Rotkäppchen oder den Wolf und die …"

„Auch nicht nett!"

„Jorinde …!"

„Rapunzel …!"

„Hör bloß auf, da krieg ich Alpträume!"

„Das ist gut, dann kann ich dich beschützen!"

„Aber wecken darf ich dich dafür nicht? Stimmt's?"

„Ich kann besser im Schlaf beschützen!"

Christian dreht sich zur Seite.

„Heh!"

„Jaaah", gähnt er.

„Du musst mich noch beruhigen …!"

„Aufregen, meinst du wohl!"

„Hört sich auch gut an!"

„So?"

„Hmmmh!"

„Und so …?"

„Hmmmmmh! Noch besser!"

26. Juli

Tórshavn, Kalbaksbotnur, 08:44 Uhr

„Heute machen wir einen Ausflug!", empfängt Thore sie am Morgen.

„Angeln?", fragt Christian.

„Wir fahren ein Stück die Insel entlang in die nächste Bucht."

„Mit einem Boot? Bei dem Nebel?" Anne findet das Wetter schon an Land unheimlich genug.

Thore grinst sie nur an. „Wir können auch mit dem Auto fahren, aber dann müssen wir noch ein ganzes Stück hinunterklettern. Die Straße führt nicht die Bucht entlang!"

„Und wir haben kein Auto …!", wirft Christian ein.

„Könnt ihr denn überhaupt erkennen, wohin ihr eure Angeln werft? Nicht dass ihr euch gegenseitig an den Haken nehmt!"

„Ich denke nicht, dass in der Kalbaksbotnur auch Nebel ist. Mjörki ist meistens lokal begrenzt. Das wirst du schon gleich sehen, wenn wir ein Stück hinausfahren."

Eine Stunde später sind alle auf dem kleinen Boot versammelt und die gesamte Angelausstattung ist verladen. Anne ist ganz beeindruckt, welches Equipment man benötigt, um ein paar Fische aus dem Wasser zu bekommen.

Frida steht mit den Kindern am Kai und winkt, aber schon während des Ablegens ist sie kaum mehr zu erkennen. Vorsichtshalber stellt sich Anne direkt neben Thore, der gänzlich unbekümmert, aber immerhin hoch konzentriert aus dem Hafen steuert.

Und tatsächlich! Sie sind nur ein paar Minuten unterwegs, da lichtet es sich bereits. Als würde jemand ein Tuch anheben. In kürzester Zeit wird der Nebel merklich durchsichtiger und nach wenigen Metern ist er gänzlich verschwunden. Vor ihnen liegen das offene Wasser und ein wolkenverhangener Tag.

„Interessantes Schauspiel!" Anne dreht sich um und sieht dort die Nebelschwaden weiterhin so dicht wabern wie seit ein paar Tagen. Von Tórshavn ist nichts zu erkennen.

Thore erhöht die Geschwindigkeit und eine leichte Brise weht Anne die Nebelschwaden auch aus den Gedanken.

Sie fahren durch die Inselwelt von Tröndur und Sigmundur, dem Bewahrer und Freiheitskämpfer und dem Günstling des Königs und gleichzeitig Bereiter für ein neues Zeitalter. Traditioneller Glauben und Lebensweise der Wikinger gegen die revolutionär neue Idee des Christentums und der Nächstenliebe.

Wie haben Sie gelebt, damals vor tausend Jahren. Zwischen Schafen und Fischen und so viel Gras. Schaffell schützt vor der Kälte, ihr Fleisch füllt den Magen.

„Schau Anne! Siehst du die Vögel? Das sind Puffins!"

„Das sind was bitte?"

„Puffins! Papageientaucher!"

„Sind das Jungvögel?"

„Nein, sie flattern immer so! Sie sind ganz bunt um den Kopf herum. Ich zeige dir mal Bilder! Übrigens eine Delikatesse!"

„Wie? Ihr esst Vögel?" In Annes Kopf schwirren Möwen und Krähen umher. Christian unterbricht kurz seine Angeldiskussion mit Aksel.

„Was, vermutest du, sind Hühner, Frau Kommissarin?"

„Federvieh!"

„Sie schmecken ähnlich wie Hühnchen, unsere Puffins! Ich werde mal sehen, ob ich euch welche organisieren kann."

„Kaufen kann man sie nicht?"

„Die jungen Männer wissen, wo sie brüten, und da fangen sie ab und an welche. Du kannst dir vorstellen, dass das früher eine willkommene Abwechslung war."

„Lebhaft!"

Anne macht es sich bequem. Sie sitzt auf dem Vorschiff mit dem Rücken gegen die kleine Kajüte gelehnt. Christian und Aksel halten sich abwechselnd kleine, puschelige Haken vor die Nase und fachsimpeln offensichtlich darüber, mit welchem man die meisten Fische fängt.

„Was gibt es dort für Fische? In Kallba… na da, wo wir hinfahren?"

„Kalbaksbotnur! Da gibt es Forellen. Meerforellen. Und nicht zu knapp heute, schätze ich!"

Anne beobachtet das Ufer.

„Wohnt hier überhaupt noch jemand auf dieser Insel außer in Tórshavn?"

„Ein paar kleinere Orte gibt es weiter oben! Und ein ganzes Stück hoch an der Küste ist eine große Fabrik, unsere Walverarbeitung. Da ist es nicht so idyllisch wie hier unten, das kannst du mir glauben!"

„Ganz Europa regt sich auf, aber für euch ist das völlig normal!"

„Europa regt sich nicht darüber auf, wie seine Schweineställe aussehen."

„Die Schweineställe? Was meinst du damit?"

„Glaubst du, das ist lustig für die Schweine, in solch einem Mastbetrieb aufzuwachsen, nur um später von euch verzehrt zu werden? Oder die Legebatterien für Hühner!"

„Ich hab ja gar nichts gesagt!"

„Nein, aber ganz Europa meint, etwas über unseren Walfang sagen zu dürfen! Hier auf den Inseln ist ja nicht gerade das Schlaraffenland gewesen und da konnte so ein Wal schon einmal darüber entscheiden, ob ein bygdir, ein Dorf, über den Winter kommt oder eben nicht! Und was das bedeutet, könnt ihr euch auf dem Kontinent wirklich nicht mehr vorstellen."

„Aber warum fangt ihr ihn heute noch? Jetzt seid ihr doch voll eingebunden und habt noch dazu genug Geld, euch alles zu kaufen, was ihr braucht!"

„Siehst du, genau die Einstellung meine ich! Warum tötet ihr noch Schweine, wozu haltet ihr euch Rinder? Bei eurem Klima könntet ihr doch sogar so viel Gemüse anbauen, dass alle satt werden. Trotzdem esst ihr Fleisch!

Walfleisch ist bei uns ein Grundnahrungsmittel. So wie bei euch das Schweinekotelett oder das Brathähnchen. Warum ist es denn moralisch verwerflicher, einen Pilotwal zu töten, der sein Leben in Freiheit verbracht hat, als ein Kälbchen, das nichts anderes kennt als seinen Stall oder vielleicht einen Viehtransport? Und wer seid ihr überhaupt, dass ihr meint, der restlichen Welt eure Moral aufdiktieren zu können!"

„Mensch Thore, entschuldige! Ich habe mir nie so viele Gedanken dazu gemacht!"

„Nein, das müsst ihr ja auch nicht! Ihr seid ja die Guten. Da braucht man keine Argumente!"

Christian mischt sich ein: „Ich muss an dieser Stelle trotzdem noch einmal etwas einwerfen. Ich könnte euch besser verstehen, wenn die Wale auch Koteletts liefern würden."

Bei dem Gedanken an den färingischen Abend verzieht Christian immer noch das Gesicht.

„Aber die Meerforellen lasst ihr nicht vergammeln, bevor ihr sie esst?"

Jetzt lacht auch Thore: „Wir könnten es ja einmal versuchen. Das wäre bestimmt eine ungeheure Bereicherung!"

„Dann werde ich mich weigern, auch nur eine einzige aus dem Wasser zu ziehen!"

„Wir sind da. Das ist die Kalbaksbotnur."

Anne blickt in eine langgezogene Bucht, deren Ende noch nicht zu erkennen ist. Alles ist grün, nur unterbrochen von terrassenförmigen Felsgraten, die sich parallel an den Küstenbergen entlangziehen. Gemächlich steuert Thore auf einen kleinen Steg kurz vor dem Ende der Bucht zu. Einsamkeit, wohin man schaut. Selbst Schafe sind hier nicht zu sehen. Und sie sind doch nur ein kleines Stück von der Hauptstadt entfernt. Vielleicht so weit wie Eckernförde von Kiel!

Die Männer haben ihre Wathosen angezogen und verlassen jetzt mit einem Teil der Angelausrüstung das Boot. Sie werden sich zum Angeln ins Wasser stellen, das hier sehr flach ist.

„Fliegenfischen!", erläutert Christian.

„Ach, doch keine Forellen?"

Auch Anne hat sich Gummistiefel angezogen.

Während die Männer aufrüsten, beginnt sie am Ufer entlangzuwandern. Ab und an lässt sich jetzt sogar die Sonne durch die dichte Wolkendecke blicken und aus der Einsamkeit wird fast so etwas wie Idylle.

Wenn man es mag ... Anne ist sich noch nicht sicher, ob es ihr gefällt. Alles ist so anders hier. So ruhig und langsam.

Seit einer Woche begleitet sie Aksel bei seiner Arbeit für ein paar Stunden am Vormittag. Eine Diebstahlsanzeige, die sich in Wohlgefallen auflöste. Ein Falschparker und zwei Geschwindigkeitsübertretungen von Jugendlichen, die sich die Wagen ihrer Väter ausgeliehen hatten.

In Kiel passiert in einer Stunde mehr! Und es geschieht auch Anderes. Grauenvolles!

Auch hier gibt es Morde, hat Thore berichtet. Ab und an ... Aber die waren deutlich weniger spektakulär als so viele, die Anne schon erlebt hat. Alltagsmorde nennt Anne sie.

Und Entführungen? Hier wo jeder jeden kennt, wo die Menschen noch aufeinander achten! Schwer vorstellbar!

Hajo hat recht gehabt. Anne fühlt sich sicher. Hier lauert er nicht hinter jeder Straßenecke, der entsetzliche Unbekannte, der sie wieder in seine Gewalt bringen will. Seit Monaten bewegt sie sich zum ersten Mal ganz ohne Angst. Ob sie es schaffen wird, dieses Gefühl mit nach Hause zu nehmen?

Anne setzt sich auf einen großen Stein und beobachtet die Männer. Immer wieder sausen die Angelschnüre über das Wasser. Und schnell füllt sich der Eimer, der am Ufer stehen geblieben ist. Hier geht es zu wie an einem Forellenteich!

Selbst Aksel, der oft ein wenig linkisch und übereifrig wirkt, ist ganz eins mit sich und der Natur.

„Er wird ein guter Polizist sein", denkt Anne. „Er versteht es, auf die Menschen zuzugehen. Das ist wichtig, ganz besonders hier. Er hat ihr Vertrauen!" Denn bei aller Idylle, Anne ist es bewusst, dass gerade auf engstem Raum und bei großer Nähe Konflikte entstehen können, die in einem Kapitalverbrechen enden. Häusliche Gewalt, Eifersucht, Missbrauch, all das wird hinter verschlossenen Türen genauso stattfinden, wie an vielen anderen Orten auf der Welt.

Christian winkt. „Er ist fast genauso alt wie Aksel. Wo nur nimmt er seine Souveränität her? Seine Sicherheit und Ruhe. Mein Felsen!"

Langsam macht sie sich auf den Rückweg.

30. Juli 1975

Tórshavn, Dalavegur, 05:00 Uhr

Es ist dunkel und kalt. Anne liegt auf dem nackten Zementboden. Sie möchte schreien! Aber ihre Kehle ist so ausgedörrt, dass sie kaum mehr als ein Krächzen hervorbringt. Und wofür auch? Hat sie es nicht oft genug versucht? Dies ist ein so tiefes Verlies! Keiner wird sie hören, und könnte sie auch noch so laut rufen – aber sie kann keinen Laut von sich geben, so sehr sie sich auch bemüht. Die Minuten vergehen, während Panik sich wie ein enges Band um ihre Brust legt. Dann berührt ihre Hand einen warmen Körper …

Keuchend erwacht sie. Für einige Momente ist sie orientierungslos. Muss dieser Wahnsinn sie bis hierher verfolgen, bis ans Ende der Welt? Ihr Körper ist schweißbedeckt.

„Nachtschlaf wird sowieso überbewertet", denkt sie und gleitet leise unter der Decke hervor. Christian liegt noch genauso, wie er gestern eingeschlafen ist. Gestern? Wohl eher heute, am frühen Morgen. Ein Blick auf den Wecker verrät ihr, dass sie gerade einmal zwei Stunden im Bett verbracht hat. Der Geruch ihrer Liebe hängt noch im Zimmer. Leise versucht sie das Fenster zu öffnen. Als sie die Vorhänge zur Seite schiebt, begrüßt sie eine glutrote Sonne am Horizont.

Der Nebel ist verschwunden. Der Nebel, der sie tagelang hier eingeschlossen hat.

Jetzt ist sie frei. Kann laufen, wohin sie will. Muss keine Angst haben, dass sie sich verirrt. In der fremden Stadt. Mit diesen freundlichen Menschen, von denen kaum einer ihre Sprache versteht.

Christian hört nicht, wie sie in ihre Laufkleidung schlüpft. Er wird auch in der nächsten Stunde nicht erwachen. Es ist gerade einmal 05:00 Uhr am Morgen. Trotzdem legt sie ihm einen Zettel auf den Tisch. Sie weiß, dass er sich sorgen würde.

Die Straßen sind vollkommen ausgestorben. Ein paar Girlanden hängen hoch zwischen den Häusern. Gestern konnte man sie kaum erkennen, so dicht war der Nebel.

Anne macht ihre Dehnungsübungen und läuft dann los. Die Straße hinauf. Direkt in die aufgehende Sonne. Immer noch steht sie blutrot knapp über dem Horizont. Drüben im Kirchgarten auf der anderen Straßenseite ist noch jemand so früh unterwegs. Eine Frau sitzt in ihrer heimischen Tracht auf der Bank.

Anne kann ihr Gesicht gegen die Helligkeit der ersten Sonnenstrahlen nicht erkennen. „Vielleicht ist es die Bürgermeisterin", denkt Anne im Vorbeilaufen. „Groß und blond. Ob sie dort eingeschlafen ist?"

Ein Gedicht von Joachim Ringelnatz schleicht sich in Annes Gedanken. Ihre Füße übernehmen den Rhythmus der ersten Verse: Ein ganz kleines Reh stand am ganz kleinen Baum …

Ihre Schritte nehmen automatisch den Takt auf, als Anne an dem Kirchpark vorbeiläuft. Ein paar Häuser weiter ist die schlafende Bürgermeisterin vergessen.

Anne kann wieder laufen. Ihr Körper findet wie von selbst in den gewohnten Trab. Ein leichter Wind bläst ihr in das Gesicht und vertreibt die schwarzen Träume aus ihren Gedanken. Ohne ihr Lauftraining wäre Anne noch längst nicht so weit. Das weiß sie genau. Sie muss ihren Körper an seine Grenzen führen und den Wind durch ihren Kopf blasen lassen, nur dann findet sie zu ihrem alten Leben und zu der Anne, die sie einmal war. Nach wenigen Minuten ist auch das Reh wieder verschwunden.

Die Häuser gleiten an ihr vorüber. Eine bunte und freundliche kleine Stadt. So weit im Norden. Fast so weit wie das gewaltige Island, das sie als Kind mit ihren Eltern bereist hat. Und doch so anders. Weiter läuft sie hinauf, der Sonne entgegen, die sich ganz langsam und fast unmerklich immer höher erhebt.

Ende Juli hat sogar hier im hohen Norden die Sonne Kraft, die Erde zu erwärmen. Trotz der frühen Stunde genießt Anne die Wärme ihrer Strahlen. Von der eisigen, feuchten Kälte der letzten Tage ist nichts mehr zu spüren.

Höher und höher führt ihr Weg. Nach einer Weile ist schon das Ende der Stadt in Sicht. Erst noch vereinzelte Häuser, dann geht der Weg durch die nicht enden wollenden grünen Wiesen der Färöer Inselwelt. Sie schreckt ein paar freilaufende Schafe auf, die in eine Mulde gedrängt noch ein wenig gedöst haben.

Jetzt weiß sie, dass es richtig war, hierherzukommen. Hier wird sie es schaffen, sich zu befreien. Sie wird dieses Grün in ihren Kopf einbrennen, so dass es alles Schwarze, das sie gefangen hält, auslöscht.

Keuchend bleibt Anne stehen, dreht sich um und hat einen freien Blick über die ganze Bucht und die vielen kleinen Häuser einer der nördlichsten Hauptstädte Europas.

„Danke, Hajo, dass du mir das hier ermöglicht hast. Danke für diese endlosen Wochen, die noch vor mir liegen und die ich in dieser wunderbaren Landschaft mit diesen einzigartigen Menschen verbringen kann. Und mit Christian."

Der Gedanke an ihn zieht sie zurück. Zurück zu dem kleinen Zimmer im Dalavegur. Zurück an seine Seite. Hier können sie beide ganz offen und unbefangen zusammen sein. Keiner kennt sie aus ihrem anderen Leben und keiner belächelt sie.

Langsam macht sie sich wieder auf den Rückweg. Jetzt geht es in die Stadt hinein. Die Schafe haben sich verzogen, irgendwo hin in diese endlose Graslandschaft, wo sie nicht von frühen Läufern aufgeschreckt werden. Die Häuser am Straßenrand werden wieder zahlreicher. In einigen Gärten wachsen sogar kleine Bäume und geben der ganzen Stadt den Anschein, als würde sie sich als Kulisse für eine Modelleisenbahn bewerben.

Die Gärten sind sorgsam gehütet und gepflegt mit dem wenigen, das hier an Gemüse und Blumen wächst. Und auch hier sind die Vögel damit beschäftigt, mit ihren klaren Stimmen den frühen Morgen zu begrüßen.

Jetzt kann es nicht mehr weit sein. Gerade schlagen die Kirchenglocken. 07:00 Uhr. So lange hat sie gar nicht wegbleiben wollen. Von Ferne sieht sie den Kirchplatz und das kleine Reh springt zurück in ihre Gedanken.

Ein ganz kleines Reh
stand am ganz kleinen Baum
Still und verklärt, wie im Traum.
Das war des nachts elf Uhr zwei.
Und dann kam ich um vier
morgens wieder vorbei
und da träumte noch immer das Tier.

Joachim Ringelnatz

Anne ist am Kirchplatz angekommen und wie das kleine Reh aus Gips, das sich nicht bewegen kann, sitzt auch die Bürgermeisterin immer noch genauso wie vorher auf der Bank.

Als hätte jemand in einem Buch ein neues Kapitel aufgeschlagen, ist die leichte und fröhliche Stimmung wie weggewischt.

Anne bleibt stehen. Und wie von selber spaltet sie sich in zwei Persönlichkeiten. Die eine ist Frau Kommissarin Kogler, die auf einen Blick erkennt, dass hier etwas nicht stimmen kann. Kein Mensch sitzt fast zwei Stunden lang in genau derselben Haltung auf einer Parkbank. Auch nicht die kühle, selbstbewusste, wunderschöne Frau Bürgermeisterin.

Die andere ist die Anne, die gerade von ihrer morgendlichen Laufrunde kommt. Verschwitzt, erschöpft und mit sich und der Welt im Reinen. Mit dem Wunsch nach einer ausgiebigen Dusche noch einmal unter die Bettdecke zu kriechen und in Christians Armen dieser Welt zu entfliehen.

Aber Anne weiß, wer die Stärkere ist von ihnen beiden. Anne ist kein Mensch, der unangenehmen Situationen aus dem Weg geht. Nie hat sie sich versteckt, wenn es schwierig wurde. Nur einmal wollte sie fliehen – und da konnte sie es nicht.

Sie wischt sich den Schweiß aus den Augen und geht langsam auf die Frau zu, die mit leicht geneigtem Kopf auf der Bank sitzt. Ja, es ist die Bürgermeisterin. Das lockige, blonde Haar löst sich aus dem straffen Knoten, zu dem es am Abend vorher hochgesteckt wurde. Die leuchtenden Augen, die ihre Rede begleitet haben, sind geschlossen. Die roten Lippen blass, fast weiß, so wie die vor ein paar Stunden noch vom Tanzen gerötete Haut.

Als wäre sie an einem Gummiband befestigt, dass sie mit jedem Schritt stärker von hinten zieht, wird Anne immer langsamer. Die Kommissarin in ihr weiß längst, was die Frau nicht wahrhaben will. Vor ihr sitzt eine Tote.

Und das Blut, das überall an der Kleidung der Frau schon lange getrocknet ist, verrät ihr eindeutig, dass es irgendwo in dieser bunten, friedlichen Stadt auch einen Mörder geben muss.

Tórshavn, Dalavegur, 10:04 Uhr

Christian erwacht, als Anne das Fenster öffnet. Nur in ein Handtuch gewickelt steht sie da. Das Haar noch feucht. Von draußen auf der Straße dringen aufgeregte Stimmen hinauf. Das Fest von gestern scheint heute noch immer weiterzugehen.

„Na, mein Sonnenschein! Wohin ist denn der ganze Nebel verschwunden?" Er stützt sich auf die Ellenbogen und lächelt Anne an. „Mit dem blauen Himmel sieht es hier aus wie in Südspanien!"

Anne dreht sich zu ihm um. Vor zehn Minuten ist sie erst in das Haus zurückgekommen. Die Menschenmenge draußen wird immer größer. Erste Blumensträuße liegen auf der Mauer vor dem abgesperrten Kirchplatz.

„Was ist los da unten? Ich dachte, das Fest wäre heute vorbei?"

„Was da unten los ist, das glaubst du nicht! Komm, sieh mal selber!"

Christian schält sich aus der Decke heraus, in die er wieder einmal komplett eingewickelt war. An der Tür liegt Annes Wäsche, verschwitzt und staubig, in einem Haufen auf dem Boden.

„Sag bloß, du warst schon laufen? Wie spät ist es denn?"

„Eigentlich noch früh, gerade mal 10:00 Uhr. Laufen war ich schon um 05:00!"

„Wie, um 05:00?", kommt Christians Stimme aus dem Bad. „Dann hast du ja gar nicht geschlafen." Er steigt über ihren Wäschehaufen und schmiegt sich eng von hinten an sie heran, damit man ihn durch das offene Fenster nicht von der Straße sehen kann.

„Du sollst doch nicht alleine … Ach du … Was ist das denn?"

So schnell kann Christian nicht umschalten. Er ist es nicht gewohnt, überall wo er hinkommt gleich mit Verbrechen konfrontiert zu werden.

Die meisten Menschen kommen wahrscheinlich nie in ihrem Leben in Kontakt mit einem Tatort, den flatternden Absperrbändern, Kreidezeichnungen, die leblose Körper darstellen, und weinenden oder auch neugierigen Menschen, die sich hinter der Absperrung drängen.

„Was ist da passiert, Anne? Das sieht ja aus, als wäre da jemand gestorben!"

„Das sieht nicht nur so aus!"

„Mensch, Anne, das gibt es doch nicht! Wer denn?"

„Die Bürgermeisterin!"

„Diese blonde Wahnsinnsfrau?"

„Genau die!"
„Aber die war gestern noch quicklebendig."
„Ja!"
„So einfach stirbt man doch nicht, die war höchstens Mitte 30!"
„Ja, deshalb ist sie ja auch nicht so einfach gestorben, sondern da hat jemand ganz schön nachgeholfen."
„Ermordet?"
Anne nickt stumm.
„Ausgerechnet jetzt? Ausgerechnet hier? ... und du bist um 05:00 ... Du hast sie auch noch gefunden, stimmt's?"
Wieder nickt Anne.
„Schlimm?"
Jetzt braucht sie nicht zu nicken, Christian weiß die Antwort auch so. Liest sie in ihren Augen, wie er immer in ihren Augen liest.
Seine Arme umschließen sie fest.
„Da hat aber irgendein armes Mörderschwein aus dieser reizenden Stadt wirklich Pech, dass gerade du hier bist!"
„Das ist doch nicht mein Fall! Ich hab nur ..."
„Vielleicht nicht dein Fall, aber du wirst ihn trotzdem lösen. Ich sehe dir doch an, dass du schon die Fährte aufgenommen hast."
„Und was siehst du noch?"
Christian hält Anne einen Meter von sich weg und betrachtet sie lange Zeit.
„Du hast einen Mordshunger!", stellt er fest.
„Das ist noch untertrieben! Thore hat übrigens das Frühstück fertig. Wir können gleich hinunterkommen!"
„Okay, gleich!", antwortet er.

„Was für ein Schlamassel! Direkt vor meinem Haus! Und Hajo hat dich hierhergeschickt, damit du die Ruhe unserer idyllischen Inselwelt genießen kannst!"
Der Frühstückstisch ist auch zu dieser späten Stunde am Vormittag, als Anne und Christian endlich aus ihrem Zimmer kommen, noch reichlich gedeckt. Thores Haushälterin, Olivia, hat sich ausnahmsweise an einem Sonntag eingefunden, um seine Gäste zu verwöhnen. Sie ist bislang die Einzige, die Anne

und Christian ab und an mit einem abschätzigen Blick bedenkt, um sich dann jedes Mal mit fast unmerklichem Kopfschütteln wieder ihrer Arbeit zuzuwenden. Doch als Christian sie jetzt anstrahlt und nach einem fröhlichen „Moin, moin, Olivia!" in ein angeregtes Gespräch verwickelt, ist ihre missbilligende Miene wie weggeblasen und mit strahlendem Blick serviert sie ihnen beiden das frische Rührei. Wieder einmal wünscht Anne sich, sie hätte ihren Dänisch-Kurs in Kiel etwas ernsthafter betrieben.

Thore, der die ganze Zeit am Fenster gestanden hat, setzt sich zu ihnen.

„Sie haben sie gerade abgeholt!" Er stützt den Kopf schwer in die Hände.

„Zwei Morde, die ganzen Jahre, die ich hier gearbeitet habe! Und jetzt so etwas! … So etwas Brutales!"

Christian blickt ihn erwartungsvoll an. Anne hat ihn bisher mit näheren Einzelheiten verschont, und auch Thore schüttelt den Kopf.

„Lasst es euch erst einmal schmecken."

„Wie macht sich Aksel ‚Gründlich'?"

„Nachdem er den ersten Schock überwunden hat, ist ihm jetzt seine korrekte Art durchaus von Nutzen. Ich glaube, er blendet die Tote einfach aus und hält sich da draußen streng an das Standardprogramm. Damit wird er uns sicher helfen. Ich glaube, da war ich selber immer etwas schlusig, oder wie sagt man bei euch?"

„Schlusig trifft es ganz gut", lächelt Anne.

„Aber wenn du sagst ‚uns', meinst du dann ‚uns beiden' wird es helfen?"

„Na was hast du gedacht? Diese Frau da draußen ist unsere Bürgermeisterin. Sie war eine der mächtigsten Personen auf dieser Insel! Und unser Aksel ist noch ein Baby! Sieh ihn dir an, Anne! Er kann vielleicht wunderbar mit Akten und Vorschriften umgehen, aber Intuition, die muss er noch lernen."

Nachdenklich fügt Thore hinzu: „Ich hoffe, man kann Intuition lernen. Sonst sehe ich schwarz für Streymoy und Aksel!"

Ein Klopfen an der Tür unterbricht Thore in seinen Überlegungen.

„Herein!"

„Komm nur herein, Aksel!"

Als nichts geschieht, eilt Olivia zur Tür und lässt den wartenden Polizisten ein. Thore schüttelt den Kopf. Keiner wartet in Tórshavn hinter einer Haustür.

Anne steckt den letzten Bissen Brot in den Mund und versucht dem Bericht des jungen Kollegen zu folgen. Nach ein paar Minuten winkt Thore ungeduldig ab.

„Internationale Zusammenarbeit!", sagt er.

„Wir müssen zusehen, wie wir das hier zweisprachig hinbekommen. Für die schriftlichen Berichte sucht Aksel am besten einen Übersetzer. Wir haben da doch diese Deutschlehrerin am Gymnasium, wie ihr sagen würdet!"

Jetzt mischt Christian sich ein, der mit seinem letzten Bissen Rührei noch nicht ganz fertig ist.

„Meinst du die Dunkelhaarige, die gestern dieses rote Kleid anhatte?"

Thore nickt.

„Die darfst du nicht nehmen! Das ist doch eine Freundin eurer Bürgermeisterin."

„Wie kannst du das jetzt wissen?"

„Hab mich gestern mit ihr unterhalten. Während der Rede!"

„Na, da haben wir dann ja auch unseren verdeckten Ermittler!", stellt Thore fest.

Tórshavn, 12:33 Uhr

Eine Stunde später ist Anne mit Thore auf dem Weg zu den Eltern der Ermordeten. Für ihn ist es völlig selbstverständlich, dass sie dabei ist.

„So können wir den jungen Kollegen direkt in der Praxis einarbeiten. Das muss gar nicht einmal so schlecht sein!"

„Na ja", denkt Anne!

„Ihre Familie ist sehr bedeutend hier auf der Insel. Ihrem Vater gehört das Kaufhaus in Tórshavn und mehrere kleine Läden auf anderen Inseln. Ich denke, man kann behaupten, dass er ein reicher Mann ist. Mach dir mal selber ein Bild von ihm. Ihre Mutter ist leider sehr krank. Sie hat so eine Kopfgeschichte, schon seit ich denken kann. Ich glaube, das hat kurz nach Brigittas Geburt angefangen. Da war ich ja noch gar nicht hier auf den Inseln."

„Jetzt sind wir schon da! Schau, das ist das Haus! Prächtig, nicht wahr?"

Direkt am Hafen steht das Haus, in dem Brigitta aufgewachsen ist.

„Mit Blick in die weite Welt sozusagen …!"

„Wollte sie denn da gar nicht hin? In die weite Welt? Wenn ihr Vater doch genug Geld hatte?"

„Sie war ja da! Hat einige Jahre in Kopenhagen studiert und später wohl auch noch in Paris! Aber vor zwei Jahren ist sie wieder zurückgekommen. Hat sich hier so richtig politisch engagiert. Eine Ausweitung der Selbstverwaltung gefordert, da sind wir ja in vielen Bereichen immer noch eng mit Dänemark verknüpft, und sie hat sich auch für die Erhaltung färingischer Traditionen eingesetzt. Viele hier geben sich immer mehr ‚international'. Aber sie hat gesagt, dass die Färinger sie selber bleiben müssen, ihre Identität behalten, so etwas!"

Bevor Thore noch auf sich aufmerksam machen kann, wird die Tür schon von innen geöffnet.

Eine junge Frau in einfacher Tracht empfängt sie mit einladender Geste, und Anne versteht, dass man offensichtlich bereits auf sie gewartet hat.

Das Haus ist groß. „Sicherlich eines der größten hier auf den Färöern", denkt Anne. Alleine die Eingangshalle wirkt riesig nach den kleinen Räumen, die sie in Thores Haus kennen gelernt hat. Dunkler, mattpolierter Parkettboden steht im Kontrast zu hellen, kunstvoll in skandinavischer Tradition gewebten Flickenteppichen.

Auf der rechten Seite des Raumes steht wahrhaftig ein kleines Ruderboot, von dem Thore ihr später erklären wird, dass es dem Ururgroßvater von Brigittas Vater gehörte, der damit im 19. Jahrhundert den Grundstock für den Familienbesitz erarbeitet hat.

Ein Bild auf einer Staffelei dahinter zeigt einen bärtigen, wettergegerbten Mann neben seiner Frau in der Nationaltracht und eine auf den ersten Blick unüberschaubare Anzahl von Kindern.

Die schlichte Eleganz dieses Raumes wird einzig durchbrochen von einem unglaublich prächtigen Kronleuchter, der im hinteren Teil der Halle über der breiten Treppe hängt, die in das obere Stockwerk führt. Bei seinem Anblick fühlt Anne sich in ein orientalisches Märchenschloss versetzt. Das Sonnenlicht, das aus der oberen Etage auf ihn fällt, lässt tausende Glassteine wie wertvolle Diamanten in allen Farben funkeln. Sie glaubt fast, ein leises Klirren zu hören, das wie Musik durch die Halle klingt.

Während Anne in ihre Betrachtung versunken noch immer am Eingang steht, ist die junge Frau zu einem der hinteren Räume geeilt. Von dort heraus tritt ein stattlicher Mann, dem man die Verwandtschaft mit dem Fischer auf dem Bild auf den ersten Blick ansieht. Seine weiße, wilde Haarmähne lässt Anne an einen Löwen denken. Auch seine federnden, kräftigen Schritte haben etwas von einem Raubtier. Strahlend blaue Augen blitzen erst sie an und ruhen dann auf Thore, dem er ein warmherziges Lächeln schenkt. Nur seine Haltung verrät, dass der Tod seiner Tochter ihn sehr schwer getroffen haben muss. Seine Schultern tragen eine schwere Last. Und seine Stimme klingt zitternd und gebrochen.

Annes Aufmerksamkeit ist so gefangen von den ersten Eindrücken, die ihr dieses Haus und sein Bewohner vermitteln, dass sie fast erschrickt, als er sich jetzt an sie wendet: „Willkommen auf unseren schönen Inseln und in meinem Haus, Frau Kogler!", empfängt er sie in fast akzentfreiem Deutsch.

„Sie sprechen Deutsch", ist Annes verwirrte Antwort.

„Ich bin Geschäftsmann, Frau Kogler. Bitte kommen sie doch mit in unsere Bibliothek!"

Er führt sie in den gleichen Raum, aus dem die junge Frau ihn gerade geholt hat. Als er ihnen voran über die Schwelle tritt, glaubt Anne an seinem Wesen eine neue Nuance wahrzunehmen. Der wilde Löwe, der sie eben mit kräftigen Schritten durch die Eingangshalle geführt hat, ist in diesem Raum eingesperrt. Seine Schritte sind klein geworden, seine Bewegungen ruckhaft und angespannt.

Anne blickt sich um. Auch die Bibliothek ist nicht klein. Ein großes Regal auf der gegenüberliegenden Seite, bis auf den letzten Platz gefüllt mit Büchern, beweist, dass sie ihren Namen zurecht trägt. Licht flutet herein durch große Fenster, die einen Blick in den Garten hinter dem Haus freigeben. Der wuchtige Schreibtisch vor den Fenstern ist sicherlich der Arbeitsplatz des Hausherrn. Ein großer Wollteppich in roten und orangen Farbtönen macht den Raum zu einem warmen, behaglichen Ort. Was ist es also, was das Raubtier, wie Anne ihn für sich selber nennt, in diesen Wänden gefangen hält?

In diesem Moment tritt eine zarte Gestalt aus dem Garten durch die offene Tür herein. Das helle Sonnenlicht fällt von hinten auf sie und Anne kann zunächst ihr Gesicht nicht erkennen. Noch eine Tochter? Sie meint sich zu erinnern, dass Thore von nur einem Kind erzählt hat. Ihre Figur ist die einer 16-jährigen, jungen Frau. Wie eine Gazelle steht sie dort in der offenen Tür, ihr langes, braunes Haar fällt in weichen Locken über ihr einfaches, helles Kleid.

„Wie absonderlich", denkt Anne. „Eine Gazelle, die sich einen Löwen gefangen hat." Er geht auf sie zu, mit zögernden Schritten das kurze Stück. Je näher er ihr kommt, umso stärker überstrahlt diese kleine, zarte Frau ihn, den großen, kräftigen Mann.

Anne hat einmal davon gehört, dass jeder Mensch eine Aura haben soll. Bisher hat sie sich nicht wirklich etwas darunter vorstellen können. Aber diese Person hat eine so starke Ausstrahlung, dass selbst ein Raubtier neben ihr wie ein kleiner, zahmer Hamster wirkt.

Ihm ist, als ob es tausend Stäbe gäbe,
und hinter tausend Stäben keine Welt.

R. M. Rilke „Der Panther"

„Sie ist der Käfig des Löwen", denkt Anne. „Das kann nur seine Ehefrau sein. Was war doch nur gleich mit ihr?" Anne kann sich nicht mehr genau erinnern, weiß nur, dass Thore von einer Krankheit gesprochen hat.

Mit leiser, klarer Stimme sagt sie ein paar Worte zu ihm, deutet auf Anne und Thore, die immer noch an der Tür stehen. Anne versteht nur den Namen „Erik!" und einen leichten Vorwurf, der mitschwingt, als hätte er sie nicht informiert, dass Gäste erwartet werden. Beschwichtigend redet er auf sie ein.

„Sie sprechen Färingisch", denkt Anne. Das Dänische versteht sie ja zumindest bruchstückhaft.

„Weiß diese Frau nicht, dass ihre Tochter heute Nacht brutal ermordet worden ist? Sie wirkt in keiner Weise erschüttert, allenfalls etwas ungehalten über den überraschenden Besuch."

Eine Wolke schiebt sich draußen vor die Sonne und Anne sieht jetzt das Gesicht. Noch immer ist es ebenmäßig, die vergangene Schönheit deutlich zu erahnen, aber die Haut ist die einer 60-Jährigen, welk und schon faltig. Und die Augen! Sie sind tiefschwarz, als wären sie eine einzige große Pupille. „Voller Feuer müssen sie früher gewesen sein", denkt Anne. Jetzt sehen sie ins Leere, vorbei an ihrem Mann, vorbei an den von ihr nicht erwarteten Gästen, vorbei an dem Tod ihrer Tochter und vorbei an dem Leben, das um sie herum weiterläuft.

Diese kleine, zarte Gazelle mit der königlichen Haltung einer Diva und der leisen, sanften Stimme, die dort im Sonnenlicht steht, lebt nicht mehr auf dieser Welt. Ihr Geist ist hinübergeglitten in eine andere Dimension und hat den wunderschönen Körper leer zurückgelassen. Bewacht von einem Raubtier, das sich eigens für sie hat in einen Käfig begeben, aus dem es nun keinen Ausweg mehr gibt.

Nach ein paar Minuten dreht sie sich wieder um, ohne ein Wort an Anne oder Thore gerichtet zu haben, und geht zurück in den Garten. Und es ist Anne, als würde die Wärme weichen aus dem Raum, als wäre die zarte Gazelle die Seele gewesen, die alles zusammengehalten hat.

Der Löwe ist immer noch so klein, wie er es im Beisein seiner Gazelle geworden ist. Er deutet auf eine Sitzgruppe neben dem Schreibtisch, aber der Bann wird erst gebrochen, als die junge

Frau mit einem Tablett zurückkommt, auf dem Tee und ein wenig Gebäck angerichtet sind.

„Heute ist einer der schlechten Tage", erklärt der Hausherr mit einem Blick in den Garten. „Manchmal begreift sie ein wenig von dem, was um sie herum vor sich geht, und kann dann für einige Momente teilhaben an unserem Leben. Aber heute hat der schlechte Tag auch sein Gutes. Sie wird hoffentlich nie diesen Schmerz erfahren müssen, den Schmerz, die einzige Tochter auf eine so entsetzliche Art zu verlieren."

Fast sieht er bei diesen Worten so aus, als würde er seine Frau um ihren Geisteszustand beneiden.

Thore räuspert sich: „Wir möchten dir sagen, wie unendlich leid es uns tut!"

Der Blick des Vaters geht ins Leere. „Sie war immer so voller Leben! Voller Ideen und Rebellion! Und jetzt ... als hätte man einen Schalter ausgeknipst und es kommt nie wieder Licht!"

Er wirkt völlig erstarrt. Die Aufgabe, sie beide zu begrüßen und ihnen seine Frau vorzustellen, hat das letzte bisschen Kraft aufgezehrt, das ihm verblieben war. Nun steht er dort vor dem Fenster im vollen Sonnenlicht, aber die Dunkelheit in ihm ist stärker.

„Thore ...?"

„Herr Sörensen? Hat Ihre Tochter noch bei Ihnen beiden gewohnt?"

Aus einer weiten Ferne fällt sein Blick zurück auf Anne und er schüttelt den Kopf.

„Sie hat eine eigene Wohnung ganz in der Nähe. Seit sie wieder da ist."

„Seit sie wieder da ist ...?", fragt Anne behutsam.

„Aus Paris!"

„Wie lange ist sie wieder da, Herr Sörensen?"

„März 73!"

„Was hat Ihre Tochter im Ausland studiert?"

„Geschichte ... und Politik!"

„Und was hat sie hier gearbeitet? Also bevor sie zur Bürgermeisterin gewählt wurde?"

Mit einer müden Geste wischt er ihre Frage weg.

„Kannst du uns etwas zu ihren Freunden sagen?", schaltet sich Thore ein.

„Du musst mit ihrem Verlobten sprechen. Er ist Arzt in unserem Krankenhaus. Staffan Haldurson ..."

Der Tee steht unberührt vor ihnen auf dem Tisch.

„Seine Familie kommt aus Island!"

„Ich habe von ihm gehört!"

„Aber er ist kein Isländer ..."

„Sondern?", fragt Anne.

Wieder geht der Blick von Erik Sörensen in die Ferne. Der Löwe ist eingeschlafen. Oder betäubt. Das trifft es besser!

Nur manchmal schiebt der Vorhang der Pupille
sich lautlos auf. – dann geht ein Bild hinein,
geht durch der Glieder angespannte Stille
und hört im Herzen auf zu sein.

„Wir lassen dich jetzt alleine, Erik. Danke, dass du mit uns gesprochen hast."

„Bitte ...!"

„Natürlich, Erik! Wir werden alles tun! Wir werden ihn finden!"

Tórshavn, 14:10 Uhr

Sie stehen wieder draußen am Hafen. Ihr Blick ist auf das große Gebäude gerichtet, das sie soeben verlassen haben.

„Ich glaube, Brigitta war sein ganzer Stolz. Sein Lebensinhalt. Das viele Geld hat er verdient, um ihr das Leben zu ermöglichen, das sie geführt hat."

„Seit wann, sagtest du, ist seine Frau so ... krank?"

„So weit ich weiß, fing das kurz nach Brigittas Geburt an. Am Anfang war es ganz furchtbar. Sie hat sich selbst verletzt. Wollte sich ein paar Mal das Leben nehmen. Mein Vorgänger hat sie einmal aus dem Hafen gefischt, und auch als ich hier anfing, gab es noch einen Selbstmordversuch. Erik hat dann eine Pflegerin eingestellt, die sich Tag und Nacht um sie zu kümmern hatte. Verspätete Wochenbettdepressionen, hat ihr Arzt gemeint. Da war Brigitta aber schon vier Jahre alt. Ich denke, ihrem kleinen Mädchen hat sie nie eine Mutter sein können."

„Mein Gott, wie tragisch!"

„Erik hat die Kleine aufgezogen. War Mutter und Vater zugleich. Kein Kindermädchen war ihm gut genug! Du kannst dir vorstellen, dass diese Familie immer im Fokus der Leute aus Tórshavn stand, obwohl sie privat ganz zurückgezogen gelebt hat. Aber sie haben ja das Geschäft. Da kamen sie gar nicht umhin, ständig unter Menschen zu sein. Und dann das Getratsche: Stell dir vor, er hat schon wieder ein neues Kindermädchen. Sie ist aus Dänemark! Ein Kindermädchen extra aus Dänemark. Das konnten die Leute nicht begreifen. Später hatte er dann sogar ein oder zwei Mädchen aus Frankreich."

„Oh, la, la! Und du selber? Hast du sie gekannt – als Kind?"

„Die Kindermädchen aus Frankreich?"

„Thore …!"

„Entschuldige! Gekannt wäre zu viel gesagt. Sie haben, wie gesagt, sehr zurückgezogen gelebt. Hatten kaum Freunde, und wenn er einmal auf einer Veranstaltung erscheinen musste, war er immer schnell wieder weg."

„Hat er Brigitta dahin mitgenommen?"

„Er hat sie überallhin mitgenommen. Sie war fast immer an seiner Seite. Selbst im Büro! Da hatte er eine Ecke für sie eingerichtet, in der sie spielen konnte und später Hausaufgaben machen und lernen. Ich weiß noch, als ich gerade hier hergezogen war. Da haben sie eine neue Abteilung mit Spielwaren in ihrem Kaufhaus eröffnet. Ganz klein! Nur ein Regal mit ein paar Teddybären, Puppen und Autos. Brigitta war wohl noch keine fünf Jahre! Und sie hat eine Rede gehalten. Sie stand im Eingang des Kaufhauses auf einem Tisch und sah selber aus wie ein Püppchen. Aber selbstbewusst bis in die letzte blonde Locke. Ich denke, mein Sohn hat sich in dem Moment unsterblich in sie verliebt."

„Wie alt war der da?"

„Er muss acht Jahre gewesen sein. Meine Frau ist jeden Nachmittag mit ihm in dieses Kaufhaus gegangen, weil er gehofft hat, sie dort zu sehen. Später kam sie für ein paar Jahre auf die gleiche Schule. Ich bin mir nicht sicher, ob er sogar versucht hat, das letzte Grundschuljahr zu wiederholen, um noch länger in ihrer Nähe zu sein. Seine Noten ließen da durchaus ein Bemühen in diese Richtung erkennen."

„Lass uns mal zu diesem Mann aus Island aufbrechen, der kein Isländer ist. Da bin ich sowieso schon neugierig! Wir können doch bestimmt wieder zu Fuß gehen und du erzählst mir weiter von Brigitta!"

„So viel gibt es da nicht mehr, was ich dir berichten könnte! Sie ist schon als junges Mädchen auf einem Internat in Dänemark gewesen und kam nur in den Ferien zurück."

„War sie genauso hübsch und selbstbewusst wie als kleines Kind?"

„Eher noch mehr! Ich glaube, es gab damals keinen jungen Mann, der nicht in sie verliebt war. Mein armer Pelle natürlich immer noch eingeschlossen. Aber sie war, wie sagt man heute, eine andere Liga. Pelle hatte seine Ausbildung zum Bootsbauer angefangen, ich war der Dorfpolizist …"

„Was macht dein Pelle eigentlich heute? Er lebt doch nicht hier auf den Inseln!"

„Du wirst es nicht glauben, er lebt in Deutschland. Ganz in deiner Nähe. Er arbeitet auf einer kleinen Werft in Lübeck und hat eine Deutsche geheiratet!"

„Na so etwas! Ich hoffe, er hat seine Tochter nicht Birgit genannt, falls er eine haben sollte! Oder Gitta!"

„Nein über diese Leidenschaft ist er wohl Gott sei Dank hinweg", lacht Thore.

„Und unsere Brigitta? Gab es da Leidenschaften, die zur Abwechslung einmal von ihr ausgingen?"

„Weiß ich nichts von!"

„Weißt du, mit wem sie damals befreundet war?"

„Befreundet oder befreundet?"

„Beides!"

„Einen Freund hatte sie nicht, soweit ich es mitbekommen habe, und ich glaube, der junge Mann wäre damals Stadtgespräch gewesen, so wie es jetzt ihr isländischer Verlobter ist. Aber Freunde, da waren eine ganze Menge. Hauptsächlich junge Männer! Und dann natürlich ihre Vettern!"

„Welche Vettern, seit wann hat sie plötzlich Vettern?"

„Die hat sie wohl schon immer gehabt, die sind nämlich älter als sie, und es gibt auch ein paar Cousinen. Ihre Mutter und ihr Vater haben beide mehrere Geschwister, da bleibt so etwas nicht aus. Wir sind übrigens da!"

„Wo?" Anne ist gedanklich in der Welt des jungen Mädchens Brigitta und hat fast vergessen, wen sie besuchen wollen.

„Bist du bereit?", fragt Thore.

„Völlig präsent im Hier und Jetzt! Entschuldige!"

Thore betätigt die Klingel.

„Auch so etwas Neumodisches! Man merkt, dass der junge Mann aus dem Ausland kommt! Bei uns wird noch geklopft!"

…

„Vielleicht ist er im Krankenhaus?"

Anne klingelt noch einmal und Thore klopft zur Bekräftigung. Da öffnet sich die Tür. Vor ihnen steht kein Isländer! Das ist klar! Anne weiß jetzt, was Brigittas Vater mit dieser Bemerkung gemeint hat. Doktor Haldurson ist klein und dunkelhaarig und hat weiche, fast feminine Züge. Eher ein Italiener oder Franzose!

„Sie wünschen?" Seine Stimme ist leise, aber erstaunlich tief.

Keine fünf Minuten später sitzen sie auf teuren, schwarzen Ledersesseln im Wohnzimmer des Doktor Haldurson.

„Was hat er wohl gerade gemacht?", denkt Anne. Hier liegen weder ein Buch noch eine Zeitung. Keine Musik ist zu hören. Die Wohnung ist so aufgeräumt, dass Anne sich kurz fragt, ob er kürzlich Besuch von dem Fotografenteam einer Wohnzeitschrift gehabt haben könnte.

Anne und Thore haben ihre Schuhe ausgezogen, weil der Boden im Wohnzimmer mit einem riesigen, wunderbar weichen, weißen Flokati-Teppich bedeckt ist. Solche Teppiche kennt Anne nur in Form kleiner Bettvorleger.

Ihr Blick aber wird von etwas anderem gefangen – von mehreren gemalten Landschaftsbildern in unterschiedlichen Größen. Anne hat noch nie solch intensiv strahlende Gemälde gesehen. Unzweifelhaft handelt es sich bei den Motiven aller Bilder um isländische Landschaften. Aber es sind nicht die spektakulären Ansichten, nicht die Wasserfälle oder der Geysir, sondern die kleinen Juwelen, die die Farbenpracht der kargen Vulkanlandschaft zum Ausdruck bringen. Ein Bachlauf mit schwarzem, vom Wasser glänzendem Gestein und rosa Blumen überall am Ufer!

Eine weite Ebene mit rotem und schwarzem Vulkangestein und weißen Schneefeldern unter strahlend blauem Himmel. Das größte Bild zeigt einen Gebirgssee. Die spärliche Vegetation am Ufer in leuchtenden Farben, das Gebirgsmassiv, das sich wunderbar klar in dem von keinem Windhauch gekräuselten See spiegelt, und über allem wieder der einmalig blaue Himmel.

„Meine Mutter hat diese Bilder gemalt. Sie ist Italienerin und hat sich als junges Mädchen erst in das Land und dann in meinen Vater verliebt."

„Das sieht man den Bildern an … die Liebe zu Island, meine ich!"

Aber all das tut heute nichts zur Sache. Anne setzt sich gerade hin und räuspert sich.

„Herr Haldurson, wir möchten Ihnen unser Beileid aussprechen."

Sie haben sich auf die englische Sprache geeinigt und so stolpert sich Anne durch die Befragung.

„Sie haben sie gefunden, nicht wahr?"

„Ja!"

„Das muss schrecklich für Sie gewesen sein!"

„Haben Sie sie schon gesehen?"

„Ja, entschuldigen Sie, vielleicht hätte ich das nicht dürfen! Aber meine Kollegin hat mich angerufen, als Brigitta ins Krankenhaus gebracht wurde, also … ihr Körper, meine ich. Ich konnte nicht anders. Es war so unfassbar! Ich musste sie sehen und Gewissheit haben."

„Sie haben Sie so gesehen, wie sie …".

„Ja, es ist entsetzlich! Ich hätte nie vermutet, dass es auf diesen Inseln Menschen gibt, die zu so etwas fähig sind."

Tränen schimmern hinter seinen großen, dunklen Augen.

„Und ich habe immer gedacht, Brigitta ist wohl der beliebteste Mensch auf dem ganzen Erdball …"

„Können Sie sich vorstellen, dass sie verwechselt wurde?"

„Brigitta? Mit wem hätte man denn Brigitta verwechseln können? Ich kenne hier keine Frau, die so aussieht wie sie."

Im Stillen muss Anne ihm recht geben. Selbst hier oben im Norden hat sie keine andere Frau gesehen, die annähernd so groß und schlank ist und so langes, lockiges blondes Haar hat. Sie wird sogar größer gewesen sein als ihr kleiner, dunkler Verlobter, der sich jetzt eine Träne aus dem Gesicht wischt.

„Dr. Haldurson, dürfen wir Ihnen ein paar Fragen stellen?"

„Natürlich, natürlich! Fragen Sie! Ich bin nur so … unglaublich traurig! Entschuldigung!"

„Wir müssen uns entschuldigen, dass wir Sie gleich heute Morgen belästigen." Anne blickt sich um, aber weit und breit ist nichts in Sicht, was ihm als Taschentuch dienen könnte.

„Sie waren gestern auch auf dem Fest?"

„Selbstverständlich! Ich habe sie begleitet. Allerdings musste ich schon früh wieder ins Krankenhaus. Ich hatte ausgerechnet in dieser Nacht Bereitschaftsdienst. Ihre Rede habe ich noch gehört und dann haben wir ein wenig getanzt!"

„Dann sind Sie so gegen 20:00 Uhr gegangen?"

„Ich denke, es war wohl eher neun. Und natürlich war alles ruhig im Krankenhaus und ich habe mich geärgert, dass ich nicht noch länger geblieben bin."

„Haben Sie da auch geschlafen? Im Krankenhaus, meine ich."

„Ja, das muss ich leider, auch wenn ich ganz in der Nähe wohne, aber die wenigen Minuten, die ich bräuchte, um in die Klinik zu kommen, können schon über Tod und Leben entscheiden. Tatsächlich hatte ich dann auch gegen 03:00 Uhr in der Nacht eine größere Notoperation. Ich bin erst um 09:00 Uhr nach Hause gekommen."

„Wie haben Sie von dem Tod Ihrer Verlobten erfahren?"

„Erik hat mich angerufen, mein Schwiegervater. Kaum, dass ich hier in der Wohnung war, er … ich … es ist so unfassbar! Auch wenn ich sie jetzt gesehen habe. Sie war so voller Leben, hatte so viele Pläne."

Staffan tritt ans Fenster und Anne lässt ihm ein wenig Zeit, um sich wieder zu sammeln.

„Ich habe Ihnen noch gar nichts angeboten, möchten Sie vielleicht etwas trinken?" Seine tiefe Stimme klingt jetzt rau vom unterdrückten Weinen.

„Machen Sie sich bitte keine Umstände!"

„Es lenkt mich ab, etwas zu tun! Ich habe den ganzen Morgen die Wohnung aufgeräumt, weil ich mich beschäftigen musste."

„Dürfte ich vielleicht Ihr Bad benutzen?"

Anne fragt sich, ob er mit „Wohnung aufgeräumt" auch meint, dass er Brigittas Sachen schon wegsortiert hat. Im Badezimmer stehen allerdings noch zwei Zahnbürsten in einem Kristallbecher. Mehrere Damenparfüms und verschiedene Cremes deuten an, dass sie hier nicht nur zum Teetrinken zu Besuch war.

„Eine vorbildliche Hausfrau, dieser junge Mann", denkt sie, als sie in einem weißen Wandregal rote, säuberlich aufgerollte Handtücher entdeckt. Auch hier ist im ganzen Raum nicht der kleinste Anflug einer Verschmutzung zu erkennen. Fast schon pathologisch!

Als sie wieder ins Wohnzimmer kommt, stehen dort auf dem dunklen Rauchglastisch eine Wasserkaraffe und Gläser. Staffan ist nicht zu sehen, nur Thore sitzt noch immer auf dem Ledersessel.

„Nicht unser Mann", begrüßt er sie.

„Ich weiß! Als Chirurg hätte der wahrscheinlich auch ganz andere Ideen."

„Und als Anästhesist erst recht! Er ist kein Chirurg."

„Wo ist er denn hin?"

„Schlafzimmer! Ich glaube er nimmt etwas zur Beruhigung!"

Anne schenkt sich ein Glas Wasser ein und leert es in einem Zug.

„Vielleicht hat er einen Schlüssel zu ihrer Wohnung."

„Ich hab jetzt erst einmal Hunger! Es muss doch schon fast Abend sein."

„Wir können bei mir vorbeigehen. Olivia hat bestimmt etwas vorbereitet. Und dann holen wir uns auch Aksel, mal sehen, was der heute so getrieben hat."

„Herr Haldurson?"

„Ich komme!"

Seine Augen sind rotgerieben.

„Wir wollen Sie nicht länger stören. Vielleicht können wir uns morgen noch einmal unterhalten."

„Ich bin Ihnen heute keine große Hilfe!"

Anne lächelt. „Doch", denkt sie, „mit dir ist ein Verdächtiger schon ausgeschieden."

„Es wäre sehr nett, wenn Sie uns eine Liste mit den Freunden Ihrer Verlobten zusammenstellen könnten. Privat und beruflich! Und dann vielleicht auch, mit wem Sie sich nicht so gut verstanden hat."

„Die zweite Liste wäre sehr kurz. Selbst ihre politischen Gegner haben sie, glaube ich, für ihr Engagement bewundert!"

„Noch eine letzte Frage: Haben Sie einen Schlüssel zu der Wohnung Ihrer Verlobten?"

„Ja, natürlich! Ich selber habe ihn allerdings noch nie benutzt, ich habe sie nur besucht, wenn sie auch zu Hause war!"

„Sie leben noch nicht lange hier in Tórshavn?"

„Erst seit einem Vierteljahr! Wir haben uns vor drei Jahren in Paris kennen gelernt und dann sogar für kurze Zeit aus den Augen verloren. Anfang des Jahres hat sie sich wieder bei mir gemeldet, und als dann hier am Krankenhaus die Stelle frei wurde … Ich wollte in ihrer Nähe sein, wissen Sie. So eine Frau lässt man nicht so lange alleine!"

„Hat sie sich eigentlich bedroht gefühlt, hat sie vor irgendjemandem Angst gehabt?"

„Brigitta? Sie haben sie nicht gekannt! Brigitta hatte vor nichts und niemandem Angst. Und ehrlich gesagt hätte ich bis heute Morgen auch nicht vermutet, dass es in diesem kleinen, bezaubernden Land jemanden gibt, vor dem man sich besser in Acht nehmen sollte!"

Das Gleiche hat Anne noch früh am Morgen gedacht, sie hat sich hier so sicher gefühlt. Für einen Moment kommt ihr der Gedanke, ob er ihr gefolgt sein könnte – hierher ans Ende der Welt. Aber nein, so würde er nicht morden! Sein Spezialgebiet ist die Angst, und davon hat Brigitta vor ihrem Tod allenfalls eine winzige Kostprobe erhalten.

Dalavegur, 18:22 Uhr

Nichts auf der Welt hätte Olivia dazu bringen können, ihren Posten bei Thore zu räumen. In den letzten Monaten war es etwas ruhiger geworden rund um das Polizeigeschäft und sie hatte sich bereits damit abgefunden, ihren Platz an vorderster Front der Tórshavner Klatschbörse eingebüßt zu haben. Wer hätte denn auch so einen Glücksfall erahnen können.

Den ganzen Tag über hat sie brav hinter dem Küchenfenster ausgeharrt, um ab und an völlig unvermittelt auf der Straße zu erscheinen, wenn sie eine der Damen ihres Handarbeitskreises dort erspähte. So ist nicht zuletzt dank ihrer fleißigen Aufklärungsarbeit gegen Abend fast jeder Einwohner der Hauptstadt bestens über die Vorfälle im Dalavegur informiert. Nur die unbescholtenen Bürger, die zu Hause geblieben sind und sich um ihre eigenen Angelegenheiten gekümmert haben, ahnen noch nicht, welches Monster sie in ihrer Mitte aufgenommen haben. Der sprichwörtliche Wolf im Schafspelz. Olivia hat es ja schon lange vermutet. So sanft und freundlich kann kein Mann sein. Und dann noch so ausgesprochen gutaussehend. Die Bürgermeisterin hatte natürlich selber Schuld, wenn sie so einer Person vertraute. Ein Ausländer, den sie auch noch selber auf die Färöer gelockt hatte. Als Arzt kennt er sich ja mit blutigen Angelegenheiten aus. Und blutig ist dieser Mord gewesen, das kann sie bestätigen. Eine riesige Blutlache hinter der Kirchbank, die Rücklehne fast gespalten und auch voller Blut. Jeden Moment wird Thore wiederkommen, und dann wird sie aus erster Hand erfahren, wie man diesen Mann, der sich als Isländer ausgibt, zu überführen gedenkt. Pah, Isländer! Wer so offensichtliche Lügen verbreitet …!

Draußen vor der Kirche bis hinunter zur Straßenecke sind immer noch viele Menschen unterwegs. Stehen fassungslos in entsetztem Schweigen im Angesicht des Abschlachtens, das hier stattgefunden hat.

Ein paar Mädchen haben Kränze gebastelt und legen sie unter Tränen zu den vielen anderen Blumen auf der Kirchmauer. Wo kommen nur all diese Blumen her? Andere stehen in kleinen

Gruppen zusammen, tuscheln, mutmaßen. Hier und da meint Thore, den Namen Haldurson zu hören. Kurz vor seiner Haustür verstellt ihnen eine Frau den Weg:

„Haben Sie ihn schon verhaftet, diesen Isländer?"

Verblüfft sieht Thore sie an. Anne hat nichts verstanden.

„Wie kommen Sie auf den?", will er wissen.

„Na, er war es doch wohl, dieser Ausländer! Das sagt hier jeder!"

„Na, dann sagen Sie jetzt einmal allen, dass das nicht wahr ist. Doktor Haldurson ist nicht der Mörder. Er hat ein Alibi!"

„Wer denn sonst?", ruft ein Mann hinter ihr.

Thore stellt sich auf die Treppe seines Hauses und dreht sich zu der wartenden Menge:

„Bitte! Hört mir einen Moment zu!" Tatsächlich ebbt das Gerede im nächsten Augenblick ab und alle Augen sind auf ihn gerichtet.

„Wir stehen noch ganz am Anfang der Ermittlungen. Es gibt bisher keinen Verdächtigen! Aber Doktor Haldurson können wir definitiv ausschließen. Bitte lasst uns in Ruhe unsere Arbeit machen! Danke!"

Er nimmt Anne an die Hand und zieht sie schnell hinter sich ins Haus. „Pressekonferenz auf Färingisch", denkt sie.

„Was war los? Die waren ja richtig aufgebracht!"

„Sie haben sich ihren Mörder schon zurechtgelegt", Thore lässt sich auf einen Stuhl in der Küche fallen. „Unglaublich, diese Vorurteile!"

„Aber wen denn? Wir haben ja noch nicht mal eine Idee!"

„Den Ausländer natürlich! Den Mann aus Island! Es kann ja nicht … Heiliger Himmel, Olivia! Was stehst du denn da hinter der Gardine!"

Olivia hat sich geregt, als sie das Wort Island aus Thores Rede herausgehört hat.

Anne stößt vor Schreck einen Schrei aus, als sie plötzlich vom Fenster weg in die Küche tritt und sich sofort mit einem Redeschwall auf Thore stürzt. Der hört sich ihre Tirade für ein paar Minuten an. Anne setzt sich neben ihn an den Tisch und sondiert hungrig das vorbereitete Abendbrot.

Als Olivia fertig ist, steht Thore auf, legt ihr die Hand auf den Rücken und führt sie mit ein paar ruhigen Worten zur Tür. Anne stibitzt schon einmal eine Wurstscheibe.

Nach zwei Minuten hat Thore Olivia hinauskomplimentiert und setzt sich wieder neben Anne.

„Völlig durchgedreht!"

„Ich hatte mal so einen Fall …"

„Ich glaube, Olivia ist die Schlimmste …"

„… in einer Kleinstadt, ähnlich wie euer Tórshavn …"

„… ich traue ihr zu, dass sie dieses Gerücht in die Welt gesetzt hat …"

„… auch ein Mord an einer angesehenen, beliebten Bürgerin …"

„… die ist völlig fixiert …"

„… da hatten die Leute, der Mob kann man schon sagen, auch einen Auswärtigen, einen Zugezogenen, als Mörder auserkoren …"

„… total verblendet …"

„… genau …"

„… Und was haben sie mit ihm gemacht?"

„Das war wirklich … Mist! Sie haben ihn so terrorisiert, dass er sich selber …"

„Nein!"

„Doch! Er hat sich erhängt!"

„Das wird hier nicht passieren! Ich hab Olivia gesagt, ich mach sie persönlich dafür verantwortlich, dass dieses Gerücht wieder aus der Welt kommt!"

„Mit einem Dementi kann man sich nicht so interessant machen! Das wird sie bestimmt nicht mit der gleichen Begeisterung unter die Menge bringen."

„Wir müssen morgen die Zeitung informieren und den Radiosender. Pressekonferenz könnte man sagen!"

„Das sah vorhin schon so aus wie eine, als du zu den Menschen draußen gesprochen hast."

„Das war bisher immer mein Weg hier. In meinen ganzen Jahren hier hab ich noch nie eine verdammte Pressekonferenz abhalten müssen."

„Das kriegen wir schon hin. Du musst ja nur ein vorbereitetes Statement vorlesen. Morgen Früh formulieren wir das zusammen. Jetzt lass uns erst mal essen!"

„Wo ist eigentlich Aksel? Wir haben uns heute Morgen überhaupt nicht vernünftig abgesprochen."

„Christian scheint auch nicht da zu sein. Der wäre ja sonst lange heruntergekommen."

„Vielleicht hat Aksel ihn als Hilfspolizisten angeworben. Dein Christian hat so eine nette Art. Die Menschen vertrauen ihm."

„Das hab ich auch schon oft gedacht. Ein bisschen davon würde einem so manches Verhör erleichtern."

„Sind sie das nicht?"

Anne geht zum Fenster, ihr Brot in der Hand. Die Menschenmenge vor der Tür hat sich merklich gelichtet.

Auf der Schwelle stehen Christian und Aksel und reden mit zwei älteren Herren.

Thore holt noch ein Gedeck aus dem Schrank.

„Die haben bestimmt auch Hunger!"

Aksel hat die Gesichtsfarbe einer überreifen Tomate, als sie ein paar Minuten später endlich über die Schwelle treten. Wie ein Wasserfall sprudelt es aus ihm heraus. Christian folgt ihm, ein verschmitztes Grinsen im Gesicht, und bringt ihn mit einem kurzen, dänischen Satz zum Schweigen.

„Genau", stimmt Thore zu. „Lasst uns erst einmal essen. Zum Reden haben wir den ganzen Abend Zeit!"

Anne hofft, dass Aksel in der Zwischenzeit nicht kollabiert, aber zur Not haben sie ja einen angehenden Mediziner im Haus.

„Netten Beruf habt ihr", findet der. „Wir haben den ganzen Tag mit allen möglichen Leuten gequatscht. Könnte mir auch gefallen."

„Ist ja dein Spezialgebiet", meint Anne.

Während Aksel sich noch nicht einmal gesetzt hat, antwortet Christian schon mit vollem Mund: „Stimmt! Nur die Themen sind natürlich nicht so erfreulich!"

Zwei Brote später hat auch Aksel endlich Platz genommen und seine Gesichtsfarbe sich bis auf ein paar Flecken annähernd normalisiert.

Wie jeden Abend, den sie hier bislang so gemütlich verlebt haben, fängt Thore schließlich an, seine Pfeife umständlich zu stopfen.

„Wo wart ihr beiden Spezialisten denn den ganzen Tag?", will er jetzt wissen.

Sofort springt Aksel wieder auf.

„Ruhig, Aksel. Wir müssen ja sowieso alles für Anne übersetzen. Setz dich jetzt wieder hin und dann Satz für Satz. Man bekommt ja schon Herzrasen, wenn man dir nur zusieht!"

Anne befürchtet das Schlimmste, wenn Aksel den ganzen Tag so übereifrig und hektisch aufgetreten sein sollte. Er hat sich selber ja nur mühsam im Griff. Ständig überschlägt sich seine Stimme. Wie soll er da eine Zeugenbefragung zielführend durchführen?

Obwohl er jetzt bemüht ist, sitzen zu bleiben, schafft es Thore nicht, ihn zu unterbrechen, damit Anne auch etwas mitbekommt. Aber sie sieht seinem Gesicht verwundert an, dass Aksels Bericht ihm inhaltlich gar nicht so schlecht gefällt.

„Tu mal nicht so, als würdest du etwas verstehen", flüstert Christian ihr ins Ohr.

„Ich verstehe zumindest, dass ihr beide heute etwas sehr gut gemacht haben müsst, wenn ich mir Thore ansehe."

„Was hast du erwartet, wenn ein Experte und ein Spezialist am Werk sind!"

Aksels Redeschwall wird allmählich langsamer, Christian wirft jetzt ab und an eine Bemerkung ein. Zum Abschluss legt Aksel zwei lange Listen mit Namen auf den Tisch und verstummt.

Thore räuspert sich. „Das ist gut! Das ist verdammt noch mal gut, was ihr beide da heute gemacht habt!"

Woraufhin sich Aksel, dessen Gesichtsfarbe sich fast normalisiert hat, ins Violette verfärbt.

„Ich muss zu Aksels Ehrenrettung noch etwas sagen und zu eurer Beruhigung. Euer Kollege war den ganzen Tag die Kompetenz in Person. Diese übrigens auch aus medizinischer Sicht interessanten Farbvarianten in seinem Mienenspiel hat er sich für euch beide aufgehoben."

„Wieso übrigens warst du dabei?", will Thore von Christian wissen. „Versteh mich nicht falsch, ich glaube sogar, dass das gut war!"

„Aksel hat mich mitgenommen, weil ich diese Freundin von Brigitta kennen gelernt habe. Bei ihr waren wir die ganze Zeit."

„Das habt ihr wirklich gut gemacht. Ihr habt anscheinend schon den ganzen Abend rekonstruiert."

Thore nimmt einen der Zettel in die Hand.

„Wir wissen, mit wem sie gesprochen hat, was sie gegessen hat und mit wem sie getanzt hat."

„Leider ist gegen 03:00 Uhr Schluss. Da konnte sich keiner mehr erinnern, sie gesehen zu haben. Sie hat sich aber auch von keinem ihrer Freunde verabschiedet. Einige meinten, sie glaubten gar nicht, dass sie schon weg wollte. Sie war einfach nicht mehr da!"

Anne ist jetzt ganz bei der Sache: „Ihr wart also bei dieser Lehrerin?" Christian nickt. „Und da waren auch noch andere Freunde?"

„Eine ganze Menge! Sie treffen sich wohl immer bei ihr und heute ... na, ich würde sagen, sie hatten das Bedürfnis zusammen zu sein!"

„Und auf der einen Liste steht, was sie wann gestern Abend gemacht hat?" Wieder ein Nicken. „Und auf der anderen?"

„Das sind die Namen ihrer Freunde. Menschen, mit denen sie in Kontakt stand. Wir haben das aufgeteilt in Kategorien. Freunde, Bekannte, die mit ihrem Einsatz für die färingische Kultur zu tun haben, politische Bekannte, und dann natürlich die Verwandten. Das sind eine ganze Menge! Viele tauchen in mehreren Gruppen auf. Einer ihrer besten Freunde zum Beispiel ist ihr Cousin, er arbeitet mit ihr in einem Arbeitskreis zur Pflege des färingischen Tanzes, so wie ich verstanden habe, und hat sie auch politisch unterstützt!"

Auch Anne ist beeindruckt.

„Ihr müsst das morgen gleich ganz genau aufschreiben. Über jede Person! Möglichst alles, was sie euch dort erzählt haben. Das sind unschätzbar wichtige Informationen für uns!"

Aksel, der sich in der Zwischenzeit über die restlichen Brote hergemacht hatte, meldet sich nun wieder zu Wort: „Ich habe für morgen die Obduktion veranlasst", übersetzt Christian für ihn.

Während Thore seinen jungen Kollegen über die Gespräche informiert, die er zusammen mit Anne geführt hat, kann sie ein kräftiges Gähnen nicht mehr unterdrücken.

„Ich muss ins Bett! Wann soll es morgen weitergehen?"
„Ich glaube, wir sollten unsere Gespräche ab morgen in die Dienststelle verlegen. Zumindest tagsüber, wenn Olivia hier ist. Ich wecke euch zum Frühstück."
„Gute Idee, das eine wie das andere".
Als Christian ihr einige Minuten später folgt, ist sie schon fast eingeschlafen. Nur die Gedanken in ihrem Kopf sind noch nicht zur Ruhe gekommen.
„Was haben die Freunde für einen Eindruck auf dich gemacht?"
„Mein Gott, sie spricht im Schlaf!"
Anne setzt sich wieder auf.
„Sei nicht albern!"
„Entschuldigung, Frau Kommissarin!"
„Und ...?"
„Die waren echt geschockt! Alle, würde ich sagen, die Frauen wie die Männer! Keiner, der nicht im Laufe des Nachmittags mindestens einmal in Tränen ausgebrochen ist. Ein paar waren schon an der Kirche gewesen und hatten das viele Blut gesehen. Die haben uns gefragt, wo das alles hergekommen ist. Wie sie gestorben ist! Entsetzlich war das! Aber Aksel! Alle Achtung! Ganz souverän hat er es ihnen erklärt, ohne dabei eigentlich etwas zu verraten."
„Vielleicht machen nur Thore oder ich ihn so hektisch!"
„Du!"
„Ist klar!"
„Du machst mich auch immer ganz nervös!"
„Das hat hoffentlich andere Gründe!"
„Weißt du, dass du wunderschön bist – als Kommissarin?"
„Na, das hat mir in der Tat noch keiner gesagt."
„Unbegreiflich! Leg dich mal auf den Bauch, dann kann ich dir deine Ermittlerinnen-Gedanken vielleicht ein wenig wegmassieren!"
„Das hört sich gut an!"
„Und dann kann ich mich noch ein wenig auf dich legen ...!"
„Au ja!"
„Wofür ist dieses Nachthemd?"
„Tschuldigung!"

Kiel, 18:54 Uhr

Es ist dunkel und kalt. Sie liegt auf nacktem Zementboden. Kann sich nicht orientieren. Wie ist sie hierhergekommen? Sie wollte doch an den Strand gehen. Es war so ein wunderschöner Sommertag. Mühsam richtet sie sich auf. Ihre Füße sind gefesselt. Panik steigt in ihr hoch! Wieso ist sie gefesselt. Wieso ist sie überhaupt hier?

Durch Ritzen in der Tür hinter ihr dringt ein wenig Licht herein. Ansonsten ist es stockfinster und totenstill. Das Einzige, was sie hört, ist das Rauschen in ihren eigenen Ohren, verursacht durch die Panik, die sie jetzt fest im Griff hat. Ihr Herz rast und sie atmet, als hätte sie einen Marathonlauf hinter sich.

Irgendjemand muss sie hier angekettet haben. Verdammt, was ist nur passiert? Soll sie rufen? Aber wer weiß, wer sie dann hört? Nur … wenn sie still bleibt, hört sie bestimmt keiner, auch keiner, der helfen könnte.

„Hallo? Ist da jemand? Hallo!!! Helfen Sie mir!"
Nichts!
Die Minuten verstreichen.
Sie versucht es noch einmal: „Hilfe! … Hilfe, hört mich jemand?"
Wieder nichts.

Wie ist sie nur hierhergekommen? Verzweifelt kramt sie in ihrem Gedächtnis. Versucht sich an Alltägliches zu erinnern.

Sie ist aufgestanden. Es sind Semesterferien und sie hat lange geschlafen. Ihr Zimmer im Studentenwohnheim, das sie von Beginn an gehasst hat, kommt ihr plötzlich wie ein kleines Paradies vor. Wäre sie doch jetzt dort! Nein, das darf sie nicht denken. Die Panik schnürt ihr erneut die Luft ab. Sie legt sich wieder auf den Rücken und versucht, ruhig zu atmen. Wieder vergehen die Minuten.

Sie ist alleine an den Strand gefahren. Jetzt fällt es ihr ein. Warum nur? Sonst hat sie immer ihre Freundin mitgenommen! Warum heute nicht? Ist es überhaupt noch heute?

„HILFE!!! …"

Sie fühlt nach ihrer Uhr. Die ist noch da, aber es ist zu dunkel, um die Zeit zu erkennen. Was war nur mit Birgit? Genau! Ihre

Mutter war krank. Sie musste mit ihrer Mutter zum Arzt! Wollte vielleicht später nachkommen.

Erst hatte sie keine Lust gehabt, alleine zu fahren. Aber dann ... die Sonne hat so hell und warm geschienen. Das perfekte Strandwetter. Sie zittert. In diesem Keller ist es so kalt. Und sie trägt nur ihre dünne Bluse und einen Rock. Stunden muss sie schon hier liegen. Sie ist völlig ausgekühlt ... und durstig. Wie durstig sie ist! In ihrer Panik ist ihr das vorher gar nicht aufgefallen. Und dieser Geschmack. Was ist das nur? Der Geschmack kommt ihr bekannt vor. So etwas hat sie doch schon einmal geschmeckt. Aber es ist keine angenehme Erinnerung. Was gab es denn in ihrem Leben, was so unangenehm ... Natürlich! Die Mandeloperation! Sie ist betäubt worden. Irgendjemand hat sie betäubt und dann in diesen Keller gesperrt.

War da nicht ...? Hat sie nicht vor einem Jahr etwas in der Zeitung gelesen? Da war doch diese Polizistin ... Wie war das noch? War sie nicht tagelang in einem Keller eingesperrt gewesen? Wie war sie nur freigekommen? Sie kann sich nicht erinnern. Aber an etwas anderes kann sie sich erinnern. Die Polizistin war nicht das erste Opfer ... aber sie war die Erste, die die Gefangenschaft überlebt hat.

Das Blut rauscht so laut in ihren Ohren, dass sie meint, das Meer müsse in der Nähe sein. Ihre Atmung ist flach und schnell, so dass das Rauschen immer stärker wird. Und da ist er, dieser Tunnel, in den sie schon öfter gefallen ist. Für ein paar Minuten schenkt er ihr seliges Vergessen.

Kiel, 21:23 Uhr

Langsam kommt sie wieder zu sich. Eine Haarsträhne im Mund, an der sie im Schlaf gelutscht hat. Kaum ist sie richtig wach, überflutet die Panik sie erneut wie eine Welle. Schlägt über ihr zusammen. Schockstarr begreift sie, dass alles um sie herum Realität ist. Der Keller! Die Kälte! Die Dunkelheit! Und dieser Jemand, der sie hierher verschleppt hat!

Der Strand! Es war schon fast Mittag, als sie endlich da war. Sie geht die Steilküste hinunter und findet kaum noch einen angenehm freien Platz. Nach rechts hatte sie mit Birgit ausgemacht! Und die beiden mögen es nicht, wenn die anderen Strandbesucher so nahe liegen und sie angaffen. Das tun sie fast immer. Gaffen! Schließlich findet sie eine Stelle in der Nähe von zwei älteren Frauen. „Hoffentlich kommt Birgit bald nach", hat sie noch gedacht. Sie traut sich auch nicht, ihr Bikini-Oberteil auszuziehen, solange sie alleine ist.

Während sie jetzt in dem kalten Kellerverlies zittert, erinnert sie sich an die fast unerträgliche Wärme dort am Strand. Kaum ein Windhauch, der ein wenig Abkühlung brachte. Sie fühlt sich unwohl dort so alleine, beschließt zukünftig nur noch mit der Freundin zu fahren. Das Buch lenkt sie nicht ab. Immer wieder beobachtet sie die anderen Strandbesucher.

Sie versucht sich zu erinnern, wer noch in ihrer Nähe lag. Die beiden Frauen werden sie ja wohl nicht entführt haben. Sie waren die ganze Zeit so in ihr Gespräch vertieft.

Verdammt, wie konnte ihr nur so etwas passieren? Sie weiß noch, dass sie schließlich ins Wasser gegangen ist. Einmal untertauchen, ein paar Schwimmzüge und dann zurück zu den unbewachten Sachen. Schnell gefühlt … Ja, der Autoschlüssel war noch da! Warum nur ist sie da bereits so ängstlich gewesen? Schon tausend Mal ist sie an diesem Strand gewesen und noch nie ist etwas weggekommen! … Aber immer mit Birgit. Alleine war sie noch nie dort!

Hat sie sich vielleicht beobachtet gefühlt? Sie kann sich nicht erinnern!

Nach zwei Stunden hat sie schließlich ihre Sachen zusammengepackt und sich wieder auf den Heimweg gemacht. Wenn Birgit jetzt noch gekommen wäre, wäre sie eben schon weg gewesen! Sie hat noch gedacht, dass sie wahrscheinlich abends in der Forstbaumschule über ihre Angst lachen würden, über all ihre verrückten Ängste.

Die Hitze hat ihr zu schaffen gemacht, als sie das Steilufer hinaufstieg. Mist, sie hatte auch nichts zu trinken mitgenommen. Wahrscheinlich rührt daher auch ihr großer Durst. Sie hat ja praktisch den ganzen Tag nichts getrunken. Ein paar Mal musste sie stehen bleiben, bis sie schließlich oben angekommen ist. Und dort ist ihr dann richtig schwindelig geworden. Sie ist ein paar Schritte von der steilen Böschung zurückgetreten und hat sich auf einen Stein gesetzt.

Als sie in ihrer Erinnerung an dieser Stelle angekommen ist, schlägt die Panik wieder über ihr zusammen. Das Rauschen in ihren Ohren, ihr rasendes Herz! Die Ohnmacht, die ihr oben an der Steilküste erspart geblieben ist, ereilt sie nun in ihrem Verlies zum zweiten Mal an diesem Abend.

31. Juli

Vermisstenstelle der Polizei, Kiel, 09:23 Uhr

„Verdammt, ich hab's Ihnen doch nun schon fünfmal erklärt! Da ist bestimmt etwas passiert!"

„Ich kann Ihre Sorge ja verstehen, Frollein. Aber wenn wir jede Studentin suchen lassen würden, die mal eine Nacht nicht nach Hause gekommen ist ..."

„Ich kenne Silke! Die würde nicht so einfach abhauen. Außerdem waren wir ja gestern Abend noch in der Forstbaumschule verabredet. Sie hätte sich doch gemeldet und mich nicht einfach so sitzen lassen!"

Birgit ist außer sich. Dieser vernagelte Polizist will ihr nicht glauben, dass mit Silke etwas passiert sein muss! Sie kann doch nicht noch 24 Stunden warten. Nur weil sie Studentinnen sind und dieser Idiot meint, sie würden jede Nacht mit einem Anderen verbringen.

„Sie haben doch bestimmt einen Vorgesetzten!"

„Ich habe einen Vorgesetzten, aber ich habe auch meine Vorschriften. Und die besagen ganz klar, dass eine Person, die volljährig ist und alleine wohnt, auch wenn sie sich einmal einen halben Tag nicht meldet, noch nicht als vermisst einzustufen ist."

„Ich will Ihren Vorgesetzten sprechen!"

„Der ist gerade beschäftigt!"

„Ich habe Zeit! Solange Sie nicht anfangen zu suchen, rühre ich mich hier sowieso nicht von der Stelle! Aber Silke, die hat eventuell keine Zeit! Und ich schwöre Ihnen, wenn …!"

„Vorsicht, Frollein! Sie wollen mir doch bestimmt nicht drohen. Sonst sind Sie es, die den Ärger haben!"

Birgit schluckt! Die Hilflosigkeit treibt ihr Tränen in die Augen. Als Silke heute Morgen nicht bei dem Spanisch-Kurs aufgetaucht ist, den sie beide während der Semesterferien belegen, sah sie ihre schlimmsten Befürchtungen bestätigt. Sie konnte sich nichts auf der Welt vorstellen, was Silke davon abhalten würde, diesen verdammten Kurs zu besuchen. Auch nicht „Mister X", wie dieser bornierte Beamte anzunehmen scheint. Warum steht man eigentlich als Studentin unter dem Generalverdacht sexueller Freizügigkeit? Und gerade Silke, die noch nie einen Freund …

„Was ist hier los, Karl? Gibt es Ärger?"

Aus dem hinteren Büro kommt ein weiterer Beamter an den Tresen.

„Da haben Sie ja meinen Vorgesetzen", grummelt der erste Beamte, was ihm einen scharfen Seitenblick seines Kollegen einbringt.

„Womit können wir Ihnen denn helfen?"

Das klingt doch schon ganz anders.

Birgit zwingt sich selbst zur Ruhe, während sie dem zweiten Polizisten die ganze Geschichte noch einmal erzählt. Als sie bei der nicht eingehaltenen Verabredung vom Abend angekommen ist, bittet er sie in sein Büro.

Dort sitzt sie auf einem Stuhl gegenüber seinem Schreibtisch und zittert noch mehr als zuvor.

„Was für einen Wagen fährt Ihre Freundin?"

Sie nennt ihm die Marke und das Kennzeichen und er greift zum Telefonhörer. Weist den Polizisten im Vorraum, den sie durch das Glasfenster noch immer sehen kann, an, einen Streifenwagen, der nach dem Wagen von Silke suchen soll, nach Schilksee zu schicken.

„So, und jetzt noch einmal von vorne zum Mitschreiben. Das kann ein Weilchen dauern. Möchten Sie ein Glas Wasser oder eine Tasse Kaffee?"

Birgit ist so erleichtert, endlich ernst genommen zu werden, dass ihr die Tränen in die Augen schießen.

Sie sucht nach einem Taschentuch, und der Beamte, der sich ihr inzwischen als Kriminalkommissar Jenissen vorgestellt hat, greift zum zweiten Mal nach dem Hörer.

„Karl, ein Glas Wasser für die junge Dame!"

„Bevor wir jetzt weitermachen", sagt Jenissen, während er ein Formular aus einem Ablagekorb auf seinem Schreibtisch zieht, „lassen Sie uns einmal ganz in Ruhe überlegen, wo Ihre Freundin vielleicht ansonsten sein könnte oder wer noch etwas über ihren Verbleib wissen könnte. Wie sieht es mit den Eltern aus?"

„Da hab ich vorhin von der Uni aus angerufen. Die haben sie seit dem Wochenende nicht mehr gesehen."

Birgit hat es richtig leidgetan, als sie Silkes Mutter heute Morgen erschrecken musste. Sie hat sie dann gleich wieder zu beschwichtigen versucht, aber viel gebracht hat das wohl nicht!

„Geschwister?"

„Silke hat eine Schwester, die noch bei den Eltern lebt. Und einen Bruder, der wohnt irgendwo am Ostufer."

„Verstehen die beiden sich gut?"

„Ich denke schon!"

„Name?"

„Marco Bockhoff!"

Karl kommt mit dem Wasser herein.

„Die Kollegen von der Streife in Schilksee haben sich gemeldet. Kannst du eben mal kommen?"

Birgit bleibt alleine mit ihrem Glas Wasser im Büro, sie sieht die beiden Beamten durch die Scheibe diskutieren.

An den Mienen kann sie erkennen, dass da irgendetwas nicht stimmt. Gar nicht stimmt!

Als Kriminaloberkommissar Jenissen wieder in das Büro kommt, hat er einen Zettel in der Hand.

„Ich habe einen Streifenwagen zu dem Bruder geschickt!"
„Der ist jetzt bestimmt arbeiten, vielleicht ist seine Frau zu Hause."
„Wissen Sie, wo er arbeitet?"
„Bei der Standortverwaltung!"
Jenissen ruft es Karl durch die offene Tür zu.
„Gut! Dann haben wir das! Konzentrieren wir uns wieder auf Ihre Freundin!"

Nachdem erst eine Stunde gar nichts passiert ist, geht jetzt alles sehr schnell. So sehr sie die ruhige, sachliche Art des Beamten erst beruhigt hat, steigt jetzt wieder Panik in ihr auf. Die schnellen Anweisungen, die er an seinen Kollegen weitergibt. Die zunehmend mitfühlende Miene, die sie immer wieder durch das Glasfenster beobachtet. Fast wünscht sie sich den genervten Blick vom Anfang ihres Gespräches mit dem ersten Polizisten zurück.

„Wie sieht die Tasche aus, die Ihre Freundin normalerweise zum Strand mitnimmt?"

„Das ist so eine offene Basttasche mit lila Stoffutter. Es ist an einer Stelle schon aufgerissen. Da rutscht ihr immer der Schlüssel rein."

„Hat Ihre Freundin gerade ein bestimmtes Buch gelesen?"

„Sie hat …" Ja was hatte sie noch vorgestern mit? Vorgestern, als noch ein ganz normaler Tag war.

Die Angst um Silke beherrscht ihre Gedanken. Sie hatten doch noch über das Buch gesprochen …

„Rebecca! Das ist es! Daphne du Maurier! Das liest sie gerade!"

„Gut! … Oder auch nicht!"

Kommissar Jenissen setzt sich gerade auf seinen Stuhl, nimmt die Fingerspitzen zusammen und sieht sie an.

„Ich muss Ihnen leider mitteilen, dass genau so eine Tasche, wie Sie sie mir eben beschrieben haben, und dieses Buch auf dem Parkplatz in Schilksee gefunden wurden."

Birgit sieht ihn an. Kann nicht begreifen. Will nicht begreifen. Obwohl sie sich seit gestern Abend ununterbrochen Sorgen um die Freundin gemacht hat, ist dies eine Tatsache, deren Bedeutung sie nicht verstehen will.

„Das Auto haben wir dort nicht gefunden. Auch keinen Autoschlüssel! Der Kollege gibt es gerade zur Fahndung!"

„Aber … ist das gut? Oder …?"

„Das kann ich Ihnen nicht sagen. Es kann alles Mögliche bedeuten."

„Vielleicht ist sie vor jemandem geflohen und musste die Tasche …"

„Wie gesagt, wir können jetzt nur spekulieren! Und glauben Sie mir, das sollten Sie versuchen, so weit wie möglich sein zu lassen."

Vorgestern waren sie beide auf diesem Parkplatz, haben herumgealbert. Birgit kann es nicht begreifen.

„Ich muss Sie jetzt trotzdem noch einmal bitten, diesen Bogen mit mir durchzugehen. Wir brauchen so viele Information wie möglich über Ihre Freundin. Und versuchen Sie immer daran zu denken, auch wenn jetzt alles verdächtig aussieht, zu diesem Zeitpunkt können wir noch nicht sagen, ob ein Verbrechen vorliegt! Alles kann sich als eine Aneinanderreihung von Missverständnissen herausstellen. Wir haben da schon die verrücktesten Sachen erlebt!"

Verbrechen! Das Wort schwebt im Raum und nimmt Birgit die Luft zum Atmen. Ihrer Freundin Silke könnte ein Verbrechen zugestoßen sein! Sie glaubt nicht an eine Aneinanderreihung von Missverständnissen und sie hat den Eindruck, als ginge es dem Beamten ihr gegenüber genauso.

LKA Kiel, 11:54 Uhr

Sven Timmermann sitzt an seinem Schreibtisch. Der Bleistift in seiner Hand weist die Abdrücke von gesunden Zähnen auf. Sein Blick geht aus dem Fenster und seine Gedanken eilen sogar noch weiter weg. Hoch in den Norden! Dorthin, wo seine Kollegin gerade „Amtshilfe" leistet, wie Hajo sich ausdrückt. Ohne Anne fühlt er sich hilflos.

Jetzt ist sie schon über drei Wochen dort am Ende der Welt! Hajo hat ihm zur Unterstützung einen Kollegen aus Hamburg versprochen, aber irgendwas mit der Bürokratie scheint da nicht zu funktionieren.

Zum Glück herrscht regelrecht Flaute. Selten hat Sven eine so ruhige Zeit bei der Krimimalpolizei erlebt.

„Bescheuert", denkt er. „Ein erwachsener Mann, und traut sich ohne die Kollegin nichts zu."

Und dann noch seine Frau! Sie leistet ihr Übriges, damit es ihm noch schlechter geht. Jeden Tag liegt sie ihm damit in den Ohren, was sie nur machen sollte, wenn er für einen Einsatz aus Kiel wegmüsste und sie alleine wäre! „Andere schaffen das doch auch", versucht er sie dann zu beruhigen. Aber jedes Mal geht es wieder los.

„Ja, andere Frauen! Die schaffen das! Ist klar! Das sind nicht solche ängstlichen, unselbstständigen Frauen, wie du eine geheiratet hast! Es tut dir bestimmt leid! Ich weiß das! Und jetzt kannst du nichts machen!"

So kann sie ewig weiterjammern. Das macht ihn völlig verrückt. Warum nur hat sie nicht das kleinste bisschen Selbstbewusstsein? Und warum nur hat er das nicht vorher gemerkt? Rechtzeitig!

Das Telefon klingelt. „Scheiße", denkt er wie jedes Mal. „Wenn das nun ein neuer Fall ist." Aber ignorieren nützt nichts. Der Anrufer ist hartnäckig. Nach dem sechsten Klingeln nimmt er ab.

„Ach, Sven! Gut, dass du da bist! Ich wollte gerade auflegen!"

„Hättest du mal!", denkt er.

„Bitte? Wer ist denn da?"

„Tschuldige! Hier ist Bernd! Bernd Jenissen!"

Ach, Bernd! Sie haben die Ausbildung zusammen gemacht. Vor so vielen Jahren. Da kannte er Sabine noch gar nicht!

„Schön, mal von dir zu hören, Bernd, was machst du denn so?"

Vielleicht ist es ja einfach ein Anruf bei einem alten Kollegen.

„Ich hab da etwas, was dich interessieren könnte …"

„Mist!", geht es ihm durch den Kopf.

„Du bist doch jetzt …", Sven überlegt. „Bist du nicht bei der Vermisstenstelle?"

Sven ahnt Übles! Die letzte Vermisste, mit der seine Abteilung zu tun hatte, weilt derzeit auf diesen Färöer-Inseln.

„Sag nicht …?"

„Doch, wir glauben schon! Alles deutet darauf hin!"

„Das ist scheiße, Bernd, weißt du das?"

„Was macht deine Kollegin? Ist sie da?"

„Nein, die ist für ein paar Wochen im Ausland."

„Das ist gut!"

„Na ja!", ist sich Sven unsicher.

„Wie kommt ihr darauf, dass er es wieder sein könnte?"

„Die Gemeinsamkeiten! Strandgängerin in Schilksee, jung, attraktiv, sie war alleine, der gleiche Parkplatz …"

„War ja zu befürchten!"

„Wir müssen uns unbedingt treffen. Ist es dir recht, wenn ich gleich zu dir komme?"

„Ich nehm direkt Hajo mit dazu! Der hat die Ermittlungen letztes Jahr geleitet!"

Als Sven auflegt, zittern seine Hände so sehr, dass er erst nach dem dritten Versuch die Telefonnummer seines Kollegen wählen kann.

„Hajo, du musst kommen! Wir haben einen Fall!"

Tórshavn, 14:01 Uhr

Anne ist zufrieden. Das Wichtigste haben sie heute Morgen besprochen. Aksel und Christian haben aus der Erinnerung alle Gespräche, die sie geführt haben, protokolliert. Und dann die Pressekonferenz!

Das war die kleinste Pressekonferenz, an der Anne jemals teilgenommen hat. Ein Herr vom Radio, eine Dame von der Zeitung und noch zwei weitere Personen, von denen Thore später meinte, das waren bestimmt Neugierige, die sich mit hineingeschmuggelt haben.

Dann sind sie die Liste durchgegangen. Die Liste der Personen, mit denen Brigitta bei dem Fest geredet, getanzt und gegessen hat. Aber außer, dass sie anscheinend eine Unmenge zu sich genommen hat, ist ihnen nichts weiter aufgefallen. Keine Person, mit der sie besonders viel geredet oder getanzt hätte. Kein Streit, nicht einmal eine kleine Unstimmigkeit. Ganz so, wie es sich eigentlich für ein Fest gehört! Nur dass normalerweise danach keine Leiche auf der Kirchbank gefunden wird!

Sie hat mit fast allen Freunden getanzt, sogar mit ein paar Frauen, mit einem Onkel und ihren Cousins. Keiner konnte sich mehr an die Reihenfolge erinnern. Und keiner wusste genau, wann Brigitta von dem Fest verschwunden ist. Oder mit wem. Aber nach 03:00 Uhr hat sie tatsächlich niemand mehr gesehen. Allerdings waren da auch die meisten anderen bereits verschwunden.

Anne und Thore sind unterwegs zum Krankenhaus. Die Obduktion müsste inzwischen abgeschlossen sein, und auch wenn es über die Todesursache keine Zweifel gibt, so könnten Abwehrverletzungen oder andere Spuren an ihrem Körper vielleicht einen Hinweis geben, der ihnen weiterhilft.

Aksel will währenddessen versuchen, herauszufinden, ob kürzlich jemand eine Axt erworben hat, und klappert dafür die einschlägigen Geschäfte ab. Zwei an der Zahl, wie Thore ihr verraten hat.

Und Christian schließlich hat beschlossen, sich unters Volk zu mischen, wie er es selber nennt, und zu hören, was in der Gerüchteküche brodelt. Er ist auf dem Weg in ein Café.

Im Krankenhaus werden sie bereits erwartet. Es gibt keine Leichenschau wie in Kiel, sondern der Arzt, der eigentlich ein Chirurg ist, bittet sie gleich in sein Büro.

„Ich bin ja wie gesagt kein Rechtsmediziner, aber ich glaube, dieser Fall ist so glasklar, da können sie darauf verzichten, noch einen Experten aus Dänemark kommen zu lassen. Ich kann mir nicht vorstellen, dass es noch weitere verborgene Hinweise an der Leiche gibt. Schließlich sind genug offensichtliche Spuren vorhanden.

Die Tote war eine kerngesunde Frau. Ihr fehlten weder die Mandeln noch ein Zahn noch irgendetwas anderes.

Die Wunde an ihrem Hinterkopf hat unmittelbar zum Tod geführt. Es war nur ein einziger Schlag, der ihr den Schädel mehrere Zentimeter tief gespalten hat. Der Schlag ist von oben mit solcher Wucht geführt worden, dass die Verletzung bis hinunter in den Rücken, fast zu den Schulterblättern reicht. Tut mir leid, ich bin auch nicht gewohnt, so etwas auszusprechen. Und sie war so eine außergewöhnliche Person. Jeder hier in Tórshavn hat sie, glaube ich, gekannt. Von meinem armen Kollegen Haldurson mal ganz abgesehen …"

Thore räuspert sich nach diesem Vortrag: „Können Sie uns irgendetwas über den Mörder sagen?"

„Zunächst einmal gehe ich davon aus, dass sie nicht gehört hat, dass er oder sie sich nähert. Es hat sie frontal von hinten erwischt und sie hat offensichtlich keine Anstalten gemacht, sich zu drehen, was sie ansonsten sicher getan hätte. Da sie gesessen hat, muss die Person nicht unbedingt besonders groß gewesen sein, auch wenn der Schlag sicher von oben über den Kopf ausgeführt wurde, um diese Wucht zu erzeugen. Aber ich würde davon ausgehen, dass die Person kräftig war! Und mit Sicherheit ist anzunehmen, dass Blut aus der Wunde auf die Kleidung des Mörders gespritzt ist."

Thore übersetzt Anne den Rest der Ausführung. „Na das ist doch vielleicht ein Ansatzpunkt", meint sie und will sich erheben.

„Moment bitte! Da ist noch etwas. Sie wissen ja bestimmt, dass die Verstorbene mit meinem Kollegen Haldurson verlobt war."

„Natürlich", nickt Thore. „Wir haben schon mit ihm gesprochen."

„Hat er dabei auch erwähnt, dass Frau Sörensen schwanger war?"

„Irgendetwas sagt mir, dass es nicht das Kind von unserem Isländer ist", meint Anne, als sie das Krankenhaus verlassen.

„Wir können wohl auch davon ausgehen, dass er es gar nicht gewusst hat. Er hätte es doch sonst gestern erwähnt", erwidert Thore.

„Wenn das so wäre, dann hätten wir jetzt ein Motiv für die einzige Person, die uns bislang für den Zeitpunkt ein hieb- und stichfestes Alibi nachweisen kann."

„Ich muss Aksel doch noch einmal in das Krankenhaus schicken, um Doktor Haldursons Angaben zu überprüfen. Obwohl es ja schon ziemlich blöd wäre, wenn er uns belogen hätte. Das muss ihm ja klar sein, dass wir das sofort herausbekommen."

„Und der mögliche Vater des Kindes! Hätte der nicht auch ein Motiv?"

„Du meinst, er ist unsterblich in sie verliebt und tötet sie und das Kind, damit sie keinen anderen heiratet?"

„So in etwa!"

„Das würde bedeuten, dass sie ihn auf keinen Fall heiraten kann oder will."

„Vielleicht ist er ja sozusagen nicht standesgemäß!"

„Und wenn der Haldurson doch der Vater ist und es nur nicht gewusst hat, noch nicht?"

„Das kann nur er uns beantworten!"

Thore dreht auf dem Absatz um. „Ich schau mal, ob er heute wieder arbeitet!"

Eine Viertelstunde später sitzen sie zum zweiten Mal in der Wohnung mit den beeindruckenden Bildern.

„Es ist nichts mehr aufzuräumen!", sagt Staffan Haldurson. „Ich muss immerfort an sie denken und kann mich hier nicht mehr beschäftigen."

Er stützt seinen Kopf in die Hände, seine Augen blicken ins Leere.

„Heute Früh habe ich versucht zu arbeiten, aber das geht gar nicht. Ich kann ja nicht plötzlich den OP verlassen, weil ich vor Verzweiflung schreien möchte."

„Haben Sie noch keine Freunde hier in Tórshavn?"

„Es sind alles Brigittas Freunde. Ich bin erst so kurze Zeit hier! Ihre Eltern kenne ich auch kaum. Sie leben sehr zurückgezogen, in einer ganz anderen Welt kann man sagen! Tragisch! Der arme Erik! Brigitta war sein Ein und Alles! Ich kann immer noch woanders wieder neu anfangen, aber er …! Dieser Mörder hat nicht nur Brigittas Leben zerstört!"

„Nein, Doktor Haldurson! Das trifft auf die meisten Mörder zu. Sie zerstören mit ihren Taten viele Leben. Angehörige, Freunde, alles verändert sich für diese Menschen. In Brigittas Fall hat der Mörder aber nicht nur mittelbar andere geschädigt. Er hat tatsächlich zwei Menschen gleichzeitig das Leben genommen."

Jetzt blickt Doktor Haldurson ihr direkt ins Gesicht. Er ist aus der Leere, die ihn gerade noch umgeben hat, zu ihnen ins Wohnzimmer zurückgekehrt. „Er hat es doch gewusst", denkt Anne.

„Ich weiß! Entschuldigen Sie bitte, ich hätte das gestern erwähnen müssen! Aber es war noch so unwirklich, wir haben es gerade erst letzte Woche erfahren. Sie war ja noch ganz am Anfang ihrer Schwangerschaft. Das Kind ... das war für mich noch gar nicht real!

Wir haben das auch eigentlich noch gar nicht gewollt, es ist einfach passiert! Deshalb wollten wir ja auch so schnell heiraten!"

„Aha!", denkt Anne. „Einfach so passiert! In welcher Zeit leben wir denn? Brigitta war doch eine selbstbewusste, aufgeklärte Frau. Es hätte doch Mittel und Wege für sie gegeben, dafür zu sorgen, dass es nicht ‚einfach so' passiert, wenn sie es wirklich nicht gewollt hätte."

„Doktor Haldurson, entschuldigen Sie bitte, aber ich muss Sie das jetzt fragen. Sind Sie sich sicher, dass dieses Kind von Ihnen war?"

„Ob ich mir ... was denken Sie denn von Brigitta? Natürlich bin ich mir sicher! Wir haben uns doch ... geliebt, waren uns sehr nahe! Und was wäre das für ein Skandal! Wissen Sie, wie wichtig ihr dieses neue Amt war? Das hätte sie niemals aufs Spiel gesetzt, für nichts in der Welt ... schon gar nicht für eine Affäre! Brigitta war nie eine Frau, die Affären gehabt hätte. Und ich habe gerade erst für sie meine Stellung in Paris aufgegeben, ihre Zukunft lag hier, und deshalb sollte auch meine ..." Seine Stimme bricht.

„Zukunft! Ein schwieriges Wort in seiner Situation", denkt Anne. „Die wird er sich nun wieder selber und alleine gestalten müssen."

„Es hätte ja keiner wissen müssen! Ein Ausrutscher!"

„Sie haben sie nicht gekannt! Ausrutscher! Schwächen! So etwas kam für sie nicht in Frage. Sie ist ... war immer so kontrolliert, hatte ihr Leben vollkommen im Griff. Sie hatte ihr Ziel vor Augen und darauf hat sie hingearbeitet. Glauben sie mir, Brigitta war nicht die Frau, die aus Versehen schwanger wurde!"

Und doch ist es passiert! Sie war schwanger, und wenn sie es noch nicht gewollt hatte, musste es zu einer Situation gekommen sein, die die so kontrollierte Bürgermeisterin offensichtlich nicht mehr im Griff hatte. Wer weiß, ob sie es ihm überhaupt gesagt hätte, wenn diese Situation einen anderen Mann einschloss.

„Wir wollen Sie jetzt nicht länger belästigen. Danke noch einmal, dass Sie uns so offen Auskunft gegeben haben."

„Sie haben mich daran erinnert, dass es noch einen Menschen gibt, um den ich trauern muss!"

Anne lächelt: „Auch ein ungeborenes Kind, und ist es noch so klein, ist doch schon ein Teil von uns!"

„Aber dieses Kind war kein Teil von dir", denkt sie, als sie ihm in die Augen schaut. „Und vielleicht hast du es sogar gewusst … und wolltest sie trotzdem heiraten. ‚So eine Frau lässt man nicht so lange alleine', hast du nicht etwas Ähnliches gesagt? Wer weiß, wie weit die Schwangerschaft wirklich fortgeschritten war. Und du hast auch gesagt, dass Brigitta alles tun würde, um ihre Ziele zu erreichen. Wer weiß, ob sie dich nicht deshalb hierhergeholt hat. Du solltest sie heiraten, um ihr auf ihrem Weg zu helfen, den sie als nicht verheiratete Mutter nicht gehen konnte.

Und der Vater? Der kam als Ehemann der Bürgermeisterin einfach nicht in Frage."

Anne ahnt nicht, wie nahe sie in diesem Augenblick der Wahrheit schon gekommen ist.

„Ich möchte zu der Freundin von ihr, dieser Lehrerin, mit der mein Christian sich so gerne unterhält! Haldurson kann mir erzählen, was er will! Ich glaube nicht, dass er der Vater ist!"

Thore, der zum einen die feinen Nuancen des Gespräches nicht ganz mitbekommen hat, weil sein Englisch sehr stark eingerostet ist, und zum anderen ein – wenn auch sehr feinfühliger – Mann ist, kann ihrer weiblichen Intuition in diesem Punkt nicht ganz folgen.

„Konstruierst du da nicht etwas hinein? Was, wenn einfach ein politischer Gegner … sie hat doch bestimmt auch Neider gehabt!"

„Das hat sie ganz sicher, schön, reich und erfolgreich, wie sie war! Aber wir haben es mit einem Mord aus Leidenschaft zu tun. Es gehört schon ein sehr heißblütiges Herz dazu, solch eine gewaltigen Schlag auszuführen. Und so starke Emotionen traue ich politischen Neidern nicht unbedingt zu! Dieser Mord hat etwas zutiefst Persönliches! Und wäre da nicht die Axt, würde ich auch auf Affekt tippen! Aber ich habe nicht gehört, dass jemand auf diesem Fest mit einer Axt in der Anzugtasche gesehen wurde."

„Aber er konnte doch nicht planen, sie alleine auf dieser Bank zu erwischen!"

„Natürlich konnte er das! Er hat sie ja vielleicht dahin bestellt!"

LKA Kiel, 15:44 Uhr

Hajo ist sich sicher, dass sie es mit dem gleichen Täter zu tun haben. So viele Parallelen, das kann kein Zufall sein. Parallelen, die auch der Öffentlichkeit nicht alle bekannt waren. Leider gibt es auf dem Parkplatz in Schilksee keine weiteren brauchbaren Spuren. Zu viele Wagen sind inzwischen hin- und hergefahren.

Das Handtuch der Vermissten haben sie ein Stück entfernt gefunden und auch eine Sonnenlotion. Beide Teile hat ihre Freundin inzwischen identifiziert. Die Fahndung nach dem Auto läuft auf Hochtouren. Weil Anne damals ungefähr angeben konnte, wie weit man sie verschleppt hat, ist der Umkreis der Suche begrenzt. Und wenn sie jeden Stein umdrehen und jedes Verlies ausheben. Hajo würde diese vermisste Frau finden.

Und sie haben ein wenig Zeit dafür. Zeit, bevor das Opfer sterben muss. Auch wenn diese Frau jetzt vor Panik nicht ein noch aus weiß, auch wenn sie immer wieder beinahe verdursten wird, er wird sie zunächst am Leben lassen. Denn er will mit ihr spielen! Und so lange er Gefallen an diesem Spiel findet, wird sie überleben.

Die erste Frau hat das nur drei Tage geschafft, aber schon die zweite Frau in seiner Gewalt hat er wesentlich länger am Leben gehalten. Und dann Anne!

Tórshavn, 16:13 Uhr

Gleich beim ersten Klopfen öffnet Kristina Fallskog die Tür. Anne stockt beinahe der Atem. Sie ist eine wirklich außergewöhnlich schöne Frau. Und obwohl sie gerade geweint haben muss, denn sie hält ein nasses, zerknülltes Taschentuch in der Hand, findet Anne sie geradezu atemberaubend anziehend.

„Na, wie mein Christian wohl mit dieser Dame ins Gespräch gekommen ist! Und warum?"

Ihre Stimme klingt weich und leicht verschnupft, als sie sie hereinbittet. Mit ihrem kurzen, frechen, dunklen Bubikopf und den großen, rehbraunen Augen ist sie das Gegenteil von ihrer Freundin Brigitta. Sie trägt einen hellen, engen Hausanzug, der ihre zarte, frauliche Figur betont.

Die Wohnung ist vollständig im skandinavischen Stil eingerichtet. Halbhohe Holzvertäfelung an den Wänden, in einem zarten Gelb gestrichen. Bunte Flickenteppiche überall auf dem Dielenboden. Alle Möbel sind aus Kiefernholz und an den Wänden hängen pastellfarbene Zeichnungen von pastellfarbenen Kindern.

Anne fühlt sich in ein Bild von Carl Larsson hineinprojiziert.

„Darf ich Ihnen Kaffee anbieten? Ich habe mir gerade selber welchen gekocht!" Ihr tadelloses Deutsch ist nur von einem leichten Akzent gefärbt.

Von selber beginnt sie noch einmal zu erzählen. Über das Fest und ihre letzten Stunden mit Brigitta. Die erste Tasse ist ausgetrunken, als sie bei dem Zeitpunkt angelangt ist, an dem sie Brigitta aus den Augen verloren hat.

„Wissen Sie, ich mache mir solche Vorwürfe. Hätte ich sie doch nur nach Hause begleitet …! Bestimmt wäre das dann nicht geschehen!"

„Ihre Freundin war eine erwachsene Frau, Frau Fallskog, und Tórshavn ist ja bislang ein sehr friedlicher Ort gewesen. Wie hätten Sie da auf die Idee kommen sollen, Sie zu begleiten? Und außerdem wäre dann vielleicht Ihnen etwas geschehen. Sie dürfen sich da wirklich keine Schuld geben."

Die Tränen laufen der jungen Frau trotzdem über das Gesicht, während sie für alle noch einmal Kaffee nachschenkt.

„Sie sagen das so einfach! Brigitta ist meine beste Freundin, … war, meine ich. Sie war meine beste Freundin. Und jetzt …"

„Wenn sie ihre beste Freundin war, können wir dann davon ausgehen, dass Sie sich gegenseitig alles anvertraut haben, was Ihnen auf der Seele lag?"

„Natürlich können Sie das! Wir haben über alles gesprochen. Sie war ja so glücklich, bevor …

Staffan ist endlich hierhergezogen, als die Stelle am Krankenhaus frei wurde. Die beiden haben sich in Paris kennen gelernt, müssen Sie wissen. Er hat dort eine sehr gute Anstellung aufgegeben, um hier bei ihr zu sein. Ja! Und dann hat sie die Wahl gewonnen! Das war die Erfüllung ihres Traumes! Als sie aus Paris zurückkam, hat sie zu mir gesagt: ‚Kristina, ich möchte hier einmal eine ganz wichtige Person sein. Vielleicht sogar Bürgermeisterin. Und dann zeig ich es ihnen allen! Dann können sie nicht mehr mit mir machen, was sie wollen!'

Da hab ich noch gelacht! ‚Wie meinst du das?', hab ich sie gefragt. ‚Hier macht doch keiner etwas mit dir, was du nicht willst. Im Gegenteil! Gerade dir versucht es doch jeder recht zu machen.' ‚Ach, vergiss es einfach, war nur ein Spaß', hat sie geantwortet! … Eigentlich merkwürdig, so im Nachhinein betrachtet! Damals erschien es mir so absurd, die Vorstellung, dass sie sich von irgendjemandem etwas sagen lässt!"

„Ja, komisch", denkt Anne! „Da haben wir ihn. Den ersten Widerspruch in dem Leben der Tochter aus gutem Hause. Wen kann sie wohl gemeint haben? Wer hat da etwas mit ihr gemacht, was sie nicht wollte?"

„Und dann das Kind …" Anne lässt diese Bemerkung im Raum stehen. Wartet auf die Wirkung.

„Welches Kind?", fragt Kristina und nimmt ihre Tasse.

Sie weiß es nicht!

„Das Kind, das Brigitta erwartet hat!"

„Ausgeschlossen! Das wüsste ich! Sie hat auf keinen Fall ein Kind erwartet. Wer hat Ihnen denn das erzählt? Ehrlich gesagt bin ich mir nicht einmal sicher, ob sie mit Staffan schon … ich meine, die beiden wollten eigentlich warten bis zu ihrer Hochzeit. Richtig altmodisch, hab ich noch gedacht!

Außerdem wollte Brigitta keine Kinder! Und schon gar nicht jetzt! Was sie für Pläne hatte! Und ein Kind hatte da definitiv keinen Platz!"

„Aber sie war schwanger! Das hat die Obduktion eindeutig ergeben! Und ihr Verlobter hat es uns auch bestätigt!"

Kristina lässt die Tasse fast aus der Hand fallen. Ein Kaffeefleck macht sich auf dem Teppich unter ihr breit!

„Ich glaube Ihnen kein Wort! Dann hätte sie mir ja regelrecht einen Bären aufgebunden mit dieser Geschichte von ‚wir wollen uns aufsparen'."

„Wir vermuten auch ehrlich gesagt, dass ihr Verlobter gar nicht der Vater des Kindes ist!"

Völlige Fassungslosigkeit steht Kristina ins Gesicht geschrieben.

„Staffan ... nicht der Vater ... aber dann ... dann müsste da ja noch jemand anderer gewesen sein? Wer soll denn bitte ...?"

„Wir dachten, dass Sie uns da vielleicht weiterhelfen können."

„Sie reden von Brigitta Sörensen. Der gradlinigsten und zielstrebigsten Person, die ich in meinem Leben gekannt habe. Sie hätte niemals zugelassen, dass so ein dahergelaufener ... dass so ein Typ sie schwängert. Und mit Staffan, da hätte sie sich bestimmt zu schützen gewusst! Meine Güte, wir leben ja schließlich im 20. Jahrhundert, auch wenn wir hier auf den Färöern vielleicht manchmal noch ein bisschen hinter dem Mond sind, aber so etwas ... Sie müssen sich irren. Brigitta kann nicht schwanger gewesen sein!"

Sie sind auf dem Weg zu Brigittas Wohnung.

„Das ist jetzt aber allmählich überfällig", hat Anne gemeint. „In Kiel ..."

„Du bist hier hinter dem Mond, vergiss das nicht!"

„Wir müssen morgen unbedingt mit ihrem Arzt sprechen. Ich möchte wissen, wie weit ihre Schwangerschaft fortgeschritten war."

„Zu sehen war noch nichts!"

„Da ist es! Im ersten Stock!"

„Du hast den Schlüssel!"

„Stimmt!"

„Die ganze erste Etage"
„Sieht so aus."
„Das ist groß!"
„Sie war reich! Jedenfalls ihr Vater! Vergiss das nicht!"
„Und sie war sein Augenstern!"
„Das vergesse ich nicht!"
„Klemmt!"
„Was?"
„Die Tür klemmt! So, hinein in die gute Stube!"
Anne sieht sich um, möchte einen Eindruck bekommen von der Frau, die hier gelebt hat.

Teuer! Das ist das Erste, was ihr einfällt. Alles in dieser Wohnung sieht teuer aus. Sogar der Garderobenständer und der Spiegel im Eingangsbereich. Die Wohnung ist ordentlich aufgeräumt, sehr ordentlich, fast genauso steril wie die ihres Verlobten. Aber hier fehlt noch etwas anderes, außer der Zeitung auf dem Tisch oder den Blumen vorm Fenster. Anne fühlt sich an ein Appartement in einem sehr teuren Hotel erinnert. Staffan hat die Bilder seiner Mutter, die Farben, die seiner Wohnung eine persönliche Atmosphäre verleihen. In Brigittas Wohnung ist nichts dergleichen. Bilder fehlen sogar vollständig! Langsam geht Anne durch die Räume. Selbst das Schlafzimmer ist edel und langweilig!

„Ich wusste gar nicht, dass es so viele Beige-Töne gibt", meint Thore.

„Ich kann sie nicht finden!"

„Wie meinst du das?"

„In dieser Wohnung ist nichts von der Brigitta, die ihr alle mir beschrieben habt."

Im Regal stehen ein paar Bücher, Anne blättert darin. Die Seiten heften teilweise noch aneinander, als hätte nie jemand auch nur einen Blick in sie hineingeworfen.

„Ich weiß, was du meinst. Diese Wohnung sieht aus, als würde sie möbliert vermietet."

„Sie hat sich hier nicht zu Hause gefühlt!", stellt Anne fest. Beide Nachtschränke im Schlafzimmer sind tatsächlich leer.

„Hier ist noch ein Raum!"

Ein großes Ankleidezimmer, ein begehbarer Schrank liegt direkt neben dem Schlafzimmer.

„Na, Gott sein Dank, ich hab schon gedacht, jemand hätte ihr die Wohnung ausgeräumt und dann sauber gemacht!"

Der Raum ist voll mit den Kleidern der Ermordeten. Schöne Kleider, wunderschöne Kleider, teure Kleider! In einem Regal liegen mehrere Kaschmirpullover, eine Kommode ist gefüllt mit der teuersten Spitzenunterwäsche.

Ein Schminktisch mit einem großen, dreigeteilten Spiegel, darauf Cremes, Parfums und alle möglichen Schminkutensilien. Außerdem auf dem Tisch eine Schmuckschatulle, die Anne an ein Schatzkästchen aus dem Märchen erinnert. In verschiedene herausklappbare Laden wurden teure Ketten, Ringe, Armreifen anscheinend achtlos hineingeworfen. Als hätte Brigitta am Abend des Festes alles noch einmal ausprobiert und dann wieder hineinfallen lassen.

Thore pfeift anerkennend, als er den vielen teuren Schmuck sieht.

„Da hat Erik aber ordentlich was springen lassen!"

„So stelle ich mir eine Theatergarderobe vor!"

„Sie verkleidet sich hier und dann geht sie hinaus auf die Bühne des Lebens …!"

„Sehr poetisch!"

„Nicht wahr!"

„Hier sind auch keine Bilder!"

„Das ist ein Ankleidezimmer!"

„Ja, weiß ich! Aber würde man hier nicht ein Foto von Staffan erwarten oder meinetwegen auch von ihrem Vater? Das hier ist der persönlichste Bereich in dieser Wohnung, also ich würde mir hier Fotos hinstellen, von Menschen, die mir etwas bedeuten."

Sie sehen sich die anderen Räume genauer an. Auch im Wohnzimmer sind viele Schränke leer.

Nirgends finden sie ein Fotoalbum, noch nicht einmal Briefe. Es gibt keine Notizzettel mit Telefonnummern oder Einkaufslisten. Nicht eine benutzte Tasse steht in der Spüle, nicht ein Haar ist im Badezimmer zu finden.

„Bestimmt hat sie eine Reinmachefrau, die hier inzwischen alles sterilisiert hat", meint Anne.

„Warum hat sie eine so schöne Wohnung, wenn sie hier eigentlich gar nicht lebt?"

Anne denkt an ihre eigene Wohnung. An allen möglichen und unmöglichen Stellen hängen dort Fotos, Bilder, Erinnerungsgegenstände wie z. B. Metrotickets aus Paris oder Kirmesblumen. Was mag diese Frau dazu bewogen haben, sich einen Bereich zu schaffen, der so völlig frei ist von allen Erinnerungen, die ihr bisheriges Leben ausmachen?

„Sie muss doch irgendwo ein Büro haben. So ein Bürgermeisterinnenbüro!"

„Das kann aber bis morgen warten."

„Oh, du hast recht! Es ist ja schon wieder Abend. Komm, unsere beiden jungen Ermittler warten bestimmt schon."

1. August

Kiel, 6:00 Uhr

Sie hat keine Ahnung, wie lange sie jetzt schon in dem Keller gefangen gehalten wird. Das Gefühl der Panik ist ihr inzwischen so vertraut, dass sie sich kaum noch vorstellen kann, vorher eine Zeit erlebt zu haben, in der sie nicht davon beherrscht wurde. Immer wieder verhelfen ihr die Attacken zu einer Ohnmacht, aus der sie nach Minuten oder Stunden am ganzen Körper zitternd erwacht. So auch jetzt!

Und dann spürt sie es! Irgendetwas ist dieses Mal anders. Ihre Kehle ist so ausgedörrt, dass sie keinen Ton mehr hervorbringt. Er war hier, denkt sie. Immer noch kann sie sich nicht daran erinnern, was passiert ist, nachdem sie die Steilküste hinaufgeklettert war.

Sie setzt sich mühsam auf. Ihre Füße sind an Ringe gekettet, die etwa einen Meter voneinander entfernt am Boden befestigt sind. Dadurch sind ihre Beine so weit gespreizt, dass sie nur auf dem Rücken liegen oder sitzen kann.

Vorsichtig tastet sie um sich. Vielleicht hat er ihr etwas zu trinken dagelassen. Er wird sie doch nicht in dieses Verlies gesperrt haben, um sie hier elend verdursten zu lassen.

Da! Zwischen ihren Beinen, am Ende ihres Rocksaumes! Da liegt etwas Glattes, Kaltes! Sie zwingt sich, langsam und ruhig zu atmen. Ihre Finger tasten sich vorsichtig voran. Es ist kein Metall, wie sie zuerst vermutet hat. Es ist … Sie nimmt es vorsichtig in die Hand.

Was ist das für ein perverses Spiel? In ihren Händen hält sie einen langen, glatten Gegenstand. Könnte es …? Sie hält ihn ganz nah vor ihr Gesicht, riecht daran. Tatsächlich! Die Erkenntnis erschüttert sie zutiefst! Das ist eine Gurke! Eine ganz normale Salatgurke!

Minutenlang sitzt sie mit der Gurke in den Händen. Sie muss sich beruhigen, versuchen, einen klaren Gedanken zu fassen. „Eine Gurke enthält viel Wasser", denkt sie. Kann sie es wagen, hineinzubeißen? Vielleicht ist sie vergiftet. Und kann sie es andererseits wagen, sie nicht zu probieren? Wie lange hält ein Mensch es ohne Flüssigkeit aus?

Vorsichtig kostet sie einen kleinen Bissen. Die Gurke schmeckt köstlich. Sie glaubt, noch nie in ihrem Leben etwas so Köstliches zu sich genommen zu haben. Sie kaut langsam und genießt die Flüssigkeit in ihrem Mund. Sie hat gar nicht gewusst, dass eine einfache Gurke so viel Geschmack haben kann.

Kiel-Strande, 06:12 Uhr

Sven Timmermann und sein Kollege Bernd Jenissen leiten die Suche nach der Vermissten gemeinsam. Gestern hatten sie nur ein paar Polizisten aus Kiel zur Verfügung, aber abends kam dann die Unterstützung von der Bereitschaftspolizei.

Aus den Angaben, die Anne vor einem Jahr gemacht hat, wissen sie, dass das Versteck im Umkreis von maximal 20 Kilometern um Schilksee sein muss. Sie haben vor einem Jahr bereits etliche Häuser durchsucht. Die können sie nun bei ihrer Suche ausklammern. Auch Schilksee selber lassen sie zunächst außer Acht. Wenn der Entführer mit Anne nicht eine Zeitlang im Kreis gefahren ist, sind alle Ziele in Schilksee zu nah an der Stelle, wo Anne ausgesetzt wurde, dem Strandparkplatz!

Sven hat seit gestern keine Sekunde mehr zum Nachdenken gehabt. Und das ist auch gut so!

Nach der Besprechung hat er eine schlaflose Nacht verbracht. Die Verantwortung für das Leben dieses Mädchens lastet schwer auf ihm, und auch die Tatsache, dass er immer das Gefühl hat, sich den Kollegen gegenüber beweisen zu müssen. Besonders Hajo!

Und dann natürlich Anne! Er fühlt sich ihr gegenüber in der Schuld, den Mann, der ihr Leben beinahe zerstört hätte, aufzuspüren und ihn seiner verdienten Strafe zuzuführen.

Immer wieder muss er an seinen Besuch im Krankenhaus denken, nachdem man Anne gefunden hat. Wie hilflos und klein sie in dieser schrecklichen, weißen Bettwäsche ausgesehen hat. Seine starke Kollegin!

Und wie sie geweint hat. Über Tage und Wochen liefen ihr die Tränen aus den Augen. Einfach so! Kein Schluchzen, nicht einmal ein Wimmern! Ihr Anblick hat ihm buchstäblich das Herz zerrissen.

Und dann seine Sabine, die ihr Leben völlig aus den Fugen geraten sieht, als er ihr von seinem Einsatz erzählt.

„Aber ... du gehst doch am Samstag einkaufen? Und am Sonntag! Wir müssen dringend auf den Friedhof!"

Sven hat sie angestarrt. Bisher hat er immer alles getan, um ihre Wünsche zu erfüllen. Hat es immer irgendwie geschafft, alle möglichen Erledigungen, zu denen sie sich selbst nicht in der Lage sieht, zu übernehmen. Aber das jetzt!

„Liebes, du weißt schon, dass ich Polizist bin?"

Ihre großen, blassen Augen blicken ihn fragend an. Was kommt jetzt? Sie ist es nicht gewohnt, dass er sich ihr nicht unterordnet.

„Dieses junge Mädchen! Es ist entführt worden. Das habe ich dir gerade erklärt. Sie liegt in dieser Sekunde in einem dunklen Keller. Da ist es kalt! Sie hat entsetzliche Angst! Und der Mann, der sie gefangen hält, wird jeden Moment anfangen, sie zu quälen. Auf eine grauenvolle Art, die du dir sicherlich nicht vorstellen möchtest!

Und ich bin es, der die Suche nach ihr leitet. In meiner Verantwortung liegt es vielleicht, ob dieses Mädchen solche Qualen ein paar Tage erleiden muss oder nur ein paar Stunden. Wahrscheinlich auch, ob sie lebt oder stirbt. Und da meinst du, ich soll mir zwischendurch Zeit nehmen, weil du mit 36 Jahren noch nicht alleine einkaufen kannst!"

Danach ist er ganz ruhig aufgestanden, hat seine Jacke genommen und ist hinausgegangen. Stundenlang durch die nächtlichen Straßen von Kiel gewandert. Als er zurückgekommen ist, hat er sich in seinen Fernsehsessel gesetzt und versucht, ein wenig zu schlafen. Weniger, weil er Müdigkeit verspürte. Er weiß, er wird in den nächsten Tagen kaum dazu kommen.

Um 06:00 Uhr hört er sie dann, wie immer, in der Küche. Sie setzt seinen Kaffee auf, bereitet das Frühstück vor. Nach einer ausgiebigen Dusche ist er zu ihr gegangen, hat seinen heißen Kaffee getrunken und ihr zuliebe einen Toast gegessen. Dann hat er sie schweigend in den Arm genommen und schließlich das Haus verlassen. „Wie soll das nur werden mit uns?"

Nun sind sie in Strande. Haus für Haus werden ihre Männer den ganzen Ort absuchen. Vor allem die älteren Gebäude und vor allem die Keller! Denn so hat Anne ihr Gefängnis beschrieben.

Tórshavn, 11:21 Uhr

„Das ist Brigitta!"

Anne hat sie gefunden. Obwohl die frisch gewählte Bürgermeisterin ihr Büro erst wenige Wochen in Besitz genommen hat, ist sie hier in jeder kleinen Einzelheit präsent. Die handsignierten Bilder von Künstlern der Färöer stehen für die Frau, die sich für die Traditionen der Inselgruppe eingesetzt hat. Am Fenster sogar eine Skulptur, die die Frau eines Fischers mit einem kleinen Kind auf dem Arm zeigt. Der Blick geht in die Ferne zu ihrem Mann.

Dann ist da die stolze Studentin, die sich ihr Abschlusszeugnis von der Sorbonne in Paris hat aufwendig rahmen lassen.

Und die Tochter! Denn direkt daneben ist ein wunderschönes, in Öl gemaltes Porträt ihrer Eltern in jüngeren Jahren.

Die Einrichtung des Raumes selber zeigt die modebewusste junge Frau. Erlesene Möbel, angefangen von dem geschwungenen Kirschholzschreibtisch über eine moderne Besprechungsecke, in der klare Formen dominieren. Dann wieder ein sehr altes und wertvoll aussehendes Regal mit Gesetzesbüchern sowie einem antiken, dänischen, in edles Leder gebundenen Lexikon.

Und schließlich ist da die verliebte Brigitta. Ein Bild von Staffan steht auf dem aufgeräumten Schreibtisch direkt neben ihrem Telefon.

„Hat sie sich nur hier wirklich gerne aufgehalten? Wie wichtig war ihr diese Arbeit? War sie nur hier glücklich? Kann einem Menschen denn sein Zuhause so wenig bedeuten?"

Anne arbeitet selber sehr gerne und hängt sich voller Leidenschaft in jeden neuen Fall hinein, so dass sie oft alles um sich herum ausblendet. Aber ihr Schreibtisch …? Da ist so gut wie gar nichts Persönliches von ihr zu finden. Vielleicht die hingekritzelte Telefonnummer einer Freundin auf der Schreibtischunterlage, aber ansonsten …?

„Sehr ungewöhnlich", meint auch Thore. Anne setzt sich hinter den Schreibtisch und öffnet eine Schublade nach der anderen.

„Hier sind sogar Briefe und Postkarten, sieh mal! Die sehen alle sehr privat aus." In der unteren Schublade ist eine große Schatulle, in der durcheinander alle möglichen Briefe, Postkarten und Krimskrams liegen. Einige der Briefe sind auf Französisch, viele auf Dänisch und ein paar sogar auf Deutsch.

„Die nehmen wir mit! Diese Briefe möchte ich mir genauer anschauen!"

Außerdem finden sie noch den Terminkalender sowie ein großes Notizbuch mit tagebuchähnlichen Eintragungen, in das Anne sich gleich vertieft.

„Komm, Anne, das können wir uns alles woanders ansehen. Ich habe das Gefühl, dass der Zerberus im Vorzimmer es nicht so gerne sieht, wenn wir uns hier aufhalten."

„Der Zerberus wird aber doch sicher nichts dagegen haben, wenn wir alles daransetzen, den Mörder seiner Chefin zu finden. Da wird sie sich schon diese kleine Indiskretion gefallen lassen müssen."

Trotzdem schlägt Anne das Notizbuch wieder zu und folgt Thore hinaus, vorbei an der Vorzimmerdame, die bereits in Position steht, um ihnen die Unterlagen von ihrer Chefin wieder zu entreißen. Aber eine kurze Bemerkung von Thore lässt sie verstummen und so stehen die beiden zwei Minuten später im schönsten Sonnenschein am Hafen von Tórshavn, bepackt mit ihren erbeuteten Schätzen.

„Was hast du zu ihr gesagt?" Doch Thore grinst nur und deutet dann auf ein Café, das tatsächlich ein paar Stühle und Tische nach draußen gestellt hat.

„Das ist jetzt unser Büro! Einverstanden?"

Anne lässt sich das nicht zweimal sagen. Sie hat schon Platz genommen, während Thore hineingeht, ihre Bestellung aufgibt und Aksel anruft, der sich hier zu ihnen gesellen soll.

„Das ist tatsächlich ein Tagebuch. Und schau hier! Sie hat im Januar dieses Jahres damit angefangen. Vielleicht gibt es ja irgendwo noch mehr von solchen Büchern."

„Kannst du denn lesen, was sie geschrieben hat?"

„Nein, natürlich nicht! Aber das Datum war nicht so schwierig zu entschlüsseln."

Thore sieht missmutig auf das dicke Notizbuch: „Dann werd ich mir das wohl vornehmen müssen!"

„Was würdest du davon halten, wenn wir es Christian geben?"

„Hmmhh ... Für den Gedanken könnte ich mich erwärmen. Ich bin nicht so die Leseratte! Ist das denn überhaupt Dänisch?"

„Ich kann das nicht wirklich unterscheiden! Sieh mal selber!"

„Ja! Glück gehabt, sonst wäre ich doch dran gewesen!" Thore blättert weiter.

„Hast du das gesehen?"

Er reicht das Buch wieder zu Anne hinüber, eine Seite ist noch aufgeschlagen.

„Ja! Sie hat mehrere solcher Skizzen gezeichnet."

„Ganz schön begabt! Das ist doch ihre Freundin." Thore überfliegt den Text neben der Zeichnung.

„Und hier hat sie einiges über sie geschrieben, guck mal an, da steht: ‚Kristina ist so sensibel. Nie könnte ich sie mit meinen Sorgen belasten. Bei ihr zu sein ist für mich immer wie in eine andere Welt abzutauchen. Wie Urlaub in Italien! Sie schwebt wie ein wunderschöner Schmetterling über uns allen, ganz frei von allen blöden, irdischen Problemen. Und es geht ihr so gut dabei! Das ist wirklich ein Phänomen. Hoffentlich bekommt sie einmal einen Mann, der sie weiterschweben lässt. Meine zarte, liebste Freundin!'"

„Genau das drückt ihre Zeichnung auch aus! Ich bin beeindruckt!"

„Und wir wissen jetzt, weshalb sie ihr nicht von ihrer Schwangerschaft erzählt hat!"

„Stimmt! ... Da kommt unser Kuchen, mmhhh, der sieht ja lecker aus!"

Von der anderen Seite tritt im selben Moment Aksel an ihren Tisch und baut sich vor Anne auf: „Guten Tag, Anne!"

„Guten ... Aksel! Du hast ja Sprachunterricht genommen! Lass mich raten bei wem ...?"

Sein hilfloses Grinsen verrät ihr, dass er über die Begrüßungsworte noch nicht hinausgekommen ist.

„Komm", mit einer Handbewegung deutet sie auf den Stuhl neben sich. „Setz dich!"

„Setz dich!", wiederholt er und alle lachen.

Dann bringt Thore ihn auf den neuesten Stand, während Anne sich mit dem Rhabarberkuchen beschäftigt und dabei in Brigittas Tagebuch blättert.

Es finden sich weitere Skizzen von Personen, die Anne nicht kennt, aber auch von Brigittas Eltern.

„Sehr interessant", denkt Anne. „Der Vater ist mit dicken Strichen skizziert, aber nur sehr klein, mitten auf dem Bild der Mutter, das fast die ganze Seite einnimmt. Genau an der Stelle, wo ihr Herz ist. Die Mutter schält sich in dünnsten Linien, manchmal nur zu erahnen, aus einem Wirrwarr von Blumen und Schlingpflanzen."

„Anne, stell dir vor, wir haben ein weiteres Rätsel gelöst. Heute hat jemand einen Diebstahl zur Anzeige gebracht! Den Diebstahl einer Axt."

„Nein!"

„Und es kommt noch besser! Er hat noch am Tage des Festes damit in seinem Garten gearbeitet und sie dort liegen lassen. Und stell dir vor, er wohnt auch im Dalavegur. Fast ein Nachbar! Nur etwa 100 Meter von der Kirche entfernt."

„Dann müssen wir noch eine andere Option in Betracht ziehen. Wir sind bisher immer von einer geplanten Tat ausgegangen. Aber das sieht ja doch ganz wie ‚Affekt' aus. Er sieht sie da sitzen. Zufällig ist die Axt da … na ja, den Rest kennen wir!"

„Wen kann diese Frau nur so verärgert haben? Es ist so unvorstellbar, wenn man sie ein wenig gekannt hat."

Aber Aksel ist noch nicht fertig mit seinen Neuigkeiten. Anne beobachtet ihn, während er berichtet.

Er ist in diesen zwei Tagen schon wesentlich ruhiger geworden, die roten Flecken in seinem Gesicht sind fast verschwunden, wenn er jetzt mit ihnen spricht.

„Also, es ist so", übersetzt Thore.

„Ihr Arzt hat die Schwangerschaft Anfang Juli festgestellt. Brigitta war ausgesprochen entsetzt, als sie davon erfahren hat. Das hat den Arzt aber nicht besonders gewundert. Sie war ja zum einen noch gar nicht verheiratet und dann war sie auch noch vor Kurzem zur Bürgermeisterin gewählt worden. Zu diesem Zeitpunkt war sie im dritten Monat schwanger."

„Dann wäre sie jetzt im vierten Monat", Anne rechnet kurz, „Und im April muss es passiert sein!"

„Da war dieser Staffan natürlich schon hier!"

„Ich werde Christian gleich mal das Buch bringen."

„Christian?" Aksel horcht auf. „Christian komme!"

Er deutet auf den letzten freien Stuhl.

„Ach, er kommt? War er denn mit dir zusammen?"

Thore nickt, als Aksel seine etwas längere Erläuterung beendet hat.

„Dein Freund hat wohl Langeweile, wenn du den ganzen Tag mit mir unterwegs bist! Aber ich glaube, die beiden sind ein gutes Team. Und dein Christian hat einen guten Blick für Menschen. Das sollten wir ausnutzen."

LKA Kiel, 14:55 Uhr

„Wir haben das Auto gefunden, das du zur Fahndung ausgeschrieben hast, Hajo!"

„Wo? Strande? Altenholz?"

„Ganz kalt! Gabelsbergerstraße!"

„Gabelsberger ... aber ... das ist doch ... Mist! Das ist ja am Ostufer!"

„Jo! Und zwar ganz schön weit weg von da, wo ihr sucht, das ist schon Wellingdorf!"

„Observieren! Ihr müsst das Auto rund um die Uhr observieren!"

„Und wenn jemand kommt?"

„Auch observieren! Wenn das unser Mann ist ... Wir können den nicht einfach festnehmen! Wir müssen wissen, wo das Mädchen ist!"

„Kann mir nicht vorstellen, dass er sie da hat, wo das Auto jetzt steht. Das sind alles Mehrfamilienhäuser!"

„Wer weiß, was er da macht! Ich will sofort Bescheid wissen, wenn sich was tut!"

Tórshavn, 16:04 Uhr

„Komischer Typ, kein Wunder, dass der nicht genug Stimmen bekommen hat!"

„Traust du dem einen emotionalen Ausbruch zu?"

„Ist eher der aalglatte Politiker!"

„Und von Gefühlen war ihm nichts anzumerken! Selbst seine angebliche Betroffenheit hat er uns doch vorgespielt."

„Sie glauben ja gar nicht, wie leid mir das tut, meine Dame und mein Herr von der Polizei. In welcher Funktion treten Sie hier eigentlich auf, Frau Kogler?"

„Ganz unrecht hatte er da nicht!"

„Der will lieber seine Spezis aus Dänemark hier sehen! Außerdem glaub ich nicht, dass der auf Frauen in solchen Positionen steht. Er hat im Wahlkampf schon immer solche Bemerkungen abgelassen!"

„Also von Charme-Offensive kann wirklich nicht die Rede sein! Was hältst du von seinem Alibi?"

„Was ich davon halte ist ja erst mal ziemlich egal! Ich würde sagen, wir fragen seine Frau!"

„Bei dem kann ich mir durchaus getrennte Schlafzimmer vorstellen!"

„Du meinst, weil sie nicht neben so einem herzerwärmenden Vollpolitiker aufwachen möchte?"

„Genau!"

„Aber die haben sechs Kinder! Gewisse Sympathien müssen da wohl vorhanden sein!"

„Das sei zu wünschen!"

„Lass uns direkt zu ihm nach Hause gehen. Er wohnt hier gleich um die Ecke!"

„Gut, dann bekommen wir ihn vielleicht wieder aus dem Kopf!"

„Oder gerade nicht!"

Zwei Minuten später stehen sie vor einem sehr eindrucksvollen Gebäude. An der weiß lackierten Eingangstür prangt ein riesiges, goldenes Schild mit dem eingestanzten Namen „Neelsen".

Nur wenige Sekunden nach ihrem Klingeln öffnet ein junger Mann die Tür. Anne fragt sich kurz, ob das ein Sohn des Hausherrn sein kann. Sein Verhalten lehrt sie aber sofort, dass es sich um eine andere Spezies Mensch handeln muss.

Ach je, die haben sogar einen Butler! Und das hier meilenweit von England entfernt. Wie kommt der arme Mann sich wohl vor?

In diesem Augenblick allerdings kommt er sich äußerst wichtig vor. Erst nach mehreren Nachfragen ist er dazu bereit, Anne und Thore in der Halle warten zu lassen, während er sie der Dame des Hauses meldet.

„Die gnädige Frau geruhet zu ruhen!", erläutert Thore. „Es kann ein wenig dauern!"

Geschlagene zehn Minuten stehen sie in dem mit kaltem Prunk überladenen Raum, bis der Butler wieder erscheint und sie in einen der hinteren Räume bittet.

Dort erwartet sie eine großgewachsene, sehr schmale Frau, die ihnen ohne ein Lächeln entgegentritt.

Bevor sie sie begrüßt, schickt sie den Butler mit einigen Anweisungen wieder hinaus.

Eine noch größere Kälte als ihr Mann strahlt sie mit jeder Geste auf die beiden aus. Ein hellbeiges Twinset unterstreicht ihre vornehme Blässe. Das blonde, dünne Haar ist zu einem strengen Knoten aufgesteckt.

„Und diese Frau ist Mutter von sechs Kindern", denkt Anne.

Bevor sie alle auf kleinen, unbequemen Stühlen an einem antik aussehenden Tisch Platz genommen haben, ist der Butler schon wieder mit einem Tablett zurück.

„Frau Neelsen nimmt um diese Zeit immer ihren Tee", erläutert Thore. „Und lädt uns herzlich dazu ein!"

Anne versucht ihr dankbar lächelnd zuzunicken, aber die Freundlichkeit bleibt ihr auf halbem Wege im Halse stecken, als sie die Miene ihrer Gastgeberin sieht.

Thore kommt dann auch ohne weitere Umschweife zur Sache und übersetzt Anne die Antworten direkt.

„Selbstverständlich hat Herr Neelsen in dieser Nacht hier von 02:00 Uhr an neben ihr geschlafen. Er ist um Viertel vor zwei mit ihr zu Bett gegangen und sie sind gegen 08:00 Uhr wieder wach geworden. Und definitiv hat er sich in der Zwischenzeit nicht woanders hinbegeben. Und schon gar nicht, um einen Mord zu begehen.

„Nein, Schlafmittel würde sie niemals nehmen. Sie verfüge über einen gesunden, allerdings sehr leichten Schlaf, da es auch oft vorkäme, dass die Kinder sie nachts wecken."

Anne nippt vorsichtig an ihrem zugegebenermaßen köstlichen Tee.

„Die würde für ihren Mann alles tun. Bestimmt hat er sie in der Zwischenzeit auch schon angerufen und vorgewarnt. Man könnte sich glatt vorstellen, dass sie sogar noch weiter gehen würde, um seine Karriere zu unterstützen und sich in seinem Abglanz zu sonnen. Aber würde sie auch …"

„Frag doch mal, ob ihr Mann Schlafmittel einnimmt", bittet sie Thore.

Also mit Blicken töten, das beherrscht sie schon mal. Anne verschluckt sich fast an ihrem Tee, als Thore die Frage weitergibt.

Ohne zu antworten steht die Dame des Hauses auf und erklärt den Besuch für beendet. Als Thore darauf besteht, dass sie ihm diese letzte Frage beantwortet, erscheint wie aus dem Nichts der Butler und geleitet sie mit unmissverständlichen Gesten hinaus.

„Da hätte man ja fast eine kleine Rangelei anfangen können", meint Thore kampflustig.

„Ich wäre da ganz vorsichtig! So ein Typ kann bestimmt Karate!"

„Hallo! Sind wir von der Polizei oder was …?"

„Wir sollten lieber mal überlegen, ob wir sie in euer gemütliches Revier bestellen."

„Man könnte aus ihrer Sicht schon ein Motiv sehen."

„Wenn ihr Mann ein Verhältnis mit Brigitta gehabt hat … dann okay! Aber nur, weil ihr Mann vor ein paar Wochen eine Wahl gegen sie verloren hat … ich weiß ja nicht!"

„Letztendlich sind wir aber auch nicht schlauer als vorher!"

„Stimmt! Wir haben sogar noch eine potenzielle Verdächtige mehr!"

„Komm, lass uns nach Hause gehen! Ich hab wirklich Hunger. Und Olivia ist gerade auf dem Wiedergutmachungstrip, die hat uns bestimmt etwas Leckeres vorbereitet."

Als sie kurz danach in die Küche treten, bietet sich ihnen allerdings nicht das Bild eines köstlich angerichteten Abendmahles.

Olivia ist schon gegangen und man kann noch erahnen, dass der Tisch in der Küche sehr schön gedeckt gewesen sein muss. Jetzt aber ist auf der einen Seite alles zusammengeschoben, ein Teller hinuntergefallen und Christian steht mit einer kleinen Salatschüssel über dem Abfalleimer, um den vorbereiteten Inhalt dort hineinzuleeren.

„Bist du übergeschnappt? Was ist denn in dich gefahren?" Thore sieht ihn völlig entgeistert an.

„Nein! Bitte, Thore … lass Anne nicht … Scheiße, Mann, das wollte ich nicht."

Anne hat kurz nach Thore die Küche betreten und steht genauso stockstleif da wie ihr Gastgeber.

Als Christian sie sieht, gleitet ihm die Schüssel komplett in den Abfall und er ist schon auf dem Weg zu ihr. Gerade noch kann er sie auffangen, bevor sie mit dem Kopf an den Türrahmen prallt.

„Was ist das jetzt für eine Vorstellung?"

„Anne ... Anne bitte, wir räumen alles weg! Anne, hörst du mich ...?"

Christian hat sich zu ihr auf den Boden gesetzt und ihren Kopf sanft auf seinen Schoß gebettet, während er ihr über das Haar streicht.

„Kannst du mir ein Glas Wasser geben, Thore?"

„Wenn noch eines heil ist ...!"

„Und Thore, bitte, auch wenn sich das jetzt albern anhört, räum die Gurken weg."

„Ist Anne allergisch, oder was?"

„Nein, schlimmer!"

Thore beginnt zu ahnen, womit dieser Anfall zusammenhängt.

„Es tut mir so leid." Anne kommt langsam wieder zu sich.

„Komm, trink das, Liebes."

Sie richtet sich mit Christians Hilfe auf.

„Oh Mann! Ich war jetzt gar nicht auf so etwas vorbereitet."

Thore fischt die Salatschüssel aus dem Abfalleimer.

„Bitte, du brauchst nicht alles wegzutun! Ihr könnt das ja ... ohhh ...!"

„Komm schnell ins Bad! Komm ..." Christian hilft ihr ganz auf und Anne verschwindet schleunigst. Dann stellt er schweigend mit Thore die Ordnung auf dem gedeckten Tisch wieder her. Der Appetit auf Gurkensalat ist allerdings auch den beiden Männern vergangen, und so wandert der Rest den bereits eingeschlagenen Weg.

„Ich bring mal eben noch den Eimer raus, sonst bekommt Olivia morgen Früh auch einen Anfall."

„Thore, es tut mir so leid. Wir hätten euch das sagen sollen."

„Mach dir mal keine Gedanken, Christian!"

„Sie versucht hier alles hinter sich zu lassen."

Thore winkt ab. Er braucht keine weiteren Erklärungen. Er ahnt ja, was sie so aus der Bahn geworfen hat, aber den Zusammenhang … Bei näherem Nachdenken will er sich den gar nicht vorstellen, und wie schon so manches Mal in seinem Leben denkt er, dass es immer noch Dinge gibt, die man sich nicht erträumt hätte.

Während er den Abfalleimer leert, fällt ihm ein Spruch seiner Mutter ein, seiner lieben, lange verstorbenen Mutter, die viele solcher Sprüche kannte.

„Mit Essen spielt man nicht!"

An so etwas wird sie natürlich nicht gedacht haben, aber irgendwie passt es trotzdem.

Kiel, Bergstraße, „Hinterhof", 23:52 Uhr

„Der Typ steht hier seelenruhig und trinkt ein Bier nach dem anderen. Und ehrlich gesagt sieht der mir nicht aus, als hätte er deine Kollegin entführt."

„Wie meinst du das?"

„Milchbubi!"

„Aha! Werd mal genauer!"

„Klein! Schmächtig! Ziemlich verlottert, kaputter Parka, so eben!"

„Haare?"

„Klar Haare!"

„Das ist gar nicht klar, Mann! Beschreib mal, was für Haare!" Sven sitzt immer noch in Strande am Funkgerät. So ein Kollege hat ihm gerade noch gefehlt, dem er jedes Wort aus dem Mund ziehen muss.

„Blond, schmierig, lang! Noch was?"

Das ist er nicht!

„Warte mal kurz, ich muss mich eben mit Kollege Jenissen besprechen!"

„Hört sich nicht nach unserem Mann an", meint auch Bernd, als Sven die Beschreibung wiederholt.

„Was haben wir zu verlieren, wenn wir ihn weiter beobachten?"

„Dann läuft irgend so ein beschissener, kleiner Autodieb noch ein bisschen länger frei herum, wenn du mich fragst!"

„Mach ich ja grad! Hey ... Da bin ich wieder! Hörst du mich!"
„Wie sieht's aus?"
„Weiter dranbleiben! Hört sich zwar nicht so an, als ob das unser Mann wäre, aber wir wollen ganz sicher gehen."
„Alles roger!"
Sven steigt wieder aus dem Auto aus und streckt sich gähnend.
„Mensch Sven, leg dich ruhig auf's Ohr! Du hast heute Morgen schon so zerknittert ausgesehen. Ich schaff das hier heute Nacht auch ohne dich!"
„Wär wahrscheinlich nicht verkehrt, damit ich im Ernstfall wieder bei klarem Verstand bin."
Aber Sven hat keine Lust, nach Hause zu fahren.
„Ich leg mich hier ins Auto. Du kannst mich ja wecken, wenn du ..."
„Ich red von schlafen! Du kannst doch bei diesem Krach hier im Auto nicht pennen, Mann! Glaubst du, ich pack das nicht alleine, oder was?"
„Doch klar ... Natürlich kriegst du das hin! Ich ... ich wohn in Gaarden, da ..."
Bernd mustert ihn, während Sven versucht, eine plausible Erklärung für sein Verhalten zu erfinden.
„Kollege ... Ganz ruhig, Kollege! Hier ist mein Wohnungsschlüssel. Altenholz-Stift! Da bist du keine zehn Minuten unterwegs! Menschenleere Wohnung, menschenleeres Bett! Und tu mir den Gefallen, deck bitte den armen Vogel ab und gib ihm was zu futtern! Wir sehen uns morgen Früh!"

2. August

Tórshavn, 09:23 Uhr

„Wir wissen, wo die Mordwaffe hergekommen ist, wir wissen, dass Brigitta schwanger war und dass anscheinend alle sie mochten."
„Wir wissen, was sie gegessen und mit wem sie getanzt hat ..."

„Vielleicht sollten wir da ansetzen. Wenn wir davon ausgehen, dass es eine spontane Tat war, dann kann es ja damit zusammenhängen, was beim Tanzen gesprochen wurde. Verschmähter Verehrer, der jetzt kurz vor der Hochzeit endgültig den allerletzten Korb bekommen hat … oder so …"

„Mich interessiert noch etwas anderes, Anne! Mir geht ihre Wohnung immer noch nicht aus dem Kopf. Ich werde Aksel darauf ansetzen, wie lange sie da wohnt und wer sie für sie eingerichtet hat. Und dann soll Aksel bei ihren Eltern nachfragen, ob es noch mehr von diesen Tagebüchern gibt."

„Und wir beide klappern die Tanzpartner ab?"

„Ich hol dich hier in einer halben Stunde ab. Frühstücke mal in Ruhe zu Ende, ich geh eben bei Aksel vorbei."

Anne ist ganz dankbar, dass sie noch ein wenig sitzen bleiben kann. Ihr überreizter Magen verträgt heute Morgen nur kleine Portionen, obwohl sie einen riesigen Hunger hat.

„Ich mache mir noch einen neuen Tee. Möchtest du auch etwas, Christian?"

„Hmmh …? Was bitte …? Ah, Tee! Ja, meine Rosenblüte! Tee hört sich fantastisch an!"

Christian legt das Tagebuch zur Seite.

„Wo ist der alte Zausel hin?"

„Der alte … was …?"

„Na, du weißt schon, dieser kauzige Alte, dem die Hütte gehört, in der wir hier untergeschlüpft sind, vor dem grausigen, kalten Nebel!"

„Warst du so in dieses Buch vertieft? Er wollte noch kurz zu Aksel!"

„Das Buch hier " – Christian tippt zur Bekräftigung mit dem Zeigefinger auf Brigittas Tagebuch – „ist wirklich klasse! Die Frau hätte auch Schriftstellerin werden können."

Anne setzt sich mit dem neuen Tee wieder zu ihm.

„Erzähl mal was daraus."

Christian blättert, bis er auf eine Skizze stößt.

„Der Typ ist bei der Zeitung! Hier in der Stadt! Der war auch bei dieser Kristina. Du erkennst sie wirklich in ihren Skizzen wieder."

Anne sieht sich das Bild an. „Nett", denkt sie. „Offen! Herzenswärme, aber als Mann auch nicht ohne!"
„Lies mal vor, was da steht!"
„Bitte …!!!"
Anne sieht Christian in die Augen. Lange!
Er lächelt!
„Auch schön!"
„Hmhhh!"
„Also los! ‚Petter – die Zeitung! Best mate! Du hast schon wieder jemandem das Herz gebrochen. Pfui, schäm dich! So ein kleines Ding! Und dann noch aus Dänemark, ohne Mama in der Nähe – zum Ausheulen. Gestern war sie bei mir, deine neue Trophäe! Erst sie: Schuft, Schwein, widerlicher Kerl … Meinst du, er liebt mich vielleicht noch ein bisschen? Ich: Nein, denn Schuft, Schwein, widerlicher Kerl!!! Dann sie wieder: Nein, nein, nein!!! Superhero, Liebe meines Lebens, so schön (!), das Beste, was mir jemals … Die Nummer! Also wirklich, Petter, wie machst du das immer? Gut, dass ich nicht auf dich hereingefallen bin, abgesehen von unserer konsequenzlosen Sandkastenverlobung! Und spar dir deinen ‚Mit-dir-wäre-alles-anders-Liebe-meines-Lebens'-Erguss.

Was sagst du zu diesem Neelsen? Wenn ich es nicht mit eigenen Ohren gehört hätte …! Und seine Frau! Ich denk immer nur ‚diese armen Kinder!'. Übrigens: Danke für dein Schweigen. Ich kenne keinen Journalisten, bei dem meine Geheimnisse so gut aufgehoben sind. Und dann noch … Petter …! Danke für dich! Manchmal glaube ich, du bist das Beste, was ich im Leben habe! Traurig, oder? Jetzt hab ich so viel an dich gedacht, jetzt brauch ich eine Prise von dir! Reden, reden, reden! Ich komme gleich zu dir rüber! Hoffentlich ist da nicht schon wieder ein neues Herz, das gebrochen werden muss …'"
„Sieh mal an! Den sollten wir vielleicht als Ersten besuchen!"
„Anne … wirklich!"
„Wie …? Ach, du Blödmann, die Herzensbrecher-Rolle in meinem Leben ist doch schon besetzt! Wir wollen heute mit den Herren reden, die das Vergnügen hatten, mit ihr auf dem Fest zu tanzen, oder die ihr nahe waren."

„Ich war ihr nahe!"

„Ja, aber du hast in der fraglichen Zeit erst eine andere Frau zerliebt und dann geschlafen wie ein Baby!"

Christian lächelt zufrieden.

„Sag mal, da wurde doch dieser Neelsen erwähnt. Wann hat sie denn den Text wohl geschrieben?"

„Wer ist Neelsen?"

„Ihr politischer Gegenspieler!"

„Oha! ... Moment ... Im April ... Die heiße Wahlkampfphase!"

„Da kommt unser Zausel-Gastgeber, um mich abzuholen!"

„Anne ... Wirklich, wie redest du wieder?"

Tórshavn, 11:21 Uhr

„Ich wusste gar nicht, dass Brigitta Tagebuch geführt hat."

„Wenn man diesen Eintrag über Sie liest, bekommt man den Eindruck, dass sie so etwas wie ihr bester Freund waren."

„Nicht so etwas wie ... ich war ihr bester Freund! Wir kennen uns seit unserer Kindheit! Sie war damals sehr viel bei uns. Ihre Mutter war ja schon krank. Geschwister! Das trifft es fast eher! Wir waren wie Bruder und Schwester!"

Auf breiten, bequemen Ledersesseln sitzen sie Petter in seinem chaotischen, aber durchaus gemütlichen Büro bei der Tageszeitung gegenüber.

Brigittas Petter! Kein aalglatter Schönling, kein nonchalanter, von sich überzeugter Blödmann!

Anne findet ihn ausgesprochen sympathisch. Ein großer Junge, leicht zerzaustes, dunkles Haar, ein entwaffnend freundliches Lächeln, mit dem er sie vor zehn Minuten begrüßt hat. Das ist kein Journalist, der sich mit Klatschgeschichten wichtigmachen will, und keiner, der sich in seiner beruflichen Laufbahn lange mit Berichten über Kaninchenzüchtervereine aufhalten wird. Petter ist jemand, dem sein Gegenüber vertraut, weil er ihn als Persönlichkeit wahrnimmt und als solche auch wichtig nimmt.

Jetzt ist Anne sein Gegenüber. Sie führt die Befragung auf Englisch durch, das er fast akzentfrei spricht.

„Erzählen Sie doch bitte, wie Sie den Abend des Festes erlebt haben."

„Das hab ich für mich auch schon zigmal rekapituliert. Ob mir etwas aufgefallen ist, meine ich. Aber gar nicht. Alles völlig normal. Also: Staffan war schon früh gegangen und so hatte ich sie quasi noch einmal fast für mich! Wir haben etwas zusammen gegessen. Und ein paarmal getanzt. Ich habe dann noch mit anderen Leuten gesprochen. Danach hab ich sie aus den Augen verloren. Wir waren vielleicht so bis kurz vor 11:00 Uhr zusammen und später hab ich sie immer nur von Weitem gesehen. Sie war so glücklich, dass sie die Wahl gewonnen hat, und ich glaube, das hat sie an diesem Abend ganz für sich gefeiert. Also ganz für sich war sie natürlich nicht, aber ich meine, sie hat es an diesem Abend einfach genossen. Nicht, dass sie im Mittelpunkt stand und alle ihr anfingen zu huldigen. Das war gar nicht ihres! Sie wollte nicht Bürgermeisterin werden, um Macht über die Menschen zu haben. Sie wollte etwas bewegen. Wollte uns Färinger zu unserer eigenen Identität zurückführen.

Einmal hab ich sie sogar alleine tanzen sehen. Da war sie … am Rand der Tanzfläche … Mein Gott …!"

Petter stützt den Kopf schwer auf die Hände. Seine Betroffenheit wirkt absolut ehrlich. Aber Anne hat in dieser Beziehung schon so einiges erlebt.

„Wie lange sind Sie selber geblieben?"

„Bis zum Schluss. Ich war einer der Letzten. Ich glaub, ich war so gegen halb vier zu Hause. Der Nebel hatte sich schon fast verzogen!"

„Wer war da noch bei Ihnen?"

„Die letzte Stunde war ich mit Brigittas Cousin zusammen, und als wir gehen wollten, kam uns noch sein Vater entgegen. Ich bin dann alleine weg und die beiden sind wohl zusammen nach Hause."

„Ist Ihnen unterwegs noch jemand aufgefallen?"

Halb vier ist in etwa die Zeit, in der Brigitta erschlagen wurde.

„Nein, ich bin keinem begegnet."

„Also gibt es auch niemanden, der bezeugen könnte, dass Sie nicht noch durch den Dalavegur gegangen sind?"

„Ich …? Sie glauben, dass ich …?"

„Nun, Sie haben keine Zeugen, Sie hatten die Gelegenheit und vielleicht sogar ein Motiv!"

„Ein Motiv …? Was denn für ein Motiv? Wissen Sie, was Brigitta mir bedeutet hat?"

„Sagen Sie es mir!"

„Wir haben doch am Anfang schon darüber gesprochen! Sie war mir wie eine Schwester … ja, fast wie ein Teil von mir selber!"

„Und jetzt heiratet sie einen anderen. Irgend so einen Isländer!"

„Aber ich kenne Staffan schon lange. Die beiden waren doch schon in Paris zusammen!"

„Waren Sie denn auch in Paris?"

„Ich hab dort auch eine Zeitlang studiert und sogar mit Brigitta zusammengewohnt. Dann bin ich noch nach London gegangen. Brigitta ist länger in Paris geblieben."

„In ihrem Tagebuch steht, dass Sie sie als Liebe ihres Lebens bezeichnen würden."

„Ach das war doch nur … das war doch nicht so gemeint … Wir kennen uns ja quasi aus dem Sandkasten. Und damals haben wir uns verlobt … sozusagen … Ich hab gesagt: ‚Gitta, wenn du groß bist, musst du mich heiraten!' Und sie hat gemeint: ‚Mach ich, wenn da nicht noch ein Besserer kommt!' Da waren wir vier Jahre alt oder so!"

„Und jetzt kam da ein Besserer!"

„Hören Sie, Sie liegen völlig falsch!"

„Wissen Sie, dass Brigitta schwanger war?"

„Ja!"

„Und dieses Kind … War das vielleicht von Ihnen?"

„Von mir? Ein Kind! Wir beide haben nie … aber auch wirklich niemals miteinander geschlafen. Was denken Sie denn von Gitta? Für sie gab es nur Staffan. Da war nie ein anderer!"

„Von Ihnen können wir ruhig so etwas denken."

„Von mir können Sie denken, was Sie wollen. Solange Sie nicht auf diese abstruse Theorie verfallen, ich hätte sie ermordet!"

„Trotzdem meinen wir, dass das Kind nicht von ihrem Verlobten ist!"

„Nicht ...? Hat Staffan das denn behauptet?"

„Nein, er bekennt sich zu der Vaterschaft!"

„Ja aber ... wie kommen Sie auf die Idee? Da war kein anderer in Brigittas Leben, der ihr etwas bedeutet hätte."

„Und jemand, der ihr eigentlich nichts bedeutete?"

„Ich weiß von keinem. Sie war auch nicht die Frau, die so einfach ... sie wäre nicht mit irgendjemandem ins Bett gegangen!"

„Und wenn sie es selber gar nicht wollte? Wenn ihr Gewalt angetan worden ist?"

Petter hat seine Gesichtszüge schnell wieder unter Kontrolle. Trotzdem meint Anne für einen kleinen Moment eine Unsicherheit erkannt zu haben.

„Wissen Sie etwas? Hat sie Ihnen etwas erzählt?"

„Nein, sie hat mir gar nichts erzählt!"

„Es könnte jemand aus Ihrem unmittelbaren Umfeld gewesen sein! Jemand, den Sie gut kennen! Was ist mit diesem Neelsen?"

„Der Vollidiot? Da liegen Sie aber ganz falsch! Das ist doch ein Moralapostel, wie er im Buche steht!"

„Immerhin ist er ihr politischer Gegner gewesen!"

„Das hätte sie doch publik gemacht! Das wäre für sie doch wie ... ach, ich weiß nicht! Aber Sie liegen da völlig falsch! Brigitta ist immer so resolut gewesen. Sie wusste absolut, was sie wollte. Das hätte sie sich von keinem gefallen lassen!"

Jetzt mischt Thore sich in das Gespräch.

„Was ist mit ihrer Wohnung?"

„Was soll damit sein?"

„Sie wirkt so unbewohnt! Wie möbliert gemietet!"

„Ja, das hat uns auch alle gewundert. Sie hat nie jemanden zu sich eingeladen. Hatte nie etwas zu essen im Haus. In Paris war das ganz anders. Da haben sich immer alle bei ihr oder dann bei uns getroffen. Außerdem hatte sie sich dort supergemütlich eingerichtet! In ihrer Wohnung hier hat sie sich nie wohl gefühlt. Keine Ahnung, warum! Ich hab sie oft danach gefragt, aber das Thema war für sie tabu."

„Was hatten sie denn für nach der Hochzeit geplant? Die Wohnung von Herrn Haldurson ist ja nicht sehr groß. Wo wollten sie wohnen?"

„Erst mal genau da, bei Staffan! Sie war unglaublich froh, endlich aus ihrer eigenen Wohnung herauszukönnen."

„Warum ist sie denn nicht schon vorher alleine ausgezogen? Gibt es hier so wenige Wohnungen?"

„Ja! Das mal auf jeden Fall. Vor allen Dingen in dieser Lage! Aber, wie gesagt, sie hat nie darüber gesprochen."

„Auch nicht mit ihrem besten Freund?"

„Nein, auch nicht mit mir!"

„Was haben Sie sich denn gedacht, warum das so war?"

„Konnte ich mir nie einen Reim darauf machen. Keine Ahnung!"

„Gehörte die Wohnung ihr?"

„Ihren Eltern! Also ihrem Vater! Dem gehören mehrere Häuser hier am Hafen."

„Auch schon in ihrer Kindheit?"

„Die sind so nach und nach alle von ihm aufgekauft worden. Wann da welches …? Weiß ich nicht genau."

„Und dieses eine?"

„Kann ich nicht sagen. Hören Sie, diese blöde Wohnung hat doch nichts mit ihrem Mörder zu tun. Sie hat sich da eben einfach nicht wohl gefühlt. Das gibt es doch!"

„Ja, klar gibt es das!" Aber das heißt nicht, dass es keinen konkreten Anlass dafür gibt, und es heißt auch nicht, dass dieser Anlass nicht mit ihrer Ermordung in Zusammenhang steht.

„Kennen Sie jemanden, der Brigitta sehr gerne gemocht hat, jemanden, dessen Zuneigung sie abgewiesen hat? Der unglücklich in sie verliebt war?"

„Ja und nein! Es gab, glaube ich, eine ganze Menge Typen hier, die in sie verknallt waren!"

Thore räuspert sich, als er an seinen eigenen Sohn denkt.

„Aber ich könnte Ihnen nicht sagen, ob da jemand war, der es besonders ernst gemeint hat!"

„Hat sie sich mal über jemanden beklagt? Jemanden, der besonders aufdringlich war? Sie öfter belästigt hat, ihr gefolgt ist, so etwas …?"

„Da war schon mal der eine oder andere. Sie war so schön, wissen Sie! So schön, so lebenslustig! So etwas wie ein Hauptgewinn!"

„Fallen Ihnen da vielleicht ein paar Namen ein?"

„So spontan …!"

„Überlegen Sie in Ruhe! Jede Kleinigkeit kann wichtig sein. Ein Blick, eine Bemerkung! Meistens ist es ja ganz gut, wenn man nicht weiß, welche Abgründe in unseren Mitmenschen lauern, aber in so einem Fall müssen wir uns leider gerade damit beschäftigen."

„Ich lasse Ihnen etwas zukommen. Alles, was mir einfällt!"

„Es versteht sich von selbst, dass von diesem Gespräch morgen nichts in Ihrer Zeitung zu lesen ist?"

„Ich schreibe nicht über sie! Das habe ich den Kollegen schon gesagt! Ist sowieso nicht mein Ressort. Wirtschaft, Politik, Ausland! Das ist mein Part."

„Passt", denkt Anne, während Thore sich erhebt.

„Es kann sein, dass wir noch einmal mit Ihnen reden müssen."

„Bitte, ich bin gerne für Sie da! Wenn ich nur irgendwie helfen kann!"

„Sollten Sie übrigens Trauzeuge sein?"

„Ja, sollte ich! Aber Staffans, nicht Brigittas! Ihre Trauzeugin wäre natürlich Kristina gewesen!"

„Natürlich!"

„Was hältst du von ihm?", will Anne von Thore wissen.

„Wirkt absolut echt! Betroffen, kooperativ, sympathisch! Nicht der klassische böse Bube!"

Anne muss an Lorenz Feddersen denken. Sie ist sich vollkommen sicher, dass er es war, der seine Frau eines Abends nach einem Streit auf dem Deich erschlagen hat, sie hat es ihm aber nie beweisen können. Auch er war tief betroffen, kooperativ und nicht unsympathisch! Und er lebt jetzt weiter in diesem kleinen Nest an der Nordsee, wo er seine drei Kinder großzieht!

Kann man die beiden Männer vergleichen? Nur wenn die Beziehung zwischen Brigitta und Petter doch eine andere war, als er vorgegeben hat. Aber auch ihre Eintragung deckt sich mit seinen Angaben. Also könnte es nur eine heimliche Leidenschaft seinerseits sein, die sie nie bemerkt hat. Unwahrscheinlich, sehr unwahrscheinlich!

„Ich halte den auch nicht für ihren Mörder. So ein selbstbewusster Typ! Der ruht in sich, spielt ein bisschen mit dem Leben und seinen kleinen Verhältnissen. Eine versteckte Passion für eine Frau wie Brigitta. Das passt nicht!"

„Er hat kurz gezögert, als ich nach dem Vater und einer möglichen Vergewaltigung gefragt habe."

„Ja! Das sollten wir uns einmal merken! Er hat ja ihre Ehre auch wirklich sehr verteidigt!"

Kiel-Strande, 14:21 Uhr

„Wir sind bald durch hier! Scheiße, Mann, keine Spur vor irgendwas!"

Hajo hat sich zu den beiden Einsatzleitern in Strande gesellt.

„Ihr dürft nicht nachlässig werden. In keinem Moment! Der Typ kann noch mit seiner hundertjährigen Mutter zusammenwohnen, die euch oben die Tür aufmacht und einen vorjammert, während er unten seine Gurkennummer abzieht!"

„Kannst du dir vorstellen, dass er Familie hat? Frau, Kinder und so …?"

„Es geht nicht darum, was ich mir vorstellen kann, Sven! Ich kann mir nämlich auch überhaupt nicht vorstellen, eine junge Frau in meinem Keller anzuketten und zu Tode zu quälen. Deshalb meine ich, bei dem ist alles andere auch möglich und ihr müsst in jeder Sekunde wachsam sein. Allerdings halte ich so eine Familiensache nicht unbedingt für wahrscheinlich. Ich meine immer, wer Kinder hat, der … na egal! Für uns ist erst einmal jeder verdächtig!"

„Was ist mit unserem kleinen Autodieb?"

„Schläft!"

„Wenn der heute Abend keine Anstalten macht, ein Kellerverlies hier am Westufer aufzusuchen …"

„Dann ist der fällig!"

„Wo sollen wir als nächstes hin?"

„Friedrichsort, würde ich sagen, und dann Dänischenhagen!"

„Können wir nicht noch etwas machen? Was ist, wenn der Typ jetzt woanders wohnt? Oder wenn wir gar keine Idee hätten, wo er sich aufhalten könnte? Wie würden wir vorgehen, wenn eure Kollegin euch nichts hätte erzählen können?", schaltet sich Bernd Jenissen ein.

„Wir würden von dem Ort ausgehen, von dem wir wissen, dass er sich dort aufhält! Dem Strand!"

„Lasst uns doch jeweils einen Kollegen oben auf dem Parkplatz und einen oder zwei unten am Strand postieren."

„Die können vielleicht auch die Leute da ein bisschen informeller aushorchen. So von Sonnenanbeter zu Badenixe!"

„Was ist mit einem Aufruf in den Kieler Nachrichten? Wir haben ja nichts geheim zu halten. Der weiß ja, dass wir ihn suchen."

„Ich werd das alles veranlassen! Halte euch auf dem Laufenden!" Hajo steigt in seinen Wagen.

„Wir müssen das hinkriegen, Sven! Sonst verlieren wir nicht nur dieses Mädchen!"

Tórshavn, 17:34 Uhr

„Ich bekomme so allmählich ein ganz gutes Bild von dem Abend!"

„Nur leider war bisher alles ‚Superpartystimmung'! Keinem ist auch nur ansatzweise etwas aufgefallen, was uns weiterhelfen könnte."

Anne und Thore haben den ganzen Tag einen Freund von Brigitta nach dem anderen besucht. Sind aber, außer dass sie alle möglichen Abstufungen von Erschütterung erlebt haben, um keine Erkenntnis reicher geworden.

„Ich habe dieses Fest genauso erlebt, wie die jungen Leute es schildern. Das einzig Bedrohliche in der Nacht war aus meiner Sicht der Nebel!"

„Der wird unserem Mörder ganz gelegen gekommen sein. Wahrscheinlich hat es ihm die Möglichkeit verschafft, unerkannt die Axt zu entwenden und sich dann von hinten an unsere Bürgermeisterin anzuschleichen."

„Wahrscheinlich!"

„Machen wir heute noch einen Verwandtenbesuch? Du steuerst schon so in Richtung Dalavegur."

„Da möchte ich ausnahmsweise einmal gerne mit dem Auto fahren. Die wohnen in Hoyvik, etwas außerhalb, und ich habe heute Abend keine Lust mehr dahin zu gehen."

„Ich denke, du hast kein Auto?"

„Wir nehmen natürlich den Polizeiwagen!"

Der Polizeiwagen steht bereits vor Thores Haus, als sie dort kurz danach eintreffen. Drinnen sind Christian und Aksel mit mehreren Büchern beschäftigt.

„Kommt ihr schon?", grinst Christian sie erfreut an.

„Wir arbeiten hier noch!"

„Was habt ihr da für Bücher?", will Thore wissen.

Und Aksel, der gleich aufgesprungen ist, als sie hereingekommen sind, klärt ihn auf. So viel Dänisch versteht Anne inzwischen. Es handelt sich um Brigittas Tagebücher, die ihr Vater ihnen zur Verfügung gestellt hat.

In zackigem, fast militärischem Tonfall berichtet Aksel, was er tagsüber gemacht hat. Als er fertig ist, ergänzt Christian leise: „Melde gehorsamst!!!"

„Alles gut, Aksel! Nun komm mal wieder runter!", grinst jetzt auch Thore.

„Aksel hat für uns ein wenig in der Familiengeschichte recherchiert", erläutert er Anne.

„Das Haus, in dem Brigitta gewohnt hat, und ein paar andere am Hafen gehören ihrem Vater und ihrem Onkel zu gleichen Teilen. Die beiden haben im Laufe der letzten zwanzig Jahre mehrere Häuser dort aufgekauft. Bei denen scheinen die Geschäfte dann wohl ganz gut zu gehen. Der Onkel von Brigitta ist übrigens Anwalt. Ein ziemlich prominenter Mann auf den Färöern. Er kümmert sich auch um die Verwaltung der Häuser."

„Ist das der gleiche Onkel, den wir heute Abend noch besuchen wollten?"

„Genau der!"

Aksel setzt zu weiteren Erläuterungen an.

„Vielleicht kommst du mit uns und erzählst uns das im Auto."

„Und ich? Komm ich auch mit?"

„Wir machen doch keine Landparty!"

„Vielleicht ein anderes Mal!"

„Ach, macht doch, was ihr wollt! Ich hab ja hier noch zu lesen! ... Aber kommt nicht so spät wieder! Es wird schon früh dunkel!"

„Na, wenn wir das nicht schaffen!"

Im Auto erläutert Thore, was Aksel über die Familie herausgefunden hat. Kömand ist der jüngere Bruder von Erik Sörensen. Er und seine Frau Susanna haben vier Söhne. Da sie sehr jung geheiratet haben, sind alle vier älter als Brigitta.

Kömand Sörensen hat die größte Anwaltskanzlei auf den Färöern und seine Frau widmet sich vollständig ihrem sozialen Engagement. Sie betreibt in unmittelbarer Nachbarschaft zu ihrem eigenen Haus eine Einrichtung für Waisenkinder.

„Meine Frau hat dort ein paar Jahre gelebt", erzählt Aksel weiter.

„Sie kommt aus Eidi, das ist auf der Nachbarinsel. Dort fahren fast alle Männer zum Fischen hinaus. Ihr Vater ist auf See geblieben, da war meine Frau zehn Jahre alt, und ihre Mutter ist dann zwei Jahre später krank geworden. Sie kam hier nach Tórshavn ins Krankenhaus und Frida zu den Sörensens."

„Wie war es für Ihre Frau, dort zu leben?"

„Die Frau Sörensen ist eine tolle Person. Sehr warmherzig! Hat die Kinder beinahe wie eigene behandelt. Alle essen immer zusammen in der großen Halle des Hauses, in dem die Familie lebt. Dann gibt es noch ein anderes Haus. Da schlafen die Kinder, um die sie sich kümmert. Es gibt einen großen Spielplatz auf dem Hof und sogar einen eigenen Lehrer. Als meine Frau da gelebt hat, waren die Sörensen-Söhne schon fast erwachsen. Sie gingen in Dänemark auf ein Internat. Aber wenn sie zu Hause waren, hatten sie die gleichen Pflichten wie die Waisenkinder. Sie mussten auf dem Hof helfen und hatten Küchendienst, und sie haben immer alle zusammen gespielt."

„Dann muss doch auch unsere Brigitta manchmal da gewesen sein."

„Das ist möglich, aber davon hat Frida nichts erzählt."

„So, jetzt sind wir fast da!" Thore lenkt in eine Seitenstraße. „Da könnt ihr aber froh sein, dass ihr mich habt. Ich kutschiere euch und übersetze gleichzeitig eure Plauderei."

„Ach Thore, wir wären völlig aufgeschmissen ohne dich ... Mein Gott, ist das hier schön!"

Das Anwesen der Sörensens liegt nicht weit vom Meer entfernt. Es umfasst zwei große Gebäude, sehr große sogar, wenn man sie mit den vielen kleinen Häusern vergleicht, die das Straßenbild in Tórshavn prägen. Eine Hälfte des Innenhofes ist tatsächlich ein Spielplatz mit Schaukel, Wippe und einem riesigen Sandkasten. Um beide Häuser gibt es einen kleinen Garten, in dem jetzt, Anfang August, die Blumen in voller Pracht erblüht sind. Zum Meer hin schützt eine Hecke von ansehnlicher Größe gegen den ständig wehenden Wind. Dahinter kann Anne die grasenden Schafe erkennen, die auf keiner freien Grasfläche fehlen dürfen.

Jetzt gegen 18:00 Uhr am Abend ist keiner draußen zu erblicken. Wahrscheinlich Abendbrotzeit! Dieser Gedanke bestätigt sich, als sie durch die offene Tür ins Haupthaus blicken. Um einen riesigen Tisch herum, der in seiner Länge fast die ganze Diele ausfüllt, sitzen etwa zwanzig Personen.

Ist es der Duft nach Zimt, der durch das Haus strömt? Oder der ruhige, warme Sommerabend, der eine unbestimmte Sehnsucht in Anne hervorruft? Ihre Sinne sind geweckt.

In dem Haus herrscht eine dicke, fette Idylle. Nur Astrid Lindgren kann so eine Stimmung beschreiben, ohne dass sie kitschig und überzogen wirkt. Alle drei Bullerbü-Familien wohnen hier zusammen, und dazu noch ein paar kleine und größere Kinder mehr.

Und eine Königin. Die gibt es nicht in Bullerbü, aber hier! Sie residiert an der gegenüberliegenden, langen Seite des riesigen Tisches.

Klein und zierlich ist diese Frau, doch sie strahlt eine Präsenz aus, die jeden, der mit ihr am Tisch sitzt, unbedeutend erscheinen lässt und die drei Polizisten auf der Türschwelle sofort in ihren Bann zieht.

Für einen kurzen Moment erscheint Susanna Sörensen verwirrt über den unangemeldeten Besuch. Dann geht ihr Blick zu Aksel und ein Strahlen breitet sich aus.

„Aksel!"

Sie spricht Färingisch. Ganz traditionell! Auch die Tracht und der um den Kopf geflochtene Zopf. „Sie ist eine Frau der Inseln und sie lebt für deren Kinder. Das ist es, was sie ausstrahlt", denkt Anne.

Als sie jetzt um den Tisch geht, um die Gäste zu begrüßen, vertieft sich ihr warmes Lächeln noch. Für ein paar Sekunden ruht ihr Blick auf jedem von ihnen. Dann schließt sie Aksel in die Arme, den Ehemann eines ihrer ehemaligen Schützlinge. Ein Wortschwall folgt, aus dem Anne nur einzelne Namen erkennt. Sie erkundigt sich nach Frida, nach ihren Kindern. Kennt alle mit Namen.

Eine weitere Umarmung, dann wendet sie sich Anne zu. Warme Willkommensworte zu dem plötzlich so traurigen Gesichtsausdruck. Thore tritt neben sie und übersetzt, dass Brigitta wie eine Tochter für sie war, und dass sie die Polizei schon erwartet haben. Leider würden sie jetzt gerade zusammen das Abendbrot einnehmen. Das wäre eine wichtige Tradition auf ihrem Hof. Ob noch ein wenig mit den Gesprächen gewartet werden könne. Sie seien auch herzlich eingeladen.

Thore antwortet ihr selber und Anne betrachtet die Frau genauer. Die Hausherrin! Die Tante von Brigitta! „Sie muss mindestens fünfzig Jahre alt sein", denkt sie. „Aber ihre Bewegungen und ihr Äußeres lassen sie wesentlich jünger erscheinen."

Wären da nicht die Augen, Anne hätte sie auf gerade einmal dreißig Jahre geschätzt. Diese Augen! Nicht blau, wie die üppigen blonden Haare hätten erwarten lassen, sondern tiefbraun, fast schwarz. Diese Augen haben vieles gesehen, und wenn es stimmt, dass Augen ein Spiegel der Seele sind, dann würde Anne darauf schwören, dass diese Seele auch einiges erlitten hat.

Die Betriebsamkeit am Tisch ist während ihrer Begrüßung wieder aufgelebt. Die Kinder rufen durcheinander, nur die vier jungen Männer blicken immer wieder zu ihnen hinüber.

Ihre Mutter zeigt jetzt auf eine Tür im hinteren Bereich und einer der Söhne erhebt sich. Er hat viel Ähnlichkeit mit ihr, die gleiche aufrechte Haltung, das dichte Haar. Als er bei ihnen ist, begrüßt er sie in akzentfreiem Englisch. Er bittet alle in den Raum, auf den seine Mutter gerade gedeutet hat.

„Sie wollen bestimmt mit uns Brüdern sprechen."

„Wir würden aber auch gerne mit Ihrem Vater und Ihrer Mutter reden."

„Nun, auf meinen Vater werden Sie ein wenig warten müssen, der füttert gerade meine Tochter, das kann erfahrungsgemäß noch dauern."

Und wie zur Bekräftigung sieht Anne die kleine Hand des etwa einjährigen Mädchens in einen Teller mit Brei sausen, den ihr Großvater unvorsichtigerweise direkt vor ihre Nase gehalten hat.

Der Raum, in den der junge Herr Sörensen sie führt, ist ein Raum für die Kinder. Es gibt eine Spielecke und niedrige Schränke, in denen Anne allerlei weiteres Spielzeug vermutet. Alle Möbel sind aus warmem Kiefernholz und mit bunten Griffen verziert. Eine geschlossene Veranda, die an den Raum angrenzt, eröffnet einen atemberaubenden Blick zum Meer hin. Sie nehmen an einem Tisch mit einer Eckbank Platz. Der junge Mann räumt einige Malhefte und Schulbücher zur Seite.

„Sie sind der älteste Sohn?"

„Ja!"

„Und Ihr Name ist …?"

„Lasse! Lasse Sörensen!"

Noch mehr Bullerbü!

„Lebst du hier auf den Färöern mit deiner Familie?" Thore ist offensichtlich ein wenig über die Familienverhältnisse informiert.

„Teils, teils … Ich habe hier mit meiner Tochter eine kleine Wohnung auf dem Hof meiner Eltern. Ich arbeite zusammen mit meinem Vater in seiner Kanzlei. Und meine Frau … sie ist sehr viel auf Reisen. Sie ist Auslandskorrespondentin bei der London Times. Engländerin! Sie hat in London unsere alte Wohnung behalten, und wenn sie ein paar Tage Zeit hat, kommt sie zu uns. Leider konnte sie in diesem Jahr nicht zur Parlamentseröffnung, unserer Olavsvöka, kommen."

„Aber Ihre Tochter ist doch noch sehr klein!"

Anne ärgert sich in dem Moment, als sie diesen Satz ausgesprochen hat. Was für chauvinistische Ansichten vertritt denn ausgerechnet sie hier gerade!

„Sie ist jetzt 14 Monate alt! Deshalb war meine Frau auch bis Mai für über ein Jahr hier bei uns, aber sie ist kein Mensch, den es lange an einem Fleck hält. Außerdem fehlt es unserer Annika hier an nichts! Meine Mutter ist glücklich, wieder ein kleines Kind im Haus zu haben ... nicht, dass hier nicht genug Kinder herumlaufen würden ... und mein Vater, der verwöhnt sie nach Strich und Faden, wenn er einmal hier ist. Die beiden sind unzertrennlich! Endlich ein Mädchen im Haus. Mein jüngster Bruder Ole hat auch schon zwei Kinder, aber das sind wieder ‚nur' Jungen, so wie wir!"

„Ist Ihre Cousine nicht sozusagen bei Ihnen mit aufgewachsen?"

„Brigitta! Ja, sie war viel hier bei uns! Aber sie war auch viel bei Petter und dann im Laden, das war wie ein großes Spielzeughaus für sie! Als sie so klein war wie Annika jetzt, da ging es meiner Tante glaube ich auch noch etwas besser und sie konnte sich selber mehr kümmern."

„Beschreiben Sie doch bitte einmal Ihr Verhältnis zueinander."

„Ach, Frau Kogler!" Lasse sieht ihr direkt ins Gesicht. Dann fährt er sich mit der Hand über die Augen, als könne er sie angesichts der traurigen Realität nicht länger geöffnet halten. „Es ist so schwierig darüber nachzudenken. Gitta ...! Sie war für uns alle hier in Tórshavn ... Wie soll ich das beschreiben ... irgendwie war sie die Zukunft. Voller Pläne! Voller guter Ideen! Ich meine immer, jeder Mensch ist einzigartig und verdient es, für seine Besonderheit gewürdigt zu werden ... aber Gitta ...! Sie stach noch einmal aus uns anderen Einzigartigen hervor! Und es war mit Sicherheit nicht in erster Linie wegen ihrer Schönheit! Viele sind schön, aber Gitta, die hat ... wie soll ich es beschreiben? Sie hat von innen geleuchtet! Vielleicht trifft es das!"

Anne hat sie am Tag des Olavsfestes ja auch gesehen und weiß sofort, was Lasse meint. Da ist so etwas in ihr gewesen ...

„Würden Sie sagen, dass Sie in Ihre Cousine verliebt waren?"

„Definitiv! Man konnte gar nicht anders, als sich in Gitta zu verlieben! Wir vier Brüder waren es, unsere Freunde ... irgendwie die ganze Stadt. Es war, als finge man Feuer, wenn man mit ihr zusammen war!"

„Ich meine das weniger als Flächenbrand, sondern als Ihr ganz persönliches Gefühl! Was hat der junge Mann Lasse für diese Brigitta empfunden?"

„Ganz genau das habe ich auch gemeint! Wenn sie hier bei uns war, früher als kleines Mädchen. Wir hatten ja auch viel Spaß ohne sie, ganz bestimmt. Aber wenn sie einmal da war, dann war es einfach perfekt! Ich bin fast sieben Jahre älter als Gitta, das ist eine ganze Menge, wenn man zwölf ist, aber wenn sie da war, haben wir immer alle zusammen gespielt. Und sie war die Kleinste, aber trotzdem unsere Anführerin!"

Der Blick von Lasse geht aus dem Fenster und zurück in eine glückliche und jetzt golden verklärte Kindheit.

Anne lässt ihm ein wenig Zeit und übersetzt derweil für die anderen beiden, was diese von dem schnellen, auf Englisch geführten Gespräch nicht verstanden haben.

„Und später dann? Wie entwickelte sich Ihr Verhältnis, als Sie älter wurden?"

Lasse gleitet zurück von den Feldern seiner Kindheit in die Realität der polizeilichen Befragung.

„Ähm ... als wir ... ja, als wir älter wurden ... Wir haben uns dann kaum noch gesehen. Wir haben ja alle unsere Ausbildung im Ausland abgeschlossen, bis auf Ole, meinen jüngsten Bruder, der wollte nie von hier weg! Wir anderen haben unseren Schulabschluss in Dänemark gemacht und dann studiert. Ich zum Beispiel in Kopenhagen und London. In dieser Zeit haben wir uns eigentlich nur im Sommer gesehen. Nur Ende Juli haben wir es alle immer geschafft, hier zu sein."

„Und in einem dieser Sommer haben Sie sich dann richtig ineinander verliebt!"

„Wir uns ... wie meinen Sie das?"

„Sie beide! Gitta und Sie, Lasse! Wann sind Sie ein Paar geworden?"

„Aber ... wie kommen Sie denn darauf? Wir waren nie ein Paar! Da war gar nichts! Wir waren Cousin und Cousine! Immer! Sie war ja eher wie eine kleine Schwester für mich! Außerdem kenne ich meine jetzige Frau auch schon seit zehn Jahren. Wir haben in London zusammen studiert und seitdem sind wir zusammen!"

„Und trotzdem haben Sie ihre Cousine verehrt! Sie haben gesagt, Sie waren in sie verliebt! Haben Sie sich vielleicht heimlich geliebt?"

„Unsinn! Da war nie …! Wer hat Ihnen so einen Quatsch erzählt? Aksel, du weißt doch, wie es war, damals mit Gitta! Wir haben sie alle gemocht, aber da war nie jemand …!"

Er wiederholt den Satz auf Dänisch, weil Aksel ihn verständnislos anblickt.

Anne versteht die Erwiderung ihres Kollegen nicht, aber sie kann sich denken, warum sein Blick sich auch auf den dänischen Satz hin nicht geändert hat. Aksel spielt in einer anderen Liga! Die beiden kennen sich nur, weil Aksels Frau in der Einrichtung für Waisen von Frau Sörensen aufgewachsen ist. Einen gemeinsamen Freundeskreis gibt es nicht.

In holprigem Englisch schaltet sich Thore ein.

„Wusstest du, dass Brigitta schwanger war?"

„Gitta? … schwanger?"

Das Entsetzen auf Lasses Gesicht ist echt!

„Das ist ein Witz, oder …?"

„Warum entsetzt Sie das so? Ihre Cousine war doch verlobt, wollte bald heiraten!"

„Aber das heißt nicht, dass sie Kinder wollte! Und ganz bestimmt nicht jetzt, wo sie gerade die Wahl gewonnen hat! Wissen Sie, wie wichtig das für sie war?"

„Aber trotzdem war es so!"

„Na, da wird Staffan aber Ärger bekommen haben!"

„Gehören nicht zwei dazu?"

„Klar gehören da zwei … aber man kann ja … Ach verdammt! War doch auch nicht meine Sache!"

„Da sind Sie sicher?"

„Was sollte ich bitte damit zu tun haben?"

„Wir vermuten, dass nicht ihr Verlobter der Vater dieses Kindes war."

„Hören Sie mal, was unterstellen Sie Gitta da eigentlich die ganze Zeit? Mit wem soll sie denn noch ein Verhältnis gehabt haben?"

„Sagen Sie es mir!"

„Gar nichts sage ich Ihnen, weil es nichts zu sagen gibt! Die ganzen Jahre, die ich Gitta kenne, hatte sie nie einen Freund. Da war keiner! Das kann ich Ihnen versichern! Versucht haben es bestimmt viele, bei ihr zu landen. Aber bis sie Staffan in Paris kennen gelernt hat, gab es niemand anderen!"

„Woher wissen Sie das so genau, wenn Sie sich nur so selten gesehen haben?"

„Mein Gott, wir sind doch eine Familie! Da weiß man voneinander! Meine Mutter ist immer genau im Bilde, das können Sie mir glauben!"

Anne gibt auf. Diesem jungen Mann ist keine Unsicherheit anzumerken und keine Lüge.

„Okay, Herr Sörensen, danke, dass Sie uns so bereitwillig Auskunft gegeben haben!"

Lasse sieht sie verdattert an, als er den plötzlichen Wechsel im Tonfall bemerkt.

„Bitte entschuldigen Sie unsere indiskreten Fragen, aber wir haben einen Mord aufzuklären, und da wir Sie alle nicht kennen, müssen wir jede Möglichkeit in Betracht ziehen!"

„Schon klar, ich bin ja sozusagen auch aus der Branche!"

Seinem Gesicht ist die Anspannung jetzt deutlich anzusehen. Erschöpft wischt er sich über die müden Augen.

„Haben Sie vor, meinen Brüdern die gleichen Fragen zu stellen?"

„Und ich möchte Sie bitten, nicht gleich vorab mit ihnen darüber zu sprechen."

Anne sieht ihn eindringlich an.

„Schon klar! Wir sind dann fertig?"

„Gehen Sie ruhig und bitten Sie den Nächsten herein!"

Der zweite Bruder ähnelt seiner Mutter überhaupt nicht. Groß, aber sehr feingliedrig, scheint er eher nach dem Vater geraten zu sein, auf den Anne nur einen kurzen Blick werfen konnte. Die schon fast schütteren rötlichen Haare geben eine hohe Stirn mit noch höher ansetzenden Geheimratsecken frei. Mit ungelenken Bewegungen schließt er die Tür und kommt zögernd auf die drei Polizisten zu.

„Sie sind bitte …?", will Anne wissen, und als er daraufhin stehen bleibt und sie noch unsicherer ansieht, übernimmt Thore das Gespräch.

„Thorwald Sörensen."

Thore deutet auf einen Stuhl, während Anne sich zurücklehnt und ihn die Befragung durchführen lässt.

„Warum, zum Kuckuck, dränge ich mich eigentlich immer gleich in den Vordergrund? Das ist doch wohl nicht mein Fall hier. Außerdem soll eigentlich Aksel etwas lernen, und den lassen wir fast gar nicht zum Zug kommen."

Und als hätte er ihre Gedanken gelesen, beginnt Aksel sich dann und wann in diese Befragung einzuschalten. Anne beschränkt sich darauf, die Körpersprache des jungen Mannes zu studieren, stellt dabei aber schnell fest, dass sie der Unterhaltung sogar ein wenig folgen kann.

Auch Thorwald hat noch ein Zimmer im Hause seiner Eltern. Er ist weder verheiratet noch gibt es eine Freundin in seinem Leben.

„Wie können diese beiden von den gleichen Eltern abstammen?", fragt sich Anne. Lasse voller Selbstsicherheit, weltgewandt könnte man ihn beschreiben, emotional ausgereift, mit Frau und Tochter und einem guten Verhältnis zu den Eltern. Aber dieser junge Mann, der dort vor ihnen auf dem Stuhl zappelt. Er erinnert Anne ein wenig an einen Verdächtigen aus einem vorherigen Fall. Den Grundschuldirektor Brennermann-Lüderscheidt!

Als jetzt das Gespräch auf Brigitta kommt, weist Thorwald mit entschiedenem Kopfschütteln und wild gestikulierend zurück, was Thore ihn gefragt hat.

Nein, er ist nicht in seine Cousine verliebt und er war es nie. Hat sein großer Bruder nicht gemerkt, dass dieser Thorwald anders ist?

Anne beobachtet ihn jetzt mit anderen Augen. Seine Gestik ist nicht die eines Mannes und auch sein Tonfall …! „Oh la la!!! Wie bist du klargekommen in dieser Familie? Hat es hier Raum gegeben für dein Anderssein? Hat dich hier überhaupt jemand erkannt, so wie ich dich jetzt erkenne, oder weißt du noch nicht einmal selber, wer du bist?"

Jetzt treten Tränen in die Augen des Befragten. Eine verzweifelte Geste in Thores Richtung soll sein vehementes „Nein" unterstützen.

Nein, er ist bestimmt nicht der Vater dieses Kindes, das nun nie geboren werden wird. Zutiefst entsetzt ist er über die grausame Bluttat, die an seiner Cousine verübt wurde. Wenn er sie bewundert hat, dann für ihre Selbstsicherheit und ihren Mut. Als Frau hat sie ihn sicherlich nie interessiert. Als er den Blick jetzt zu Anne wendet, sieht sie tief in seinen Augen die empfindsame Seele, die sich in einen Körper verirrt hat, der nicht seiner hätte werden sollen.

Anne gibt Thore ein Zeichen, die Befragung zu beenden.

Als er sich zögernd erhebt, steht auch sie auf: „Auf Wiedersehen, Herr Sörensen!"

So weit reicht ihr Dänisch! Erschrocken über diese freundliche Geste stolpert er im Hinausgehen über einen der Flickenteppiche und fällt beinahe seinem Vater in den Arm, der im selben Moment die Tür geöffnet hat.

Der missbilligende Blick des Vaters verrät Anne einiges über deren Verhältnis.

Wie Anne vermutet hat, ist Thorwald ein Ebenbild seines Vaters, und das bezieht sich nicht nur auf die äußere Erscheinung. Auch in dessen Bewegungen ist viel Unsicherheit zu erkennen. Er hat diese im Laufe seines wesentlich längeren Lebens zu überspielen gelernt und durch seinen Beruf Ansehen und Selbstsicherheit gewonnen. Aber trotzdem erkennt Anne sie, diese linkischen Bewegungen, diesen unruhigen, lauernden Blick. Sie muss an seinen Bruder denken. Den Löwen, der mit seiner Erscheinung ganze Räume füllen kann. Hat dieser Mann auch im Schatten von Erik gestanden, wie Thorwald im Schatten seines selbstbewussten größeren Bruders?

Er betritt den Raum langsam, aber nur deshalb, weil an seinem Bein die kleine Annika hängt und um nichts auf der Welt davon abzubringen scheint, sich von ihrem Großvater zu lösen.

„Bitte entschuldigen Sie, dass ich hier so hereinplatze." Er spricht schnell und ruhig und übersetzt selber fast gleichzeitig ins Englische, so dass sie alle ihn verstehen.

„Meine kleine Enkelin hier muss gleich ins Bett, und wenn ich abends einmal im Haus bin, ist es für alle anderen unmöglich, das zu übernehmen. Ich hoffe, ich habe ihr Gespräch mit meinem Sohn nicht unterbrochen?"

„Nein, nein, wir waren gerade fertig!"

„Außerdem muss ich leider Harry entschuldigen! Meinen dritten Sohn! Er hatte eine dringende Verabredung und konnte nicht warten!"

„Aber wir haben doch darum gebeten …!"

„Ich weiß, und Harry weiß das auch! Er wird sich morgen Mittag bei Ihnen auf dem Revier melden und Ihnen dann zur Verfügung stehen."

Thore räuspert sich: „Herr Sörensen, Sie wissen doch genau …!"

„Bitte, Thore, wir kennen uns doch. Und du kennst auch Harry! Der wird sich morgen bei euch melden!" Und an Anne gewandt erklärt er: „Unserer Harry ist ein wenig aus der Art geschlagen! Wir hätten ihm wahrscheinlich keinen englischen Namen geben sollen. Jetzt meint er, er müsse sich auch in allem anderen von seinen Brüdern unterscheiden. Aber er ist wirklich ein guter Junge."

Das Thema ist für Herrn Sörensen mit dieser Erklärung abgeschlossen.

„Haben Sie vielleicht auch noch Fragen an mich, bevor ich mich mit dieser reizenden jungen Dame zurückziehe?"

„Was für eine Verabredung ist denn so wichtig, dass Ihr Sohn sie nicht verschieben kann, Herr Sörensen?"

„Fragen Sie ihn das morgen selber! Ich bin nur der Vater. Sie müssen nicht meinen, dass er mir irgendetwas erzählen würde."

„Lebt Ihr Sohn, Harry, auch hier bei Ihnen auf dem Hof?"

„Harry, nein, Gott bewahre! Der braucht so viel Freiraum, da müssten dann wahrscheinlich wir ausziehen. Nein, Harry hat eine Wohnung in Tórshavn! Eine recht große für einen alleinstehenden jungen Mann, wenn Sie mich fragen!"

Trotz dieser versteckten Kritik ist ihm der Stolz auf seinen eigensinnigen Sohn deutlich anzumerken.

„Was macht Ihr Sohn beruflich?"

„Er ist Lehrer für Geografie, Biologie und Physik, und außerdem freiberuflicher Mitarbeiter der Universität Kopenhagen! Aber bitte, fragen Sie ihn das morgen alles selber! Er kann Ihnen das wesentlich genauer erklären."

„Das werden wir tun, Herr Sörensen!"

Die kleine Annika hat, nachdem ihre erste Scheu überwunden ist, das Bein ihres Großvaters losgelassen und ist zu einem Schränkchen gekrabbelt.

Dort sitzt sie jetzt in aller Seelenruhe vor der geöffneten Tür und räumt das Spielzeug, das feinsäuberlich dort hineingestapelt ist, aus. Alles!

„Annika, bitte, das muss doch die Oma alles wieder einräumen! Lass doch mal … Haben Sie jetzt eigentlich noch Fragen an mich? Oder kann ich die Kleine ins Bett bringen?"

„Das wird schon noch ein wenig dauern", erwidert Thore. „Entweder du bringst sie jetzt ins Bett und kommst dann wieder oder du gibst sie solange jemand anderem, wenn sie dich stört!"

„Nein, ach … nun macht schon, los!"

„Wann haben Sie ihre Nichte das letzte Mal gesehen, Herr Sörensen?"

„Das war auf dem Fest! Sie war da mit den ganzen jungen Leuten zusammen. Nur ihr Verlobter, der ist schon früher gegangen."

„Haben Sie dort die Gelegenheit gehabt, mit ihr zu sprechen?"

„Zu sprechen würde ich nicht so direkt sagen. Aber wir haben einmal getanzt!"

„Wie ist sie Ihnen dabei erschienen? War sie wie immer?"

„Wo Sie das ansprechen …! Sie war schon anders an diesem Abend. Ich denke, es war das neue Amt! Sie wirkte viel ruhiger, fast in sich gekehrt!"

„Hatte sie vielleicht vor irgendetwas Angst?"

„Nein, das glaube ich ganz bestimmt nicht. Im Gegenteil! Seit ihrer Wahl hat sie angefangen, ein ganz neues Selbstbewusstsein zu entwickeln."

Thore unterbricht Annes Gedanken, die dieses angeblich erst neu erworbene Selbstbewusstsein nicht mit den anderen Aussagen in Einklang bringen können.

„Ist sie mit einem deiner Söhne auch einmal näher befreundet gewesen?"

„Näher …? Also in jedem Fall war sie mit Lasse und Harry öfter zusammen. Die gehörten zu der Gruppe von jungen Leuten, mit denen sie befreundet war."

„Und die anderen beiden?"

„Thorwald … na, den haben Sie ja gerade kennen gelernt. Der ist lieber für sich! Und Ole, das ist ein Familienmensch. Hat ja hier die Landwirtschaft übernommen und selber schon die beiden Kinder. Der hat keinen Sinn für das Nachtleben auf der Insel! Allerdings hat er sie sehr in ihren beruflichen Plänen unterstützt. Erhaltung unserer Kultur, solche Geschichten. Und auch bei der Wahl hat er viel für sie getan."

„Wie gut war Ihre Nichte denn mit Lasse oder Harry befreundet? War sie vielleicht sogar einmal mit einem von den beiden richtig zusammen? Als Paar, meine ich?"

„Mit einem von meinen Söhnen? Was denken Sie denn? Das sind doch ihre Vettern!"

„Aber du weißt, dass Brigitta ein Kind erwartet hat?"

„Ich … also … sie war doch auch verlobt! Warum sollte sie da nicht …?"

Kann es ein, dass dieser Onkel von dem Kind wusste? Er sah nicht so aus, als hätte ihn die Tatsache besonders überrascht.

„Sie wussten, dass Ihre Nichte schwanger war!"

„Gott bewahre! Woher hätte ich … da müssen Sie eher meine Frau fragen! Annika, bitte!!! Nein, das geht doch kaputt!"

Die Kleine hat angefangen, Spielzeugautos auf die andere Seite des Zimmers zu werfen.

„Wie nahe standen Sie Ihrer Nichte, Herr Sörensen?"

„Nahe …? Also … nicht besonders, würde ich sagen! Annika, komm jetzt mal zu Opa!"

„Beschreiben Sie doch bitte einmal dieses ‚nicht besonders'!"

„Nun! Wie das Wort schon sagt. Da war nichts weiter zu beschreiben. Ich war ihr Onkel. Sie war als Kind häufig hier. Dann ist sie ins Ausland gegangen und ich habe sie fast gar nicht mehr gesehen. Und als sie dann wieder hier war, hat sich das auch nicht geändert! … So, ja, so ist gut, komm mal zu Opa auf den Schoß!"

„Haben Sie sie in den letzten Monaten unterstützt? Sie sind doch sicherlich sehr einflussreich in der Gemeinde!"

„Unterstützt … Das wollte sie nicht! Sie wollte es alleine schaffen!"

„Leine!!!"

Annika fängt jetzt an, auf den Beinen ihres Großvaters herumzuhopsen. Dabei ruft sie lauthals das einzige Wort, das sie in dem letzten Satz begriffen hat, „Leine".

„Kann ich jetzt nicht … Thore, bitte! Ich kann euch wirklich nicht helfen."

„Geh ruhig, Kömand! Falls wir noch etwas von dir wissen wollen, kommen wir noch einmal!"

„Unangenehmer Typ", denkt Anne. „Tritt hier auf, als wüsste er alles besser und versteckt sich die ganze Zeit hinter dem kleinen Kind. Arroganz und Dominanz – schlechte Mischung!"

„Er ist wohl ein sehr guter Anwalt", meint Thore. „Aber beliebt ist der nicht bei den Leuten. Seine Frau wird fast verehrt, wie eine Heilige, aber er schafft es, dass noch nicht einmal von diesem Glanz ein wenig auf ihn abfärbt."

Anne nickt. „Was sagst du zu Harry? Du kennst ihn?"

„Klar! Harmloser Typ, wenn du mich fragst!"

„Harry?", fragt Aksel und weiß Thore auch ungefragt einiges zu erzählen.

„Aha", erklärt ihr Thore weiter. „Er ist wohl für die unehelichen Kinder auf der Insel zuständig. Immer der erste Verdächtige! Aksel kennt da ein paar junge Damen …"

Die Tür geht auf und Ole Sörensen, der jüngste Bruder, tritt herein.

Draußen hat sich der „Jetzt-wird-Abendbrot-gegessen-Lärm" in einen „Jetzt-wird-der-Tisch-abgedeckt-Lärm" verändert. Und dabei pflegt man in diesem Haushalt anscheinend zu singen. Unbewusst stimmt Aksel leise summend in die Melodie ein.

Vor ihnen steht ähnlich unbeholfen, wie vor ihm Thorwald, der jüngste Bruder, Ole. Die Hände in den Taschen, stämmig, ein rundes Gesicht und lockige, aber schüttere blonde Haare. Auch er hat so gar keine Ähnlichkeit mit seinen beiden anderen Brüdern.

Als er jetzt vor ihr sitzt, sieht Anne Tränenspuren auf seinem Gesicht. Rote Flecken verraten seine Aufregung.

Thore spricht ihn auf Dänisch an und Anne beobachtet ihn während des ganzen Gespräches.

Dieser Mann ist tief betroffen. Die große Sympathie für seine Cousine, ja fast schon Verehrung, ist ihm deutlich anzusehen. Und es gibt noch eine andere Liebe in seinem Leben. Die Liebe zu dem Land, auf dem er lebt. Er ist der einzige von den Brüdern, der nicht ins Ausland gegangen ist, und sie sieht in seiner Begeisterung, mit der er von den Inseln spricht, was der Grund dafür ist!

Thore leitet ihn nur mit wenigen Bemerkungen. Aus Ole sprudelt das ganze Entsetzen über den grausamen Tod seiner Cousine hervor. Er war es, der sie beraten und unterstützt hat bei ihren sehr heimatverbundenen Plänen, kann auch Anne seinen tränenerstickten Ausführungen entnehmen.

Auch wenn Ole der Brigitta, die sie durch die Beschreibung ihrer Freunde und durch die kurze Begegnung am Olavstag kennengelernt hat, am wenigsten von seiner Familie ähnelte, so war er ihr doch in ihrer Arbeit und den gemeinsamen Zielen in den letzten Wochen am nächsten gewesen. Somit wäre er in dieser Familie derjenige, der durch ihren Tod am meisten verloren hat, wenn sie nicht doch noch einen heimlichen Liebhaber entdecken würden. Allerdings schmilzt die Liste der potenziellen Kandidaten während des Abends bedenklich zusammen.

Anne ist sich absolut sicher, dass Ole nicht hinter dem Tod seiner Cousine steckt. Trotzdem bleibt das Kribbeln. Das Kribbeln, das dieses Haus und seine Bewohner von Anfang an in ihr verursacht haben. Hier liegt etwas verborgen unter der familiären und gleichzeitig so wohltätigen Fassade. Etwas, das sie zu diesem Zeitpunkt noch nicht benennen kann.

Ole hat den Raum verlassen. Doch die Trauer über Brigittas Tod ist geblieben. Wie mjörki, der dichte Nebel, hat sie sich über sie gelegt. Thore berichtet Anne über das Gespräch, aber seine Worte sind gedämpft.

„Du hast ihn ja gesehen. Er ist ein Mann der Inseln mit jeder Faser! Am Olavstag war er auf dem Ruderboot, das gewonnen hat. Und das haben sie dann gefeiert. Alle zusammen! Den ganzen Abend! Mit Brigitta hat er gar nicht gesprochen. Er hat sie nur ab und an tanzen sehen … und winken. Jedes Mal, wenn sie ihn gesehen hat, hat sie ihm zugewinkt."

„Beide waren sie Sieger", denkt Anne. „In diesem Moment!"

„Seine Frau ist mit den kleinen Kindern schon früh wieder nach Hause auf den Hof gefahren und er hat die Nacht bei einem Freund in Tórshavn verbracht. Damit haben wir dann auch so etwas wie ein Alibi!"

„Ich weiß, Thore! Dieser Mann hat seine Cousine nicht auf dem Gewissen! Trotzdem … irgendwie kribbelt es bei mir …!"

Ihre Blicke treffen sich und Anne weiß, Thore geht es wie ihr.

In diesem Augenblick betritt Susanna Sörensen den Raum. In der Hand hat sie einen großen Teller mit Zimtwecken.

„Sie müssen doch bestimmt hungrig sein!"

„Mein Gott, wie spät ist es wohl?" Anne hat die Zeit völlig aus dem Blick verloren. Diese fast gleichbleibende Helligkeit bis in den späten Abend hat ihre innere Uhr durcheinandergebracht.

Mit keinem Blick würdigt sie die Unordnung vor dem offenen Schrank und stellt den Teller direkt vor Aksel auf den Tisch.

Wie schon bei ihrer Begrüßung ist er es, an den sie sich hauptsächlich wendet, und so übernimmt Aksel die Befragung, während Thore leise übersetzt.

Sein Respekt für Susanna Sörensen ist Aksel deutlich anzumerken.

„Ach Aksel, wenn du sie gesehen hättest, damals vor über zwanzig Jahren! Sie hat alle meine Jungs um den Finger gewickelt. Alle, auch Kömand! In meiner Erinnerung scheint immer die Sonne, wenn sie hier bei uns war! Aber das war wohl einfach nur sie mit ihrem fröhlichen Gemüt!

Und dann Erik! Er hat sie geradezu vergöttert. Die beiden waren sich so nahe! Je mehr seine Frau ihm entglitt, umso enger hat er sich Brigitta angeschlossen. Bis heute! Er hat am meisten verloren, wenn du mich fragst. Staffan, der wird schon wieder jemanden finden. Aber Erik, der hat sie nun beide verloren!"

„Lasse hat uns erzählt, dass auch die Jungs sie alle …"

„Meine Jungs? Alle! Na ja, bis auf Thorwald vielleicht! Aber die anderen … und jeder von ihnen war wenigstens einmal unsterblich in sie verliebt. Selbst Ole! Die beiden haben zusammen einen Gemüsegarten hier vor dem Haus angelegt. Da konnten wir sogar ein wenig ernten. Sie waren etwa sechs Jahre alt. Und Ole! Er kam mit Brigitta an der Hand ins Haus und meinte: ‚Mama, wenn wir groß sind, in zwei Jahren, dann heiraten wir, die Gitta und ich!‘ Und da hat sie gelacht! Nicht etwa ihn ausgelacht! Nein! Aus vollem Herzen hat sie gelacht, als ob sie sich zutiefst über etwas freuen würde. ‚Ole!‘, hat sie gesagt, ‚wir können doch gar nicht heiraten. Wir sind doch vervettert!‘ Genau dieses Wort hat sie benutzt! ‚Ole, das ist doch viel besser! Vervettert ist man ja für immer, und beim Heiraten, da weiß man doch nie!‘"

„Aber sie war mit keinem von ihnen zusammen?"

„Aksel, was für eine Frage! Sie sind doch wirklich verwandt!"

„Hat sie hier bei uns überhaupt jemals einen Freund gehabt?"

„Einen Freund …? Mit diesem Petter, der jetzt bei der Zeitung ist, war sie immer befreundet! Aber wohl nicht so, wie du es gerade gemeint hast!"

Ein strenger Blick von Susanna Sörensen lässt Aksel bis unter die Haarwurzeln erröten. Trotzdem lässt er sich nicht beirren.

„Hatte sie vor diesem Staffan aus Island gar keinen Freund?"

„Also mir ist da nichts bekannt! Und ich würde schon sagen, dass wir beide ein sehr vertrauensvolles Verhältnis hatten. Sie kam schon als kleines Mädchen oft zu mir, wenn sie Kummer hatte. Und auch jetzt noch … sie kam, wenn sie jemanden zum Reden brauchte!"

„Hat sie dir erzählt, dass sie ein Kind bekommen würde?"

Ein offener Blick, eine kurze Antwort, die Anne zeigt, wie groß die Vertrautheit zwischen der Tante und ihrer Nichte gewesen sein muss.

„Und sie hat mir auch gesagt, wie unglücklich sie darüber ist, dass es schon so früh passiert ist."

„Aber sie wollte es bekommen?"

„Natürlich wollte sie das! Aksel, was redest du da! Ich habe ihr meine Hilfe angeboten. Das Kind hätte bei uns groß werden können. Hier kommt es auf eines mehr oder weniger ja nicht an. Im Gegenteil! Außerdem sind wir ja Familie! Auch für die

Spießigsten unter unseren Bürgern wäre daran nichts auszusetzen gewesen."

Nachdenklich streicht sie sich eine Locke zurück, die während dieses langen Tages aus ihrem fest gebundenen Zopf geglitten ist.

„Das war für sie bestimmt eine Erleichterung, dieses Angebot!"

„Nein …! Komischerweise! Sie wollte es nicht! Sie hat es geradeheraus abgelehnt."

„Hast du eine Ahnung, warum …?"

„Sie wollte sich selber darum kümmern. Ich glaube, sie wollte nicht … Wie soll ich es ausdrücken? Sie wollte, dass es zu ihr gehört! Vielleicht war es das!"

Aksel sieht sie fragend an.

„Und ich habe gesagt: ,Dann wirst du eine ganze Zeit nicht arbeiten können, Gitta!' Aber sie meinte, das werde sie schon hinbekommen. Bisher hat sich auch immer alles gefunden. Vielleicht kann ja Staffan …!"

„Hat sie dir etwas über den Vater des Kindes erzählt?"

„Über Staffan?"

„Wir vermuten, dass jemand anderer …!"

„Aksel, was für ein Unsinn! Du hast sie doch auch ein wenig gekannt! Wer soll denn bitte …? Ach, da kommen wohl wieder meine Söhne ins Spiel? Da seid ihr aber komplett auf dem Holzweg! Dieses Kind war von Staffan. Fertig! In Gittas Leben hat es noch nie einen anderen gegeben! Wenn ich ehrlich bin, hätte ich noch nicht einmal gedacht, dass sie mit Staffan schon … Ich habe immer gemeint, sie wäre noch jemand, der bis zur Hochzeit wartet! Na ja … Das hätte wohl auch nichts geändert!"

„Wer weiß", denkt Anne. „Vielleicht hätte es alles geändert."

„Thore, frag doch bitte, ob es vielleicht gegen ihren Willen …!"

Frau Sörensens Wangen verfärben sich rot, als sie antwortet.

„Ausgeschlossen, da hätte sie sich mir anvertraut! Eine Vergewaltigung! Hier bei uns! Das wäre doch eine entsetzliche Tat. Wer sollte denn dazu fähig sein?"

„Vielleicht derjenige, der sie dann später ermordet hat!"

Die Blicke aller drei Polizisten liegen auf ihr.

„Nein … es ist so unfassbar grausam! Ich kann mir … will mir das gar nicht vorstellen."

„Das will wohl keiner, aber trotzdem ist es passiert! Und es ist eurer Brigitta passiert! Deshalb musst du uns helfen, Susanna. Wenn dir irgendetwas einfällt, und auch wenn es dir noch so unwichtig erscheint, musst du es uns sagen."

„Ich war an dem Abend gar nicht lange auf dem Fest. Oles Mannschaft hat gewonnen. Gitta hat ihre Rede gehalten. Wir haben getanzt und gegessen ... Ich bin gegen neun Uhr schon aufgebrochen. Annika hatte einen Schnupfen, sie wollte nicht länger bleiben. Und ich wollte Lasse den Spaß nicht verderben. Für die jungen Leute ist dieser Tag so wichtig! Aber aufgefallen ... mir ist nichts aufgefallen. Alles war wie immer! Die Kinder ... meine Jungs ... die anderen Leute ... mein Mann ... Obwohl der beruflich ziemlich unter Stress gestanden hat in den letzten Wochen! An dem Abend war wieder alles wie sonst ... Und dann ..."

Ja dann, am nächsten Morgen, da war plötzlich nichts mehr wie vorher. Anne hat diesen Bruch, den eine Gewalttat im Leben der Betroffenen bewirkt, schon oft erlebt. Susanna ist eine von den Menschen, die versuchen weiterzumachen, als hätte sich nichts verändert. Bis sie dann merken, dass sich in dieser einen Sekunde alles verändert hat ... Dass in jedem Moment ihres zukünftigen Lebens diese eine Sekunde eine Rolle spielen wird. Und sei es nur, weil sie erlebt haben, dass so etwas Grausames wirklich geschehen kann. Ihnen oder den Menschen, die sie lieben.

Als sie sich verabschieden, stehen die Zimtwecken noch unberührt. Die Atmosphäre in dem wunderschönen Raum, der sie im ersten Moment in so kindlicher Unschuld aufgenommen hat, hat sich im Laufe ihrer Gespräche verändert. Der Tod hat Einzug gehalten an diesem Ort, an dem für so viele das Leben beginnt. Mit Malbüchern und Kinderspielzeug!

3. August

Kiel, LKA, 09:21 Uhr

Diese Nacht ist Bernd an der Reihe gewesen mit Schlafen. Wie aus dem Ei gepellt sitzt der Kollege jetzt neben ihm, während sie auf Hajo warten. Saubere Wäsche, frisch geduscht! „Nach der Besprechung muss ich kurz nach Haus", überlegt Sven, „das kann ich den Kollegen nicht zumuten. Nach Hause …"

„Seit wann seid ihr in Friedrichsort?"

„06:00 Uhr!"

„Was machen wir, wenn wir ihn aufscheuchen und er schon vorher …?"

„Was machen wir, wenn er sein Muster geändert hat? Wir können uns nur an das halten, was wir wissen."

„Ziemlich dünner Strohhalm …!"

„Und unser Wagendieb?"

„Unschuldig wie ein frisch geschlüpftes Küken!" Hajo nimmt ihnen gegenüber an seinem Schreibtisch Platz.

„Kaffee kommt gleich! Hat mal jemand eine Zigarette? Dieses kleine Lämmchen hat mir alle weggeschnorrt!"

„Wie kann man einen Wagen abziehen und meinen, man sei unschuldig?"

„Er gibt schon zu, dass er ihn einfach mitgenommen hat, aber er befand sich quasi in einer Zwangslage!"

„Brauchte eine Karre, oder was?"

„Exakt! Seine Freundin hat ihn stehen lassen! Sie waren mit ihrem Wagen da gewesen. Dann hat er wohl versucht, am Strand ein bisschen mehr rumzumachen, als sie es wollte, und sie ist abgehauen."

„Unglaublich, diese Weiber …!"

„Genau, und dann hat er gedacht: ‚Scheiße, jetzt sitz ich hier alleine in Schilksee und muss noch ganz bis Wellingdorf …'"

„Du sagst es! Außerdem war sein Koks alle. Hat die Perle ihm alles abgezogen!"

„Sie ist bestimmt auch schuld, dass er kokst!"

„Nein! Das war seine Mami!"

„Oh!"
„Der hat eindeutig ein Problem mit Frauen, der Typ!"
„Und der Autoschlüssel, der lag einfach da?"
„Wie ein Sechser im Lotto! Nach Hause kommen und später Auto verticken! Genug Kohle für Koks bis zum Abwinken. Die Kollegen haben ihn geschnappt, als er einem Typen das Auto gezeigt hat!"
„Der ist ja wirklich vom Pech verfolgt!"
„Genau so sieht er sich! Ein echtes Opfer!"
„Aber gesehen hat er wohl nichts?"
„Die sind erst gegen 07:00 Uhr gekommen, als keiner mehr am Strand war. Nur das Auto stand da oben."
„Mist!"
„Und die Kollegen am Strand?"
„Nichts! Morgen bringen die Kieler Nachrichten unseren Aufruf!"
„Langsam läuft uns die Zeit davon!"
„Wenn nicht durch unsere Großaktion sowieso alles zu spät ist!"
„Das nehme ich auf meine Kappe. Irgendwas müssen wir machen. Rumsitzen und Abwarten kann ich nicht!"
„Dann fahren wir gleich mal wieder rüber!"
„Ich muss eben noch kurz zu Hause vorbei!"

Als Sven in seine Wohnung kommt, ist alles ruhig. Ihr Haustürschlüssel steckt von innen und für einen kurzen Moment fürchtet er, dass sie sich etwas angetan hat. Dann sieht er sie in der Küche. Den Blick unverwandt aus dem Fenster auf das schäbige Nachbarhaus gerichtet.
„He, was machst du?", fragt er leise.
Keine Antwort!
„Ich muss eben duschen und brauch frische Sachen!"
Keine Antwort!
Zehn Minuten später steht Sven wieder neben ihr. In der Küche hat sich nichts verändert. Auch sie sieht aus, als hätte sie sich keinen Millimeter gerührt.
„Willst du nicht deine Mutter anrufen? Bestimmt kannst du zu ihr, bis dieser Einsatz zu Ende ist …
Sabine?"

Sven kann und will sich jetzt nicht mit den Problemen seiner Frau beschäftigen. Er weiß, dass sie ihn mit ihrer Bewegungslosigkeit festhalten will. Früher hat sie ihm immer so leidgetan, wenn er sie in so einem Zustand angetroffen hat. Dann war sein ganzer Beschützerinstinkt geweckt. Er wollte doch für sie da sein. Bei ihm sollte es ihr endlich einmal gut gehen, sollte sie die Aufmerksamkeit und Fürsorge bekommen, die sie verdiente.

Heute ist der Punkt erreicht, an dem in ihm nicht einmal mehr Mitleid ist. Er packt sich ein paar frische Sachen zusammen, nimmt den Ersatzschlüssel vom Brett und geht ohne ein weiteres Wort.

Auf der Fahrt nach Friedrichsort hält er bei seiner Schwester an und schildert ihr die Situation in wenigen Worten. Anke kennt Sabine. Hat ihm immer geraten, ihr nicht so bedingungslos in ihren Stimmungen nachzugeben.

„Fahr du zu deinem Einsatz! Ich werde nach ihr sehen! Vielleicht begreift ihr beide jetzt endlich, dass Sabine wirklich Hilfe braucht! Nicht nur deine gut gemeinte Übersorge!"

„Es tut mir so leid, dass ich dich …!"

„Hau schon ab! Du hast jetzt Wichtigeres zu erledigen!"

In Friedrichsort angekommen, hält er erst einmal vor einer Apotheke. Was er jetzt braucht, ist etwas gegen seine mörderischen Kopfschmerzen. Vor ihm ist nur eine Kundin. Eine große, kräftige Frau mit langen, blonden Locken in einem weißen, altmodischen Kostüm. An der Leine hat sie einen von diesen kleinen, rosa eingefärbten Hunden, der ihn ängstlich anknurrt. Der Apotheker knallt ihr einen großen Topf mit Vaseline auf die Theke, offensichtlich verärgert über den Hund. Sie knallt dem Apotheker einen 10-DM-Schein daneben.

„Stimmt so! Komm, Brutus, lass den kleinen Süßen!"

Als die Frau sich umdreht, erkennt Sven, dass er sich getäuscht hat. Auch dem Apotheker sind die Züge kurz entglitten.

„Ich will gar nicht wissen, wofür der die ganze Vaseline braucht!"

„Wohnt der hier in Friedrichsort?"

„Keine Ahnung! Kommt nur sehr selten, aber das ist jedes Mal bühnenreif. Letztes Jahr war der Hund noch lila!"

Kiel, 12:14 Uhr

Wie viele Tage sind vergangen, seit sie in dieses Kellerloch gesperrt wurde? Sie hat keine Ahnung. Noch immer hat sie ihren Entführer nicht zu Gesicht bekommen. Aber sie weiß, dass er zwischendurch hereinkommt. Jedes Mal, wenn sie aus einer ihrer Ohnmachten erwacht, liegt eine neue Gurke vor ihr auf dem Boden. Kann er sie vielleicht von irgendwo beobachten? Silke sieht sich um, so weit sie sich drehen kann. Aber das Halbdunkel des Raumes und ihre Erschöpfung haben zur Folge, dass sie das kleine Loch, das hinter ihr in der Tür ist, nicht erkennen kann.

Und wieder dieses Gefühl. Wieder hat sich etwas verändert. Eine neue Panikattacke nimmt ihr den Atem. Silke muss wissen, was es ist. Trotz ihres Zitterns legt sie sich so ruhig sie kann auf den Boden und versucht, ihre Atmung zu kontrollieren.

Einatmen – Ausatmen – Ausatmen! Einatmen – Ausatmen – Ausatmen!

Ihr Rock!!! Scheiße, ihr Rock! Er muss ihn ihr ausgezogen haben! Jetzt hat sie nur noch ihre Bikinihose an! Diese knappe Bikinihose, die schon unter normalen Umständen mehr verspricht, als sie verbirgt. Und auf der, obwohl mit Stoff wirklich gespart wurde, in der Mitte eine überdimensionale, herausgestreckte Zunge prangt.

In heißen Wellen überfluten die Panikattacken sie immer weiter. Hat er sie auch berührt, als er ihr den Rock ausgezogen hat? Wie einen Makel glaubt sie seine Hand zu spüren, die ihr langsam den Rock hinunterzieht. Die Vorstellung, dass er noch mehr gemacht, noch mehr von ihr berührt hat …! Noch nie hat jemand sie dort angefasst!

Sie kann die Tränen nicht stoppen, die ihr unaufhörlich über das Gesicht laufen. Ekel und Scham legen sich über sie wie ein dickes Tuch! Ein dickes, schweres Tuch, das ihr die Luft zum Atmen nimmt!

Tórshavn, 14:23 Uhr

„Jetzt ist es fast halb drei! Was ist nun mit diesem Harry?"

Anne und Thore sitzen in dem Café am Hafen. Aksel ist auf dem Revier und wird sich sofort bei ihnen melden, wenn Harry in Sicht ist. Anne hat gerade die dritte Tasse Kaffee bestellt. Die Untätigkeit macht sie nervös. Warten war noch nie ihre Stärke! Außerdem mischen sich seit ein paar Stunden immer wieder Bilder in ihre Wahrnehmung, die sie niemals wieder zu sehen gehofft hat. Bilder, die sie während ihrer Therapie, wenigstens tagsüber, erfolgreich auszublenden gelernt hat. Seit heute sind sie wieder da. Wie Flashbacks sieht sie sich alle paar Minuten angekettet in dem entsetzlichen Kellerloch liegen. Ein unkontrolliertes Zittern bemächtigt sich ihrer dann jedes Mal.

„Was ist mit dir? Du bist so angespannt, Anne!"

„Kriegt man hier wohl auch einen Schnaps?"

„Bei uns gibt es doch keinen Alkohol! Das habe ich …"

„Ach ja, Schei…! Tut mir leid, Thore! Ich habe das Gefühl, als würde ich irgendwelche Radiowellen aus meiner Vergangenheit empfangen. Alle paar Minuten. Das macht mich ganz verrückt!"

Thore sieht sie besorgt an. Hat er sie überlastet, indem er sie in diese Ermittlungen einbezogen hat? Er hat sich gar keine Gedanken gemacht, dass sie ja eigentlich auf die Färöer gekommen ist, um ein traumatisches Erlebnis zu vergessen.

„Komm bloß nicht auf die Idee, mich auszuschließen. Jetzt habe ich einmal Feuer gefangen! Und übrigens: Ist er das vielleicht?"

Tatsächlich schlendert da ein jüngeres Abbild von Lasse Sörensen auf sie zu. Die roten Haare zersaust, als sei er gerade aufgestanden. In der Hand eine selbstgedrehte Zigarette, das karierte Hemd über der knalligen Jeans mit weitem Schlag und darunter Cowboy-Stiefel.

„Melde mich gehorsamst zum Verhör!"

Harry zieht sich einen freien Stuhl vom Nachbartisch heran und nimmt rittlings darauf Platz.

„Schön, dass du Zeit für uns findest!"

„Ist doch klar, Thore!"

Die Bedienung, die vorher nicht einmal zu ihrem Tisch herausgefunden hat, steht wie von Geisterhand herbeigezaubert da und lächelt Harry an.

„Guten Tag, Herr Sörensen! Was kann ich Ihnen bringen?"

„Ich dachte, hier ist Selbstbedienung?", selbst Thore ist verblüfft.

„Special guest! Wie wäre es denn mit deinem unvergleichlichen Kaffee?"

„Kommt sofort, Herr Sörensen!"

„Ehemalige Schülerin von mir! Macht hier einen Ferienjob und studiert dann in Dänemark!"

Wie sein Vater mischt er Dänisch und Englisch so, dass beide ihn gut verstehen können.

„Sie unterrichten hier in Tórshavn?"

„Ich bin seit zwei Jahren wieder auf der Insel, ja, und seitdem bin ich auch an der Schule!"

„Macht es Ihnen Spaß, Kinder zu unterrichten?"

Anne hat den Eindruck, sein Traumberuf müsste eher Formel-1-Pilot oder Rodeoreiter sein.

„Ich könnte niemals Mathe oder Dänisch unterrichten, aber Naturwissenschaften … Ja, das macht mir viel Spaß. Die Jugendlichen für physikalische Phänomene oder biologische Zusammenhänge zu begeistern … Was wirst du studieren?", fragt er das junge Mädchen, das gerade mit seinem Kaffee wiedergekommen ist.

„Latein und Altgriechisch", lächelt sie ihn an.

Anne lacht und Thore bestellt schmunzelnd noch einen weiteren Kaffee für sie beide.

„Quatsch, das wissen Sie doch, Herr Sörensen. Biologie und Chemie!"

„Kein Respekt! Immerhin war sie fast Teil einer polizeilichen Befragung!"

„Sie haben ein gutes Verhältnis zu Ihren Schülern?"

„Das ist in meinen Fächern nicht so schwierig. Weniger Prüfungen, weniger Stress, und alles ist lebendiger, wissen Sie?"

„Ja, verstehe!"

„Aber Sie wollen mit mir sicherlich nicht über meine Arbeit sprechen, sondern herausfinden, ob ich ein Mensch bin, der seine Cousine brutal erschlagen könnte."

Anne ist ein wenig irritiert von seiner Offenheit.

„In der Tat, und dazu gehört auch, dass wir uns ein Bild von Ihnen als Mensch machen."

„Ich hätte es durchaus sein können! Die Nacht nach dem Fest, also was noch davon übrig war, habe ich ausnahmsweise mal alleine verbracht. Meine Wohnung liegt gar nicht weit entfernt von der Kirche!"

„Dann sag uns, warum du es nicht gewesen sein kannst!"

„Warum ich es nicht ... was glaubt ihr denn, wer es war, Thore?"

Anne lächelt ihn nur an.

„Wenn ich es nicht war ... dann ..."

„Dann war es jemand anderer aus ihrem Umfeld. Jemand, den sie vielleicht von klein auf kannte ... schätzte ... liebte ...!"

„Das soll ein Scherz sein, oder ...?"

„Haben Sie Ihre Cousine geliebt, Herr Sörensen?"

„Geliebt ist vielleicht ... gemocht würde ich sagen, sehr sogar! Sie war einfach ein Mensch, den man gernhatte, so fröhlich, so lebendig, so schlau und engagiert. Mit Leib und Seele! Und nein, falls Sie das jetzt fragen wollen! Brigitta hatte keine Verhältnisse, weder mit mir noch mit sonst jemandem!"

„Dann vielleicht eine heimliche Beziehung?"

„Nennen Sie es, wie Sie wollen, so etwas gab es bei ihr nicht!"

„Aber bei Ihnen schon!"

„Mein Leben besteht aus Verhältnissen. Ich schlittere von einem in das nächste! Mit Gitta hätte ich das nie so gemacht. Ich habe sie viel zu sehr geschätzt!"

„Das heißt, Ihre Verhältnisse schätzen Sie nicht?"

Die emanzipierte Frau in Anne kann sich diesen Satz nicht verkneifen.

„Doch, schon, natürlich, aber nicht so! Gitta wäre eher jemand gewesen, den man heiratet!"

„Wollten Sie Ihre Cousine heiraten?"

„Nein! Natürlich nicht! Einmal war sie ja meine Cousine, und wenn ich ehrlich bin, möchte ich eigentlich gar nicht heiraten. Viel zu anstrengend!"

„Dann sind Sie auch nicht der Vater des Kindes, das Brigitta erwartete?"

„Des ... oh fuck! Wie konnte ihr das denn passieren?"

„Wie es passiert ist, dürfte wohl klar sein! Aber mit wem es passiert ist, das würden wir gerne wissen."

„Das kann doch nur Staffan gewesen sein! Gitta hatte nie einen anderen!"

„Wir gehen aber davon aus!"

„Hat er denn ... hat er es abgestritten?"

„Nein, das hat er nicht! Wir gehen aber trotzdem davon aus!"

„Warum sollte jemand ... Er wollte sie immerhin heiraten ..."

Harry sieht sie jetzt an, als würde er sie für ein wenig unterbelichtet halten. Warum sollte jemand ein Kind anerkennen, das nicht das seine ist?

„Wie viele uneheliche Kinder haben Sie, Herr Sörensen?"

„Wie viele ...? Was ist denn das für eine Frage! Meines Wissens gar keine!"

„Na", sagt Thore und beugt sich vor. „Das kann ja noch werden! Erzähl uns mal von dem Abend, wann hast du Brigitta gesehen? Hast du mit ihr gesprochen ...?"

„Gesehen ja, gesprochen nein, getanzt nein, gegessen nein! Nur gesehen!"

Die junge Bedienung steht an ihrem Tisch, um die Tassen wegzuräumen. „Sprechen Sie von Frau Sörensen?"

Thore sieht sie an: „Ja!"

„Ich habe mit ihr gesprochen!"

„Ach! Erzähl mal!"

„Es war schon ziemlich spät – nach elf oder noch später! Wir hatten an dem Abend lange geöffnet und ich war nur noch alleine da, wollte gerade schließen ... da kam sie und setzte sich zu mir rein!"

„War sie alleine?"

„Ja! Die ganze Zeit!"

„Wie lange war sie bei dir?"

„Bestimmt eine halbe Stunde. Ich habe uns beiden einen neuen Kaffee gekocht und sie hat mich zu sich an den Tisch gebeten."

„Wie ist sie dir vorgekommen? Wie war ihre Stimmung?"

„Glücklich! Sie wirkte total glücklich!"

„Worüber habt ihr gesprochen?"

„Über mich! Mein Leben hier und dann in Dänemark. Sie hat ja auch dort studiert. Und ich hab ihr erzählt, dass ich Schiss habe! Von zu Hause weg ... Anderes Land, all das eben!"

„Und sie?"

„Sie ist wohl gerne von hier weg! Hat ja auch schon ihren Schulabschluss in Dänemark gemacht! Und dann ganz selbstständig dort wohnen und studieren. Das hat ihr Spaß gemacht!"

„Und über sie, wie es ihr jetzt hier geht, habt ihr gar nicht gesprochen?"

„Ne! Sie war nur so ... na ja, wie ich schon gesagt habe, glücklich! Das trifft es!"

„Wann ist sie gegangen?"

„Mein Vater hat mich hier um 12:00 Uhr abgeholt! Da ist sie auch weg!"

„Weißt du, wo sie hingegangen ist?"

„Hat sie nicht gesagt, aber ich dachte, sie würde noch einmal auf das Fest gehen. Machte nicht den Eindruck, als wollte sie schon nach Hause!"

„Beschreib mal den Eindruck, den sie auf dich gemacht hat, als sie ging!"

„Ausgelassen war sie, fröhlich! Hat noch mit meinem Papa gequatscht ... da haben sie aber eine nette Tochter und so was ...! Dann hat sie dieses eine Lied gesummt. Dieses neue ... Sailing oder so ... und dann ist sie raus!"

„Konntest du sehen, ob da draußen jemand war? Ob sie mit jemandem zusammen weggegangen ist?"

„Nee, konnte ich nicht! Da waren natürlich noch Leute! Mehrere! Aber ich hab dann gar nicht mehr auf sie geachtet! Und als ich abgeschlossen hatte, da war sie schon weg!"

„Haben Sie sie danach noch gesehen, Herr Sörensen?"

„Nach zwölf meinen Sie? Klar! Ich hatte allerdings gar nicht bemerkt, dass sie zwischendurch so lange woanders war. Aber nach zwölf habe ich sie bestimmt noch gesehen. Sie hat ein paar Mal mit Lasse getanzt und mit ihrem Petter!"

„Aber Sie haben nicht gesehen, wann oder mit wem sie gegangen ist?"

„Nein, das habe ich nicht! Und bedauerlicherweise habe ich es auch versäumt, mehrere junge Damen zu meiner Unterhaltung mit nach Hause zu nehmen, die mir jetzt ein Alibi bestätigen könnten."

Die junge Bedienung, die nun wieder aufgestanden ist und unschlüssig neben ihnen steht, verfärbt sich rosa.

„Ich sehe keinen Grund, weshalb du jetzt sarkastisch werden solltest. Wir sind damit beschäftigt, den Mord an deiner Cousine aufzuklären…"

„Ach entschuldige, Thore, ich weiß ja! Aber es ist so absurd, dass ihr einen von uns verdächtigt! Wir kennen uns doch alle ein Leben lang, und du weißt, wie gerne wir sie hatten. Da hätte doch keiner…!"

„Hast du eine andere Erklärung?"

„Na irgendein Fremder…!"

In diesem Augenblick tritt Aksel mit Christian an den Tisch und Harry deutet auf ihn: „Irgend so einer!"

„Vorsicht, mein Junge! Ganz dünnes Eis! Was für einen Grund sollte denn wohl ‚irgend so ein Fremder' haben, eure Gitta zu ermorden? Eines kann ich dir versichern, wenn wir es nicht mit einem komplett Irren zu tun haben, der Spaß daran hat, Leute auf Kirchbänken zu erschlagen, dann hat unser Mörder ein Motiv! Und dieses Motiv hat mit deiner Cousine zu tun, und das bedeutet, dass er sie gekannt haben muss!"

„Jeder hat sie gekannt!"

„Und dass er ihr so nahe gekommen ist, dass sie entweder eine Gefahr für ihn bedeutete oder ihn zutiefst verletzt hat!"

„Mann, Alter, da habt ihr ja einen echten Scheißjob!"

„Du sagst es!"

Christian hat sich hinter Anne gestellt und umfasst sie mit den Armen. Seine Nähe tut ihr gut. „Manchmal ist das wirklich ein Scheißjob", denkt sie und hält seine Hände an ihr Gesicht.

„Bekommt man hier einen Kaffee?" Er zieht sich einen Stuhl heran und nimmt direkt hinter Anne Platz, so dass er sie weiter in den Armen halten kann.

„Sie sind Harry, nicht wahr?"

„Und wer sind Sie bitte?"

„Ich bin hier nur zu Besuch! Christian! Sie hatte Sie gerne, Ihre Cousine!"

„Warum nicht!"

Harry wundert sich schon gar nicht mehr, wie Christian so etwas wissen kann.

„Ich hatte sie auch sehr gerne! Sie ist einer der Menschen, die einem wirklich fehlen! Ich hab meinen Vater noch nie vorher weinen sehen!"

Kiel-Friedrichsort, 16:23 Uhr

Sven Timmermann läuft unruhig vor dem Einfamilienhaus am Ende einer Sackgasse hin und her, in das seine Kollegen gerade verschwunden sind. Nicht etwa, weil er den Täter dort vermutet. Vor dem Haus stehen zwei Kinderfahrräder und ein großer Sandkasten ist auf dem Rasen. Er weiß, dass sie hier wieder nichts finden werden, genau wie in den anderen Häusern
der ruhigen Wohnstraße.

Anne hat erzählt, dass sie während ihrer Gefangenschaft immer wieder um Hilfe gerufen hat. Sie musste sich im wahrsten Sinne des Wortes die Seele aus dem Leib gebrüllt haben. Aber wenn der Kellerraum nicht völlig schalldicht ist, hätte sie hier mit Sicherheit jemand gehört.

Bernd kommt aus dem Haus. In der Tür steht eine verschreckte junge Hausfrau. Zwei sehr kleine Kinder klammern sich an ihre Beine.

„Das ist scheiße, was wir hier machen! Das bringt nichts!"

„Du sagst es, Sven! Aber dein Chef …!"

„Vergiss den mal eben! Der hat letztes Jahr selber ein Trauma abbekommen! Erst als Anne weg war, und dann so richtig, als wir sie gefunden haben. Du kannst dir nicht vorstellen, wie sie da drauf war! Hajo ist komplett ausgerastet. Der ist wochenlang durch die Straßen dieser Siedlungen gefahren. Nacht für Nacht!"

„Ist das so was wie 'ne fixe Idee von ihm, dass sie hier irgendwo gewesen sein muss?"

„Das kommt schon alles hin. Sie weiß ja, wie weit sie gefahren wurde. Hat gezählt, sich Abbiegungen gemerkt, all das!"

„Was meinst du denn?"

„Wir müssen suchen, wo es einsamer ist! Als er diese Silke entführt hat, war es noch hell. Genauso bei Anne. Er hatte ihr die Augen verbunden und sie halb bewusstlos geschlagen. Musste sie quasi in den Keller tragen! Kannst du dir so 'ne Aktion in dieser Straße vorstellen, ohne dass jemand was merkt?"

„Dann lass uns beide woanders suchen! Zwischen den Orten! Die Kollegen machen hier weiter und wir kämmen systematisch die Gegend ab. Jeden Feldweg und jede Seitenstraße."

„Wir müssen Hajo wenigstens Bescheid sagen!"

„Der wollte doch gegen fünf noch mal kommen!"

„Dann fahr ich schon los …!"

„Wir brauchen zwei Karten von der Gegend! Ich hab eine im Auto."

„Ich besorg mir eine an der Tankstelle."

Bernd breitet seine Karte auf dem Autodach aus.

„Du nimmst das Gebiet östlich bis nach Strande und ich alles hinter dieser Straße!"

„Wonach genau suchen wir? Wir können nicht alleine an jedem Haus anklopfen!"

„Der Typ hat ein Auto! Vielleicht einen Kombi oder so etwas, jedenfalls mit einer Ladefläche! Und das Gebäude ist alt! Anne hat den Keller als muffig, feucht und verwahrlost beschrieben! Und wahrscheinlich lebt er alleine!"

„Wir bleiben in Funkkontakt! Und du markierst alle Wege auf deiner Karte, die du schon abgefahren bist!"

„Alles roger!"

Sven springt schon in sein Auto. Die ganze Zeit hatte er das Gefühl, dass ihre Durchsuchungen nichts bringen würden, aber jetzt … Er weiß, dass es richtig ist, was sie vorhaben. Das

Adrenalin, das durch seine Adern strömt, pumpt die Müdigkeit und Resignation in kräftigen Stößen aus seinem Körper.

Eine halbe Stunde später hoppelt sein Wagen über einen einsamen Feldweg! Neben ihm auf dem Beifahrersitz liegt die Karte, die er sich an der Tankstelle gekauft hat. Weit ist er noch nicht gekommen. Kurz nachdem er losgefahren war, hat Hajo sich über Funk gemeldet, und erst nach einer längeren Diskussion konnte Sven ihn davon überzeugen, dass seine eigenmächtige Aktion nicht sofort wieder verworfen werden sollte und sie morgen weiter darüber diskutieren würden.

Bernd Jennissen muss bei der Durchsuchungsmannschaft bleiben. Hajo glaubt an schalldichte Keller und unaufmerksame Nachbarn, und so ist Sven, der vorsichtshalber vergessen hat zu erwähnen, dass er bereits unterwegs ist, völlig auf sich allein gestellt.

Obwohl beide Fenster heruntergekurbelt sind, ist es unerträglich warm im Auto. Hier auf den Feldern, wo die Landschaft durch Knicks geschützt ist, weht kaum ein Windhauch.

Sven ist nach der Diskussion mit Hajo einfach in den nächsten Feldweg abgebogen und prompt in einer Sackgasse gelandet. Er hält an und studiert die Karte genauer. Dieser Weg ist gar nicht eingezeichnet. Er muss die Straße ein Stück zurückfahren. Da ist an einer Bushaltestelle ein Weg, der sich mehrere Kilometer durch die Landschaft schlängelt. Aber erst einmal muss er jetzt einen klaren Kopf bekommen. Er steigt aus und geht in den Schatten eines größeren Busches, der mit einer ganzen Reihe anderer Büsche und Sträucher als Begrenzung des Feldes neben ihm dient. Als er auf einen Ast tritt, schreckt er ein paar Krähen auf, die sich auch in den Schatten geflüchtet haben. Er befindet sich hier in einer kleinen Senke und kann deshalb nicht besonders weit sehen. Von überallher sind Grillen und andere Insekten zu hören. Klänge eines heißen Sommernachmittags.

Wie es Anne wohl geht auf diesen komischen Inseln so weit im Norden. Dort ist es bestimmt nicht so warm wie hier bei ihm. Anne, seine geschätzte, geliebte und manchmal auch verhasste Kollegin. Wegen ihr steht er jetzt hier. Hier auf diesem Feld, in der flirrenden Sommerhitze. Alleine!

Ihretwegen hat er sich mit seiner Frau gestritten und gerade zum ersten Mal eine eigene Idee gegenüber seinem Vorgesetzten durchgesetzt. Wahrscheinlich ist das auch der Grund gewesen, warum Hajo ihn gelassen hat. Sven hat vorher noch nie darauf bestanden, dass einer seiner Vorschläge weiter verfolgt wurde als bis zu seiner Bürotür. Das ist immer Annes Part gewesen. Sie hat sich nicht nur einmal einen heftigen Schlagabtausch mit Hajo geleistet und nicht selten in ihrer Sturheit das durchgesetzt, was sie für richtig hielt. Intuition nennt sie es, und mit dieser hat sie so oft recht behalten.

Sven macht das alles eher Angst. Er hat es gerne, wenn sein Leben in geregelten Bahnen läuft. Seine Vorgesetzten denken und entscheiden, und er führt aus. Damit ist er bis zu diesem Moment immer sehr gut gefahren. Fast wird ihm schwindelig, wenn er daran denkt, wie heftig er Hajo gerade widersprochen hat. Aber vielleicht ist das auch nur die Hitze.

Die Zigarette ist aufgeraucht und Sven setzt sich wieder in seinen Wagen. Gut, dass er sich vorhin von der Tankstelle eine Flasche Wasser mitgenommen hat. Nach einem gefährlichen Wendemanöver auf dem engen Weg ist er fünf Minuten später an der richtigen Abzweigung.

Tórshavn, 21:00 Uhr

„Ich hab noch nie so viel gelesen, das kann ich dir sagen!" Beinahe vorwurfsvoll klingt Christians Stimme.

„Das hat, soweit ich weiß, aber noch niemandem geschadet!"

„Danke für deine aufopferungsvolle Unterstützung, mein tapferer Held!

Oh, du bist so ein unheimlich mutiger Krieger. Stürzt dich in diese dir so fremde Welt der Buchstaben, nur um deiner Geliebten zu gefallen!"

„Schon besser!"

„Noch nicht gut?"

„Wenn du überlegst, wie viele Stunden ich hier lesend ohne deine geschätzte Gesellschaft verbringe …!"

„Okay, sehe ich ein, da muss ich noch etwas drauflegen!"
„Willst du vielleicht wissen, was ich alles so gelesen habe …?"
„Ich brenne darauf!"
„Das dachte ich mir!"
„Und …?"
„Dann habe ich dich jetzt in der Hand!"

Christian lehnt sich genüsslich grinsend auf dem kleinen Sessel in ihrem Schlafzimmer zurück und schlägt die Beine übereinander.

„Ich bin nicht käuflich!"
„Das kommt doch wohl sicher auf den Preis an, mein Häschen! Zwei Millionen für eine Nacht mit John Wayne? Wie wäre das!"
„Der alte Macho!"
„Ich hab nicht gesagt, dass es Spaß machen soll!"
„Ach schade! Was ist denn dein Preis für ein paar Informationen aus diesen topsecret Tagebüchern?"
„Wie wäre es mit einem Abendessen in der Forstbaumschule?"

Anne blickt ihn an. Aus ihrem Geplänkel ist Ernst geworden.

„Just the two of us?"
„In der Forstbaumschule ist es nie ‚just the two of us', das weißt du, mein Augenstern!"
„Ich weiß!"

Immer noch ist sein Blick auf sie gerichtet.

„Wann hast du dir das überlegt?"
„Vorhin im Café, vorgestern Abend, als ich den Abendbrottisch gurkenfrei geräumt habe, auf unserer Schifffahrt, als du in die Butter gefallen bist …"
„War das nicht geklärt zwischen uns?"
„Anne, mir gefällt es, wie wir hier leben und miteinander umgehen können. Mir gefällt das sogar richtig gut!"
„Ja! …"

Anne denkt an ihr unbeschwertes Miteinander in den letzten Tagen. Sie haben sich nicht darum gekümmert, was die Menschen von ihnen denken, weil sie wissen, sie werden sie in ihrem Leben nie wieder sehen. Sogar Thore gegenüber ist es ihnen egal.

„Bin ich dir peinlich?"
„Du? … Mir? …"

Sicher, die Kollegen würden lästern. Der eine oder andere von ihnen hat schon versucht, bei Anne zu landen. Und etliche waren nur mit einer äußerst begrenzten Anzahl an Gehirnzellen ausgestattet, dafür aber mit einem ständigen Überschuss an Testosteron.

Aber deren Sprüche ist Anne gewohnt. Sie haben sie während ihrer gesamten Laufbahn begleitet und sie hat sich angewöhnt, Dummheit zu ignorieren ... Nein!

Christian beobachtet sie. Und auch wenn sie beinahe zwanzig Jahre älter ist als er – wie oft scheint es ihr eher umgekehrt!

„Oder meinst du, dass du mir peinlich wärst?"

„Nein! ... Ich... dir ...? Nein!"

Dann wäre er gar nicht mit ihr zusammen, wenn er so denken würde! Christian steht zu dem, was er tut und sagt! Würden seine Freunde das nicht akzeptieren, würde er eher die Freundschaft zu denen überdenken. Sie hat selten einen Menschen kennengelernt, der so selbstbewusst ist, in einer ruhigen Ausgeglichenheit so von dem überzeugt, was er tut. ... Nein!

Christian sieht sie überrascht an.

„Du bist es! Du bist dir peinlich!"

„Blöd ... oder ...?"

„Ziemlich! ... Aber in deinem Alter durchaus verständlich!"

„Was soll das denn heißen? In meinem Alter ...? So alt ..."

„Nein, Anne, ist nicht so gemeint! Weißt du eigentlich, dass ich an deiner Seite lerne, dass man in unterschiedlichen Zusammenhängen auch verschieden alt sein kann?"

„Wie meinst du das?"

„Ich meine, dass du für mich so vieles bist. Einmal ist da die reife Frau. Du gehst mit großer Routine mit Situationen um, die mir in meinem ‚jungen' Leben völlig fremd sind. Und ein anderes Mal bist du so erschüttert, so am Ende deiner Kräfte, dann erscheinst du mir eher wie eine alte Frau.

Und es gibt auch diese Momente, wo du ängstlich bist und unsicher, wo du mich so sehr brauchst, dass ich mir viel älter vorkomme. Das ist auch schön! Aber am schönsten ist es für mich, wenn du fröhlich bist und unbeschwert – wie ein junges Mädchen, das an meiner Seite das Leben entdeckt! Wir beide wissen so vieles nicht, Anne. Und es macht mir großen Spaß, es mit dir zu entdecken. Lass uns doch die Kieler neu entdecken, indem wir ihnen etwas zum Reden geben! Was meinst du?"

„Jetzt ist gerade auch so ein Moment, wo du mir viel älter und weiser vorkommst, als ich es jemals sein werde!"

„Ein Grund mehr auf mich zu hören! Aber mal im Ernst: Wenn wir wieder nach Kiel kommen, möchte ich nicht mehr zurück – in den Untergrund sozusagen! Ich möchte mich nicht mehr mit dir verstecken. Diese Nähe, die wir hier zueinander haben, weil wir alles teilen. Das will ich mir bewahren!"

„Aber in Kiel leben wir unterschiedliche Leben. Du hast dort nicht Anteil an meinen Ermittlungen und ich nicht an deinem Studium!"

„Das ist mir schon klar! Aber ich hätte trotzdem gerne einen großen Anteil an dir! Ich will dich küssen, wenn mir danach ist …"

„Jetzt?"

„Nein, jetzt gerade nicht!

Und dich im Arm halten, wenn ich dir nah sein möchte! Ich will das volle Programm, mein Vögelchen! Hast du den Mut, das mit mir anzugehen?"

„Was, wenn nicht?"

„Dann muss mein Mut für uns beide reichen!"

„Jetzt möchte ich dich küssen!"

„Nein, noch nicht! Gerade möchte ich dich noch beobachten. Du siehst so einmalig liebenswert aus! In deinem Wollen und Nicht-Trauen!"

„Manchmal habe ich Angst, du bist nicht mehr da, wenn ich die Augen öffne! Von wo bist du eigentlich hergekommen und in mein Leben gefallen?"

„Also nicht von oben! Das ist mal sicher! Aber diese Angst, die kann ich dir nicht nehmen. Will ich auch gar nicht! Wir sind ja keine siamesischen Zwillinge! Gerade die Angst, einander wieder verlieren zu können, macht es doch so wunderbar schön, finde ich!

Und Häschen …! Glaub mal nicht, dass das jetzt eben ein Heiratsantrag war!"

Der kleine Raum ist plötzlich so voll von Gefühlen, dass Anne meint, keine Luft mehr zu bekommen. Sie öffnet beide Fenster weit und die milde Abendluft strömt herein. Streichelt sie sanft, als würde sie von der Aufruhr ahnen, die in Anne tobt.

Was Christian da gerade zu ihr gesagt hat, ist so unglaublich schön und gleichzeitig furchteinflößend. Sie würden vertrautes Terrain verlassen müssen. Das Versteckspiel, das ihnen beiden oft sogar Spaß gemacht hat, ist zu Ende.

Die Forstbaumschule ist für sie zum Synonym für ihre heimliche Beziehung geworden. Dort verbringen viele Kieler die warmen Sommerabende und dort sind sie sich unweigerlich mehrere Male über den Weg gelaufen. Ein flüchtiger Gruß, Blicke über die Menge hinweg, vielleicht eine kleine Berührung im Vorübergehen. Nach solchen Abenden war Christian immer spät zu ihr gekommen, obwohl sie nicht verabredet waren. Die wenigen Nächte, die er bei ihr verbracht hat.

„Schon da hat es ihn gestört", denkt Anne jetzt, und meint zu Christian gewandt: „Ich habe Angst, etwas zu verlieren, was so schön ist! Und ich möchte es nicht verteidigen müssen, möchte mich nicht verteidigen müssen, weil ich dich liebe!"

„Wir beide sind stark, meine Große!"

„Ich bin nicht immer stark!"

„Du bist die stärkste Frau, die ich kenne. Du hast so Schreckliches erlebt und kämpfst dich daraus hervor, zurück in dein Leben. Du hast es überlebt und den Mut weiterzumachen."

„Aber gerade das hat mich so unglaublich geschwächt. Vorher, da habe ich mich immer stark gefühlt, aber jetzt …!"

„Vorher, da warst du naiv und unbedarft!"

Anne sieht ihn verwundert an.

„Naiv und unbedarft, wie die meisten Menschen, die meinen, ihnen würde nie etwas passieren, das sie in ihren Grundfesten erschüttern könnte."

„Und du?"

„Das weißt du!"

„Stimmt!"

„Kätzchen …?"

„Hmmhhh…!"
„Was machst du da auf dem Bett?"
„Räkeln!"
„Und das ist es, was du jetzt tun willst?"
„Absolut! Ich will hier liegen und mich räkeln und an unsere ersten öffentlichen Auftritte denken."
„Die Kieler Woche haben wir verpasst!"
„Das ist bedauerlich!"
„Es gibt sie jedes Jahr!"
„Das ist noch lange hin!"
„Woher rührt dein ungebremster Optimismus?"
„Wenn man viel hat, kann man auch viel verlieren!"
„Komm mal her, Kätzchen …"
„Nein, ich bin noch nicht fertig!"
„Mit Sorgen oder mit Räkeln?"
„Mit Sorgen wird man, glaube ich, nie fertig!"
„Das wäre aber reichlich anstrengend!"
„Ist es doch auch!"
„Ich lese noch ein wenig, während du beschäftigt bist!"
„Wie viele Bücher hast du schon gelesen?"
„Das ist jetzt von 1971. Aus ihrer Zeit in Paris!"
„Dort wird sie ihren Mörder nicht kennengelernt haben."
„Es sei denn, es ist doch der isländische Verlobte!"
„Hmmhhh!"
„Aber er kann sie da besucht haben!"
„Gehen wir denn von einem ‚Er' aus?"
„Oder von einer starken, verdammt wütenden ‚Sie'?"
„Vielleicht eifersüchtig …"
„Mehrere?"
„Wenn mehrere da waren, hat doch nur einer zugeschlagen! Sie hat auch keine Abwehrverletzungen oder Druckstellen. Niemand hat sie festgehalten!"
„Schlaf ruhig ein bisschen! Ich passe hier auf!"
„Hier kommt der Feind nicht von außen!"
„Dann wecke ich dich, wenn du träumst!"
„Aber nur bei schlechten Träumen!"

„Selbstverständlich!"

Anne fallen schon die Augen zu. Ein letztes ausgiebiges Räkeln und ihre Sorgen gleiten zurück in die sanfte Nacht, die sie umgibt.

Es ist Sommer. Sie sitzt an einem der langen Tische in der Forstbaumschule. Keiner ist da außer ihr. Dann nähert sich eine Gruppe junger, lachender Studenten. In ihrer Mitte Christian. Auf beiden Seiten hängen sich junge, sehr hübsche Mädchen bei ihm ein. Christian lächelt sie an und legt die Arme um beide. Anne will in einem Mauseloch verschwinden, da gleitet das Bild weg.

Sie ist jetzt auf der Kiellinie. Es muss Kieler Woche sein. Alles ist voller Menschen. Um sie herum sind ihre Kollegen. Da sieht sie ihn. Christian! Weit entfernt an einen Baum gelehnt. Vor ihm ein aufgebrachtes Mädchen, das gestikulierend auf ihn einredet. Christians Blick gleitet über die Menschenmenge hinweg zu ihr. Anne! Als er sie sieht, zieht er das Mädchen in seine Arme. Auch während er sie küsst, lässt sein Blick Anne nicht los!

Sanft streicht Christian ihr über das Haar: „Kätzchen!" Für einen Moment holt er sie zurück auf die Färöer, doch gleich versinkt sie wieder in ihrem Kieler Leben.

Schilksee! Hunderte Boote im Hafen und auf dem Meer. Weit draußen findet eine Regatta statt. Anne geht den Strand entlang. Verlässt den Hafen. Sie ist alleine! Es gibt keinen, zu dem sie gehört. Anne weiß das! So lange sehnt sie sich schon nach einem Mann, der ihr Leben teilt. Thies fällt ihr ein. Der Kollege aus Treenemünde. Aber da ist seine Susanne. Er gehört nicht zu ihr.

Die Einsamkeit überspült sie wie die Wellen, die auf den Strand treffen. Jetzt ist sie weit weg vom Hafen. Nur wenige Menschen sind am Strand. Da vorne sind schon das Steilufer und die Treppe zum Parkplatz. Hier ist sie gerne. Hier genießt sie ihre wenige freie Zeit im Sommer.

Oben auf dem Parkplatz steht nur ein einziges Auto. Die orange Farbe signalisiert Gefahr. Anne steigt trotzdem ein. Der Zündschlüssel steckt im Schloss. Sie startet den Wagen und fährt langsam in Richtung Hauptstraße. Als würde sie von einem unsichtbaren Band gezogen, fährt sie weiter, die Hauptstraße entlang und biegt dann in einen Feldweg ein. Viele Kilometer zieht sich der Weg über unebenes Terrain. Dann sieht sie in der Ferne ein Haus. Einsam inmitten von Feldern.

Vor dem Haus steht ein kleines Gewächshaus. Anne fährt weiter, obwohl jede Faser ihres Körpers sie warnt! Die Hitze nimmt ihr den Atem, Schweiß läuft in Strömen über ihr Gesicht und ihren Körper. Anne hält mitten auf dem Weg. Sie steigt aus, lässt den Wagen einfach laufen. Wie eine Marionette nähert sie sich langsam dem Haus. Als sie an dem Gewächshaus vorbeigeht, beginnt ein Hund zu kläffen. Sie blickt durch das beschlagene Glas. Blickt durch eine Vielzahl reifer Schlangengurken, die überall in dem Gewächshaus herabhängen, in das Gesicht einer Frau.

Ihr Schrei durchdringt die abendliche Stille im Dalavegur. Thore, der in der Küche noch Radio gehört und eine Pfeife angesteckt hat, hastet die Treppe in wenigen Schritten hinauf. Als er die Tür aufreißt, sieht er Christian mit Schaum am ganzen Körper und einer Wasserlache unter sich neben dem Bett knien.

Auf dem Bett sitzt Anne. Sie ist schweißnass und ihr steht der gerade durchlebte Schrecken noch im Gesicht. Ihre Augen sind weit aufgerissen und sie ist nicht dazu in der Lage, ein einziges Wort hervorzubringen.

„Was ist passiert?"

„Anne hat etwas geträumt!"

„Meine Güte, was muss das arme Mädchen durchgemacht haben."

Christian nimmt ihre eiskalte Hand. „Anne …? Anne, Liebes …?"

„Thore, kannst du einen Moment bei ihr bleiben? Ich möchte mir eben wieder etwas überziehen."

Die Szenerie im Raum ist unverändert, als Christian kurz danach zurückkommt. Thore hält jetzt Annes Hand, sie selber hat sich nicht einen Millimeter gerührt.

„Was hat dieser Kerl ihr nur angetan?" Thore ist ganz hilflos im Angesicht des Entsetzens, das ihm aus Annes Augen entgegensieht.

„Er hat sie gefangen gehalten. In einem Kellerverlies. Über mehrere Tage. Angekettet!"

„Er war es!"

Als Anne spricht, ist ihre Stimme so leise, dass die beiden Männer sie kaum verstehen.

„Er war was, Anne?"

Christians Stimme gibt ihr ein wenig Sicherheit.

„Er war die Frau!"

„Aber welche Frau ...?"

„Sie hat mich angestarrt! Aus diesem Gewächshaus!"

„Du hast von einem Gewächshaus geträumt?"

„Er züchtet seine Gurken selber ..."

Thore blickt Christian ratlos an.

„Du meinst, er hat ein eigenes Gewächshaus, in dem er die Gurken züchtet, die ...! Und er verkleidet sich als Frau!"

Anne nickt.

„Deshalb entführt er seine Opfer immer im Sommer! Dann sind seine Gurken reif, mit denen er sie füttert!"

„Anne, aber ... scheiße ... das könnte ja heißen ...!"

„Ich muss Hajo anrufen! Unbedingt!"

Thore räuspert sich: „Es ist kurz vor Mitternacht. Da wirst du jetzt niemanden erreichen!"

„Dann gleich morgen Früh! Ich hab auch das Haus gesehen. Es steht irgendwo in den Feldern. Ein kleines Haus und ein Gewächshaus! Da ist nichts anderes ringsherum. Und das Auto. Es ist so eine Art kleiner Lieferwagen. Ein oranger Renault!"

„Bestimmt ein R 4!"

Thore blickt sie skeptisch an: „Anne, sei mir nicht böse, aber das war doch jetzt so eine Art Traum von dir. Wie kannst du dir so sicher sein, dass das alles stimmt?"

„Ich war ja da, Thore! Tagelang war ich da!"

„Warst du nicht eingesperrt? Der hat dich doch nicht um sein Haus spazieren lassen?"

„Nein, wahrhaftig nicht! Aber als er mich entführt hat ... da war ich nicht bewusstlos, nur irgendwie betäubt ... und die ganze Zeit konnte ich mich nicht erinnern ..."

Thore sieht weiterhin sehr skeptisch aus.

„Versteif dich nicht zu sehr darauf! Mit dem Gedächtnis ist das so eine Sache! Auch wenn du da wirklich etwas gesehen hast! Aber nach so langer Zeit …"

„Sie müssen es wenigstens überprüfen, verstehst du? Wir haben doch sonst keine Hinweise!"

„Klar müssen sie das. Das werden sie auch tun, deine Kollegen da unten in Deutschland! Ich meine nur, du solltest dir keine allzu großen Hoffnungen machen!"

„Nein … vielleicht hast du recht!" Ihr Blick geht in die Ferne. Draußen am Himmel, weit im Norden, türmen sich riesige Wolkengebilde. Anne nimmt sie nicht wahr. Vor ihren Augen sind Wände. Sie ist eingesperrt. Immer noch hat sie das Gefühl, angekettet zu sein, in einem Kellerverlies, irgendwo in der Nähe von Schilksee.

Ihren Körper hat sie zwar befreien können, aber ein Stück ihrer Seele ist dortgeblieben. Noch immer voller Kälte und Angst!

„Wir bekommen einen Sturm! Morgen wird es nichts mit Draußensitzen und Kaffeetrinken! Vielleicht nimmst du dir mal einen Tag für dich, Anne. Aksel und ich kommen schon klar! Wir sind ja auch vorher … na ja! Der Vergleich ist ein wenig schief. Vorher war es doch ruhiger hier!"

Thore sieht plötzlich wie ein alter Mann aus. Er ist Anne die ganze Zeit so dynamisch erschienen, dass sie völlig vergessen hat, aus welchem Grund sie hierhergekommen ist. Thore ist krank. Er soll kürzertreten, eigentlich ganz aufhören! Sie beide haben sich in diesen Fall gestürzt, ohne an ihre persönliche Situation zu denken. Zwei Vollblutpolizisten!

Thore ist zurück in seine Küche gegangen. Er sitzt auf dem bequemen Stuhl vor seinem großen Fenster. Diesen Platz hat auch seine Frau immer geliebt. Die Gedanken an sie beruhigen ihn nicht wie schon oft zuvor. Es hat so ein großes Stück Leben mit ihr geteilt. Teilen dürfen!

Normalerweise macht ihn die Erinnerung glücklich und ruhig. Aber nicht heute Nacht. Er hat es schon seit ein paar Stunden gespürt. Wie die Wolken sich ihm gegenüber hinter der Kirche auftürmen, genau so hat sich in seinem Inneren die Unruhe gesteigert.

Thore will nicht zugeben, dass er seine Grenzen erreicht hat. Dass er fürchtet, jeder weitere Schritt, jede weitere Aufregung könnte für ihn die letzte sein. Wenn er morgen so weitermacht, mit vollem Einsatz für diesen Mordfall, der ihn aufwühlt wie noch kein anderer Fall vorher. Während seines langen Polizistenlebens hat er sich noch nie so gefühlt wie heute. Voller ohnmächtigem Entsetzen …

Vor ein paar Tagen noch hat er begonnen, sich auf einen ruhigen Lebensabend zu freuen. Fischen gehen, Zeit mit seinen Freunden verbringen, all das war immer zu kurz gekommen. Nein! Es darf hier nicht zu Ende sein!

Draußen ist es vollkommen windstill. Die Dunkelheit der Nacht ist einer absoluten, undurchdringlichen Dunkelheit gewichen. Kein Sternenlicht, das diese Schwärze durchdringt. Die Wolken liegen jetzt so dicht über der Insel, dass sie selbst das Licht der wenigen Laternen zu verschlucken drohen.

Die Luft ist so erdrückend und stickig, dass Thore kaum atmen kann. Er steht auf und öffnet das Fenster weit, um wenigstens einen kleinen Hauch in dieser düsteren Schwüle zu erwischen.

Er kann sie doch jetzt nicht alleine lassen. Anne, die durch das traumatische Erlebnis im letzten Jahr auch an einer Grenze steht.

Und Aksel. So jung und motiviert und auch durchaus auf dem richtigen Weg. Aber ein Fall mit dieser Verantwortung und Tragweite. Morgen wird er in Kopenhagen anrufen. Er wird weitere Unterstützung anfordern müssen. Etwas, das er in den vielen Jahren auf den Färöern immer vermeiden konnte. Jetzt ist es unumgänglich.

Thore stöhnt, ohne es selber wahrzunehmen. Kalter Schweiß steht auf seiner Stirn. Sein ganzer Körper ist nassgeschwitzt. Die Pfeife aus seiner rechten Hand kullert zu Boden. Als der erste Blitz über den schwarzen Himmel zuckt und in den Kirchturm ihm gegenüber einschlägt, ist sein Kopf nach vorne gesackt. Der heftige Regen, der unmittelbar darauf einsetzt, durchweicht in Sekunden die Gardinen und den Flickenteppich auf dem Boden vor ihm.

Über ihm im Bett hält Christian Anne fest in seinen Armen. Unruhig atmet sie und zuckt kräftig zusammen, als auf den grellen Blitz ein mächtiger Donner folgt. Leise steht er auf und schließt das Fenster. Gleichzeitig mit dem zweiten Blitz setzt der Sturm ein. Rüttelt an den geschlossenen Fensterflügeln und biegt den kleinen Baum vor dem Haus so weit nach unten, dass die Krone nicht mehr zu sehen ist.

Eine Orkanböe nach der anderen peitscht gegen das Haus im Dalavegur und gegen die ganze Stadt. Masten krachen zu Boden, Dächer werden abgedeckt, Schiffe werden an Land gespült. Obwohl Christian die ganze Nacht wach ist, hört er die Sirene der Feuerwehr nicht. Ihr greller Ton wird von dem tosenden Orkan verschluckt.

4. August

Kiel, 06:04 Uhr

Der Tag beginnt so warm und schwül, wie der vorherige zu Ende gegangen ist. Sven ist spät nach Hause gekommen. Sehr spät, weil er gehofft hat, dass Sabine schon schläft. Er hätte im Wohnzimmer geschlafen. Aber das war gar nicht nötig. Sabine war nicht zu Hause.

Ihre Kaffeetasse vom Morgen steht unberührt auf dem Tisch. Die Fenster sind hastig geschlossen worden, so dass eine Gardine eingeklemmt ist. Anke muss hier gewesen sein und Sabine zu sich genommen haben. So hätte seine Frau niemals die Wohnung verlassen.

Trotzdem er über Nacht alle Fenster weit geöffnet hat, ist die Hitze im Schlafzimmer unerträglich. Schon jetzt um 06:00 Uhr morgens müssen es draußen weit über 20 Grad sein. Sven geht unter die Dusche und stellt den Regler so kalt wie möglich. Ohne sich abzutrocknen setzt er sich nass, wie er aus der Dusche gekommen ist, an den Frühstückstisch und trinkt seinen Kaffee in kleinen Schlucken. Das Polster auf seinem Stuhl ist nass und auf dem Boden sind mehrere Pfützen.

Sven, der sich immer an die strengen Ordnungsregeln seiner Frau gehalten hat, genießt die Schlamperei, die er verbreitet. Er lässt die Kaffeemaschine ungesäubert stehen und schaltet sogar das Radio ein.

Warum hat sich Sabine das blöde Ding gewünscht? Noch nie hat er es anstellen dürfen, wenn sie beide zu Hause waren. Und er ist sich ziemlich sicher, dass sie auch alleine keinen Gebrauch davon macht.

Während er sich anzieht, überlegt er, wie er heute weiter vorgehen wird. Hajo ist so früh noch nicht auf dem Revier und der Kollege wird mit seinen Hausdurchsuchungen auch alleine fertig oder schließt sich ihm vielleicht sogar an, wie sie es am Tag zuvor überlegt haben. Vielleicht können sie Hajo heute umstimmen.

Alles in ihm glaubt, dass es richtig ist, weiterzumachen, womit er gestern angefangen hat. Er breitet die Karte auf dem Tisch aus. Die Wege, die er genommen hat, sind mit einem roten Stift markiert. Dort hat er nichts entdecken können, was ihm verdächtig vorgekommen wäre. Aber es gibt noch genügend Feldwege und kleine Straßen in der Gegend, durch die er nicht gefahren ist.

Sven markiert die Einfahrt in einen Feldweg. Aus dem Obstkorb nimmt er sich zwei Bananen. Während er die eine isst, hört er, dass in den 06:30-Uhr-Nachrichten über die Unfähigkeit der Polizei gesprochen wird, die immer noch keinen Hinweis auf den Verbleib der entführten Studentin hat.

Fünf Minuten später sitzt er in seinem Auto. Die Straßen sind frei und so biegt er schon nach weiteren zwanzig Minuten in den markierten Feldweg ein. Auch hier, so nahe am Meer, regt sich kein Luftzug!

Sven beschließt, sich gegen 08:00 Uhr bei den Kollegen zu melden. Dann hat er wenigstens noch eine Stunde.

Das Kribbeln, das ihn vorantreibt, wird wieder stärker. „Kann man spüren, dass man auf dem richtigen Pfad ist?", fragt er sich. Bei Anne hat er so ein Verhalten kurz vor der Lösung eines Falles schon öfter bemerkt. Sie ist dann vollständig auf eine Spur fokussiert und lässt sich durch nichts davon abbringen, diese bis zum Schluss zu verfolgen.

Und genauso geht es ihm heute Morgen. Obwohl der Weg, den er gewählt hat, wenig vielversprechend scheint! Große Schlaglöcher zwingen ihn ein ums andere Mal dazu, auf die angrenzenden Felder auszuweichen. Hier wäre ja beinahe ein Geländewagen angesagt. Jetzt geht es ein ganzes Stück steil bergab. Große Steine erlauben ihm nicht mehr als Schritttempo zu fahren. Hoffentlich muss er nicht wenden. Überall sind jetzt Knicke am Wegrand und versperren ihm die Sicht.

Sven hält an und wirft einen Blick auf die Karte. Diesen verwinkelten und mit Schlaglöchern übersäten Weg hat der Entführer mit Anne auf keinen Fall genommen. Das ist ihm klar. Trotzdem bleibt sein Gefühl!

Mit dem Finger verfolgt er den eingezeichneten Pfad. Er endet in einem Wohngebiet. Strande! Sollte das Haus am Ende dieses Weges sein, ist es von dort aus sicherlich einfacher, dort hinzugelangen. Und immer noch in dem Umkreis, den sie sich für das gesuchte Versteck vorstellen können.

Sven startet den Motor erneut.

Die ganze Strecke, die er bereits gefahren ist, hat er noch kein Haus gesehen. Nicht einmal einen Unterstand. Jetzt geht es in unübersichtlichen Kurven wieder bergauf und Sven hofft, dass ihm nicht unvermittelt ein Traktor entgegenkommt, obwohl er annimmt, dass hier sowieso seit Längerem niemand gefahren ist.

Oben macht die Straße wieder eine scharfe Biegung. Er ist jetzt etwa drei Kilometer von der Abzweigung entfernt. Vor ihm liegt eine Strecke, die geradeaus zwischen zwei Wiesen verläuft, auf denen sicherlich schon lange kein Vieh mehr geweidet hat. Die Zäune sind teilweise eingefallen und das Gras steht hoch. Und da, am Ende des geraden Stückes und sicherlich nicht mehr sehr weit von der größeren Wohnsiedlung entfernt, kann Sven ein Haus erkennen, das einsam und alleine in den Feldern steht.

Langsam weitere Schlaglöcher umrundend fährt er darauf zu. Es ist ein kleines Haus, das einen verfallenen Eindruck macht. Ein Baum steht daneben, lehnt sich fast an das Gebäude, gebeugt durch den Wind, der hier normalerweise vom Meer her weht. Heute wäre er dankbar um jeden Hauch, der die drückende Schwüle unterbricht.

Als Sven näher kommt, erkennt er, dass unmittelbar neben dem Haus noch ein weiteres, kleineres Gebäude steht. Obwohl sein Verstand ihm sagt, dass in so einem heruntergekommen Anwesen sicherlich keiner mehr lebt, wird das Kribbeln in seinem Bauch von Sekunde zu Sekunde stärker.

Etwa hundert Meter entfernt bleibt er stehen. Überlegt, wie er weiter vorgehen soll. Aus dem Handschuhfach holt er das Fernglas und sieht sich die Gebäude genauer an.

Im oberen Stockwerk des Hauses ist ein Fenster eingeschlagen. An vielen Stellen ist der Putz abgebröckelt. Das schmutzige Grau hat seit Jahrzehnten keinen neuen Anstrich gesehen. Die Fenster starren wie tot über die flirrenden Felder, ohne dass Gardinen oder gar alte Topfblumen die Sicht versperren.

Mit dem Glas erkennt er nun auch das kleinere Gebäude daneben. Es ist ein altes Gewächshaus. Die ganze Farbe ist von den Verstrebungen abgeblättert. Allerdings sind im oberen Teil nicht die Scheiben zerschlagen, wie er es erst vermutet hat, sondern die Luken stehen offen. Hinter den Scheiben ist ein kräftiges Grün zu erkennen. Kräftiger als das ganze Grün in der Landschaft um sie herum, so als würde hier noch regelmäßig gewässert. Ein erstes Anzeichen dafür, dass sich vielleicht doch jemand hier aufhält.

Sven legt das Fernglas auf den Beifahrersitz und schaltet sein Funkgerät ein. Zunächst versucht er über die Zentrale Hajo zu erreichen. Ein hektisch bemühter Kollege telefoniert die nächsten fünf Minuten alle Möglichkeiten ab, die Sven einfallen, doch Hajo ist nirgends zu finden. Auch Bernd ist nicht zu erreichen und Sven hinterlässt den Kollegen in der Zentrale eine kurze Nachricht.

Dann fährt er langsam weiter.

Hinter dem Haus macht der Weg wieder eine scharfe Kurve. Je näher Sven kommt, umso stärker ist sein Eindruck, dass in einem so heruntergekommenen Gebäude keiner mehr wohnen kann. Vielleicht nutzt ein Nachbar das Gewächshaus. Langsam gleitet sein Wagen um die Kurve.

Tórshavn, Dalavegur, 07:41 Uhr

Nur langsam kehrt Christian zurück aus einem wirren Traum. Erst gegen 06:00 Uhr am Morgen ist er in einen unruhigen Schlaf gefallen. Als sich das Gewitter endlich beruhigt hat und der Orkan ein wenig gezähmt schien.

Anne steht schon geduscht und angezogen neben dem Bett, als er mühsam die Augen aufschlägt.

„Entschuldige, ich wollte dich nicht wecken!"

„Schon okay!", gähnt er.

„Wie kommt es, dass du so lange schlafen kannst?"

„Ich hab die ganze Nacht auf dich aufgepasst!"

Anne lächelt zärtlich.

„Thore hat sich auch noch gar nicht geregt!"

„Ich glaube nicht, dass wir das hören würden, bei dem Sturm draußen."

„Stimmt auch wieder!"

„Ich gehe mal Frühstück machen, falls Olivia noch nicht da ist. Ich glaube, draußen ist einiges kaputt gegangen. Da hat sie bestimmt anderes zu tun!"

„Ist sie jetzt auch bei der Feuerwehr?"

„Nein, aber es gibt bestimmt eine ganze Menge zu tratschen!"

„Ach ja! Ich komme sofort hinterher!"

„Mach mal in Ruhe! Vielleicht sollten wir uns heute wirklich einen Tag für uns nehmen."

„Nur in Kiel werde ich später noch anrufen", überlegt sie.

Anne ist schon die Treppe halb hinunter und Christian wieder auf dem Weg ins Reich der Träume.

Das Wasser im Flur nimmt sie erst wahr, als sie hineintritt.

Eben noch in Gedanken bei ihrem Telefonat mit den Kollegen in Kiel, blickt sie sich verwirrt um. Gab es einen Rohrbruch in der Nacht? Wieso hat Thore nichts bemerkt?

„Thore …?"

Anne öffnet die Küchentür und ein weiterer Schwall Wasser schwappt in den Flur. Voller Entsetzen bleibt sie stehen. Hier herrscht das blanke Chaos. Zwei Fenster stehen weit offen, die Scheiben sind herausgeschlagen, die Gardinen hängen in Fetzen.

Auf dem Boden steht genau wie im Flur das Wasser knöcheltief. Außer den massiven Möbeln ist nichts mehr an seinem Platz. Blumentöpfe sind umgeschmissen und ihre Erde hat sich über die Flickenteppiche gelegt. Der Brotkorb und eine Salatschüssel sind von den Schränken geflogen. Scherben schwimmen neben durchweichten Brotscheiben.

Thore entdeckt Anne erst beim zweiten Hinsehen. Er sitzt noch in dem gleichen Sessel, in den er sich spät in der Nacht zum Ausruhen begeben hatte. Sein Kopf ist vorne übergefallen.

„Nicht noch ein Toter, den ausgerechnet ich hier finden muss, und vor allem nicht … Thore!!!"

Durch den Unrat am Boden läuft sie zu ihm und prüft seinen Herzschlag. Der Sturm peitscht unvermindert durch das offene Fenster, nur der Regen macht eine kurze Pause.

Ganz schwach kann Anne ein Lebenszeichen fühlen. Aber Thore ist völlig durchnässt und eiskalt. Mit einiger Mühe dreht sie den Sessel, in dem Thore sitzt, aus dem Wind.

Er muss sofort ins Krankenhaus! Anne läuft nach oben, wo Christian noch einmal eingeschlafen ist.

„Christian, schnell! Thore!!!", ruft sie bereits von der Treppe.

Zwei Minuten später sind beide wieder unten. Anne sucht warme Decken, während Christian versucht zu telefonieren.

„Heilige Scheiße!", ruft er. „Das funktioniert nicht! Die Leitung ist tot!" Er reißt sich seine Jacke von der Garderobe und ist schon auf dem Weg zu den Nachbarn, während Anne versucht, das dicke Steppbett auf dem nassen Sessel um Thore herumzustopfen.

Dann geht alles ganz schnell. Einer der Nachbarn hat ein Auto. Zusammen mit Christian trägt er Thore aus dem Haus und bereits fünf Minuten später sind sie im Krankenhaus.

Die Ärztin, die sie in Empfang nimmt, kennt Thore, weiß von seiner Vorgeschichte, und nach ein paar kurzen Erklärungen von Christian ist sie mit ihm in einem der angrenzenden Räume verschwunden.

Anne, die die ganze Zeit über völlig ruhig geblieben ist, beginnt jetzt am ganzen Körper zu zittern. Nervös geht sie in dem kleinen Wartebereich auf und ab.

„Wir hätten ihn gestern nicht so alleine gehen lassen sollen."
„Aber Anne, das konnten wir doch nicht ahnen. Er ist schließlich immer ohne unsere Hilfe ins Bett gegangen."
„Das war einfach alles zu viel für ihn. Warum hab ich ihn da bloß mit reingezogen? So ein verdammter Mist, Christian!"
„Du ihn? Das ist hier seine Stadt und sein verdammter Fall! Wenn schon einer gezogen hat, dann er dich, und nicht du ihn!"
„Ja, aber du weißt doch! Er wollte aufhören! Ich hätte das mit Aksel alleine machen können. Ihn soll ich doch schließlich einarbeiten!"
„Anne, hör doch mal auf, dir die Schuld zu geben. Thore ist erwachsen und er ist länger Polizeibeamter, als ich auf der Welt bin. Glaubst du, er hätte dich das alleine mit diesem jungen Kollegen machen lassen? Einen Mord an ihrer Bürgermeisterin, und dann noch auf so eine bestialische Art? Du kannst einen Typen wie Thore nicht davon abhalten, das zu tun, was er für seine Pflicht hält."
„Und dann hab ich ihn gestern Abend auch noch mit meinen Problemen …"
„Nun ist aber wirklich Schluss! Ihr habt euch beide übernommen! Es ist doch klar, dass wir uns gestern Abend ganz anders verhalten hätten, wenn wir gewusst hätten, dass es Thore schlecht geht!"
„Ach Christian, ich mach mir doch nur solche Vorwürfe! … Und Sorgen! Was ist, wenn Thore jetzt … wenn er …"
„Du willst sagen, wenn er stirbt!"
Anne sieht ihn mit großen Augen an.
„Dann wäre das unglaublich traurig, weil er bestimmt noch ein paar schöne Jahre vor sich gehabt hätte und weil ein wunderbarer Mensch nicht mehr da ist! Aber es wäre nicht deine Schuld! Und ehrlich gesagt glaube ich nicht, dass er stirbt. Thore ist verdammt zäh und will unbedingt diesen Mörder überführen, und dann will er auch noch die gerade erwähnten schönen Jahre friedlich verleben."
„Bestimmt hatte er wieder einen Herzinfarkt!"
„Das glaube ich gar nicht, mein Kätzchen. Ich denke, das war eher ein Schwächeanfall. Er hat sich gestern Abend an das

weit geöffnete Fenster gesetzt, um noch ein wenig durchzuatmen und zur Ruhe zu kommen, und da hatte er dann einen regelrechten Zusammenbruch!"

„Und ich liege oben und schlafe seelenruhig!"

„Darf ich dich daran erinnern, dass du kurz vorher auch so etwas wie einen Zusammenbruch hattest?"

„Nein, darfst du nicht!"

„Okay, Mrs. ‚Ich muss immer funktionieren und darf mir keine Schwächen leisten'! Wir gehen jetzt in diese entzückende kleine Krankenhauscafeteria und genehmigen uns ein ‚Was-auch-immer-es-da-gibt'-Frühstück. Die werden mit Thore noch eine Weile beschäftigt sein. Da können wir die Zeit auch sinnvoll nutzen."

„Aber ich kann doch nicht …!" Anne hält für einen Moment in ihrem unruhigen Hin und Her inne und sieht Christian entsetzt an, der die ganze Zeit auf seinem Stuhl sitzen geblieben ist.

„Doch, genau das kannst du! Wenn du schon unbedingt auf dem ‚Ich-bin-für-alles-verantwortlich'-Trip sein willst, dann ist das bestimmt einfacher, wenn du etwas im Magen hast."

„Vollkommen ausgeschlossen!"

„Dann kommst du trotzdem mit und trinkst wenigstens einen Kaffee. Du kannst mir ja beim Frühstücken zusehen. Wenn du hier weiter herumtigerst, könnte es sein, dass ich den örtlichen Zoodirektor anrufe und dich abholen lasse!"

„Hier gibt es keinen …"

„Ich weiß, Anne! Das sollte ein Scherz sein!"

In diesem Augenblick kommt die Ärztin aus dem Zimmer und wechselt ein paar Worte mit Christian.

„Na siehst du! Alles erst einmal in Ordnung. Sie haben ihn in alle verfügbaren Decken eingepackt und an ein EKG-Gerät angeschlossen. Wir können hier gar nichts tun! Komm jetzt, mein Tigerkätzchen! Ich habe Hunger!"

Kiel, 07:54 Uhr

Im selben Moment, in dem Sven um die Ecke fährt, geht die Haustür auf und ein laut kläffender Hund kommt herausgeschossen. Die Frage, woher er diesen Hund kennt, beantwortet sich für ihn in der nächsten Sekunde. Auf die Schwelle tritt eine große, blonde Frau und sieht ihm direkt ins Gesicht. Sie muss ihn auf der anderen Seite schon heranfahren sehen haben, denn sie wirkt in keiner Weise überrascht.

Svens Blick geht von ihr zu dem orangefarbenen R 4, der so vor dem Haus geparkt ist, dass er von der anderen Seite nicht zu sehen ist. Hätte er ihn gesehen, hätte er mit Sicherheit Alarm geschlagen und am Funk gewartet, bis er einen kompetenteren Kollegen erreicht hätte.

Das Gleiche gilt für das Gewächshaus, neben dem er angehalten hat, weil der kläffende Hund ihm den Weg versperrt. Hätte er gesehen, was in diesem Gewächshaus wächst, dann hätte er genauso Alarm geschlagen.

Aber diese Gedanken sind jetzt müßig. Sven ist unvorsichtig gewesen. Er hat dem Kollegen am Funk eine vage Standortbeschreibung übermittelt und ist dann auf eigene Faust weitergefahren.

Und jetzt steht er hier in seinem Wagen vor dem Haus, in dem mit an Sicherheit grenzender Wahrscheinlichkeit ein entführtes Mädchen gefesselt und vor Angst halb wahnsinnig in einem Kellerverlies liegt, und er hat nicht den Schimmer einer Idee, wie er sich verhalten soll, um dieses nicht weiter zu gefährden.

Wenn die Person, die ihn immer noch intensiv anstarrt, ihn genauso erkannt hat wie er sie, dann weiß sie, dass hier ein Polizist vor ihrem Haus steht, und sie weiß, warum dieser Polizist heute Morgen den abgelegenen Feldweg zu ihrem Haus abfährt.

Sven überlegt, einfach weiterzufahren.

Aber während er noch hofft, dem kläffenden Hund ausweichen zu können, steht die blonde Frau plötzlich neben dem Hund direkt vor seinem Wagen. Er hat zu lange gezögert. Auch wenn sie es bisher noch nicht getan hat, wird sie ihn jetzt unweigerlich erkennen. Da ist er sich sicher.

Er startet einen letzten verzweifelten Versuch und ruft durch das heruntergekurbelte Fenster:

„Könnten Sie bitte Ihren Hund zur Seite nehmen! Ich würde gerne weiterfahren!"

Doch bevor er den Satz noch zu Ende gesprochen hat, steht die Frau schon neben ihm. Sie hält eine kleine Spraydose vor sein Gesicht, und während sie darauf drückt, antwortet sie mit ihm sehr bekannter Stimme: „Das könnte dir so passen, mein kleiner Polizist!"

Für den Bruchteil einer Sekunde merkt er gar nichts.

Unwillkürlich hat er die Luft angehalten und schon die Hoffnung, dass das Gas in der Dose nicht schädlich oder vielleicht sogar verbraucht ist. Dann spürt er es. Es trifft ihn wie ein Schlag! Sein ganzes Gesicht ist Feuer. Seine Nase, sein Mund, und am schlimmsten seine Augen. Und mit jedem Atemzug verdoppelt sich der Schmerz.

Sven stößt die Tür auf und torkelt aus dem Auto, verzweifelt nach Luft ringend. Und während er am Wegrand kauert und der kläffende Hund an ihm heraufspringt, wird sein Gesicht immer mehr zu einer einzigen schmerzenden Wunde. Einer Wunde wie rohes Fleisch, in das jemand immer wieder mit einem glühenden Eisen brennt. So lange, bis ein dumpfer Schlag auf seinen Schädel ihn in eine tiefe Bewusstlosigkeit sinken lässt und somit erlöst.

Kiel-Strande, 08:15 Uhr

Silke hat keine Ahnung, welcher Tag geschweige denn wie spät es ist. Immer wieder verliert sie über viele Stunden das Bewusstsein. Durch die Tür hinter ihr dringt Licht in das Gefängnis. Genug, um sich umsehen und diese verdammten Gurken erkennen zu können, die ihre einzige Nahrung sind. Aber es ist kein Tageslicht, und so hat sie keinen Anhaltspunkt, wie weit die Zeit seit ihrer Gefangennahme fortgeschritten ist.

Und von etwas anderem hat Silke auch keine Ahnung. Nicht ein einziges Mal hat sie den Mann gesehen, der ihr das hier antut. Sie angekettet hat, sie frieren lässt, und fast verhungern und verdursten.

Am Anfang meinte sie, vor Angst verrückt zu werden. Am meisten davor, dass er sie vergewaltigen würde. Denn dass es ein „Er" ist, der sie entführt hat, daran besteht für Silke kein Zweifel. Alles deutet für sie darauf hin, dass ihre Entführung diesen einen Zweck hatte. Der Rock, der plötzlich nicht mehr da war, die durch die Fesseln weit auseinandergespreizten Beine und dann diese entsetzlichen Gurken.

Vage erinnert sie sich, wie glücklich sie über die erste Gurke gewesen ist. Fast könnte man sagen, dass sie sie mit Genuss verspeist hat. Inzwischen hat sie so viele gegessen, dass sie aufgehört hat zu zählen. Es auch gar nicht möchte, weil ihr dann noch schlechter werden würde.

Sie ist sich sicher, dass er irgendetwas in diese Gurken getan hat, das sie kurz nach deren zweifelhaftem Genuss immer wieder bewusstlos werden lässt.

Am Anfang hat sie das gestört. Sie hatte gehofft, dass sich ihr eine Möglichkeit eröffnen würde, Hilfe zu bekommen, wenn sie nur lange genug wach bleiben könnte. Aber es passierte nie etwas. Außer dass ihre Panik ihr nach einiger Zeit fast den Atem nahm.

So hat sie sich stattdessen eine Strategie angewöhnt, um in ihrer unbequemen Lage aushalten zu können. Jedes Mal, wenn sie aus ihrer Bewusstlosigkeit auftaucht, versucht sie, ihren schmerzenden Körper ein wenig zu entlasten, sich aufzusetzen und so weit als möglich die Arme und den Oberkörper zu bewegen.

Auch jetzt drückt sie sich mühsam nach oben, merkt, um wie viel schwächer sie bereits geworden ist, als ein stechender Schmerz durch ihren Unterleib fährt. Kaum hat sie sich aufgesetzt, da merkt sie, wie ein Schwall Blut auf den Betonboden strömt. Ihre Bikinihose ist vollkommen durchnässt, genauso, wie sie es vorher schon viele Male durch ihren Urin war.

Nein, verdammt! Nicht auch das noch! Sie kommt sich so unglaublich schmutzig und widerlich vor!

Warum nur tut er ihr das an? Es ist so erniedrigend! Sie zittert am ganzen Körper. Die Krämpfe in ihrem Unterleib werden schnell stärker, so wie sie es von ihrer Periode kennt. Am ersten

Tag kann sie vor Schmerzen oft nicht in die Uni gehen. Sie legt sich dann mit einer Wärmflasche und einer Kanne Tee ins Bett. Die Wärme entspannt sie und macht die Krämpfe erträglicher.

Aber daran ist hier nicht zu denken. Wärme hat sie das letzte Mal am Strand von Schilksee gespürt. Hier ist ihr schon die ganze Zeit so unglaublich kalt, so eisig kalt, wie noch nicht zuvor in ihrem Leben!

Und dann entringt sich ihr in ihrem ganzen zitternden Elend noch einmal ein Schrei. Ein Schrei, wie sie ihn zu Beginn ihrer Gefangenschaft öfter ausgestoßen hat. Als sie noch hoffte, jemand könnte sie hören.

Jetzt erwartet sie keine Hilfe mehr. Sie schreit ihr Elend und ihren Ekel, ihre Erniedrigung und Angst hinaus in das Kellerverlies. So laut, dass der ganze Raum angefüllt ist mit ihrer verzweifelten Stimme.

Und während sie noch schreit, hört sie gar nicht, dass sich zum ersten Mal wirklich etwas tut! Hinter ihr stößt jemand die schwere Kellertür auf.

Tórshavn, 10:34 Uhr

„Thore, was machst du nur für Sachen?"

Anne und Christian haben von der Ärztin endlich die Erlaubnis bekommen, Thore zu sehen. Höchstens fünf Minuten!

Thore bringt nur ein schwaches Lächeln zustande. Weiß und eingefallen liegt er warm zugedeckt in dem sterilen Krankenhausbett. Anne streichelt hilflos seine Hand. Sie weiß nicht, was sie mit ihm reden darf. Will ihn nicht mit einem unbedachten Wort aufregen. Für einen kurzen Moment scheint er wieder zu schlafen. Seine Augen sind fast geschlossen und sein Atem geht ruhiger.

Christian erhebt sich leise und deutet Anne an, dass er noch einmal mit der Ärztin sprechen möchte. Als er das Zimmer verlassen hat, ist Thore wieder wach. Seine Lippen formen ein Wort, aber er bringt keinen Ton hervor.

„Wie bitte? Was willst du mir sagen?"

Wieder bemüht er sich ohne Erfolg.

„Brauchst du etwas, Thore? Kann ich etwas für dich erledigen?"

Thore nickt.

„Hat es etwas mit unserem Fall zu tun?"

Wieder ein schwaches Nicken.

Dann deutet er Anne an, ganz nahe zu kommen, und versucht es ein weiteres Mal:

„... stärk ..."

Anne sieht ihn verzweifelt an. Wieder hat sie nicht verstanden.

Thore hat seine ganzen Kräfte aufgebraucht und fällt zurück in einen ohnmachtähnlichen Schlaf.

Eine Weile später öffnet sich leise die Tür. Christian winkt Anne nach einem Blick auf den schlafenden Thore hinaus.

„So, jetzt hab ich die Ärztin kurz erwischt. Ich hab einfach behauptet, du wärst seine Schwiegertochter. Sonst hätte sie mir keine Auskunft geben dürfen. Manchmal ist das doch wirklich ein dummes System. Zwingt einen zu lügen. Liegt mir ja gar nicht, so etwas!"

„Was ist denn nun mit ihm?"

„Sie meint, es wäre definitiv kein neuer Herzinfarkt gewesen. Er hat wohl einen Zusammenbruch gehabt gestern Abend. Herz-Kreislauf! Und dann kommt natürlich die Unterkühlung dazu."

„Aber er ... er wird doch wieder ... ich meine ...!"

„Klar wird er wieder! ‚Der ist zäh', hat sie gesagt. Aber das kann dauern. Kann sein, dass er noch einen kräftigen Infekt bekommt. Fieber hat er schon!"

„Dann sind wir auf uns gestellt!"

„Yep! Definitiv!"

„Na ja, das bin ich in Kiel ja auch meistens!"

„Wenn du dich wirklich in der Lage dazu fühlst, weiterzumachen, wirst du das mit Aksel machen müssen. Du kannst hier ja schlecht überall alleine aufkreuzen und Fragen stellen. Thore hat aber noch etwas gesagt, meinte die Ärztin. Sie hätte immer wieder verstanden, dass er von ‚Verstärkung' geredet hat!"

Das ist es, was er von Anne wollte. Sie sollen Verstärkung aus Dänemark anfordern. Sicher ist das das Richtige! Aksel fehlt die Erfahrung und ihr die Kompetenz. Außerdem können sie sich nicht miteinander verständigen. Keine guten Voraussetzungen für eine Mordermittlung. Und dann hat sie ja in den vergangenen Tagen schon zweimal vorgeführt bekommen, wie schnell sie selber an ihre Grenzen stößt.

„Lass uns zu Aksel gehen. Der weiß bestimmt noch gar nicht Bescheid!"

Diese Annahme sollte sich allerdings schnell als Irrtum erweisen. Aksel hat fast unmittelbar, nachdem Thore im Krankenhaus angekommen war, davon gehört, dass es seinem Chef schlecht geht, und während verschiedener Einsätze wegen der Sturmschäden aus der vergangenen Nacht hat er bereits selber überlegt, dass es an der Zeit ist, sich bei der vorgesetzten Behörde in Kopenhagen zu melden.

Dabei ist es dann aber auch geblieben. Trotz wiederholter Versuche ist es ihm nicht gelungen, das Telefon zum Leben zu erwecken. Der Sturm hat im örtlichen Telefonnetz ganze Arbeit geleistet. Genau wie am frühen Morgen in Thores Haus sind auch im übrigen Ort die Leitungen tot.

Anne fällt wieder ein, dass sie in Kiel bei ihren Kollegen anrufen wollte.

„So ein Mist! Wie sehr man sich schon an dieses blöde Telefon gewöhnt hat. Man meint, es müsste so selbstverständlich funktionieren, wie Wasser aus der Leitung fließt." Verzweifelt versucht Anne immer wieder, dem Hörer in ihrer Hand einen Ton zu entlocken.

Christian hat sich zu Aksel an den Schreibtisch gesetzt und die beiden reden ruhig miteinander, während Anne einen verzweifelten Ausruf nach dem anderen ausstößt, sich Notizen macht, die Zettel wieder zerreißt und resigniert aus dem Fenster schaut, wo der Sturm immer noch mit voller Kraft über die Insel weht.

Aksel ist das alles gewohnt. Als Kind der Färöer hat er schon oft solche extremen Wetterlagen erlebt und weiß, dass man nur die Möglichkeit hat, sich darauf einzustellen und für diese Zeit mit dem klar zu kommen, was noch funktioniert.

Und Aksel ist es gewohnt, Verantwortung zu übernehmen. Er ist der älteste und einzige Sohn einer über die meiste Zeit seines Kinderlebens alleinerziehenden Mutter. Die jüngste seiner sechs Schwestern war noch nicht geboren, als sein Vater auf See umkam. Er selber war zu dieser Zeit gerade einmal in der dritten Schulklasse. Und obwohl seine Mutter eine durchaus tüchtige Person war, kam es immer wieder vor, dass der Verlust ihres Ehemannes, den sie über alles geliebt hatte, und die stattliche Anzahl von Kleinstkindern sie weit über die Grenzen ihrer Belastbarkeit hinaus erschöpfte.

Dann war Aksel da. Und es spielte weniger eine Rolle, dass er jede noch so kleine Arbeit annahm, um für die Familie etwas dazuzuverdienen. Dass er in jeder freien Minute mit seinen Geschwistern im Schlepptau hinauszog, um seiner Mutter ein wenig Ruhe zu verschaffen. Kraft gab er ihr, weil er für sie da war.

Wenn alle Schwestern in ihren Betten schlummerten, setzte er sich zu ihr. Hörte ihr zu, tröste sie, wenn sie traurig war, oder ermutigte sie, wenn die Kraft sie zu verlassen drohte.

Aksel war ihr Fels. So nannte sie ihn oft. In dieser Zeit hat er gelernt, ruhig zu bleiben, wenn die Welt um ihn herum unterzugehen droht. Hat gelernt, einen klaren Kopf zu bewahren und aus dem Wenigen, was geblieben ist, etwas Gutes zu machen. Und er hat gelernt, dass Verzweiflung einen nicht weiterbringt.

Den jungen, aufstrebenden Polizisten, Aksel, hat vielmehr die ungewohnte Situation verunsichert, mit zwei erfahrenen, weit älteren Kollegen zusammenarbeiten zu müssen. Ihnen Rechenschaft abzulegen und sich ihren Entscheidungen unterzuordnen. Das war nicht die Welt, in der er sich zu Hause fühlte.

Diese präsentiert sich ihm jetzt. Alles um ihn herum in Scherben. Die Menschen, auf die man gezählt hat, stehen nicht zur Verfügung. Seine Möglichkeiten sind begrenzt. Die Situation verleiht ihm so viel Ruhe und Kraft, dass Christian, mit dem er die weitere Strategie gerade durchdenkt, sichtlich beeindruckt ist.

Eine halbe Stunde vergeht, in der Aksel seine Pläne mit Christian erörtert und an deren Ende Anne ihre Versuche aufgibt, jemanden anzurufen. Sie sitzt mit einem Stift in der Hand über einem leeren Blatt Papier und starrt erschöpft in das tosende Unwetter draußen vor dem Fenster.

„Anne, komm mal bitte zu uns. Ich glaube, wir haben hier doch einen Experten für schwere Fälle."

Anne sieht ihn verwirrt an. Ihr Blick schweift durch den Raum, als suche sie die angekündigte Unterstützung. Aksel ist aus ihrer Sicht offensichtlich kein Kandidat für diesen Posten.

„Lass jetzt mal das Telefon sein und setz dich hier zu uns. Ich will dir einmal erklären, was Aksel sich überlegt hat."

Ein weiterer ungläubiger Blick, dann kommt Anne zu ihnen herüber.

„Ja …? Gibt es hier jemanden, den wir noch hinzuziehen könnten?"

„Nein", sagt Christian. „Wir drei sind völlig auf uns alleine gestellt. Und selbst wenn wir heute noch in Dänemark anrufen könnten, ist es unwahrscheinlich, dass bei solchem Wetter jemand herüberfliegen würde."

„Ach!"

„Außerdem kann Aksel heute nicht das Revier verlassen. Andauernd melden sich Leute, du hast das ja eben mitbekommen."

Nur ganz am Rande hat Anne wahrgenommen, dass ein paar Mal die Tür ging. Sie war so in ihre Welt versunken und von der Dringlichkeit geleitet, in Kiel jemanden zu erreichen.

„Wir drei werden hier heute zusammenarbeiten. Wir werden all das, was bisher ermittelt wurde, zusammentragen. Wir werden Steckbriefe von allen Personen anfertigen, mit denen bisher geredet wurde, und versuchen die Nacht, in der Brigitta ermordet wurde, genau zu rekonstruieren."

„Motive und Möglichkeiten", erwidert Anne.

„Genau! Und wenn wir dann noch nicht weiter sind, müsst ihr entweder die Leute, die ihr noch befragen möchtet, hierher einladen oder Aksel versucht jemanden zu finden, der so lange für ihn Dienst schiebt. Und mich habt ihr an der Backe – sozusagen. Ich übernehme den Übersetzerposten."

Anne ist noch nicht bereit, aus ihrer verzweifelten Stimmung herauszufinden. Natürlich wäre das, was Christian ihr gerade erläutert hat, eine Möglichkeit. Die einzige Möglichkeit wahrscheinlich. Aber ist sie dadurch, dass es keine anderen gibt, auch eine gute Möglichkeit?

„Geht ja wohl nicht anders."

„So ist es! Und jetzt höre mal bitte auf, Trübsal zu verbreiten. Wir drei sind ja schließlich nicht auf den Kopf gefallen!"

Aksel hat in der Zwischenzeit angefangen, den Besprechungstisch freizuräumen. Als Nächstes hängt er sämtliche Bilder und Urkunden an einer Wand ab und sucht Papier und Reißnägel.

„Ich hole mal eben die Tagebücher", erklärt Christian auf Deutsch und auf Dänisch und zieht sich seine Regenjacke über.

Aksel hat begonnen, die Blätter oben mit Namen zu beschriften, mit den Namen von Personen, mit denen sie bereits gesprochen haben. Er drückt Anne einen Stapel und einen Filzstift in die Hand.

„Tysk! … Deutsch!", sagt er zu ihr.

Kiel, 10:44 Uhr

Der Schrei verebt, aber nicht Silkes Tränen. Noch nicht einmal hat sie geweint in den vergangenen Tagen. Die allgegenwärtige Panik hat sie gelähmt und keine andere Gefühlsregung zugelassen. Bis jetzt!

Silke ist Schluchzen und Zittern in einem. Wie gerne würde sie sich zusammenkrümmen wie ein Baby. Aber es geht nicht! Sie ist gezwungen, in dieser verdammten Haltung zu liegen, wie ausgestellt oder dargeboten als Opfer für nicht existente Götter.

Gerade als sie zu einem erneuten Schrei ansetzt, hört sie es. Ein Scharren hinter sich, das Quietschen ungeölter Scharniere.

Die Panik ist zurück, wie eine Welle, die sie überspült. Silke ertrinkt fast in ihr, weil die Lähmung dieses Mal auch ihre Lunge ergriffen hat, während die immer noch fließenden Tränen in ihren Mund laufen.

Ein Rauschen dröhnt in ihren Ohren, als führe ein D-Zug durch den Keller, so stark, dass sie fast keine weiteren Geräusche mehr wahrnehmen kann.

Am Rande einer erneuten Ohnmacht versucht sie, ruhiger zu atmen. Vielleicht ist das ihre Chance? Sie spürt einen warmen Luftzug durch die geöffnete Tür über sich hinwegstreichen. „Draußen muss ein warmer Sommertag sein", denkt sie. Dann hört sie ihn wieder. Etwas wird gezogen, geschleppt, in ihren Keller gezerrt. Vor ihren Augen stehen Bilder aller möglichen Folterinstrumente und eine erneute Panikattacke droht sie hinwegzuspülen.

Silke traut sich nicht, sich aufzurichten und nach hinten zu blicken, aus Angst, was sie erwarten könnte. Dann ein Stöhnen. Ist das ihr Entführer? Es klingt so ...

Die Person ist nun seitlich neben ihr und sie gestattet sich, den Kopf vorsichtig in die Richtung zu drehen. Und was sie da sieht ist so unglaublich, dass sie versehentlich einen erschrockenen Laut ausstößt.

Es sind zwei Menschen, die dort nur wenige Meter entfernt neben ihr an der Wand stehen. Beide sind Männer. Der eine offensichtlich bewusstlos, an die Wand gelehnt, wo er jeden Moment zusammenzusacken droht. Der andere ist damit beschäftigt, dessen Hände an Ringe zu fesseln, ähnlich wie die, in denen ihre Beine stecken, aber an der Wand montiert, so dass der bewusstlose Mann gezwungen sein wird, zu stehen.

Sein Kopf sackt immer wieder auf die Brust. Wenn er ihn kurz anhebt, kann Silke in dem schwachen Lichtschein erkennen, dass das Gesicht stark gerötet ist. Blut läuft ihm von der Stirn über das rechte Auge, er muss einen heftigen Schlag auf den Kopf bekommen haben.

Dann fällt ihr Blick unweigerlich auf den zweiten Mann. Er ist groß und schlank, aber dabei sehr muskulös. Ganz in schwarz gekleidet, eine enge Hose und ein enges T-Shirt, das seine sportlich-kräftige Figur betont. Das Fehlen von Haaren hat ihn kurz älter erscheinen lassen, aber als er sich jetzt zu ihr umdreht, erkennt Silke, dass er höchstens Mitte dreißig sein kann.

Da steht er also vor ihr. Ihr Peiniger! Er hat sein Werk vollbracht und den zweiten Mann an die Wand gekettet. Jetzt betrachtet er sie abschätzig!

Silke ist vollkommen starr. Jenseits jeder Panik und Furcht. Seit Tagen hat sie sich versucht vorzustellen, wie der Mensch aussieht, der sie entführt hat. Sie hat sich vor einem Monster gefürchtet, hat geglaubt, sein bloßer Anblick würde bewirken, dass ihr Herz aufhört zu schlagen. Je länger ihre Gefangenschaft gedauert hatte, um so monströser wurde ihre Vorstellung.

Und jetzt? Da steht er, nur wenige Meter entfernt, und sie kann nichts an ihm entdecken, was sie fürchten würde, wenn sie ihm auf der Straße oder in der Uni begegnet wäre. Das Monster ist Mensch geworden!

Sein arroganter, abschätziger Blick gleitet an ihr herunter und sie fühlt sich so nackt, als trüge sie weder ihr T-Shirt noch ihren Slip. Dann erkennt er die Pfütze mit Blut zwischen ihren Beinen und sein Gesicht bekommt einen geradezu angewiderten Ausdruck. Sein Blick verweilt für einige Sekunden, dann verlässt er den Raum, ohne die Tür hinter sich zu schließen.

Im Nebenraum wird ein Wasserhahn aufgedreht, ein Eimer gefüllt. Silke ist immer noch unfähig, eine Reaktion zu zeigen. Die Situation ist so neu und überwältigend für sie.

Dann ist er wieder da, steht mit seinem gefüllten Eimer neben ihr, ergießt den kalten Inhalt in einem Schwall über ihren Unterleib und die Pfütze am Boden.

Der Schock und die Kälte nehmen Silke erneut die Luft. Das Zittern setzt fast sofort wieder ein. „Was bin ich?", denkt sie. „Ein schmutziges Vieh?"

Nach einem kurzen Blick auf den zweiten Gefangenen und ohne ein Wort gesagt zu haben, setzt er dazu an, den Raum zu verlassen.

Da erwacht Silke aus ihrer Erstarrung. Der Gedanke, in den nächsten Sekunden wieder eingeschlossen zu sein, lässt sie für einen Moment alle Ängste vergessen.

„Was wollen Sie von mir? Warum sperren Sie mich hier ein?" Kurz hält er inne und Silke redet weiter: „Bitte … bitte reden Sie mit mir! Warum bin ich hier? Warum ich?"

Doch bei ihrer letzten Frage hat sich die Tür wieder hinter ihm geschlossen. Und die Verzweiflung in Silke ist so grenzenlos, dass sie nicht einmal mehr die Kälte spürt.

Kiel, LKA, 11:43 Uhr

„Jenissen, verdammt! Was habt ihr euch da ausgedacht?"

Hajo Bornemann durchmisst sein Büro mit großen Schritten.

„Es ist, wie ich es gesagt habe! Wir waren da wieder in so einem Wohngebiet, wo jeder mitbekommt, wenn der Nachbar einen ..."

„Schon klar! Erspare mir die Einzelheiten! Das hat Timmermann mir gestern schon erklärt!" Bernd ist unbeeindruckt von dem Ausbruch des Vorgesetzten.

„Sven hat sich das angesehen, wie die alle an den Fenstern hingen, wenn wir bei ihren Nachbarn rein sind, und meinte: ‚Hier war das nicht! Die kriegen doch alles mit, was hier abgeht. Viel zu riskant für den Täter!'"

„Und dann habt ihr gedacht, ihr fahrt mal eben auf eigene Faust durch die einsamsten Gegenden, die Kiel zu bieten hat!"

„Hat Sven dir das nicht gestern ..."

„Alleine ...!!!"

„Das war ja nicht so ..."

„Wenigstens heute hätte er sich doch einen Kollegen dazunehmen können ...!"

„Das hatten wir ja so abgesprochen ..."

„Ach! Ihre hattet das so abgesprochen. Leitet ihr jetzt diesen Einsatz, oder was? Nur dass der schlaue, unglaublich außeneinsatzerprobte Sven Timmermann gestern völlig vergessen hat, mir zu erzählen, dass er tatsächlich schon unterwegs ist! Und heute Morgen gleich weitermacht!!!"

„Ich weiß, das war blöd von uns!"

„Blöd ...?"

Am Abend vorher ist alles danebengegangen, was Bernd sich nur vorstellen kann. Kurz nachdem Sven weggefahren war, hatten sie an einem besonders schmucken Einfamilienhaus geklingelt.

Eine blonde, ausgesprochen leicht bekleidete, aber dafür sehr üppig ausgestattete Frau hat ihnen geöffnet, allerdings erst nach dem dritten Klingeln. Sie hat von all den Durchsuchungen in der Straße und dem damit verbundenen Lärm nichts mitbekommen und schrie vor Schreck auf, als sie die drei uniformierten Beamten vor ihrer Tür stehen sah.

„Na, bei der werden die Kollegen wahrscheinlich besonders gründlich suchen", überlegte Bernd. Währenddessen entbrannte an der Tür eine heftige Diskussion, offensichtlich weigerte die Dame sich, sie ins Haus zu lassen.

Innerhalb kürzester Zeit hatte die Gruppe alle Aufmerksamkeit auf sich gelenkt. Kein Haus, wo nicht hinter den Fenstern ein neugieriges Gesicht auszumachen war. Schließlich ließ sie die Kollegen widerwillig ins Haus und rief dabei so laut, dass die ganze Straße sie hören konnte: „Die Polizei, dein Freund und Helfer!"

Im gleichen Augenblick kam hinter dem Haus ein Mann durch den Garten, ja man konnte sagen geschlichen. Das Jackett über dem Arm, sich die Krawatte bindend, spähte er um die Hausecke. Offensichtlich suchte er eine Möglichkeit, unerkannt zu entkommen.

Jetzt war Bernd gefragt. Er ging auf den Mann zu, der heftig schwitzend in einer Blumenrabatte stand und angestrengt in die andere Richtung spähte. Vage kam Bernd das Gesicht bekannt vor und das sollte sich auch kurz darauf bestätigen.

Fast tat ihm der korpulente Mann, der neben ihm in seinem Wagen saß und so sehr schwitzte, dass sein Hemd schon völlig durchnässt war, leid. Fast!

Während der ihm äußerst widerwillig seine Personalien mitteilte, schimpfte er unaufhörlich auf die Polizei, die unbescholtene Bürger daran hindere, ihrer ehrlichen Arbeit nachzugehen. Bernd fragte sich, wer von den beiden in dem Haus wohl gearbeitet hatte. Schließlich bot er dem Mann noch eine Anzeige wegen Beamtenbeleidigung an, als es ihm zu bunt wurde.

Der Mann war so schnell er konnte in einem dicken Mercedes abgezogen, allerdings nicht ohne Bernd verschiedenste Konsequenzen der unangenehmeren Art für den nächsten Tag in Aussicht zu stellen.

Die Dame hingegen hat sich sehr zur Freude seiner Beamten nach der Durchsuchung an ihrer Haustür aufgebaut und begleitete das weitere Vorgehen mit reichlich obszönen Kommentaren.

„Die nimmt nächstes Mal Vorkasse!", meinte ein Kollege, der an seinem Auto vorbei auf das nächste Haus zuging.

Gegen 20:00 Uhr machten sie für diesen Tag Schluss mit den Durchsuchungen, und erst als Bernd nach Hause fuhr, fiel ihm auf, dass Hajo sich gar nicht mehr bei ihm gemeldet hatte.

„Wo warst du übrigens gestern? Wolltest du nicht noch vorbeikommen?"

„Meinst du, ich hätte euch von dieser Schwachsinnsaktion abhalten können?"

„Na ja, eigentlich hatte ich vor …"

„Ich dachte, ihr habt selber ein Gehirn im Schädel und eine Ausbildung, die auch Inhalt da rein gepumpt hat?"

„Ich sag ja, du hast recht! Das war wirklich blöd von uns! Aber es bringt uns doch jetzt nicht weiter, darüber zu lamentieren!"

„Na, doch noch ein Anflug von Durchblick! Klar müssen wir etwas unternehmen! Zeig mal diese Karte, die du da mitgebracht hast! Wo, hast du gesagt, wollte Sven hin?"

Die nächsten zehn Minuten verbringen die beiden mit intensivem Studium der Karte.

„Vielleicht hat er ja nur eine Panne und steckt gerade in einem Funkloch! Du nimmst dir jetzt jedenfalls drei Kollegen und ihr fahrt mit zwei Fahrzeugen! Dann sucht ihr systematisch alles ab, was wir eben markiert haben! Kapiert?"

„Logisch!"

„Ich frag vorher noch einmal in der Leitstelle ab, ob Sven sich vielleicht inzwischen gemeldet hat, sprich du doch mal mit Behrens und Walther, die müssten noch frei sein!"

Als Bernd nach wenigen Minuten in das Büro zurückkehren will, rennt ihn Hajo fast über den Haufen. Seine Gesichtsfarbe hat sich von dem leichten Mittelrot, das es während ihrer Besprechung angenommen hat, in tiefstes Violett gewandelt.

„Vollidioten! Allesamt! Hier arbeiten nur Vollidioten! Komm mit, Jennissen, damit ich keinen Mord begehe!"

Bernd sprintet mit den Kollegen Behrens und Walther im Schlepptau hinter ihm her. Als sie in der Leitstelle ankommen, sitzt dort ein uniformierter Beamter, der so blass ist wie die weiße Wand hinter ihm.

„Äh, Chef, ich ... es tut mir wirklich leid!"

Vor einer halben Stunde hätte Bernd nicht vermutet, dass Hajo seine Lautstärke noch steigern kann, aber jetzt wird er eines Besseren belehrt:

„Es tut Ihnen leid!!! Soll ich Ihnen mal sagen, was Ihnen leidtun wird: Wenn so ein psychopathischer Irrer Ihrem Kollegen Timmermann mal so eben das Licht ausgeknipst hat, damit er ungestört mit dieser jungen Studentin weiter rummachen kann. Das tut Ihnen dann leid! Oder er hat beide schon erledigt, weil er ja gar nicht damit rechnen kann, dass die Polizei so verpennt ist und ihm einen halben Tag Vorsprung gibt! Nur weil Sie Vollidiot nicht in der Lage sind, eine dringende Nachricht weiterzuleiten!"

„Wir hatten hier ... es war so viel zu tun! Ein Anruf nach ...!"

„Klappe halten! Für so etwas gibt es keine Entschuldigung! Sie machen ab sofort woanders Dienst! Und wenn Sie keiner mit auf Streife nehmen möchte, wofür ich vollstes Verständnis hätte, dann machen Sie die Aktenablage im Keller oder füllen das Papier im Sanitärbereich auf!"

„Aber Chef ..."

„Klappe halten, hab ich gesagt! Jetzt machen Sie noch einmal etwas Konstruktives und sagen mir genau, wann sich Timmermann gemeldet hat und was er Ihnen durchgegeben hat!"

Der Beamte nimmt schnell einen Zettel zur Hand, der oben auf einem ganzen Stapel liegt, und liest vor: „Genau um 07:47 Uhr ging der Funkspruch ein ... Erst sollte ich übrigens versuchen, Sie zu erreichen, aber Sie waren wohl noch nicht da ...!"

„Scheißegal, weiter!"

„Also, er hat was von einem verdächtigen Haus erzählt, äh, ich meine von einem Haus, in dem der Verdächtige eventuell ..."

„Schon klar, weiter!"

„Und dann hat er mir seine Position ungefähr durchgegeben. Hier, sehen Sie mal auf Ihrer Karte: Hier muss er von der Hauptstraße abgebogen sein, und dann diesen Weg etwa drei bis vier Kilometer weit! Also etwa ... hier!"

Bernd nimmt ihm die Karte wieder aus der Hand und kreist das Gebiet ein.

„Da kommen wir ja besser hier von der anderen Seite!"

Jetzt nimmt Hajo ihm die Karte weg.

„Und am allerbesten kommt ihr von beiden Seiten! Der kann euch doch meilenweit erkennen, wenn ihr von da kommt! Los, ihr drei Experten. Schnappt euch noch jemanden und dann mit zwei Wagen von hier die Abzweigung. Ich sage dem SEK Bescheid. Die können von oben kommen, das geht schneller! Bis die da sind, habt ihr es von unten auch geschafft!"

Und zu dem völlig verschreckten Beamten von der Leitstelle gewandt: „Hat Timmermann erwähnt, was ihm an dem Haus verdächtig vorkam?"

„Er hat was von einem Gewächshaus gesagt …?"

„Von einem …??? Herrjeh! Und Sie sind sich sicher, dass Sie heute Morgen nüchtern waren?"

Kiel-Strande, 11:54 Uhr

Dunkelheit! Es muss mitten in der Nacht sein. Ein vorsichtiges Blinzeln! Sven kann so gut wie nichts erkennen. „Verdammte Scheiße, wo bin ich?"

Als er die Augen weiter öffnet, ist er sofort da! Der Schmerz in seinem Kopf. Wie angeknipst mit einem Schalter! Er erinnert sich nicht, jemals solche Kopfschmerzen gehabt zu haben. Hat er zu viel getrunken? Der Gedanke an Alkohol lässt ihn würgen. In einem Schwall kommt sein spärliches Frühstück wieder heraus. Vergorene Bananen laufen in einer Speichelspur über sein Kinn. Erst als er sich den Mund abwischen will, merkt er, dass seine Hände gefesselt sind. Und dass er steht. An eine Wand gelehnt. Sven hat nicht die blasseste Idee, wie er in diese Position geraten sein könnte. Für einen kurzen Moment fällt ihm ein Sexvideo ein, dass er einmal mit Freunden gesehen hat. Ein gefesselter Mann auf einem Brett und eine maskierte Person, die ihn mit einer Peitsche traktierte. Nichts für seinen Geschmack! Aber das hier … nein, das ist anders.

„Besser?" Eine leise Stimme vor ihm. Eine kleine Bewegung auf dem Boden.

„Ich spinne doch wohl! Was ist das hier? Und wer zur Hölle liegt da?"

„Geht es besser?"

„Was ist das hier? Wieso hast du mich gefesselt, du ...!"

„Ich?"

„Wer sonst?"

„Ich soll Sie gefesselt haben?"

Das Rauschen in Silkes Kopf wird immer stärker. Die Schmerzen! Der Durst!

Heute Morgen. Sie hat ihn gesehen! Ihn! Ihn, der sie entführt hat. Hier eingesperrt und gefesselt! Jetzt hat er ihr diesen Mann gebracht! Er ist so lange bewusstlos gewesen, dass Silke schon Angst hatte, er sei tot, aber zwischendurch atmete er immer mal wieder laut stöhnend auf.

„Wo bin ich hier, verdammt?"

Das Rauschen ist nun so übermächtig, wechselt zu dem hellen Sirren, das jedes Mal einer Ohnmacht vorangeht. Silke will das Bewusstsein nicht verlieren, aber schon während dieser Gedanke sich in ihrem Kopf formt, ist sie weggeglitten. Dorthin, wo sie die Fragen von Sven nicht mehr hören kann.

Kiel-Strande, 12:12 Uhr

Das Mädchen antwortet nicht. Wieso liegt sie da und antwortet ihm nicht? Was ist das für ein Spiel? Er brüllt sie an, stellt seine Fragen, eine nach der anderen: Wo, Wer, Warum? Er flüstert, um sie dazu zu bewegen, sich ihm zu nähern.

Mit seinem schmerzenden Schädel kann er keinen klaren Gedanken fassen. Immer wenn er versucht, sich auf etwas zu konzentrieren, wird der Schmerz noch stärker.

Poch, poch!

„Wie bin ich hierhergekommen?"

Poch, poch, poch!!

„Was habe ich gestern gemacht?"
Poch, poch, poch, poch!!!
„Warum sagt diese blöde Kuh nichts?"
Poch, poch, poch, poch, poch!!!!
„Wieso kann ein Mädchen …?"
Poch …
„Mädchen? Da war doch etwas?"
Poch …
Sven ist sich sicher, dass ihm zu einem „Mädchen" etwas einfallen müsste!
Poch …
„Was ist das hier überhaupt?"
Er versucht sich einen Überblick über sein Gefängnis zu verschaffen.
„Ein Keller!
Mädchen …? Keller …?"
Poch …
Natürlich! Sie ist es nicht, die ihn hier gefesselt hat! Sie ist selber eine Gefangene!!!
Poch …
Aber auch darauf kann Sven sich keinen Reim machen.
„Du …?"
…
„Bist du auch hier gefangen …?"
…
„Hallo?"
…
„Wieso antwortest du mir nicht?"
…
Sie muss ohnmächtig sein. Sven glaubt, ihren Atem zu hören. Wenn er sich doch nur an irgendetwas erinnern könnte.
Sabine wird sich bestimmt Sorgen machen, wenn er nicht nach Hause kommt.
„War ich auf einem Einsatz?"
Dann besteht die Möglichkeit, dass die Kollegen Bescheid wissen, wo er ist!
Anne!

Sie würde ihn finden.
Aber etwas fühlt sich nicht richtig an. Anne kann ihn nicht finden.
Warum …?
Anne war krank!
Sie war lange krank!
Weil …!!!
Eine glühende Zange presst seinen Kopf zusammen und er fühlt sich für einige Zeit nicht in der Lage, an irgendetwas zu denken, das mit seiner Situation zu tun hat.
Die Minuten verstreichen.
Sven schließt die Augen und versucht, ruhig zu atmen.
Einatmen … Ausatmen …
Einatmen … Ausatmen …
Die Zange, die seinen Kopf gerade zu zermalmen drohte, gibt ein wenig nach.
Einatmen … Ausatmen …
Anne!
Einatmen … Ausatmen …
Sie ist entführt worden!
Einatmen … Eingesperrt …!
… Ausatmen.
In einem Keller!!!
Kann es sein, dass er jetzt in dem gleichen Keller …
Aber warum er? Er ist ein Mann!
Die Zange setzt erneut fest an und der Druck verstärkt sich.
Atmen … ruhig atmen …
Panik steigt in ihm auf, wie dichter Nebel. Ist kurz davor, ihm den Verstand zu nehmen.
Da, ein leises Geräusch direkt vor ihm.
Das Mädchen hat sich bewegt!
„Hallo …?" Seine Stimme ist nur noch ein raues Krächzen. So leise, dass er selber sie kaum hört.
Trotzdem erschrickt Silke.
Für einen Moment ist sie im Erwachen immer völlig desorientiert. Aber jetzt … eine Stimme …?
Es bereitet ihr große Mühe, einen klaren Gedanken zu fassen. Silke ist so schwach, dass sie sich nicht mehr aufrichten kann.

Unendlich langsam dreht sie den Kopf in die Richtung, aus der sie die Stimme gehört hat.

Ein Mann!

An die Wand gekettet!

…

„Wer sind Sie?", krächzt Sven erneut.

…

Langsam kommt die Erinnerung.

Er hat ihn hier hereingeschleppt.

Sie hat ihn zum ersten Mal gesehen.

Der gefesselte Mann wird unwichtig. Silke versucht, sich auf die kurze Begegnung mit ihrem Peiniger zu konzentrieren.

Aber Svens Stimme holt sie zurück.

„Können Sie mich verstehen?

Bitte, sagen Sie doch etwas!"

Silkes Stimme ist leise. Noch leiser als das Krächzen von Sven. So lange nicht mehr benutzt, um zu sprechen. Die Schreie haben sie heiser gemacht. Sie erschrickt noch einmal, dieses Mal vor sich selber, weil ihr die eigene Stimme fremd geworden ist.

„Was will er mit Ihnen?"

„Er? Wer ist er?"

„Will er Sie auch mit Gurken füttern?"

„Wie lange wird sie hier wohl schon festgehalten?", überlegt Sven. Ihr Geist ist schon verwirrt. Mit Gurken füttern …

Plötzlich muss er wieder an Anne denken. Anne … Gurken?

„Das geht gar nicht", denkt er …

Die Zange macht sich wieder unbarmherzig bemerkbar!

Trotzdem überlegt er weiter. Das hängt zusammen.

Anne! Ihre Entführung! Der Keller! Und Gurken! Irgendwie albern! Was geht von Gurken schon für eine Bedrohung aus …?

Sabine fällt ihm ein. Sie waren noch nicht lange verheiratet. Es knisterte noch zwischen ihnen. Sie brauchten sich nur anzusehen. Ein warmer Sommerabend … Er war auf einem Einsatz gewesen und erst sehr spät nach Hause gekommen. Sie waren beide ausgehungert. Ausgehungert nach ihren Körpern. Plötzlich war da eine Gurke. Sven hielt sie in der Hand … und dann …

Damals hat es ihr gefallen. Sehr sogar, so weit er das beurteilen konnte.

Heute würde er sich nicht mehr trauen, sie mit solchen Ideen zu belästigen. Nicht seine korrekte und saubere Sabine!

„Helfen Sie mir!"

Wider aller Logik klammert sich Silke an diesen Strohhalm und holt Sven zurück in ihr Verlies, weit fort von einer längst vergangenen Nacht.

„Ich bin auch gefesselt! Genau wie sie!"

„Helfen Sie mir, bitte!"

„Ich kann Ihnen nicht helfen!"

„Warum sind Sie dann hier?"

„Ich kann mich nicht erinnern … Ich hab keine Ahnung! Es ist alles weg!"

„Scheißkerl!"

„Aber ich … Es tut mir so leid!"

„Klappe!"

Silke ist am Ende ihrer Kräfte. Das Reden hat sie so angestrengt, dass sie wieder anfängt zu zittern. Die Kälte schließt sich um sie und ihre Krämpfe kehren zurück. Stärker als jemals zuvor.

Kiel-Strande, 13:45 Uhr

Ein Gewitter! Riesige Wolkenberge türmen sich im Nordwesten. Noch sind sie weit entfernt, aber sie werden nicht warten, bis es Abend geworden ist und die Menschen alle in ihren Wohnungen und Häusern verschwunden sind. Nach Tagen brüllender Hitze und tropisch warmen Nächten kündigt es endlich ein Ende an. Ein Ende dieses irrwitzig warmen Sommers. Es ist der Vorbote des Islandtiefs, das sich Schleswig-Holstein seit zwei Tagen unaufhaltsam nähert.

Im Wetterbericht haben sie von schweren Sturmböen und großen Zerstörungen gesprochen, die es bereits in Schottland, im Norden Dänemarks und auf den Inseln im Nordatlantik angerichtet hat.

Der Weg, auf dem sich Bernd mit seinen Kollegen durch die Felder schlängelt, flirrt allerdings noch vor Hitze. Die Zeit scheint stillzustehen. Kein Windhauch kräuselt die Wiesen an den Seiten oder bewegt das Buschwerk.

Wenn es nach Bernd ginge, könnte das Gewitter trotzdem noch ein paar Stunden auf sich warten lassen. Ein Zugriff bei solchen Wetterbedingungen, das würde kein Vergnügen werden. Und die Kollegen von der Sondereinheit sind noch ein ganzes Stück entfernt. Mindestens so weit wie die Wolken dort oben.

„Das hätte ja jetzt wirklich noch einen halben Tag warten können!", meint er zu dem Kollegen neben ihm, der versucht, sich durch das offene Fenster ein wenig Luft zuzufächeln.

„Bist du dir sicher, dass wir hier richtig sind? Würde mich nicht wundern, wenn wir gleich gar nicht mehr weiterkämen!"

„Mich ehrlich gesagt auch nicht! Aber abgelegen genug, um jemanden gefangen zu halten, ist es hier! Nicht so wie diese ganzen Wohnviertel, die wir durchkämmt haben. Hier kannst du schreien, so viel du willst!"

Etwa zwei Kilometer sind sie seit der Abzweigung gefahren. Ein Funkspruch. Hajo!

„Wo seid ihr?"

„Noch so ein bis zwei Kilometer ... wenn wir hier richtig sind!"

„Spricht etwas dagegen?"

„Ziemlich einsame Gegend und äußerst schlechter Weg!"

„So etwas habt ihr doch gesucht, Sven und du!"

„Was sagt dir dein Gefühl?"

„Mein was?"

„Deine Bullennase, Mensch!"

„Dass wir uns hier gleich im Sand festfahren!"

„Und das Gewitter? Wie sieht das bei euch aus?"

„Nahe!"

„Verdammt nahe", meldet sich sein Kollege zu Wort, als in diesem Moment ein Blitz vor ihnen aus den Wolkenbergen bis zur Erde zuckt.

„Die SEK ist gerade erst hier weg!"

„Wieso das denn? Ich denke, die sind schon gleich hier?"

„Anderer Einsatz!"

„Dann kommen wir voll ins Gewitter! Die brauchen ja mindestens eine Dreiviertelstunde!"

„Ich weiß!"

„Hajo ...?"

„Ihr versucht es nicht alleine! Keine Diskussion!"

Der Kollege winkt auch ab.

„Ohne mich, Mann! Ich hab drei Kinder! Bei solchen Psychopathen weiß man doch nie!"

„Schon klar! Habt ihr mal im Grundbuchamt gefragt, was hier für Häuser stehen könnten?"

„Ist jemand dran! Aber mach dir keine Hoffnung, dass wir das in der nächsten Stunde herausbekommen!"

Der Weg geht jetzt in engen Kurven ein ganzes Stück steil bergauf.

„Ich mach mal Schluss, Hajo! Die Straße hier ist wirklich ätzend!"

„Wie weit seid ihr jetzt?"

„Etwa drei Kilometer!"

„Wenn ihr ein Haus oder einen Schuppen seht, wartet ihr! Und zwar möglichst, bevor ihr gesehen werden könnt. Vielleicht schickst du jetzt jemanden voran! Zu Fuß!"

„Machen wir! Roger!"

„Gut, dass hier kein Verkehr ist, außer uns ... Wenn dir jetzt jemand entgegenkommt, hast du keine Chance!"

„Hier lass ich dich noch nicht raus! Ich will erst auf einem übersichtlicheren Stück sein!"

„Ich wusste gar nicht, dass es bei uns so gebirgig sein kann! ... Kehre acht ... Kehre neun ... Oh!!!"

„Die war heftig!"

„Bernd! Da vorne!"

„Scheiße, wir sind schon zu weit aus der Deckung!"

„Ich lauf mal eben nach hinten und sag den Kollegen Bescheid, und du fährst ein Stück zurück, wieder hinter diese Kurve!"

Fünf Minuten später liegen die vier Polizisten bäuchlings im hohen Gras. Alle haben ein Fernglas in der Hand und beobachten angestrengt das Gebäude, das sich in etwa zweihundert Metern vor ihnen befindet.

„Da ist ein Auto! Mitten auf dem Weg links vom Haus!"
„Das könnte Svens Golf sein!"
„Mitten auf der Straße ...?"
„Frag mich nicht, was das zu bedeuten hat!"
„Nichts Gutes!"
„Daneben ist noch so'n kleiner Schuppen oder so!"
„Sieht aus wie aus Glas!"
„Ein Gewächshaus!"
Die Gewitterwolken sind in den letzten Minuten beängstigend nahe gekommen. Gewaltig türmen sie sich fast über ihnen auf. Immer wieder zucken grelle Blitze durch die Luft.
Es ist so drückend schwül, dass ihnen der Schweiß in Rinnsalen über den Körper läuft. Noch immer weht kein Hauch!
„Hört ihr das?"
„Was meinst du, verdammt?"
„Na ... gar nichts mehr! Die Vögel, die Grillen ... alles ruhig!"
„Also Leute, ihr könnt hier draußen ja gerne warten, bis es losgeht. Ich für meinen Teil setz mich jetzt wieder in den Wagen. Schon mal was vom faradayschen Käfig gehört?"
„Vom Wagen aus sehen wir nichts!"
„Wenn es hier gleich so losgeht, wie ich mir das denke, sehen wir sowieso nichts mehr!"
„Hoffentlich funktioniert der Funk dann noch!"
„Träum weiter!"
Auch die Landschaft um sie herum trägt die Farben des Gewitters. Nachdem das Licht in den letzten Minuten immer gelblicher wurde und die Gegend von Minute zu Minute unwirklicher aussehen ließ, stehen jetzt direkt über ihnen riesige, schwarze Wolken. Ein dunkler Vorhang zieht sich über das Land!
Ein gewaltiger Donner begleitet von einem gleißend hellen Blitz lässt alle vier gleichzeitig aufspringen und in den ersten Wagen flüchten.
Wieder geschieht minutenlang nichts. Nur das Licht! Es ist jetzt fast so dunkel wie in der Nacht. Ein schwefliges Gelb liegt über den Wiesen vor ihnen. Noch immer kein Windhauch. Einer nach dem anderen dreht die Scheibe an seinem Platz herunter.
„Hat jemand noch etwas zu trinken?"

Sie teilen sich den letzten Schluck Kaffee aus der Thermoskanne.

„Wo ist das SEK jetzt wohl?"

„Die brauchen noch mindestens eine halbe Stunde!"

„Hoffentlich hat das Haus einen Blitzableiter!"

In der Sekunde, als Bernd versucht, noch einmal den Funk zu aktivieren, bricht es über sie herein. Als hätte sie jemand unter einen Wasserfall gesetzt, schütten die Regenmassen auf sie herab, dass eine Unterhaltung im Auto völlig undenkbar ist. In Sekundenschnelle sind die vier Fenster wieder hinaufgekurbelt. Gewaltige Blitze und ohrenbetäubende Donner wechseln sich in schneller Reihenfolge ab.

Und gerade als sie denken, es könnte nicht mehr schlimmer werden, kommt der Hagel. Körner in der Größe von Golfbällen knallen auf das Autodach. Der Weg vor ihnen, soweit Bernd ihn noch erkennen kann, verwandelt sich in einen reißenden Bach, der von eisigen Kugeln bedeckt ist.

Er deutet den anderen an, dass er ein Stück weiterfahren muss, um nicht Gefahr zu laufen, den Abhang mit hinabgespült zu werden. Der zweite Wagen hinter ihnen ist bei dem Wetter unerreichbar.

In dem Moment, als er den Wagen langsam in Bewegung setzt, kommt der Wind. Vorsichtig steuert Bernd das Fahrzeug über den glitschigen Untergrund den Rest des Weges wieder hinauf. Als sie oben erneut auf den Feldern stehen, greift der Orkan sie in voller Stärke von der Seite an. Obwohl sie mit vier ausgewachsenen Männern in seinem alten Opel Rekord sitzen, wird der von den Böen hin- und hergeschüttelt.

Vorne können sie kaum das Ende der Motorhaube erkennen. Also auch keine Chance, zu sehen, wann das SEK das Haus erreicht hat. Jetzt müssten es noch etwa fünfzehn Minuten sein, wenn sie bei diesem Wetter überhaupt fahren können.

Bernd deutet den anderen mit Zeichensprache an, dass er langsam weiterfahren möchte. Um sie herum ist stockfinstere Nacht. Der Weg ist nur zu erahnen. Dann nicht einmal mehr das! Bernd bleibt stehen. Er schätzt, dass er etwa fünfzig Meter zurückgelegt hat. Vor ihnen ist ein Hindernis auf der Straße. Die

Räder drehen auf dem matschigen Untergrund durch, während er Gas gibt. Stillstand!

Draußen tobt das Inferno und sie sind in dem stickigen Auto dazu verdammt, abzuwarten. Ohne Unterlass knallen die riesigen Hagelkörner auf das Dach und die Motorhaube.

Das Beifahrerfenster im Windschatten wird einen Zentimeter heruntergekurbelt. Frische, kalte Luft dringt in die Kabine.

„Wie es Sven wohl gehen mag?", fragt sich Bernd. „Ob er am Leben ist? Bewusstlos? Ansonsten müsste er selbst in einem Kellerversteck dieses Unwetter hören."

Und er sitzt hier. Unfähig zu helfen! Schon wenn er den Wagen verließe, würde er sein eigenes Leben in Gefahr bringen. Solche Hagelkörner könnten einem glatt den Schädel zertrümmern. Hoffentlich hat Hajo daran gedacht, auch die Feuerwehr und den Notarzt zu verständigen.

Ein taghelles Blitz erleuchtet die Felder um sie herum. Für einen Augenblick erkennt Bernd einen Zaunpfahl, der vor ihnen auf den Weg gestürzt sein muss.

Und gleichzeitig kracht es. Kracht so entsetzlich laut, wie es vorher noch nicht gekracht hat während dieses Unwetters. Kracht, als würde das Jüngste Gericht in dieser Sekunde über sie hinunterbrechen. Und der Feuerschein des Blitzes setzt sich fort. Setzt sich fort in dem Dachstuhl des Hauses, das vor ihren Augen zu brennen begonnen hat. Das Feuer flammt trotz des Hagels wie eine übermächtige Fackel meterhoch in den Himmel, angefacht von den Orkanböen, die über die offenen Felder fegen, als wollten sie verhindern, dass es ein Morgen gibt.

Jetzt heißt es Handeln!

Kiel-Strande, 14:32 Uhr

Es ist schwül. Selbst in dem Keller, tief unter der Erdoberfläche. Während der ganzen Zeit, die Silke schon hier festgehalten wird, hat man von den heißen Sommertagen und schwülwarmen Sommernächten nichts bemerkt. Aber damit ist es nun vorbei.

Durch jede Furche in der Erde und jede Pore in der Wand ist die warme Luft hereingesickert. Herein in das Kellerverlies mit seinen beiden Gefangenen. Für Silke kommt diese Wärme zu spät. Zitternd liegt sie auf dem harten Betonboden. Ihr ganzer Körper ist vor Kälte blau angelaufen. Eine Kälte, die sich im Laufe der Tage ihrer Gefangenschaft in ihr eingenistet hat. Von ihr Besitz ergriffen hat, jede Stunde, jeden Tag ein Stückchen mehr.

Nichts hat sie ihr in diesem Augenblick noch entgegenzusetzen. Das kleinste Fünkchen Hoffnung, das letzte bisschen Widerstand ist erloschen. Silke liegt in einem Meer aus Kälte, Schmerzen und Schwäche in einer Lache aus ihrem Blut. Ihre Kraft reicht nicht einmal mehr aus, um ihren Kopf, der immer noch in Svens Richtung blickt, zurückzudrehen.

Reicht nicht aus, um zu bemerken, welches Unwetter draußen über ihnen tobt.

Und so macht sich Silke auf. Sie flieht! Flieht in eine Welt, die ihr so vertraut ist, als wäre sie ein Teil von ihr. Flieht, wie sie es so oft getan hat in ihrem Leben, in langweiligen Vorlesungen, wenn sie nervös war vor Prüfungen und vor dem Einschlafen. Immer vor dem Einschlafen! Gedichte!

Aber sie ist so erschöpft, dass nur noch einzelne Zeilen durch ihren müden Geist streifen. Fragmente aus ihrer Erinnerung, an die sie sich klammert!

„Seltsam, im Nebel zu wandern …"
Hermann Hesse

Sven, der erst so kurze Zeit bei ihr ist, merkt nicht, welches Drama sich vor seinen Füßen abspielt. Er hat nur Ohren für das unglaubliche Spektakel über ihren Köpfen.

Die schwüle, stickige Luft im Keller macht ihm zu schaffen. In Strömen läuft der Schweiß an ihm hinab. Das Atmen fällt ihm schwer und die Zange um seinen Kopf drückt und drückt.

Der Krach ist so allgewaltig, dass er meint, sein Schädel müsse alleine deshalb schon zerbersten. Zerbersten wie die Glasscheiben, die er zu Bruch gehen hört. Von übermächtigen Schlägen getroffen.

„… Leben heißt Einsamkeit …"

Die Donner des mächtigen Gewitters! Und obwohl er die Blitze nicht sehen kann, glaubt er, die starke elektrische Ladung zu spüren, die durch den Boden peitscht.

Dann wieder das Prasseln und Schlagen, noch mehr splitternde Glasscheiben …

„… bald siehst du, wenn der Schleier fällt …"
Eduard Mörike

Wer hat so viele Glasscheiben?

Jetzt ein Donner wie noch keiner zuvor. Die Erde um ihn herum scheint von der bloßen Schallwelle zu beben.

Die Geräusche draußen verändern sich. Kein Glas mehr, das bricht, aber ein neues gieriges Tosen ist dazugekommen. Angefacht von dem mächtigen Sturm.

„… den blauen Himmel unverstellt …"

Tórshavn, 14:55 Uhr

Das Zimmer, in dem sie seit Stunden konzentriert arbeiten, hat sich verändert. Die eine Wand, die sie am Anfang völlig freigeräumt hatten, ist jetzt zur Hälfte beklebt. Fein säuberlich hängen dort Zettel, auf denen oben jeweils ein Name steht. Links werden die Personen auf Dänisch beschrieben, rechts auf Deutsch!

Christian sitzt am Tisch, blättert in den Tagebüchern und liest abwechselnd vor und übersetzt, während Aksel und Anne fleißig alles notieren, was Brigitta über ihre Freunde und Verwandten aufgeschrieben hat. Dazu ergänzen sie ihre eigenen Eindrücke von den Personen, die sie bereits kennen.

Aksel wird ab und an von besorgten Bürgern benötigt. Dann übernimmt Christian seine Notizen.

Anne überlegt sich gerade eine Charakterisierung von Susanna Sörensen, da überlagert ein Bild in ihrem Kopf alle Gedanken an diesen Fall. Das Bild, um dessen Willen sie so weit gefahren ist. Das Bild, das sich in den letzten Tagen immer häufiger zurückgemeldet hat – obwohl sie es gerne für alle Zeit vergessen würde.

Der Keller!

Mit all seiner Macht gräbt er sich in jede Faser ihres Bewusstseins. Füllt sie vollständig aus. Wieder ist sie dort gefesselt. Frierend, schutzlos und voller Angst auf dem kalten Beton …

„Nein …!"

„Anne?"

„Alles in Ordnung?"

Sie blickt durch Christian hindurch. Nimmt ihn kaum wahr. Sieht nicht, dass sie sich nur an ihm festhalten muss, um der grauenvollen Vision zu entfliehen.

Aksel, der neben ihr steht, stützt sie, als sie zusammenbricht.

In wenigen Schritten ist Christian bei ihr und hält sie in den Armen.

Kiel-Strande, 14:55 Uhr

„Zugriff!", brüllt Bernd, mehr um sich selber Mut zu machen. Der Dachstuhl des Hauses vor ihnen brennt lichterloh. Auch aus der oberen Etage dringt bereits Feuerschein durch die Fenster.

Die drei Polizisten vor dem Haus haben sich Taschentücher um das Gesicht gebunden, um sich vor dem Rauch zu schützen, und erinnern ein wenig an Wild-West-Gangster bei einem Banküberfall. Hier draußen kann allerdings von Rauch keine Rede sein. Immer noch tobt das Inferno über ihnen. Sie schützen ihre Köpfe mit den Armen vor den Hagelkörnern, die auf sie herab prasseln.

Das Gewächshaus neben ihnen ist bereits vollständig zerstört.

Alle Scheiben zerborsten. Wie spitze Dolche ragen noch einige der Rahmen, die sie bis vor wenigen Minuten gehalten haben, in die Luft.

Die Tür des Hauses ist nur angelehnt und schlägt im Wind immer wieder gegen die Wand. Die Polizisten interessiert nur der Keller, in dem sie ihren Kollegen und das entführte junge Mädchen vermuten. Aber auch er muss noch hier sein! Der Entführer. Irgendwo in diesem Haus, denn eine andere Möglichkeit gibt es nicht.

Sein Wagen steht vor dem Haus, und auch Svens Wagen steht mit offener Tür auf dem Weg. Genauso wie Sven ihn vor wenigen Stunden blind vor Schmerzen verlassen hat.

Bernd tritt die Tür des Hauses auf, die ihm der Wind gerade fast vor der Nase zugeschlagen hätte. Im Flur ist bereits eine Menge Qualm, trotzdem müssen sie erst die unteren Räume sichern. Falls der Täter im oberen Stockwerk sein sollte, würden sie sich um ihn keine Sorgen mehr machen müssen.

Bernd stürmt voran. Ein Raum auf der rechten Seite. Qualm dringt durch die Decke, so dass kaum etwas zu erkennen ist. Über ihnen ein Krachen! Nein, der Raum ist leer! Vollkommen leer sogar. Nicht ein einziges Möbelstück steht darin.

Ein Kollege hat bereits die Küche auf der linken Seite gesichert. Husten!!! Ein Hustenanfall verhindert, dass Bernd weiterläuft. Der dritte Kollege hat das Haus bereits wieder verlassen. Dann über ihnen ein erneutes Krachen. So gewaltig, und gleichzeitig von draußen das vereinbarte Signal. Der vierte Kollege ist im Auto geblieben und betätigt die Hupe!

Im selben Augenblick kommt ein Feuersturm die Treppe herunter. Er erinnert an einen chinesischen Feuerdrachen. Wie ein vom eigenen Willen gesteuertes Ungeheuer bewegt es sich auf die beiden Männer zu.

Gelähmt vor Entsetzen sehen sie das Ungetüm auf sich zurasen. Das Ungetüm, das vielleicht in der nächsten Sekunde sie selber, mit Sicherheit aber die beiden Eingesperrten im Keller töten wird. Es ist zu spät! Sie haben verloren. Dieses Haus wird sterben und mit ihm Sven und Silke.

Wie zwei brennende Fackeln stürzen die beiden Polizisten aus dem Haus und jetzt ist es der Hagel, der ihnen das Leben rettet. Beide schmeißen sich auf den Boden in eine dicke Schicht von Hagelkörnern und löschen ihre brennende Kleidung.

Sie liegen nebeneinander auf dem Rücken. Spüren nicht mehr, ob ihnen heiß ist von dem Feuer oder kalt von dem eisigen Hagel unter ihnen.

Die Niederlage treibt Bernd Tränen in die Augen. Tränen der Wut und Tränen der Verzweiflung! Warum muss so ein Schwein gewinnen? Warum kann es sich einfach ein junges Mädchen nehmen? Einfach so? Was sind das für Menschen, die so etwas tun?

Und Sven! Dieser Sven Timmermann, den er am Anfang so bescheuert gefunden hat, wie er kleinkariert und ängstlich daherkam. „So etwas ist doch kein Polizist", hat er gedacht. Aber er war ein Kollege! Und sie haben viele Stunden zusammengearbeitet, Stunden, in denen Bernd erkannt hat, dass Sven eben doch ein Polizist ist. Und er hat den richtigen Riecher gehabt.

Bernd merkt kaum, wie der Kollege aus dem Auto auf sie zugelaufen kommt. Wild gestikulierend und laut rufend. Er zerrt zunächst ihn, dann den anderen verletzten Polizisten hoch. Alle drei laufen zum Auto, während hinter ihnen der Drache endgültig gewonnen hat. Das Haus ist zusammengestürzt, einzelne Wände und Balken ragen, wie bei einem Gerippe, in die Höhe, noch brennend, aber der Starkregen, der den Hagel abgelöst hat, tut bereits sein Werk.

Obwohl er bis auf die Haut durchnässt ist, ist Bernd nicht dazu in der Lage, sich wieder ins Auto zu setzen. Dorthin, wo sie noch vor wenigen Minuten auf einen erfolgreichen Zugriff und die Rettung der Gefangenen gehofft haben. Es kommt ihm richtig vor, hier draußen zu stehen. Hier, wo das Inferno um ihn herum das Inferno in seinem Inneren widerspiegelt.

Auch dass er jetzt neben dem Auto zusammenbricht und abwechselnd von Husten- und Brechkrämpfen geschüttelt wird. All das fühlt sich richtig an.

Sven ist tot. Dieser bescheuerte, geniale Sven Timmermann! Und so wie das Haus jetzt aussieht, werden sie wahrscheinlich niemals genau wissen, ob der Entführer auch umgekommen ist, selbst wenn die Spurensicherung ganze Arbeit leistet.

Tórshavn, 16:14 Uhr

Der Orkan, der sein zerstörerisches Werk in einer der kleinsten Hauptstädte Europas begonnen hat, hat sich abgeschwächt. Er hat überall, wo er vorbeikam, seine Schäden angerichtet und ist wieder weitergezogen. Hat auf den Shetlandinseln einige Häuser abgedeckt und im Norden Schottlands eine Kirche durch einen umfallenden Kran schwer beschädigt.

Danach ist er nach Süden abgedreht, hat in Dänemark für Aufregung gesorgt, in Esbjerg sogar ein paar Segelkreuzer an Land geweht. Von Sylt hat er ein ganzes Stück wertvollen Dünenlandes gestohlen, und in Treenemünde ein paar Kurgäste verletzt, die sich trotz Warnung an die Uferpromenade gewagt hatten, und sich schließlich in die schleswig-holsteinische Hauptstadt aufgemacht, um dort in Strande ein Haus in Brand zu setzen und einen Entführer zu erschlagen.

All das weiß Anne nicht, die noch immer in dem kleinen Polizeirevier in Tórshavn sitzt und in kleinen Schlucken ihren heißen Kaffee trinkt, weil Christian hofft, dass er sie beruhigt. Sie weiß nicht, dass ihr Kollege Thies Claasen aus Treenemünde seit zwei Stunden bei Lorenz Feddersen, dem Direktor der Kurklinik, sitzt, um aufgeregte Kurgäste aus Nordrhein-Westfalen zu beruhigen, die solche extremen Wetterlagen nicht gewohnt sind. Und sie weiß nichts von dem Inferno bei Kiel-Strande, wo mittlerweile das SEK, die Feuerwehr, mehrere Krankenwagen und ein überaus aufgebrachter Hajo Bornemann versuchen, das entstandene Chaos zu klären.

Aber auch wenn Anne das alles nicht wissen kann, so spürt sie doch etwas. Ein kleines Stück ihrer Seele ist dort immer noch gefangen. In diesem Keller! Und dieses kleine Stück hält sie fest in seinem unerbittlichen Griff.

Anne ahnt, dass dort, an dem Ort, dem sie versucht hat zu entfliehen, etwas Entsetzliches vor sich geht. Und sie ist lediglich eine hauchdünne Schicht davon entfernt, völlig durchzudrehen. Nur die Anwesenheit von Christian und Aksel bewahrt sie davor. Zwingt sie, sich wenigstens ein bisschen zusammenzureißen.

Sie spürt genau, dass etwas Furchtbares geschehen ist, aber sie kann niemanden erreichen. Der Telefonhörer und die Wählscheibe müssten schon qualmen von ihren ständigen Versuchen. Doch der Orkan hat ganze Arbeit geleistet. Die Leitungen bleiben tot!

Kiel-Strande, 16:14 Uhr

Hajo pflügt durch den Matsch wie ein wütender Stier. Er weiß, dass es nichts nützt, Bernd anzuschreien, was er sich bei seiner Aktion gedacht hat, obwohl ihm wahrlich danach ist irgendjemanden anzuschreien. Weiß, dass er in dieser Situation genauso gehandelt hätte.

Allerdings gibt Bernd auch schon ohne seine Manöverkritik ein wirklich jämmerliches Bild ab. Den Rücken verbunden, die Kleidung und die Haare rußig und versengt, immer noch abwechselnd von Brechanfällen oder Hustenkrämpfen geschüttelt, sitzt er zur Behandlung im Krankenwagen, wo ein Arzt seit etwa zehn Minuten auf ihn einredet:

„Sie brauchen Ruhe, sag ich Ihnen!"

„Vergessen Sie es, Mann! Ich bleib hier! Sie glauben doch nicht, dass ich in so einem beschissenen Krankenhaus Ruhe hätte, wenn hier nach meinem Kollegen gesucht wird!"

Die anderen drei Polizisten, die mit Bernd zuerst vor Ort gewesen sind, befinden sich bereits auf dem Weg ins Krankenhaus. Einen von ihnen hat es sogar noch übler erwischt.

„Sie können hier doch sowieso nichts machen!"

Ein Hustenkrampf macht es ihm für eine Weile unmöglich zu antworten.

„Bernd, der Arzt hat recht! Du müsstest dich mal sehen!"

„Verdammt, Hajo! Sven ist da unten irgendwo! Als ich vorhin zu ihm durchkommen wollte, ist das halbe Haus über mir zusammengestürzt! Ich hab da ... Mann, du musst das doch begreifen! Sven ist doch auch dein Kollege! Ich muss einfach wissen, ob ihr ihn da rauskriegt, sonst werd' ich verrückt!"

„Das kann hier noch Stunden dauern, das weißt du. Die Feuerwehr kann noch gar nichts machen! Die lassen jetzt erstmal einen Kran kommen!"

„Ziehen Sie sich wenigstens mal was Sauberes über, Sie Held! Ihre Klamotten sind ja ganz verbrannt. Wir haben hier noch was im Wagen, das könnte passen!"

Der Arzt holt ein weißes Shirt hervor und hilft Bernd aus seinen eigenen Sachen, die am Rücken völlig verbrannt sind.

„Sieht nicht gut aus, Bornemann!" Der Zugführer der Feuerwehr ist zu ihnen gekommen.

„Gar nicht gut! Selbst wenn die da unten in einem abgeschlossenen Bereich gewesen sein sollten, mit Stahltür oder so, wo das Feuer nicht hinkonnte … Aber der Rauch! Der hat sie fertiggemacht! Der kommt durch jede noch so kleine Ritze! Wenn du mich fragst, hat da unten noch nicht mal eine Spinne überlebt!"

„Was glaubst du, wie lange ihr braucht?"

„Frühestens heute Abend. Wir wissen ja nicht, wie es da unten aussieht! Und der Regen macht es auch nicht einfacher!"

Kiel-Strande, 16:32 Uhr

„Jeder ist allein …!"
Hermann Hesse

Tórshavn, 18:02 Uhr

Anne hat endlich das Telefon in Ruhe gelassen und sich dazu bereit erklärt, mit Christian in den Dalavegur zurückzukehren. Ihr graut davor, was sie dort erwarten wird. Das kaputte Fenster, das Chaos in der Küche.

„Ob Olivia heute wohl da war?"

„Als ich die Bücher geholt habe, hab ich sie noch nicht gesehen. Da war keiner!"

„Na prima! Trautes Heim … Dann weißt du ja, was uns gleich erwartet!"

„Vielleicht sollten wir doch in die Krankenhauskantine …"

„Nein, das wird ja sonst immer schlimmer! Irgendwann müssen wir da mal durch!"

Aber sie sollten sich täuschen. Als Christian die Haustür öffnet, sehen sie schon den Lichtschein aus der Küche, der Boden ist trocken und ein überaus angenehmer Duft nach frischem Brot strömt ihnen entgegen.

„Na, da haben wir Olivia aber unterschätzt!"

Doch es ist nicht Thores Haushälterin, die sie in der Küche vorfinden. Die hat an diesem Tag tatsächlich genug mit sich selber zu tun. Spätestens als sie gehört hat, dass Thore im Krankenhaus ist, hat sie beschlossen, sich frei zu nehmen, um ja nichts von den aufregenden Neuigkeiten in der Hauptstadt zu verpassen. So einen gewaltigen Sturm erlebt man selbst hier nicht alle Tage.

Als sie die Küchentür öffnen, strahlen ihnen Astrid und Svend entgegen. Das Fenster ist repariert, die Küche aufgeräumt und trocken und der Tisch mit allen möglichen Köstlichkeiten gedeckt. Nur auf die aromatische Fischspezialität hat Astrid dieses Mal verzichtet.

Kaum haben Anne und Christian den Raum betreten, setzt Astrids melodische Stimme ein und empfängt die beiden mit ihrem Singsang, der auch in Thores eher nüchternem Heim eine ganz neue Behaglichkeit schafft.

Christian übersetzt leise die angenehm plätschernde Sprachmelodie:

„Da seid ihr ja endlich. Wir haben das Chaos hier mal ein bisschen aufgeräumt. Svend kennt da einen Glaser, ihr wisst ja, wie das ist, eine Hand wäscht die andere, der bekommt immer mal einen von unseren Schinken, und schwupp, da ist ein neues Fenster, aber setzt euch doch, lasst es euch schmecken, ich habe heute auch auf unsere Spezialitäten verzichtet, das ist wohl nichts für euch, hab ich mir gedacht, und Svend war gerade noch im Krankenhaus, unser Thore schläft schon den ganzen Tag, das ist gut, sagen sie, sein Fieber ist sogar ein wenig zurückgegangen, hat eben doch eine Pferdenatur …"

Das ist zu viel für Anne. Den ganzen Tag hat sie tapfer durchgehalten. Na ja, vielleicht nicht den ganzen Tag. Aber in diesem Moment so viel Freundlichkeit und Fürsorge zu erleben, wo sie erwartet hat, in ein kaltes, dreckiges, nasses Haus zurückzukehren ...

Anne bricht in Tränen aus. Nicht in irgendwelche kleinen Tränen, die still aus ihr herausweinen, nicht in ein kurzes, erleichtertes Schluchzen!

Nein, es ist, als wäre ein Damm gesprengt worden und ein lange aufgestauter See sucht sich seinen Weg! Und jetzt, wo sie einmal begonnen hat, kann sie nicht mehr aufhören. Der Damm ist offen und das Wasser läuft und läuft.

Svend steht auf, nimmt sie leicht in den Arm und führt sie zu einem Stuhl, auf dem sie regelrecht zusammenbricht.

Astrid reicht ihr ein sauberes Geschirrtuch und nach einem kurzen Moment ein neues, weil das erste schon zu nass ist. Ihre sanfte Stimme erzählt und erzählt und spinnt Anne ein in ein Netz von warmer Geborgenheit.

Christian hat aufgehört zu übersetzen. Es ist auch nicht wichtig, was Astrid sagt, sondern nur, dass die Melodie ihrer Stimme sie umgibt und ihnen einen Frieden schenkt, den zumindest Anne seit vielen Monaten vermisst.

Kiel-Strande, 18:22 Uhr

Endlich hat der Regen aufgehört. Der Sturm jagt die Wolken weiter über den Himmel, aber die Schleusen sind geschlossen und so können sie sich über das aufgeweichte Grundstück bewegen, ohne völlig durchnässt zu werden.

Bernd hat mehrere Liter Wasser getrunken und einige davon wieder ausgebrochen, aber es geht ihm besser. Er beginnt sich mit der Tatsache abzufinden, dass sie zu spät dran sind. Dass hier niemand mehr zu retten ist.

Ein kleiner Kran steht neben der Ruine und Stück für Stück werden die verkohlten Balken und zusammengefallenen Wände abgetragen. Aber was sollte darunter überlebt haben?

Bernd fühlt sich um Jahre gealtert, als er sich jetzt nach den vielen Stunden von seinem Platz aus dem Krankenwagen erhebt und beginnt, über das Gelände zu gehen. Seine Beine wollen ihm noch nicht ganz gehorchen und fast ist er versucht, sich einen Stock zu nehmen, auf den er sich stützen kann.

Sein Blick streift über die ganze Verwüstung um sie herum. „So sieht es also aus, wenn ein Blitz eingeschlagen hat", denkt er. Wie eine Welle rollt die Müdigkeit an. Überschwemmt seinen ganzen Körper und lässt ihn zittern. Was tut er eigentlich noch hier?

Auch die anderen Kollegen stehen nur herum, warten, was die Feuerwehr wohl aus der verkohlten Ruine des alten Hauses ausgraben wird.

Langsam setzt er einen Fuß vor den anderen und geht auf das zusammengebrochene Gewächshaus zu. Da ist wohl auch nichts mehr zu retten. Glasscheiben und verbogene Metallverstrebungen liegen wild durcheinander und bilden ein tödliches Gemenge.

Ein verirrter Sonnenstrahl sticht durch die Wolken genau in die Mitte und für den Bruchteil einer Sekunde wird etwas sichtbar, was Bernd den Atem stocken lässt. Er tritt so nahe heran, wie er es wagen kann, ohne in das Glas zu stolpern, während er sich vornüberbeugt.

Da ... seine Müdigkeit ist wie weggeblasen ... da ist es! Die verzerrte Fratze einer blonden Frau! Mitten in dem Schutthaufen, der einmal ein Gewächshaus war. Erschlagen von den schweren Glasscheiben ...

„Hajo, schnell ...!!!"

Natürlich ist keine Eile mehr geboten. Die Frau ist tot! Man braucht kein Fachmann zu sein, um das zu erkennen! Aber das Adrenalin, das wieder in Strömen durch Bernds Körper fließt, kann nicht warten. Will wissen, was dieser Fund zu bedeuten hat! Sollte das die vermisste Studentin sein? Was sonst hätte eine Frau hier zu suchen? Selbstverständlich waren sie bei den Ermittlungen immer von einem männlichen Täter ausgegangen. Und schließlich: „Wer zur Hölle hält sich bei einem solchen Hagelsturm in einem Glashaus auf?"

Kiel-Strande, 18:30 Uhr

„… Über allen Gipfeln ist … Ruh …"
J. W. von Goethe

Nur für Bruchteile von Sekunden flackert Silkes Bewusstsein noch auf. Wärme, Kälte, die Nässe um sie herum. All das spürt sie nicht mehr. Ihr ganzes Wesen ist konzentriert auf dieses eine letzte Gedicht. Das Gedicht, das sie immer am meisten von allen geliebt hat.

Sven hingegen hat sich noch nicht verabschiedet von körperlichem Leid. Das Spektakel, das draußen tobte, konnte ihn für eine Weile ablenken. Aber es ist nun wieder ruhig dort oben. Donner, splitternde Glasscheiben, Regen, nichts ist mehr zu hören.

Die Frau zu seinen Füßen hat sich seit Stunden nicht mehr gerührt, oder jedenfalls eine sehr lange Zeit. Denn wie sollte er eine Stunde messen, angekettet und bewegungslos, fast blind in der Dunkelheit.

Immer wieder hat er sie angesprochen, gerufen, hat gebettelt. Nichts!

Wer weiß, wie lange sie dieses Martyrium schon aushalten muss. Nun ist auch der Boden noch mit Wasser bedeckt. Offensichtlich gibt es in ihrem Gefängnis einen Abfluss, denn anfangs spürte er das Wasser zwar strömen, aber jetzt ist es ganz ruhig und etwa so hoch wie seine Knöchel, der Abfluss wohl überfordert und verstopft von der riesigen Menge, die er aufnehmen musste.

Warm ist ihm schon lange nicht mehr. Die Schmerzen, die Erschöpfung, die nassen Füße und der Hunger! Vor allem der Hunger lässt ihn frieren, wie er noch nie in seinem Leben gefroren hat.

Hunger und dessen Bruder Durst bohren in ihm, wie wilde Reptilien, die seine Eingeweide von innen auffressen. Kleine Ableger von ihnen sind bereits in seinen Schädel vorgedrungen. Sie sorgen dafür, dass er sich auf nichts anderes konzentrieren kann. Drücken von innen gegen die Zange um seinen Kopf und fangen jeden Gedanken auf, um ihn in ein Bild von Currywurst oder Brathähnchen umzuwandeln.

„… in allen Wipfeln spürest du …"

Jetzt ist es so weit. Sein Verstand fängt endgültig an, in einen undurchdringlichen Nebel abzutauchen. Und in diesem Nebel sind Stimmen. Weit entfernte, aufgeregte Stimmen!
 Die Fesseln um seine Handgelenke! Sie lassen ihm keinen Spielraum! Diese Unfähigkeit, sich bewegen zu können! Die Haut unter den Fesseln ist aufgescheuert und blutig. Vor Erschöpfung möchte er sich am liebsten hinsetzen, er möchte sich kratzen können, seinen Kopf anfassen; seine Hose ist voller Urin, er kann sie nicht einmal öffnen. Diese Fesseln foltern nicht nur seinen Körper, sie umklammern seinen Geist und nehmen ihm nicht nur die Möglichkeit sich zu bewegen, sondern immer mehr auch den Atem.

Da! Da sind doch Geräusche! Das kann er sich nicht einbilden. Oben kann er wieder Glas hören. Glas, das splittert, als würde es weggeworfen … als würde jemand darauf herumtrampeln!
 Könnte es sein, dass da oben jemand …

„… kaum einen Hauch …"

Sven versucht zu rufen, aber nur ein heiseres Krächzen entringt sich seiner Kehle. Noch einmal … etwas lauter … aber draußen ist mittlerweile so ein Lärm, dass er noch so laut brüllen könnte, sie würden ihn nicht hören. Wer auch immer da oben sein mag!
 Er kann nichts tun. Er ist gefesselt und seine Stimme schafft es nicht, die Geräusche zu übertönen. Er muss einen Moment abwarten, wenn dort oben wieder Ruhe eingekehrt ist.

„… die Vöglein schweigen im Walde …"

Unendlich langsam verstreichen die Minuten.
 Unendlich langsam vor allem, wenn man gezwungen ist, abzuwarten.

Untätig!

Noch immer erinnert Sven sich an nichts und weiß deshalb nicht, dass dort oben ein Gewächshaus stand. Ein Gewächshaus von beachtlicher Größe, dass es erst einmal abzutragen gilt. Und das unter größter Vorsicht! Die Glasscherben sind so scharf, dass die Männer der Feuerwehr nur sehr langsam arbeiten können. Sie haben einen zweiten Zug angefordert, um an beiden Objekten gleichzeitig arbeiten zu können.

Aber hier scheint keine Eile geboten. Hier geht es ja nur um die Bergung der Leiche einer Frau und eines kleinen Hundes, wie sich herausstellt. Geht es nicht darum, vielleicht doch noch Menschenleben zu retten?

Die Spurensicherung verzögert die Arbeiten zusätzlich. In Ermangelung anderer Tatorte behandeln sie diese Tote mit akribischer Sorgfalt. Obwohl die Todesursache so offensichtlich ist. Fremdeinwirkung auszuschließen, wenn man einmal von dem Unwetter absieht.

Unruhig geht Bernd neben dem Gewächshaus auf und ab. Ein Zelt ist errichtet worden, falls es noch einmal regnen sollte, auf einer Seite liegen die abgetragenen Scheiben auf einem Haufen. Wie ein Tiger läuft er hin und her. Kann die Panik nicht verstehen, die immer stärker in ihm aufwallt.

Hajo ist drüben beim Haus. Dort vermuten sie den Keller, darauf liegt sein Hauptaugenmerk. Die Leiche hat er sich nur einmal kurz angesehen. Ist es wirklich eine Frau? Auch Bernd ist sich da nicht mehr so sicher. Aber die Todesursache, die steht fest! Überall in ihrem Körper stecken Glassplitter. Kleine und auch große! Und ein ganz großer mitten in ihrem Hals!

„Wollte sie das?", fragt er sich. Wollte sie vielleicht sogar sterben und ist deshalb in dieses Glashaus gegangen? Hat sie Sven eingesperrt und wusste, dass er vorher die Kollegen benachrichtigt hatte? Wenn man Bernd gefangen nehmen würde, er würde bestimmt sagen, dass Verstärkung unterwegs ist … Hat Sven die Gelegenheit dazu gehabt?

… Was war das? …

Bernd lauscht angestrengt.

Schreit die Kollegen von der Spurensicherung an.
"Ruhe!"
...
"Verdammt, seid doch mal still! Hört ihr das nicht?"

Im Keller hat Sven allmählich seine Stimme wiedergefunden.
Und brüllt!
Er brüllt, so laut er kann!
Wieder und wieder!

"*... warte nur ...*"

Wieder und wieder!
Dann Stille! Er kann von draußen nichts mehr hören. Das ist seine Gelegenheit. Mit aller Kraft schreit er, so dass es in dem Keller hallt: "Hilfe! Hört mich jemand?"
Stille!
Abwarten!
"Hilfe! Hört mich denn niemand?"

Bernd greift sich einen Stein und klopft auf die Stahlträger.
Dreimal!

Sven stockt der Atem.
Da!
Er hat etwas gehört!
Etwas, das ihm zu gelten scheint!
Ihm und seinen verzweifelten Rufen!
"Mädchen! Hast du das gehört?
Hier!!! Hilfe!!!!!"

Und wieder das Geräusch durch Stahlträger und Betonwände: Tok tok tok!

Jetzt kommt Leben in den Feuerwehrmann, der neben dem Trümmerhaufen steht und gewartet hat, dass die Spurensicherung ihre Arbeit beendet.

„Hierher!!!"

„Sven? Bist du das?"

Sven hat die Worte nicht verstanden, aber er begreift, dass die Rufe ihm gelten, und er brüllt wie ein Tier. Brüllt aus Erleichterung und aus Verzweiflung gleichzeitig! Brüllt so laut, dass auch Silkes Bewusstsein für einen kurzen Moment aus der Tiefe ihres Hinübergleitens auftaucht.

„Hierher, Leute! Schnell!"

Drüben am Haus sind die Arbeiten eingestellt worden. Alle blicken zu den beiden Männern hinüber, die wild rufend und gestikulierend auf sich aufmerksam machen.

Und ein neuer Wettlauf beginnt, ohne dass die Männer es ahnen.

Der Wettlauf mit einem Dritten, der sich in den letzten Stunden zu den beiden Gefangenen gesellt hat.

Erst hat er oben seine Arbeit verrichtet. Im Glashaus. Ein unwiderstehlicher Sog hatte ihn angezogen. Er liebt diesen Sog. Leicht macht er ihm seine Arbeit. Und so war es auch hier. Kaum ist er angekommen, war das meiste schon getan. Eine weise Entscheidung, sich bei einem Orkan in ein Glashaus zu stellen. Eine weise Entscheidung dann, wenn man nicht selber den Mut hat, das zu bewerkstelligen, wonach es einen so sehr verlangt!

Der erforderliche Mut wird einem abgenommen! Die finalen Schritte von selber eingeleitet. Der Zeitpunkt ergibt sich. Man braucht nur abzuwarten, kann sich entspannen. Für viele Menschen ist es nicht so einfach, sich selber Gewalt anzutun. Mag die Sehnsucht danach auch noch so groß sein.

Auch für diesen Mann war das so. Frank war sein Name, aber hier nennen ihn alle nur Entführer. Frank war schon so einigen behilflich, den Weg zu ihm zu finden. Einigen, die zugegebenermaßen nicht so ganz freiwillig in seine Obhut gelangt sind. Aber wo sind da die Grenzen? Sogar bei Selbstmördern konnte er sich nie sicher sein, ob sie sich nicht in letzter Minute doch von ihm losreißen wollten. Seine ausgestreckte Hand verweigerten.

Zu spät, zu spät!

Sogar Frank selber, den er wie einen Freund kannte, hat der Mut gefehlt. Der Mut, sich selber zu verletzen. Ist es der Schmerz, den er fürchtete? Er kann es nicht wissen, denn er kennt ihn nicht. Den Schmerz!

Auch bei seinen Opfern war es das Gleiche.

Zunächst noch einfach! Ein freundliches Gespräch, ein wenig Hilfe und geheucheltes Interesse, und schon hatte er sie in seiner Gewalt.

Der Äther in der Flasche, die er immer mit sich führte nur ein nebensächliches Hilfsmittel.

„Riechen sie doch einmal diesen Schnaps! Ich weiß gar nicht mehr, wer mir den angedreht hat ..." Na ja, gerochen haben sie dann nicht mehr so freiwillig, aber immerhin ... waren sie erst einmal betäubt, waren sie zahm wie Lämmer.

Ließen sich tragen, fesseln und für Franks wunderbare Zwecke benutzen. Ein schönes Spiel hat er mit ihnen gespielt. Und sie haben es nicht einmal genießen können, weil sie alle geschlafen haben. Aber sein Freund Frank ... er war so glücklich mit ihnen!

Bis sie dann unrein wurden.

„Das ist die Last mit euch!", hat Frank seinem zweiten Opfer verraten.

„Dann lass mich jetzt gehen! Du brauchst mich nicht mehr!" Und er hat zugestimmt.

Und das war seine Schwäche, er scheute auch bei ihnen den finalen Akt.

Gewalt in ihrer reinsten Form! Ausgeübt nur mit dem einen Ziel!

Nun war Frank selber auf dem Weg ... freiwillig – ja ... willig und bereit.

Hier also das Ende!

Was für ein wunderschönes Leben er hatte! Sie haben ihm so gerne gedient, ohne es zu wissen! Sich in ihrer Bewusstlosigkeit gewunden und gestöhnt. Schmerz und Wollust sind so nahe Verwandte!

Und Frank war ihnen verfallen. Konnte nicht genug bekommen. Welcher Mann hat schon das Glück, so wunderschöne Frauen sein Eigen zu nennen?

Und da lag er nun, ein paar Glasscherben haben ihn auf die Reise geschickt. Er selber brauchte nur Franks Hand zu ergreifen ... seinen Freund auf dessen letzten Weg ein kleines Stück begleiten!

Und kaum hat er ihn abgeliefert, wartet bereits eine neue Aufgabe auf ihn. Dort unten in diesem Keller. So legt er sich neben Silke, lauscht ihren schwachen Atemzügen und wartet ...

„... *warte nur, balde ...*"

Kiel-Strande, 19:28 Uhr

Es dauert nicht lange, ein Gewächshaus abzutragen. Nicht so lange wie ein Haus. Und man benötigt keinen Kran. Kein schweres Gerät.

Mit ihren eigenen Händen schaffen es die Feuerwehrleute in einer halben Stunde. Dicke Handschuhe und das Wissen um einen Menschen in Not beschleunigen die Arbeit.

Währenddessen gibt es keine Möglichkeit, mit dem Eingeschlossenen in Kontakt zu treten.

Sie würden Sven nicht hören und er ihr Klopfen von den vielen anderen Geräuschen nicht unterscheiden können.

Und obwohl es so schnell geht, meint Bernd, das müssen die längsten Minuten seines Lebens sein.

Sven in seinem Verlies geht es nicht anders.

Schließlich ist auch der letzte Splitter weggeräumt und mitten in dem ehemaligen Gewächshaus ist eine Bodenplatte mit einem großen, runden Ring zum Vorschein gekommen, an dem man sie aufziehen kann.

Kein Schloss! Kein weiteres Hindernis!

Ein Feuerwehrmann zieht an dem Ring, während einer der Sanitäter Bernd zur Seite schiebt. Jetzt sind sie an der Reihe. In welchem Zustand auch immer die Personen sind, die sich dort unten befinden, sie werden ihre Hilfe benötigen.

Sven blinzelt. Ein schmaler Lichtschein, dann wird die Tür zu ihrem Gefängnis aufgestoßen. Gleißendes Licht umgibt ihn, dessen Augen so vollständig an die Dunkelheit gewöhnt sind. Wieder möchte er schreien. Dieses Mal vor Schmerz. Aber er kann nicht mehr! Die ganze Kraft seiner Stimme hat er verausgabt. Eine gute Investition, selbst wenn er sie nie wieder benutzen könnte. Eine Investition, die sowohl ihm als auch der jungen Frau zu seinen Füßen das Leben retten wird.

Sie ist es, der sich die Sanitäter zuerst zuwenden.

In ihrer tiefen Bewusstlosigkeit spürt sie nicht einmal, dass sanfte Hände sie anheben, in warme Decken wickeln und hinaustragen.

Noch bleibt er an ihrer Seite. Hoffnung besteht. Sie ist nicht endgültig gerettet. Der tagelange Durst, die starke Unterkühlung! Es lohnt sich, ein wenig abzuwarten!

Bei Sven sieht es anders aus. Auch wenn der schwere Schlag auf den Kopf und die Gefangenschaft über einen ganzen Tag ihn für immer zu einem anderen Menschen machen werden, so wird er sich doch körperlich schnell von diesen Strapazen erholen.

Immer noch kann er sich nicht an die Wochen vorher erinnern. Der Kollege, der so besorgt neben seiner Trage steht, kommt ihm vage bekannt vor.

Dann Hajo! Natürlich, Hajo!!!

Aber wo ist Anne?

Seine Anne?

Hätte sie ihn nicht retten müssen?

„Jetzt kann sie zurückkehren", meint Hajo!

„Du hast sie für uns gerettet!"

Tórshavn, 20:54 Uhr

„Wenn ich nicht schon Eltern gehabt hätte, würde ich die beiden auf der Stelle adoptieren!"

Anne und Christian liegen im Bett. Fest miteinander verbunden. Sie in seinen Armen und er in ihren. Kaum ist auszumachen, wo der eine Körper beginnt und der andere endet.

Anne und Christian sind eins.

„So war meine Mutter nie! Und mein Vater schon gar nicht!"
„Wie meinst du das?"
„Einfach so für einen da! So selbstverständlich die Dinge in die Hand nehmen ... einem abnehmen. Und dann so voller Wärme und Sorge!"
„Das meinst du, weil deine Mutter jetzt so anstrengend ist."
„Das meine ich, weil ich fast zwanzig Jahre mit meiner Mutter zusammengelebt habe und mich nicht erinnere, dass sie in diesen vielen Jahren auch nur einmal so ungefragt für mich da gewesen wäre."
„Das ist traurig!"
„Sie ist halt, wie sie ist!"
„Und wie wollen wir sein?"
„Wie ... was meinst du?"
„Wir beide ... mit unseren Kindern!"
„Christian, ich bin 45 Jahre alt!"
„Und du riechst so gut!"
„Ich werde in diesem Leben wohl keine Kinder mehr bekommen, es sei denn ..."
„Okay! Kann losgehen!"
„Das ist kein Spaß!"
„Na, wenn nicht das, was dann?"
„Christian!"
„Anne!"
„Was machst du da?"
„Kinder!"
„Du weißt, dass ich diese Pille nehme ...!"
„Üben!"
„Du bist unglaublich!"
„Ich weiß!"
Christian setzt sich neben Anne auf und sein Blick wird ernst: „Anne, ich bin 27 Jahre alt! Ich bin fast mit meinem Studium fertig, so dass ich für dich sorgen kann! Und Anne! Ich möchte Kinder!!! Und ich möchte keine verdammte andere Frau! Keine jüngere, keine schönere, keine andere! Ich möchte dich! Und wenn wir alle verfluchten Konventionen in Kiel brechen, das ist mir scheißegal! Ich möchte in meinem Leben keine Sekunde mehr verzichten müssen ... auf dich!"

Jetzt muss Anne sich auch setzen.

„Christian …"

„Anne!"

„Du machst mich völlig platt!"

„Das ist ja wunderbar!"

„Werd' ich gar nicht gefragt, was ich will?"

„Meine liebe Anne: Was möchtest du? Möchtest du mich?"

„Ja!"

„Möchtest du mit mir zusammenleben?"

„Ja, ich glaube, das würde mir gefallen."

„Möchtest du morgens früh nach einer durchwachten Nacht mit unseren schreienden Kindern meinen Kaffee kochen und …"

„Stopp!"

„Jetzt wird es kritisch! Du magst keinen Kaffee kochen!"

„Bitte, Christian! Das geht alles so schnell!"

„Du hast selber gerade gesagt, dass du 45 bist! Da können wir uns keine fünfjährige Verlobungszeit leisten!"

„Aber fünf Tage Bedenkzeit, das ist doch wohl drin?"

„Ja!"

„Was, wenn ich nein sage?"

„Was, wenn du ja sagst? … Komm, Kleine! Lass uns wieder hinlegen und ein bisschen träumen. Jeder für sich von seinem persönlichen Glück! Und in ein paar Tagen schauen wir mal, wie ähnlich sich unsere Träume sind … Was meinst du?"

„Ich lieg' schon und fange an!"

„Warte, ich möchte dich im Arm halten, damit du nicht auf Abwege gerätst."

„Meinst du, es ist so schön in deinen Armen?"

„Unvergleichlich!"

„Stimmt!"

…

„Doch noch mal üben?"

„Hmhhh!"

…

„Aber dann weiterträumen!"

„Hmhhhh!"

Kiel, Uni-Klinik, 23:15 Uhr

„Kann nicht wahr sein, Mann, du erinnerst dich wirklich an gar nichts?"

Sven schüttelt den bandagierten Kopf.

„Die letzten Wochen sind irgendwie weg! Ich weiß grad mal noch, dass Anne auf diese Inseln da im Norden gefahren ist."

„Diese Anne, deine Kollegin, von der ihr beide immer sprecht, ist das dieses scharfe Teil, das ich manchmal mit dir in der Kantine gesehen habe? Langes, blondes Haar, klasse Figur?"

„Das ist Anne!"

„Wie kannst du mit so einer Braut zusammenarbeiten, ohne …?"

„Du kennst sie nicht! Außerdem bin ich verheiratet!"

Sven bewegt zwischendurch immer wieder seine Arme, genießt es, sie völlig frei für seine persönlichen Bedürfnisse zu haben.

„Na und …!"

„Die würde nie etwas mit einem verheirateten Mann anfangen, und dann noch mit einem Kollegen! Keine Chance!"

„Kollege geht auch nicht?"

„Versuch dein Glück!"

„Ich glaub, jetzt lass ich dich mal alleine. Ich muss ja schließlich morgen Früh wieder zum Dienst! Und du willst bestimmt pennen!"

„Kannst du es noch einmal bei meiner Frau versuchen. Ich versteh das nicht! Sabine ist sonst immer zu Hause!"

„Klar, mach ich! Wenn du möchtest, fahr ich auch noch vorbei!"

„Lass mal, das ist ja wirklich nicht auf deinem Weg. Und warte, ich geb dir noch die Telefonnummer von meiner Schwester. Die wohnt bei uns um die Ecke!"

Sven liegt wach. Das Adrenalin in seinem Körper, das während seiner Befreiung freigesetzt wurde, ist noch lange nicht abgebaut.

Am liebsten würde er selber nach Hause fahren. Was mag nur mit Sabine sein? Hat sie etwas über ihn im Radio gehört und Angst bekommen? Hörte sie überhaupt manchmal Radio, wenn er nicht da war? Wo würde sie dann hingehen? Ihm fällt nur seine Schwester ein. Vielleicht kann Bernd ja wenigstens sie erreichen.

Als er vorhin versucht hat aufzustehen, ist ihm so schwindelig gewesen, dass er keine zwei Schritte gehen konnte, und dann hat er außerdem das Wenige, was er am Abend noch zu essen bekommen hatte, gleich wieder ausgebrochen. Keine guten Voraussetzungen, um bis nach Gaarden zu fahren.

Aber hier herumzuliegen und sich Sorgen zu machen ist auch nicht angenehm.

Sven versucht seine Gedanken in eine andere Richtung zu steuern. Aber auch da erwartet ihn Chaos. Wie ist er nur in diesen verdammten Keller gekommen? Die Frage stellt er sich wohl zum hundertsten Mal. Sven kennt sich selber gut genug, um zu wissen, dass er nicht der Typ ist, der freiwillig auf solche abenteuerlichen Außeneinsätze geht.

Aber trotzdem ist der Gedanke gut! Sie haben den Mann gefunden, der Anne vor einem Jahr entführt hat. Anne kann zurückkommen, und er hat aus welchen Gründen auch immer nicht unmaßgeblich dazu beigetragen. Die Aussicht, Anne bald wieder an seiner Seite zu wissen, beruhigt ihn. Er ist lieber der zweite Mann. Der, der ausführt, was jemand anderer für ihn vorgedacht hat. Zu Hause trägt er schon die Verantwortung für sie beide.

Zu Hause ... Sabine ... Da war doch ...? Ein Streit???

Die Erschöpfung trägt Sven in einer sanften Woge fort, dorthin, wo ihm weder Sabine noch andere Sorgen folgen können. In einen unruhigen Schlaf.

Auf der gleichen Station, in einem anderen Zimmer, liegt Silke schon einige Stunden in tiefem Schlaf. Wärme umgibt sie, Flüssigkeit tropft langsam in sie hinein. Jeder Tropfen bringt sie dem Leben wieder ein Stück näher.

Langsam über den Boden gleitend bewegt er sich zur Tür, einen sehnsüchtigen Blick zurückwerfend. So junge Begleitung hat er nicht oft! Aber er kann warten. Wenn sie ihm auch jetzt nicht folgt, irgendwann wird ihre Stunde kommen. Die Tür öffnet sich. Eine Frau tritt ein, die er vielleicht schon in wenigen

Jahren wiedersehen wird. Gramgebeugt! Wahrscheinlich sieht sie jetzt älter aus, wie so viele, wenn er sich in die Nähe ihrer Liebsten begibt. Schluchzend bricht sie neben dem Bett zusammen.

Diese Szene hat er millionenfach erlebt. Er gleitet weiter! Die geschlossene Tür ist für ihn kein Hindernis. Als er die Station verlassen will, fangen in einem Zimmer alle Geräte an, laute Geräusche von sich zu geben. Doch noch etwas für mich, denkt er und folgt den Ärzten, die in das Zimmer laufen.

5. August

Kiel, Uni-Klinik, 05:29 Uhr

In der Ruhe der Nacht erwachen die Ereignisse der letzten Tage und Wochen Stück für Stück wieder unter der tiefen Schicht der Panik und des Entsetzens in Svens Bewusstsein und finden in einer logischen Abfolge zueinander.

Die vermisste junge Frau und ihre tagelange ergebnislose Suche zu seiner Fahrt durch glühend heiße Felder und seiner Gefangenschaft. Und dann gegen Morgen in seinen Wachträumen, während er mit leerem Blick aus dem Fenster sieht, sein letztes Zusammentreffen mit Sabine und die Tatsache, dass Bernd sie telefonisch nicht erreichen konnte.

Sie, die immer zu Hause ist, immer auf ihn wartet.

Wie hatte er so hart ihr gegenüber sein können? Ihr gegenüber, die ihn doch so sehr braucht. Hat er sich nicht geschworen, sie immer zu beschützen? Sich und ihr! Was, wenn er sie jetzt verloren hat?

Die Erleichterung, die er noch vor knapp 24 Stunden in ihrer Wohnung verspürt hat, als er alle Regeln missachtet hat, mit denen sie sein Leben einengt, weicht einer grenzenlosen Leere. Was wäre ein Leben ohne sie?

Tränen laufen ihm über das Gesicht. Sabine! Seine zarte, geliebte Sabine! Was, wenn sie ihn jetzt verlassen hat, weil er nicht für sie dagewesen ist?

Wie konnte er nur? Wie konnte er diese Worte zu ihr sagen? Es war nun gerade einmal ein paar Tage her und kommt ihm doch vor wie in einem anderen Leben. Das Leben vor seiner Gefangenschaft.

Ist sie nicht alles, was er hat?

Sie und ihr merkwürdiges Zusammenleben, das andere immer wieder mit bissigen Worten kommentieren. Sie braucht ihn so sehr, um ihren kleinen, harmlosen Alltag zu bewältigen. Und er? Er braucht sie genauso. Sie ist der Mensch, bei dem er sich wichtig fühlt. Für sie kann er stark sein.

Während die ersten Sonnenstrahlen den Weg in sein Zimmer finden, lässt die Angst, sie für immer verloren zu haben, seine Tränen stärker und stärker fließen.

Raus! Ich muss hier raus! Sie finden und zu mir zurückholen!

Mühsam versucht Sven sich aufzurichten. Fast im selben Moment ertönt direkt neben ihm ein durchdringender Alarm.

Und wie aus dem Nichts stehen zwei Krankenschwestern an seinem Bett.

„Herr Timmermann! Ist alles in Ordnung, Herr Timmermann?"

„Ja, ja, ich wollte mich nur aufsetzen!"

„Wie wäre es, wenn wir das in ein paar Stunden zusammen versuchen?"

„Nein, ich möchte …"

„Es ist noch sehr früh, Herr Timmermann."

Die Aufregung, die ihn gerade fast aus dem Bett getrieben hätte, legt sich. Eine sanfte, ruhige Welle rollt stattdessen über ihn hinweg, durch seinen Körper hindurch.

„Wir haben Ihnen noch einmal etwas gegeben …"

Trägt ihn mit sich fort …

„… damit sie ein paar Stunden …"

… fort von seiner Sorge um Sabine …

„… schlafen können."

Tórshavn, 08:15 Uhr

Zum ersten Mal sitzen Anne und Christian ganz alleine in Thores Küche und frühstücken.

„Sieh mal, mein Morgenstern, so ist es, wenn wir beide zusammenleben."

Draußen scheint wieder die Sonne, als hätte es den heftigen Orkan niemals gegeben.

„Fühlt sich aber noch nicht richtig an!"

„Nein! Die Grundstimmung! Da werden wir noch dran arbeiten!"

„Grundstimmung? Was meinst du?"

„Kein Alltagsgenerve, keine Morgenzeitung, keine Routine, kein Kindergeplapper!"

„Ah, schon klar!"

„Außerdem gab es Morgensex!"

„Gibt es den dann nicht mehr?"

„Hätte ich dir das schonender beibringen sollen?"

„Auf jeden Fall! Jetzt werde ich noch einmal neu überlegen!"

„Hauptsache, das Ergebnis stimmt!"

„Noch irgendwelche erschütternden Aussichten?"

„Mir fällt gerade gar nichts ein!"

„Wie ist es mit dem Mittagssex?"

„Ich wage keine Prognosen mehr!"

„Abends?"

„…"

„Zwischendurch?"

„Du bist ja unersättlich!"

„Absolut!"

„Schön!"

„Ist jetzt schon zwischendurch?"

„Jetzt ist Frühstück!"

„Ich bin satt!"

„Nein!"

„Okay!"

„Toast?"

„Bitte!"

„Siehst du!"
„Auch lecker!"
„Absolut!"
„Gehen wir gleich ins Krankenhaus?"
„Siehst du, schon ist Schluss mit der Romantik!"
„Wir könnten Händchen halten!"
„Auf jeden Fall!"
„Händchen halten oder Krankenhaus?"
„Beides!"
„Fabelhaft!"
„Und danach? Alltag oder …?"
„Wir haben einen Mord aufzuklären!"
„Alltag!"
„Weißt du, wie sehr ich dich liebe?"
„Wie schnell die Schrecken eines Tages verschwinden können. Hier sieht es aus, als wäre nie etwas geschehen."
„Das haben wir unseren beiden guten Geistern zu verdanken! Bestimmt sieht es in Tórshavn noch nicht überall wieder so gut aus!"
„Und Thore?"
„Das war wohl eine richtige Notbremse für ihn."
„Gibst du mir bitte noch einmal den Tee?"
„Ich weiß gar nicht, wie ich hier ohne ihn weitermachen kann. Ich kann die Sprache nicht, ich hab keine Kompetenzen …!"
„Und immer, wenn du glaubst, es geht nicht mehr …!"
„Ja, ich weiß! Aksel, unser Lichtlein!"
„Du musst zugeben, dass er gestern spitze war!"
„Er kann einen Sachverhalt strukturieren und er behält die Ruhe! Stimmt!"
„Siehst du!"
„Aber reicht das? Hat er die Intuition, die man braucht? Hat er das Auftreten, einen Mörder in die Enge zu treiben? Hat er die Stärke, so ein Verhör durchzuziehen?"
„Er hat doch dich!"
„Danke! Aber da wären wir wieder am Anfang! Wie soll ich denn bitte jemanden unter Druck setzen, wenn jedes Wort übersetzt werden muss?"

„Vielleicht kommt es ja ganz anders! Wie viele deiner Mörder hast du in einem finalen Verhör überführt?"

Anne denkt an Lorenz Feddersen.

„Nicht alle!"

„Er könnte sich ja auch selber stellen!"

„Warum sollte er das tun? Weil fast kein Polizist mehr da ist, um ihn zu jagen?"

„Nicht sehr logisch! Wie wäre es mit Gewissen?"

„Ja, das wäre doch einmal etwas. Ein Mörder mit schlechtem Gewissen!"

„Oder Geltungsdrang! Aufmerksamkeit!"

„Dann hätten wir es aber mit einer reichlich gestörten Person zu tun!"

„Gibt's doch!"

„Ist mir aber noch nicht aufgefallen. Ich fand die Leute bisher alle ziemlich normal!"

„Ein heimlicher Verehrer?"

„Das ist auch meine Richtung! Gefühle! Affekt! Ich bin eher für das Naheliegende als für verrückte Spinner!"

„Ist es naheliegend für dich, dass jemand aus Liebe tötet?"

„Liebe würde ich nicht sagen! Aber Gefühle! Obsession, Besitzenwollen, Dominanz, Verlustangst! Und dann reichen vielleicht ein paar Worte! Ich will dich nicht wiedersehen! Oder: Das Kind ist nicht von dir, oder doch von dir, aber du wirst es nicht bekommen … Irgend so etwas!"

„Das Kind spielt eine Rolle?"

„Da bin ich mir sicher! Kinder lösen starke Gefühle aus!"

„Warum glaubst du, dass nicht dieser Verlobte der Vater ist?"

„Intuition! Die sind kein normales junges Paar! Ihre Wohnung! Warum kann ich sie in ihrer Wohnung nicht finden? Ich glaube, da ist der Schlüssel!"

„Politik kommt für dich nicht in Frage?"

„Zu viel Leidenschaft für meinen Geschmack!"

„Hast du schon einmal einen politischen Mord gehabt?"

„Zweifel an meiner Kompetenz, mein Herr?"

„Selbstredend! Ich zweifle an allem!"

„Ich glaube, politische Morde sind aus der Mode geraten. Das ist ein Thema aus dem Mittelalter. Da hast du deinen Bruder vergiftet und wurdest dann König! Macht! Auch ein starkes Motiv! Aber dahinter steckt ein wohldurchdachter Plan! Und den haben wir hier nicht! Außerdem gibt es niemanden, der sie in ihrem Amt direkt beerbt. Es müsste neu gewählt werden. Und das Volk ist unzuverlässig!

Als Politiker arbeitet man heute mit anderen Mitteln. Rufmord! Das ist viel subtiler. Und wenn man es geschickt anstellt noch nicht einmal strafbar! Und es verschafft dir die Gelegenheit, dich selber dabei ins bessere Licht zu rücken. So funktioniert Politik heutzutage! Denke ich jedenfalls!"

„Hört sich plausibel an!"

„Wir suchen einen Menschen, der sie dazu gebracht hat, ihre Persönlichkeit in ihrem eigenen Zuhause fast vollständig zu verstecken. Und jemanden, der zu ihrem beruflichen Umfeld keinen Zutritt hat, denn da ist Brigitta sie selber!"

„Wie soll diese Person das geschafft haben?"

„Gewalt! Psychische, seelische, körperliche! In einer dieser Formen oder in allen drei! Unterdrückung, Missbrauch! Sie ist eine junge Frau. Diese Wohnung hat sie schon länger, aber sie ist nie dort angekommen. Wir suchen etwas, das vielleicht sogar viel früher angefangen hat!"

„Du meinst schon in der Kindheit?"

„Nicht ausgeschlossen!"

„Dann ist es wieder das familiäre Umfeld …"

„Genau!"

„Der Vater?"

„Keine Ahnung!"

„Die seit Jahren kranke Mutter … da liegt es doch nahe, dass er seine Tochter …"

„Es liegt nahe und er ist ihr sicherlich am allernächsten gewesen, aber das muss noch nichts heißen!"

„Willst du noch einmal mit ihm reden?"

„Lass uns das später mit Aksel besprechen. Er ist hier eine wichtige Persönlichkeit, da kann ich nicht einfach zum Kaffee aufkreuzen und ihn mit meinen Missbrauchsvorwürfen konfrontieren."

„Dafür hättest du Thore gebraucht!"
„Ja!"
„Verstehe, was du vorhin gemeint hast!"
„Wir müssen mit dem arbeiten, was wir haben."
„Das wären dann die Tagebücher!"
„Wie weit gehen die zurück?"
„Zwanzig sind es bestimmt!"
„Eines für jedes Jahr?"
„Yep!"
„Dann würde ich sagen, du machst jetzt mal damit weiter."
„Jawohl, Chefin! Aber erst komme ich noch mit ins Krankenhaus!"
„Ach, ich wollte doch noch telefonieren! Gestern kam mir das so wichtig vor, und heute ...!"
„Wir sind schon wie zwei alte Färinger! Eigene Wohnung, Krankenhausbesuch bei einem guten Bekannten, danach geht es an die Arbeit!"
„Es gibt schlechtere Orte, um glücklich zu sein!"

Kiel, Uni-Klink, 09:03 Uhr

Sie haben Sven schlafen lassen. Die Kolleginnen der beiden Krankenschwestern aus der Nachtwache. Gestern war er noch ein einfacher verletzter Polizist, aber über Nacht ist er ein besonderer Patient geworden. Ein Held!

So steht es jedenfalls heute Morgen in den Kieler Nachrichten. Erste Seite! Und in der Bildzeitung! Die hat ihn um der Dramatik willen sogar fast ins Jenseits befördert. Bernd vergessen. Hajo vergessen. Die Hundertschaften von Kollegen, die mitgesucht haben, in einen Nebensatz verbannt. Nur Annes Geschichte, die haben sie ausgegraben. Mit Bild! Ohne Namen! Keiner konnte Anne fragen, ob sie etwas dagegen hat, weil sie im Nordatlantik verschollen ist!

Aber gegen das Bild würde sie wohl nichts einzuwenden haben. Es ist mindestens zehn Jahre alt und Anne nicht zu erkennen. Hajo zweifelt, dass es überhaupt ein Bild von ihr ist. Nur die Auflage, die stimmt an diesem Morgen. Von beiden Zeitungen. Besonders die Kieler Nachrichten sind im Krankenhaus in aller Munde. Ein paar Fakten mehr als im Konkurrenzblatt. Und die Klinik wird erwähnt! Die Klinik und die Station! Ein Exklusivinterview für die nächste Ausgabe mit der Stationsschwester ist angekündigt.

Die weiß davon noch nichts und ist im Übrigen ein Mann. Und genau der hat jetzt alle Hände voll zu tun, die Journalisten fernzuhalten. Journalisten, die Exklusivinterviews haben wollen mit den Opfern, den Ärzten und ihm.

Zum Glück ist es eine Intensivstation. Da ist es einfacher, den Zugang zu beschränken. Hajo wird informiert und ein paar Polizisten schaffen es, die eskalierende Situation an den Eingang des Gebäudes zu verlegen.

Beinahe lassen sie auch Anke nicht herein. Sie hat in der Aufregung ihren Ausweis vergessen und findet dann fast den Führerschein in ihrer Tasche nicht.

„Hier steht nicht ‚Timmermann', junge Frau!"

„Mensch, weil ich geheiratet habe!"

„Ihr Pech!"

„Mein … also wirklich, Sie Hornochse! Sie lassen mich jetzt …!"

„Vorsicht! Sie wollen doch keinen Beamten beleidigen?"

„Probleme mit der jungen Dame?"

Bernd hält dem eifrigen Beamten seinen Dienstausweis unter die Nase.

„Herr Hauptkommissar, diese junge Dame kann sich nicht ausweisen, aber sie behauptet, sie wäre die Schwester …!"

„Sie sind Anke?"

„Woher kennen Sie jetzt meinen Namen?"

„Ich bin ein Kollege von Sven. Er hat mich gestern Abend noch gebeten … geht schon in Ordnung. Ich nehme die Dame mal mit hinein! … gebeten, Sie anzurufen. Aber war wohl schon zu spät."

„Wir haben das Telefon nachts herausgezogen, wegen der Kinder!"

„Wissen Sie, wo ich Svens Frau finden kann?"
Anke bleibt mitten im Eingang stehen.
„Was hat mein Bruder Ihnen erzählt? Von Sabine?"
„Erzählt?" Bernd muss unwillkürlich an die erste Nacht ihres Einsatzes denken. Die Nacht, in der Sven nicht nach Hause fahren wollte.
„Er hat mir nichts erzählt. Er hat mich nur gestern immer wieder gebeten, sie anzurufen."
„Tja, und da haben Sie sie nicht erreicht!"
Ohne einen Kommentar geht Anke weiter, und Bernd, der verdattert stehen geblieben ist, beeilt sich, sie einzuholen.
„Zweite Etage!", ruft er ihr hinterher.
„Intensivstation!"
Anke wird langsamer.
„Entschuldigen Sie. Sabine ... Das ist so ein Reizthema zwischen Sven und mir. Sie wohnt seit ein paar Tagen bei uns. Und dann liegen irgendwann die Nerven blank. Das können Sie ja nicht wissen."
Bernd beschließt, lieber nicht zu fragen, warum diese Sabine nicht ins Krankenhaus mitgekommen ist.
„Wo liegt er denn hier?"
„Warten Sie, wir müssen uns erst anmelden."

Sven fragt sich gerade, ob sie ihn vergessen haben, die freundlichen Schwestern seiner Station, die ihm heute Früh zu ein paar weiteren Stunden unruhigen Schlafes verholfen haben.
Wird man in Krankenhäusern nicht immer zu brutal frühen Zeiten geweckt?
Er kann nicht ahnen, dass die Station beschlossen hat, für ihn eine Ausnahme zu machen. Ihr Held soll sich ganz in Ruhe bei ihnen erholen können.
Gerade als er überlegt zu klingeln, geht die Tür auf und Anke stolpert herein. Eine rotwangige, leicht aufgelöste Anke. Das seidige Band, das sie immer trägt, um ihre Locken zu bändigen, ist heruntergerutscht. Ihr auf dem Fuß folgen drei Krankenschwestern, die sich auf ihn und sein Bett stürzen, kaum dass sie erkannt haben, dass er wach ist.

Zwei erlösen ihn von allen Kabeln und helfen ihm auf, als wäre er gerade frisch operiert oder mindestens achtzig Jahre alt, während die dritte hinter ihm beginnt, sein Kissen aufzuschlagen und das Laken geradezuziehen.

Während er zur Toilette geführt wird, zwinkert Anke ihm fröhlich zu. Sie hat sich anscheinend gefangen und amüsiert sich nun über das ganze Tamtam, das hier für ihn veranstaltet wird.

Als er wiederkommt – zum Glück ist er für fähig befunden worden, wieder alleine zu gehen – ist sein Bett mit Kissen und Decke militärisch ausgerichtet, ein Frühstückstablett steht auf dem Tisch und die drei fürsorglichen Damen haben das Feld geräumt.

Stattdessen steht sein Kollege Bernd am Fenster.

„Ist Sabine bei dir?"

„Du hast mich doch gebeten, sie zu nehmen."

„Was ist das denn für eine Formulierung?", denkt Bernd und versucht, sich ansonsten erst einmal unsichtbar zu machen. Das ist offensichtlich ein sehr privates Thema.

„Wie geht es ihr?"

„Sie lebt!"

„Sie … wieso … hat sie versucht …?"

Mein Gott, sie würde sich doch nicht das Leben nehmen wollen, weil er …

„Nein! Aber lass uns erst über dich sprechen, du Superheld! Ganz Kiel erzählt sich deine Geschichte! Die Kieler Nachrichten schreiben seitenlang über dich, selbst in der Bild bist du auf der Titelseite!"

„Bild? Was meinst du … welche Geschichte?"

„Wie …? Welche Geschichte? Was hast du denn gestern gemacht, mein lieber Bruder? Schreibtisch aufgeräumt? Ablage komplettiert? Entführter Studentin das Leben gerettet?"

„Aber … ich hab doch … das stimmt doch nicht! Ich hab sie nicht gerettet!"

„Das sieht die Presse aber anders! Gestern Nachmittag ging das schon los. Die haben wohl einen Tipp bekommen über den mordsmäßigen Polizeieinsatz irgendwo im Nirgendwo, da bei Strande. Und dann dieses Gewitter! Im Radio waren sämtliche

Sendungen abgesetzt und es wurde nur noch live berichtet! So was hab ich noch nie erlebt! Und als sie dann deinen Namen heraushatten, ich kann dir sagen. Da waren die nicht mehr zu halten. Ich hab geguckt, dass Sabine nichts mitbekommt."

„Anke, verdammt! Ich hab gestern niemanden gerettet! Ich hab mich benommen wie der letzte Idiot!"

„Kann man so sehen", pflichtet Bernd ihm im Stillen bei.

„Aber du hast sie doch gefunden?"

„Das ja!"

„Na also!"

„Nichts also! Ich hätte es fast total verbockt. Hab mich überrumpeln lassen, wie so'n blöder Anfänger! Und keiner wusste, wo ich war!"

„Nicht so ganz!", mischt Bernd sich ein.

„Du hast morgens noch in der Zentrale Bescheid gegeben. Wie hätten wir dich sonst finden sollen?"

„Hab ich?" So ganz ist die Erinnerung wohl doch noch nicht zurück.

„Du hast zwar den größten Obertrottel erwischt, der bei uns rumläuft – hat die Information erst Stunden später weitergegeben, als er euren Chef zufällig getroffen hat, aber ansonsten ja: Hast du!"

„Gestern war alles weg in meinem Kopf, wie ausgelöscht! Ich hab noch nicht einmal dich wiedererkannt!"

„Das hab ich gemerkt!"

„Scheißgefühl!"

Die Situation in dem Kellerverlies tritt Sven wieder deutlich vor Augen. Unwillkürlich bewegt er seine Arme.

„Mensch, verdammt, was ist denn mit diesem Mädchen? Dieser Studentin?"

„Sie hat's überstanden! Hat natürlich ein bisschen mehr abbekommen als du, aber heute Morgen meinten sie, dass sie es schafft!"

„Ist sie auch hier? Auf dieser Station?"

„Klar, Mann! Die hat es auch eindeutig nötiger als du!"

„Meinst du, ich kann sie sehen?"

„Wie wäre es denn erst einmal mit Frühstück? Die ist sowieso am Pennen!"

Anke hat sich hingesetzt und macht Anstalten, ihm das Brot in kleine Stücke zu schneiden.

„Schwesterchen … ich kann meine Arme wieder sehr gut gebrauchen!"

„Wieso wieder?"

Die Umstände seiner Gefangenschaft sind offensichtlich nicht an die Presse weitergegeben worden.

„Egal! Aber lass mich das mal alleine machen!"

„Ich geh dann mal! Hajo berichten!"

Anke hat sich die Haare wieder hochgebunden, ihre Wangen weisen nur noch eine leichte Rötung auf. „Ganz schön niedlich, die Kleine", denkt Bernd, während er ihr die Hand reicht.

„Danke, dass Sie mich mitgenommen haben!"

„Immer wieder gerne!"

„Nächstes Mal hab ich meinen Ausweis dabei, das können Sie wohl glauben!"

„Wenn nicht: Bernd Jennissen, Hauptkommissar zu Ihren Diensten!"

„Ich rede wie ein Trottel! Jetzt aber raus, bevor es noch peinlicher wird!", denkt er.

Sven grinst ihn an. Er kennt die Wirkung seiner Schwester auf andere Männer.

„Ich komm später noch einmal."

„Danke, Mann! Für alles, was ihr gestern für mich getan habt!"

„Hättest du doch auch gemacht!"

„Aber du hättest dich nicht von so einer Blondine fertigmachen lassen!"

„Ich lass mich reihenweise von Blondinen fertigmachen!"

„Was denn für eine Blondine?", fragt Anke, als sich die Tür hinter Bernd geschlossen hat.

„Der Typ! Der Entführer! Er hat sich angezogen wie eine Frau. Mit langen, blonden Haaren. Was ist eigentlich mit dem? Haben sie ihn gekriegt?"

„Du hast ja wirklich nicht viel mitbekommen!"

„Er hat mir einen Schlag auf den Schädel gegeben, so dass ich den totalen Blackout hatte. Hab mich an nichts mehr erinnern können aus den letzten Wochen. Ich hatte die ganze Zeit keinen Schimmer, wie ich in diesen Keller gekommen bin."

„Der Entführer ist tot. Bei dem Gewitter ... in so einem Gewächshaus erschlagen."

Anke fasst noch ein paar weitere Einzelheiten, die sie aus der Zeitung mitbekommen hat, zusammen.

„Dann kann deine Kollegin ja jetzt wiederkommen. Die ist doch wegen dem weg auf die Färöer-Inseln?"

„Ja, Anne kann jetzt wiederkommen."

Das fühlte sich gut an.

„Jetzt sag doch mal, was mit Sabine ist!"

Anke sieht ihren Bruder lange an.

„Anke, was ist mit ihr, verdammt?"

„Wir beide konnten uns doch immer aufeinander verlassen!"

„Mensch, mach es doch nicht so dramatisch!"

„Du hast auf mich aufgepasst, als ich klein war, und seit wir groß sind, versuch ich auf dich aufzupassen!"

„Anke, lass das! Du machst mir Angst!"

„Das ist gut! Das will ich auch! Wenn du keine Angst bekommst, dann tust du nämlich auch weiter nichts."

„Du weißt, dass ich das nicht kann!"

„Wenn du jetzt nichts machst, kannst du deinen Job an den Nagel hängen und sie rund um die Uhr beaufsichtigen!"

„Was ist denn passiert? So schlimm war es doch vor ein paar Tagen nicht!"

„Vor ein paar Tagen hattest du ihr ja auch noch nicht gesagt, dass es Momente gibt, in denen deine Arbeit wichtiger ist als sie! In denen auch sie einmal etwas alleine schaffen muss!"

„Aber ... das kann doch nicht ..."

„Doch! Genau das habe ich dir immer prophezeit! Deine Frau ist krank, Sven! Sieh den Tatsachen doch endlich ins Auge! Sie braucht professionelle Hilfe! Deine Liebe, auch wenn sie noch so groß ist, kann jetzt nichts mehr ausrichten."

„Ich hab dir das tausend Mal gesagt, Anke, ich lass Sabine nicht wegsperren!"

„Das brauchst du jetzt auch nicht mehr! Das hat sie schon selber besorgt!"

„Wie ... sie hat?"

„Sie hat sich nicht selber eingewiesen, sondern eigentlich noch schlimmer. Sie hat sich in sich selbst eingesperrt. Sozusagen! Sie redet nicht mehr, sie macht nichts, sitzt einfach nur da, wo man sie hinbittet. Stundenlang! Sie isst nichts und trinkt, glaube ich, auch nichts. Ich weiß nicht, ob sie nachts schläft!"

„Anke ... nein ... sag, dass das nicht wahr ist!"

„Das würde ich gerne sagen können! Aber es ist genau, wie ich es beschreibe, und noch schlimmer. Wenn du sie selber sehen würdest. Sie macht uns Angst, Sven! Die Kinder! Sabine war vorher schon nicht gerade ihre Lieblingstante, aber jetzt ...! Sie verstehen das nicht. Ich war gestern kurz davor, sie selber wegzubringen, als ich dich den ganzen Morgen nicht erreicht habe."

„Und ich bin schuld! Wäre ich nicht so hart mit ihr umgegangen ... ich hätte mir doch mehr Zeit ..."

„Nein, genau das hast du ja immer getan, und genau das hat euch dahin gebracht, wo ihr jetzt seid. Du unterstützt mit deiner Übersorge ihre Abhängigkeit."

„Aber wenn sie mich doch braucht! Wenn sie sich fürchtet, etwas ohne mich zu erledigen!"

„Dann wird es Zeit, dass sie lernt, diese Furcht zu bekämpfen. Was willst du eigentlich haben? Eine Frau, die an deiner Seite steht, oder eine Marionette, die ohne dich nicht dazu in der Lage ist, ein Pfund Butter zu kaufen? Du bist ja fast noch schlimmer als sie, mit deiner Sucht, von ihr gebraucht zu werden. Ich glaube, das solltest du auch einmal therapieren lassen!"

„Du machst dir das ja schön einfach, kleine Schwester. Alles, was nicht in dein Weltbild passt, muss zum Psychiater! Nur weil dein Mann einen Dreck darauf gibt, wie es dir geht, und dich mit deinen fünf Kindern sitzen lässt, heißt das ja noch nicht, dass alle, die sich um ihre Ehepartner sorgen, krank sind!"

Das Seidenband ist wieder heruntergerutscht und Ankes Wangen flammendrot.

Sie sehen sich in die Augen. Sven weiß, dass er zu weit gegangen ist. Ankes gewalttätiger Ehemann ist bislang ein Tabuthema zwischen ihnen gewesen. Und er ist mindestens genauso froh wie sie, dass der sich vor vielen Jahren aus dem Staub gemacht hat. Nächtelang ist er früher vor ihrer Wohnung auf- und abgelaufen aus Angst, Dirk würde sie totprügeln.

Und als der dann endlich genug von Anke und den vielen Kindern hatte und von einem Tag auf den anderen verschwunden war, hat Sven ohne einen Kommentar monatlich einen großen Betrag seines Gehaltes an Anke abgegeben, um sie zu unterstützen.

Das war alles, bevor er Sabine kennengelernt hat. Danach hat sich unmerklich etwas zwischen ihnen geändert. Sabine hat nie offen gegen das enge Verhältnis zu seiner Schwester rebelliert, aber Stück für Stück hat sie ihn von Anke weg zu sich hingezogen. Ihre Abhängigkeit zu seiner gemacht.

Anke verkörpert alles, was Sabine nicht ist, und das nimmt sie ihr übel.

Während sie sich weiter in die Augen blicken, fliegen all diese unausgesprochenen Sätze zwischen ihnen hin und her. Ihr ganzes Erwachsenenleben, das sie mehr oder weniger miteinander geteilt haben, und ihre Blicke gehen weiter zurück.

Zurück in eine Kindheit, die sie unauslöschlich miteinander verbindet. Eine Kindheit, die nie eine gewesen ist, und gegen die ihr späteres Leben wie ein Spaziergang daherkam. Eine Kindheit, die vielleicht erst an dem Tag begann, als Sven mit 16 Jahren seine kleine Schwester an die Hand nahm und das, was Außenstehende ein Zuhause genannt hätten, verließ.

In diesem Moment ihres Lebens bleiben sie beide stehen. Ihre Gedanken fließen ineinander, weil sie immer gewusst haben. Immer gewusst, was der andere fühlt und denkt.

Sven geht auf Anke zu und nimmt sie in den Arm.

„Ich bin so ein kompletter Vollidiot! Es tut mir unendlich leid. Das hätte ich nie sagen dürfen!"

„Stimmt!"

Anke weint nicht. Sie weint nie. Das hat sie sich mit zwei Jahren abgewöhnt. Aber bei Sven laufen die Tränen in einem fort.

„Heulsuse!"

„Ich weiß!"

„Weichei!"

„Scheiße, ich kann gar nicht mehr aufhören!"

„So was nennt sich großer Bruder!"
„Ich bin dein Fels in der Brandung, das weißt du doch!"
„Also ich sehe nur Brandung!"
„Was machen wir denn jetzt?"

Ihre Vertrautheit ist wieder da. Sie beide gehören zusammen und sind füreinander da. Sie beide gegen den Rest ihrer kleinen Welt!

„Du frühstückst jetzt erst einmal zu Ende, damit du wieder groß und kräftig wirst. Das kann mich wahnsinnig machen, wie du da auf deinem Teller herumstocherst. Und kein Wort so lange! Wenn du aufgegessen hast, sehen wir weiter! Du hast übrigens Glück, dass noch Ferien sind. Sonst könnte ich mir wohl kaum die Zeit nehmen, dich hier frühmorgens zu unterhalten. Die Kinder sind schwimmen gefahren. Alle fünf! Die sind wirklich ein tolles Team!"

„Und …?"

„Sabine sitzt sowieso nur an einer Stelle. Meine Nachbarin sieht nach ihr, wenn dich das beruhigt. Und hat dir übrigens niemand beigebracht, dass man nicht mit vollem Mund spricht?"

Ein Kopfschütteln und weitere zehn Minuten von Ankes Geplapper, bis der Teller leergegessen ist.

„Was für ein entsetzlicher Kaffee!"
„Das liegt wahrscheinlich daran, dass du ihn komplett kalt hast werden lassen. Da würde selbst der beste von Jacobs nicht mehr schmecken!"
„Glaub ich nicht!"
„Fertig?"
„Fertig!"
„Dann kommen wir zur Beschlussfassung!"
„Anke, du sagst das so einfach …"
„Weil es so einfach ist, Sven."
„Du redest von meiner Frau, weißt du, wie es ihr gehen würde, wenn ich sie wegsperren lasse?"
„Ich weiß mal in jedem Fall nicht, wie es ihr schlechter gehen sollte als jetzt! Stell dir doch mal vor, das wäre keine psychische oder seelische Erkrankung, sondern eine einfache Blinddarm-

entzündung. Dann würdest du doch auch nicht auf die Idee kommen, sie zu Hause mit Kamillentee gesundpflegen zu wollen."

„Aber ... das ist doch etwas ganz anderes!"

„Nein! Sabine ist krank und ihr beide habt euch in eine Situation manövriert, wo ihr euch gegenseitig nicht mehr helfen könnt. Es gibt Menschen, die dafür ausgebildet sind. Deren Hilfe müsst ihr jetzt in Anspruch nehmen. Die wissen Dinge, die du nie gelernt hast, und das ist es, was ihr braucht!"

„Okay, nehmen wir mal an ...!"

„Nein, wir nehmen nicht mal an. Wir machen das, verdammt! Bei mir fliegt Sabine heute raus. Das kann ich keinen Tag länger mit ansehen, und meine Kinder können das schon überhaupt nicht!"

„Aber so schnell ... das geht doch nicht ... da muss man doch bestimmt warten, bis man einen Platz bekommt?"

„Wenn du einen Blinddarmdurchbruch hast, setzen sie dich ja auch nicht auf eine Warteliste! Und genauso gibt es in der Psychiatrie akute Patienten. Die sagen ja auch nicht: Warten Sie mal schön ab mit ihren Selbstmordabsichten, wir können Ihnen in vier Wochen ein Bett anbieten!"

„Ist es ... meinst du, sie plant ... Anke!!!!"

„Nein, nein, nein, Mensch! Ich dachte, das hätte ich jetzt mehrmals klar gemacht! Die plant gar nichts. Sie hat sich in ihr Schneckenhaus zurückgezogen und kommt da alleine nicht mehr 'raus, Sven. Du kannst dir nicht vorstellen, was die Kinder alles angestellt haben, um sie zu erreichen. Seit sie bei uns ist, hat sie nicht eine Miene verzogen und nicht ein Wort gesagt!"

Sven hat sie selber so erlebt. An dem letzten gemeinsamen Morgen in ihrer Wohnung. Und wenn er ehrlich ist, hat sie sich auch schon das eine oder andere Mal früher ähnlich verhalten, und jedes Mal hat es ihm Angst bereitet.

„Okay! Ich zieh mich nur eben an, und dann ..."

„Du machst gar nichts außer dich wieder in dein warmes Bett zu legen! Ich werde jetzt nach Hause fahren und dann rufe ich einen Krankenwagen oder den Notarzt. Und die werden sich dann schon kümmern. Und wenn ich weiß, dass Sabine gut untergebracht ist, komme ich wieder zu dir und beruhige dich. So lange kannst du dich hier meinetwegen aufregen oder dir

Sorgen machen oder was immer du möchtest. Du bist ja in guten Händen. Vielleicht sollte ich vorsichtshalber darum bitten, dass sie dich wieder an die ganzen Geräte anschließen, von denen sie dich vorhin abgestöpselt haben."

„Anke, das möchte ich nicht! Ich bin für sie verantwortlich und ich will dich da nicht weiter mit hineinziehen!"

„Du kannst mich gar nicht weiter hineinziehen, als du es schon getan hast. Und ganz ehrlich, Brüderchen, so wie du aussiehst, behalten sie dich wahrscheinlich auch direkt da, wenn du dich weiter so gebärdest! Oh, jetzt habe ich aus Versehen geklingelt."

„Anke …!!!"

„Ach, das ist schön, dass sie kommen! Tschüss, Brüderchen, bis später!"

Tórshavn, 11:21 Uhr

„Ich darf mich nicht in Sicherheit wiegen, nur weil der Alte im Krankenhaus liegt. Aksel ist harmlos. Der kennt mich. Der wird mich nicht verdächtigen. Aber diese Deutsche! Wieso darf die überhaupt hier herumschnüffeln und Fragen stellen? Wenn ich doch nur etwas dagegen … aber in diesem verdammten Kaff, wo einen jeder kennt …

Und wer weiß, vielleicht holen sie sonst noch Verstärkung aus Kopenhagen. Leute mit etwas mehr Grips im Kopf als dieser degenerierte Bastard und die Möchtegernpolizistin aus Deutschland!

Manchmal hat so ein Sturm doch sein Gutes! So vergeht Zeit. Die Spuren werden kälter und die Leute auch! Nach einer Woche ist man nicht mehr so heiß darauf, einen Mord aufzuklären, wie nach einem Tag. Da gehen einem schon mal die Ideen aus! Und irgendwann wird die blöde Kuh ja auch wieder abziehen!

Wenn ich nur nicht so nahe dran wäre! An mir rumgeschnüffelt haben sie schon! Ich muss sie irgendwie von mir ablenken! Ihnen neues Futter geben, an dem sie sich die Zähne ausbeißen. Futter, das nichts mit mir zu tun hat. Frisches, unverbrauchtes, unschuldiges Futter. Nicht voller Verderbtheit, wie sie es war!"

Tórshavn, Polizeirevier, 11:21 Uhr

„Morgen!"

Aksel erläutert es Christian und der wiederum Anne. Erst morgen wird das Telefon wieder funktionieren. Erst morgen können sie Verstärkung anfordern und erst morgen kann Anne mit Hajo sprechen. Erst morgen!

Heute hat Aksel alle Hände voll damit zu tun, aufgebrachte Bürger zu beruhigen. Gestern waren die meisten selber noch damit beschäftigt, die unmittelbaren Schäden des Sturmes zu beseitigen, und heute ist Zeit, die Schuld für beschädigte Vordächer, zerschlagene Fenster und entlaufene Tiere bei den Nachbarn zu suchen.

Wohl zum zehnten Mal erklärt er geduldig, was höhere Gewalt ist und dass man niemandem zum Vorwurf machen kann, wenn er nicht jedes Teil in seinem Garten festgekettet hat.

„Als hätten wir nichts Wichtigeres zu tun", stöhnt er, als eine aufgebrachte Dame, die ihren Hund vermisst, nach einer halben Stunde das Revier verlässt.

Anne hat sich vor die Wand gesetzt, die sie am Tag zuvor mit Steckbriefen beklebt haben, und Christian blättert in den Tagebüchern auf der Suche nach einem Mörder.

Wenn Aksel einmal Zeit hat, berichtet er ihm über ihr Gespräch vom Morgen.

„Dann würde Staffan endgültig als Täter ausscheiden. Sie kennen sich noch nicht so lange!"

„Und er ist zu jung! Ist er nicht sogar jünger als sie? Anne? Ist Staffan nicht jünger als Brigitta?"

„Staffan war es nicht!"

„Das meint Aksel auch!"

„Ich möchte noch einmal mit ihrem Vater sprechen!"

„Aksel kann hier heute nicht weg, hat er gesagt!"

„Morgen ist die Beerdigung!"

„Willst du ihn heute hierherkommen lassen?"

„Ich weiß es nicht! Es ist schwierig für mich, hier zu agieren. Das wäre in Kiel schon nicht einfach, und da habe ich Hajo hinter mir! Hier habe ich ja gar keine Befugnisse!"

„Die hat aber doch Aksel!"

„Aksel ist ein Frischling! Das ist kein Sonntagsspaziergang, wenn du als Polizist ankommst und einem der angesehensten Bürger unterstellst, er hätte seine Tochter missbraucht und ermordet! Das überlebst du nicht!"

„Und wir haben keine Beweise! Nur deine Ahnung, dass das Kind nicht von Staffan ist!

He, Aksel! Alle weg?"

„Gerade ist doch noch ein Kollege gekommen. Da kann ich mich ein bisschen um euch beide kümmern! Ihr seht mir ziemlich verzweifelt aus!"

„Meinst du nicht, dass wir Grund dazu hätten?"

„Ich frage mich gerade, ob unsere Ermittlung jetzt ins Stocken geraten ist oder ob das, was Anne und du heute Morgen besprochen habt, der Durchbruch sein könnte!"

Aksel nimmt sich einen Stuhl und setzt sich neben Anne mit Blick auf ihre angefangene Wand. Etwa ein Dutzend Profile sind dort zu finden. Brigittas engstes Umfeld.

„Wenn ihr recht habt, dann müsste unser Täter dort schon hängen. Dann hätte er einen langen und engen Bezug zu ihr, und diese Personen haben wir ja schon befragt."

Aksel sieht Anne fragend an und Christian übersetzt ihr alles, was er gesagt hat.

„Gute Frage! Wenn ich richtig liege, dann hast du recht und wir können uns auf diese Personen konzentrieren. Aber was, wenn nicht …? Wenn das alles nicht miteinander zusammenhängt! Wenn es doch mit Politik oder einfach nur mit einem kranken Hirn zu tun hat!"

„Das Letzte können wir ja in jedem Fall voraussetzen, aber wenn das der einzige Hintergrund wäre, dann würde mir das ein wenig Sorge bereiten!"

„Ja!", nickt Anne.

„Dann hätten wir ein Problem! Keinen Bezug zum Opfer, und einen Mörder, der jederzeit wieder zuschlagen könnte!"

„Wir können das nicht völlig außer Acht lassen", meint Aksel, nachdem ihm Christian Annes Erwiderung übersetzt hat.

„Womit würdest du weitermachen, Aksel?"

„Nun! Wir haben in der einen Richtung wenig Chancen, jemanden zu finden! Keine Zeugen! Keine Täterspuren am Tatort! Und dann haben wir auf der anderen Seite diese kleinen Ungereimtheiten in Brigittas Leben. Da ist diese Wohnung, die kein richtiges Zuhause ist, und da ist dieses Kind! Nicht, dass hier bei uns nicht auch ab und an Siebenmonatskinder zur Welt kommen. Aber ich glaube, da sind wir auf den Färöern reichlich konservativ. Es kommt nicht so oft vor! Und gerade unsere neue Bürgermeisterin hat mir einen besonders konservativen Eindruck gemacht! Trotz Kopenhagen und Paris! Sie war auf ihre Art eine große Traditionalistin. Und dann wieder eine sehr moderne Frau, die sich durchaus hätte helfen können. Ich glaube, ich würde bei ihr ansetzen, wenn ihr mich fragt!"

„Gut! Dann sind wir uns einig. Für mich sind Staffan und diese Freundin noch einmal wichtig!"

„Was hältst du davon, wenn ich sie heute Nachmittag hierherkommen lasse?"

Anne nickt. „Und morgen würde ich gerne mit ihrem Vater sprechen."

„Dann müssen wir auf jeden Fall die Beerdigung abwarten. Ich werde ... Himmel, was war das denn ...?"

Aksel läuft in das vordere Büro, wo ihn ein ratloser junger Kollege und zwei erhitzte Gemüter aus Tórshavn erwarten. Einer der Holzstühle liegt zersplittert am Boden.

„Sachbeschädigung!", begrüßt sie Aksel trocken und weist den jungen Kollegen an: „Protokollieren!"

„Diebstahl!!!", brüllt einer der beiden Männer zurück und kommt dabei seinem Kontrahenten mit einem abgebrochenen Stuhlbein bedrohlich nahe.

„Verhaften!!!"

„Ich lass dich gleich verhaften, wenn du nicht aufhörst, mit dem Stuhlbein herumzuwedeln!"

„Wag das!!!"

„Bedrohung einer Amtsperson."

Das Stuhlbein schwingt in seine Richtung.

„Mach nur so weiter, Evert! Wir haben hier bei uns ein paar gemütliche kleine Zimmer. Du kannst dir sogar eines aussuchen!"

„Er ist doch hier der Verbrecher! Kapierst du das nicht?"

„Solange du dich nicht hinsetzt und mir ruhig erklärst, was du willst, kapier ich gar nichts!"

„Über deinen scheiß Zaun würde ich nicht einmal drüberpissen!"

„Es reicht, ihr beide! Einer nach dem anderen! Evert, du bleibst hier, und dich nehm ich mit nach hinten. Und versuch bitte, die Möbel ganz zu lassen!"

Zehn Minuten später tauchen Aksel und der zweite Mann wieder auf. Anne kann ihn nicht sehen. Hat auch bislang nicht verstanden, worum es in dem Streit ging, sondern sich zusammen mit Christian mit den Tagebüchern beschäftigt. Aber als sie jetzt seine Stimme hört, weiß sie, dass etwas geschehen ist. Etwas, das Aksel beunruhigt, ohne dass er es die beiden Männer merken lassen möchte.

Bei der nächsten Bemerkung wird auch Christian hellhörig und blickt auf. Beide lauschen jetzt dem Gespräch im Nebenzimmer, aber auf Annes fragenden Blick schüttelt Christian nur den Kopf. Schließlich schafft es Aksel, die Männer zu beruhigen und vor die Tür zu setzen.

„Oh Mann!"

„Mach es nicht so spannend, Christian. Was ist passiert?"

„Da ist wohl jemandem eine Axt abhandengekommen!"

Tórshavn, 14:56 Uhr

Es ist schon Nachmittag, als Mikke auf dem viel zu großen Fahrrad ihres Vaters die Straße in die Stadt hinunterrollt. Erst hat sie noch die Nordweide mähen müssen. Zum Glück war das Gras heute Morgen trocken genug, sonst hätte sie wohl noch einen Tag warten können. Denn trocknen kann ihre Mutter das Gras wohl, aber das Mähen geht weit über ihre Kräfte.

Eigentlich wollte sie ihre Cousine in Tórshavn schon vorgestern besuchen, aber der Sturm hat ihre Pläne durchkreuzt. So kommt sie erst heute, und weil sie so enttäuscht war, hat ihre Mutter erlaubt, dass sie dafür zwei Tage länger bleiben darf.

Zum Glück geht es ihr wieder etwas besser und so kann sie Mikkes Arbeit mit dem Heu und den Schafen übernehmen. Mikke schwört sich bei dem Gedanken an den Hof wohl zum tausendsten Mal, auf keinen Fall Bäuerin zu werden. Nicht in diesem und nicht in einem ihrer nächsten Leben! Nie-, niemals!!!

Aber jetzt heißt es Ferien! Endlich! Diese eine Woche im Jahr gehört nur Mikke und ihrer Cousine. Sieben Tage liegen vor ihr, wie ein kleiner Vorgeschmack auf die Ewigkeit im Paradies. Sieben lange Tage und sieben noch längere Nächte!

Seit ihr Onkel sie im letzten Sommer wieder zu Hause abgesetzt hat, freut sie sich auf diese Woche. Und jetzt ist es endlich so weit.

Zum ersten Mal darf sie alleine fahren. Ganz alleine die zwanzig Kilometer von Kirkjubour, wo ihr Hof liegt, durch Velbastadur bis in die Hauptstadt. Sie weiß, dass Tórshavn eine der kleinsten Hauptstädte der Welt ist, aber wenn man 51 Wochen des Jahres auf einer Schaffarm am Ende der Welt lebt, dann erscheint einem auch diese kleine Hauptstadt wie eine rauschende Metropole. Der Hafen, wo ab und an ein Schiff anlegt und Besucher aus dem Ausland ausspuckt. Die Geschäfte, in denen es unglaubliche Dinge zu kaufen gibt.

Sie rollt vorbei an den kleinen und großen Wundern, an so vielen Menschen, wie sie sie zu Hause in einem Monat nicht zu Gesicht bekommt. Mikke ist endlich wieder da, wo ihr Herz schlägt!

Zum Glück wohnt ihre Cousine in der Nähe des Hafens, in den Randbezirken der Stadt mit den vielen Nebenstraßen würde sie das Haus alleine bestimmt nicht wiederfinden.

Mikke! Die kleine Mikke rollt staunend die Straßen von Tórshavn hinab mit einer so großen Vorfreude im Bauch, dass sie platzen könnte. Die starke Mikke, die bei Kirkjubour fast alleine eine kleine Schaffarm versorgt. Mikke, deren Mutter eine seltsame Krankheit hat und sich nur im Sommer, in der Wärme, richtig bewegen kann. Mikke, deren Vater vor vielen, vielen Jahren nicht heimgekommen ist. Vom Fischen auf dem Atlantik. Vor so vielen Jahren, dass sie keinerlei Erinnerung an ihn hat. Mikke, die sich immer so sehr ganz viele Geschwister gewünscht hat. Mikke an dem wundervollen letzten Tag ihres viel zu kurzen Lebens.

Tórshavn, 16:02 Uhr

„Ich werde weggehen! So schnell wie möglich! Das werden Sie sich ja wohl denken können. Hier hält mich nichts. Überall nur Erinnerungen. An jeder Ecke dieser wundervollen Stadt, in die ich mich gleich verliebt habe. Es ist unfassbar, dass sich so schnell alles ändern kann. Morgen begrabe ich den Traum meines zukünftigen Lebens!"

Der Verlust, der Staffans Leben aus der Bahn geworfen hat, ist ihm jetzt auch körperlich anzusehen. Schlafmangel und Appetitlosigkeit haben dem vor ein paar Tagen noch durchaus attraktiven Mann zugesetzt. Aus rotgeränderten Augen sieht er Anne an, und doch durch sie hindurch. Auf der Suche nach etwas, was seine Augen nie wieder erblicken werden.

„Bitte halten Sie uns über Ihre Pläne auf dem Laufenden. Wir betrachten Sie zwar nicht als verdächtig, aber Sie standen Brigitta so nahe, dass Sie durchaus etwas wissen könnten, was uns weiterhilft, ohne dass Sie sich selber darüber im Klaren sind."

Staffan nickt, wie in Trance, und Anne ist sich nicht sicher, ob er überhaupt alles verstanden hat.

„Wir würden gerne mit Ihnen über die Wohnung Ihrer Verlobten sprechen."

„Über die Wohnung?"

Für einen kurzen Moment erwacht er aus seiner Erstarrung.

„Warum denn über ihre Wohnung? Was gibt es über eine Wohnung zu besprechen? … Oder ist sie dort auch angegriffen worden?"

„Nein, Herr Haldurson, in dieser Wohnung ist keiner angegriffen worden. Ganz im Gegenteil. Die Wohnung von Frau Sörensen ist so außergewöhnlich, dass wir ein paar Fragen dazu haben."

„Sie ist sehr besonders, ihre Wohnung! Und teuer, das alles. Die Lage, die Einrichtung, alles eben! Aber Brigitta hat ja genug Geld. Ihr Vater, meine ich! Ich glaube, er hat das bezahlt."

„Ist das alles, was Ihnen zu ihrer Wohnung einfällt?"

„Ich weiß nicht, was Sie meinen."

„Wer hat ihr die Wohnung eingerichtet?"

„Irgendeiner von ihren Verwandten, glaube ich. Sie war wohl fertig, kurz nachdem Brigitta wieder zurückgekommen ist. Sie brauchte nur noch einzuziehen, hat sie mir einmal erzählt."

Anne beugt sich voller Spannung vor.

„Wer war das? Wer hat diese Wohnung eingerichtet? Ihr Vater?"

„Das denke ich ehrlich gesagt nicht. Ihr Vater ... das ist ein sehr stilvoller Mensch. Waren Sie einmal in seinem Haus?"

Anne weiß sofort, worauf er hinauswill. Die Möbel in seinem Haus sind außergewöhnlich schön. Farben spielen eine große Rolle. In Brigittas Wohnung ist alles in erster Linie teuer.

„Ich weiß, was Sie meinen!"

„Ehrlich gesagt hat mir ihre Einrichtung nicht gefallen. Alles so eintönig! Ich glaube auch nicht, dass das ihr Stil war. Ihr Zimmer in Paris! Da hätten Sie mal sehen sollen!"

Anne lässt ihn nur kurz in dem Pariser Zimmer verweilen. Ein Lächeln aus glücklicheren Tagen im Gesicht. „Irgendwann möchte ich auch noch einmal nach Paris", denkt sie.

„Aber Sie haben keine Ahnung, wer von ihren Verwandten da seine Finger im Spiel hatte?"

„Ich habe angenommen, dass es jemand aus der Familie ihres Onkels war. Vielleicht ihre Tante selber oder einer ihrer Cousins. Ich kenne sie alle nicht sehr gut."

„Haben Sie einmal dort übernachtet? In Brigittas Wohnung, meine ich!"

„Nein! Niemals! Brigitta wollte das nicht. Sie hat oft bei mir geschlafen, aber ich bei ihr ... nie ... Wenn ich es mir recht überlege, haben wir uns nie länger dort aufgehalten. Manchmal habe ich sie abgeholt, manchmal nach Hause gebracht ... Aber Zeit haben wir eigentlich nie dort verbracht."

„Wenn Sie Freunde getroffen haben ...?"

„Dann war das immer bei mir!"

„Ist Ihnen einmal aufgefallen, wie leer ihre Wohnung ist?"

„Leer? Was meinen Sie damit?"

„Dort gibt es, außer der Kleidung und ein paar anderen Sachen in ihrem Ankleidezimmer, keine persönlichen Gegenstände. Keine Bilder, keine Fotos, keine Briefe, gar nichts. Sogar die Schränke sind alle leer!"

„Die Schränke? Alle leer? Aber sie hat so viele Schränke! Die können doch nicht alle … Nein! Das ist mir nie aufgefallen! Sie wohnte doch da schon eine ganze Zeit!"

„Aus diesem Grund hat es uns besonders gewundert! Haben Sie eine Idee, weshalb das so war?"

„Das hört sich so an, als wäre sie nie richtig hier angekommen oder wenigstens nicht in ihrem ‚Zuhause'! Als hätte sie sich dort nicht wohl gefühlt! Aber das passt nicht … ich meine, wenn Sie sie gekannt hätten … sie war mit Leib und Seele eine Tochter dieser Inseln."

„Ihr Büro ist ganz anders! Das quillt förmlich über von ihren persönlichen Sachen!"

„Mir ist das nie aufgefallen. Dieser Widerspruch! Aber wenn ich es mir jetzt überlege … sie hat schon manchmal merkwürdig reagiert!"

„Was meinen Sie damit?"

„Ich kann es nicht genau greifen. Kleinigkeiten! Bemerkungen! Einmal habe ich sie nach Hause gebracht. Es war schon spät! Und wir haben dann … also wir wollten die Nacht miteinander verbringen. Da hat sie darauf bestanden, dass wir mitten in der Nacht noch zu mir gehen. Sie hat, glaube ich, gesagt: ‚Hier ist es so eng!' Dabei hatte sie doch viel mehr Platz als ich.

Und ein anderes Mal waren wir mit ihren Freunden unterwegs. Mit Kristina und Petter und ein paar anderen. Die Kneipe machte zu und wir wollten noch weiterfeiern. Jemand meinte, jetzt wäre Brigitta an der Reihe. Sie hätte immer noch keine Einweihungsparty gegeben. Und da hat sie gesagt: ‚Lasst uns zu Petter gehen. Bei mir kann man nicht fröhlich sein!' Wir haben alle gelacht, weil wir gedacht haben, es wäre ein Scherz!"

Da ist es, dieses Kribbeln in ihrem Bauch. Annes Verdacht bestätigt sich mit jedem Wort, das Staffan über ihre Wohnung erzählt.

„Was wissen Sie über die Familie ihres Onkels? Auch wenn es nur wenig sein sollte."

„Über …? Wir waren zweimal dort eingeladen. Eine herzliche Familie! Die haben mich wirklich sehr nett aufgenommen. Und das Abendessen, mit den vielen Kindern um den großen

Esstisch versammelt. Heile Welt! ... Aber ... Sie meinen doch wohl nicht ...?"

„Wir machen uns bisher nur ein Bild von all den Personen, die Brigitta nahestanden. Erstmal sammeln wir alle Puzzlesteine, die wir bekommen können. Wie Sie selber gesagt haben: Wir haben Brigitta nicht gekannt!"

„Klar! Und ihre Familie ... verstehe schon. Sie ist ja quasi in diesem Haus aufgewachsen."

„Wie war das Verhältnis zu ihren Vettern?"

„Freundschaftlich! Sehr gut! Lasse und Harry kenne ich etwas besser. Sie gehören zu der Clique, mit der wir viel zusammen sind ... oder vielmehr waren ...!

Und dann Ole! Das ist wirklich ein toller Kerl! Auf der einen Seite ein Bauer, so richtig mit Leib und Seele, und auf der anderen Seite sehr engagiert in einem Heimatverein. Ich würde mal sagen, dass sie mit ihm in den letzten Wochen am meisten zusammen war. Vielleicht sogar mehr als mit mir!"

Ole, der so traurig gewesen ist ...

„Und der vierte Sohn? Thorwald?"

„Den hab ich nur einmal gesehen. Hab vielleicht zwei Sätze mit ihm gesprochen. Brigitta meinte, der wäre lieber für sich alleine. Zu dem kann ich Ihnen gar nichts sagen!"

„Wissen Sie, wie Brigitta zu ihm stand?"

„Ich würde sagen, dass sie ihm gegenüber zurückhaltender war. Die anderen drei hat sie immer sehr herzlich begrüßt und ... wie soll ich es ausdrücken ... man hatte das Gefühl, dass sie sich nahe waren, dass sie viel miteinander teilten. Bei Thorwald ... da war eine Distanz. Sie waren sich nicht so vertraut."

„Und können Sie sich vorstellen, dass einer von ihnen der Vater von Brigittas Kind sein könnte?"

Ihre direkte Frage bringt Staffan für einen Moment aus der Fassung.

Gedankenverloren streicht er sein Haar zurück und sieht ihr dann direkt in die Augen.

„Sie hat mich glauben lassen, dass es von mir wäre!"

„Aber Sie haben gewusst ..."

„Nein! Gewusst habe ich nichts."

„Sondern?"

„Wir haben nur einmal miteinander geschlafen. Brigitta war in dieser Hinsicht ... fast ein wenig scheu. Denkt man nicht, wenn man sie sonst kennt. Und dann dieses eine Mal! Ich musste ja davon ausgehen, dass es für sie das erste Mal war ... Aber da war nichts von Aufregung oder Besonderem. Sie ließ es einfach so passieren ... und dann hat sie nie wieder darüber gesprochen. Als hätte es gar nichts weiter bedeutet. Und als sie dann kurz danach schwanger war ... ich fand das schon ein wenig verwunderlich! Aber dann ist sie auf der anderen Seite überhaupt keine Frau gewesen, von der man vermutet hätte ... von der ich vermutet hätte, da gäbe es noch jemand anderen."

Anne muss schlucken. Wahrscheinlich hat sie ihn mit ihren direkten Fragen erst dahin geführt. Wo vorher nur so ein Bauchgrummeln bei ihm herrschte, hat sich im Laufe der letzten Tage Gewissheit eingestellt.

„Danke für Ihre Offenheit, Herr Haldurson! Hat diese Vermutung das Verhältnis zu Ihrer Verlobten im Nachhinein noch verändert?"

„Ich habe mir viele Gedanken gemacht, das können Sie mir glauben. Ich hatte ja eine Menge Zeit. Keine Arbeit, keinen Schlaf! Ich bin der Überzeugung, dass ihr etwas geschehen sein muss. Etwas, das sie nicht gewollt hat. Entweder aus einer Stimmung heraus und es hat ihr nachher leidgetan, oder jemand hat sie gezwungen ... Eine entsetzliche Vorstellung!"

Anne will jetzt nicht lockerlassen, obwohl Staffan die Erschöpfung deutlich anzumerken ist.

„Das müsste ja in der Zeit geschehen sein, als Sie hier mit ihr zusammenwaren!"

„Können Sie sich vorstellen, wie ich mich dabei fühle? Und ich habe nichts gemerkt. Rein gar nichts. Meine Verlobte, meine Brigitta wird ... wird vielleicht misshandelt, und ich bekomme nichts mit. Was für ein Holzklotz bin ich? Sagen Sie es mir!"

„Ich glaube nicht, dass das an Ihrer mangelnden Sensibilität liegt. Ich bin der festen Überzeugung, dass sie nicht wollte, dass Sie etwas merken. Und dass sie bereits einige Übung darin hatte, sich zu verstellen, weil nämlich das Gleiche schon vorher passiert ist. Vielleicht sogar seit ihrer Kindheit!"

„Nein!"

Nach seinem letzten Satz ist Staffan aufgesprungen, aber jetzt sackt er auf dem Stuhl in sich zusammen.

„Nein! Völlig undenkbar! Meine Brigitta! Alle mochten sie! Ihre Familie ... Das müsste ja jemand ... nein, da irren Sie sich! Wie hätte sie das vor mir verbergen ..."

„Sie haben gerade selber vermutet, dass sie einen ähnlichen Vorfall sehr erfolgreich vor ihnen verborgen hat."

„Ja aber ... so etwas ...? Warum hätte sie dann hierher zurückgehen sollen? Sie hätte doch im Ausland bleiben können."

„Vielleicht war ihr ihre Heimat so wichtig. Vielleicht hat sie gehofft, dass sich nach all den Jahren, die sie weg war, etwas geändert hat."

„Mein Gott ...!"

„Wie oft hat sie eigentlich bei Ihnen übernachtet?"

Staffan sieht auf, nachdem er sich vorher mit beiden Händen die Haare wieder und wieder gerauft hat.

„Am Anfang nicht so oft, aber in den letzten Wochen ... fast immer. Nur nicht, wenn ich Nachtdienste hatte. Meinen Sie denn, dass in ihrer Wohnung ...? Dass sie deshalb ...?"

„Vielleicht sollten Sie ihr Retter sein. Vielleicht sollte deshalb alles so schnell gehen. Nicht nur wegen des Kindes!"

„Und ich Ignorant merke rein gar nichts! Entschuldigen Sie, aber das muss ich jetzt erst einmal alles verdauen! Brauchen Sie mich noch?"

„Vorerst nicht! Sie können gerne gehen."

Christian bringt ihn bis zur Tür.

„Meine schöne Lehrerin ist auch schon da! Der arme Mann! Können wir den überhaupt alleine gehen lassen?"

„Das hab ich mich auch gefragt", meint Aksel.

„Aber es sind bisher nur Vermutungen, mit denen wir ihn konfrontiert haben. Trotzdem passt alles und ich habe keine Idee, wie ich es anders erklären sollte. Uns fehlt lediglich ein Beweis."

Aksel zuckt mit den Schultern und steht auf: „Jetzt haben wir Damenbesuch! Ich koche uns mal einen Kaffee!"

„Kaffee ist gut", antwortet Anne ihm direkt.

„Du sprichst Dänisch! Ich hab es doch gewusst!"

„Schön wär's! Deine Eroberung da draußen spricht übrigens Deutsch!"

„Ich weiß doch, mein Augenstern!"

„Wir holen sie rein, wenn der Kaffee da ist. Kleine Denkpause!"

„… die du wie nutzen möchtest?"

„Denken!"

„Ah! Gut!"

…

„Christian? Was machst du?"

„Psst!"

…

Kiel, Uni-Klinik, 16:42 Uhr

„Ich will hier raus!"

„Du hast eine Gehirnerschütterung, mein Lieber!"

„Na und? Liegen kann ich zu Hause auch!"

„Kannst du, machst du aber nicht!"

„Und sie hat bestimmt nichts gesagt?"

„Nein, Sven! Sie hat gar nichts gesagt!"

Da war nur dieser Blick! Ein kurzer Moment! Heraus aus ihrer selbstgewählten Isolation! Der Blick eines einsamen kleinen Kindes und gleichzeitig einer voller Hass. Auf sie, Anke!

Die Sanitäter hatten eine von ihren weißen Jacken dabei, aber Sabine gab sich lammfromm, und so nahmen sie sie einfach in ihre Mitte und verließen Ankes Wohnung. Und Anke ließ sich auf ihr Sofa fallen. Getroffen von dem Giftpfeil, den Sabine voller Hass auf sie geschleudert hat. Getroffen von der Erkenntnis, dass sie ihre eigene Schwägerin gerade in eine geschlossene Psychiatrie eingewiesen hat.

Warum heiratet Sven auch ausgerechnet so eine … blöde Kuh will sie nicht denken, weil sie sich so schuldig fühlt. Und weil es so weh tut! Natürlich ist Sabine keine blöde Kuh. „Eher eine arme Sau", denkt sie! Täter oder Opfer? Wie weit steuert sie ihre Manipulationen willentlich?

„Anke, alles in Ordnung? War da doch etwas? Du guckst so verstört!"

„Nein, nein! Alles gut, großer Bruder! Ich denke nur gerade daran, was für ein Glück wir beide mit unseren Partnern haben."

„Ich habe Glück mit Sabine, wir haben viele schöne …!"

„Ja, ich weiß! Aber trotzdem!"

Tórshavn, 17:28 Uhr

„Kann es sein, dass diese Kristina sich nur in Brigittas Ansehen gesonnt hat?"

„Ist ihr gut bekommen!"

„Entdecke ich da an dir ein paar oberflächliche, hormonell gesteuerte Züge?"

„Besser, du erkennst die Wahrheit jetzt!"

Anne bleibt stehen auf ihrem Weg zurück in Thores Haus.

„Findest du mich auch schön?"

„Oha! Eine Frauenfrage! Und das aus deinem Mund!"

„Noch eine Wahrheit, die dir hoffentlich bisher nicht verborgen geblieben ist: Ich bin eine Frau!"

„Ein Abend der Bekenntnisse! Das kann ja spannend werden!"

„Mal ehrlich, wie kam sie dir vor?"

„Wie eine leere Hülle. Eine wunderschöne Hülle, um das noch einmal zu erwähnen, aber innen war nichts zu entdecken. Wenig Gehirnzellen! Seele und Geist: Fehlanzeige!"

„Na, jetzt bist du aber ein bisschen drastisch!"

„Die Frau weiß nichts von ihrer angeblich besten Freundin! Da geht es doch nur darum: Brigitta ist schön, ihr Vater ist reich, ihr Freund ist Arzt und Ausländer und, ich zitiere: ‚wahnsinnig attraktiv'. Wenn du jemals über mich sagst, ich sei wahnsinnig attraktiv, ist das ein Scheidungsgrund!"

„Wir sind nicht verheiratet!"

„Lenk nicht ab!"

„Du magst sie nicht?"

„Wenn ich mich als bester Freund bezeichne, dann weiß ich aber, was Sache ist. Und wenn ich es nicht mitbekommen habe, dann geht es mir echt dreckig und dann sage ich nicht: Aber die Wohnung war doch todschick! Die Frau kannst du komplett abhaken. Als Zeugin und als Brigitta-Expertin. Die kriegt ja definitiv gar nichts mit!"

„Verstehe!"

…

„Anne?"

„Hmmh!"

„Komm mal!"

„Ja?"

„Du riechst gut!"

„Ich …?"

„Du riechst nach ganz viel Geist und noch mehr Seele und nach … nach meiner Anne!"

Tórshavn, 19:11 Uhr

So lange ist Mikke noch nie aufgeblieben. Zuhause ist sie viel zu müde, und warum sollte sie auch länger wach bleiben? Außer Mama ist da keiner mehr!

Aber hier in der großen Stadt! Das ist etwas anderes.

Und vor allen Dingen, wenn man abends auf eine Geburtstagsfeier eingeladen ist.

Und Mikke und Thea sind heute Abend eingeladen.

Für Thea ist das keine große Sache. Sie kennt so viele Leute, da ist sie ständig hier und da zu Besuch. Mikke hat natürlich auch ein paar Klassenkameraden. Aber sie wohnen so weit auseinander, und dann hat Mikke ja auf dem Hof auch reichlich Arbeit.

Als sie am Nachmittag mit dem Fahrrad angerollt kam, stand Thea schon in der Tür und wartete.

„Endlich! Ich hab gedacht, dieser blöde Sturm macht uns alles kaputt!" Das ist das Schöne an Thea, sie denkt immer genau wie Mikke! Obwohl Thea so viele Freunde hat und ihre fünf Geschwister und Mama und Papa, ist sie eigentlich genau wie ihre Cousine!

Aber das Allerverrückteste ist, dass sie Mikke beneidet.

„Fünf kleine Brüder! Du hast ja keine Ahnung, wie die nerven können!"

Nein, da hat Mikke keine Ahnung. Sie liebt jeden Einzelnen von ihnen abgöttisch. Und umgekehrt!

Und dann die Tiere! Bei Thea im Haus gibt es nur tote Fische und Fliegen. Einmal hat sie sich ein paar Tage um eine Katze gekümmert, die durch das Dachfenster in ihr winziges Zimmer gekommen ist. Aber ihre Mutter ist davon krank geworden, und so musste sie die Katze wieder aussetzen.

Da hat Thea sich geschworen, dass sie bei der nächsten Gelegenheit ausreißt und zu Mikke zieht. Mikke mit ihren vielen Schafen und dem Hund!

Doch natürlich ist nie etwas draus geworden, und jetzt hat sie seit ein paar Monaten einen Freund.

Mikke weiß das alles, weil sie sich Briefe schreiben. Mindestens einmal in der Woche, da sind sie natürlich immer auf dem Laufenden. Nur von der Geburtstagseinladung hat Thea nichts geschrieben. Und das war wahrscheinlich auch gut so, denn das hätte Mikke bestimmt so aufgeregt, dass die Mutter sie gar nicht hätte fahren lassen.

Am Nachmittag, kaum hatte Thea ihr davon erzählt, machte Mikkes Magen so etwas wie eine kleine Drehung und zappelte dann in ihrem Bauch, so dass sie keinen von den köstlich duftenden Zimtwecken essen konnte. Obwohl sie von der langen Fahrt einen kräftigen Hunger bekommen hatte.

Mikke bemühte sich, nach außen hin nicht genauso zu zappeln wie ihr Magen, damit niemand ihre Aufregung mitbekam. Bestimmt war es hier für alle nichts Besonderes, abends auf eine Geburtstagsfeier eingeladen zu sein.

Um 07:00 Uhr ist es dann endlich so weit. Thea hat ihr eine Bluse geliehen und die beiden haben sich gegenseitig die Haare geföhnt, so dass Mikke mit ihren Naturlocken noch wilder aussieht als sonst.

„Um Mitternacht seid ihr beide wieder da! Sonst war das eure letzte Party, verstanden?"

Mitternacht! Da ist das Zauberwort! Mikke kommt sich unglaublich erwachsen vor.

Und das Zwinkern in den Augen des Onkels verrät, dass er es mit seiner Drohung nicht so ernst meint, weil er sich selber sehr gut daran erinnert, wie es ist, jung zu sein.

Thea hat ein kleines Geschenk dabei, und so ziehen sie los mit Mikkes zappelndem Magen und Theas roten Wangen, denn es ist ihr Freund, bei dem sie eingeladen sind.

Und jetzt sind sie da! Es war gar nicht weit! Ein Stück am Hafen entlang, dann nach rechts und an einer großen Kirche vorüber. Sie hören die Musik schon von der Straße. Mikke kennt das Lied, weil sie ein Radio zu Hause haben. Mikke kennt alle Lieder. Alice Cooper! Bisher mochte sie es nicht so gerne und ihre Mutter hat immer gesagt, das sei doch gar kein richtiges Lied. Nur Gegröhle! Aber als sie jetzt auf der Straße steht, neben Thea, an diesem warmen Sommerabend, da passt es perfekt! School's out!

Auch Thea ist ein wenig aufgeregt. Das merkt Mikke, als sie kurz ihre Hand drückt! Dann gehen sie hinein. Zuerst fällt Mikke der merkwürdige Geruch auf. Und dann die Leute. Überall sitzen und stehen sie, und hier und da liegen sie sogar!

Ein großer Junge mit langen, blonden Haaren erhebt sich und begrüßt sie. Thea mit einem Kuss und Mikke mit einer Umarmung. Er ist bestimmt drei Jahre älter als sie und auch die anderen sind viel älter. Mikkes Herz klopft wie verrückt! Zum ersten Mal hat sie ein Junge in den Arm genommen. Fast schon ein Mann! Wer weiß, was heute alles noch zum ersten Mal passieren wird.

Die Musik ist so laut, dass man kaum sein eigenes Wort versteht. Aber das stört sie nicht. Mikke will nicht reden. Sie will alles in sich aufsaugen. Jedes Bild, damit sie sich zu Hause an jeden Augenblick erinnern kann. Sie will es ihren Klassenkameradinnen erzählen und ihrer Mutter. Natürlich ihrer Mutter!

Thea und ihr Freund sitzen auf einem merkwürdigen grünen Sack, der mit etwas Weichem gefüllt ist, so dass sie fast auf den Boden gesunken sind. Sie sind so umeinandergewickelt, dass

Mikke jedes Mal rot wird, wenn sie in ihre Richtung sieht, aber alle anderen scheint es nicht zu stören. Im Gegenteil! Je später es wird, umso mehr Paare finden sich in ähnlicher Pose. Das würde Mikke nicht gefallen. Wenn sie einmal einen Freund haben sollte, möchte sie mit ihm alleine sein.

Einige der Gäste haben angefangen zu tanzen. Ihre Mutter würde wohl sagen, das ist kein Tanzen, sondern nur Herumzappeln. Aber Mikke gefällt es. Sie mag die traditionellen Ringtänze nicht, in denen man sich immer an vorgegebene Bewegungsmuster hält. Hier tanzen alle, wie es ihnen gerade in den Sinn und in die Füße kommt. Manchmal knien sie sogar in einem Kreis auf dem Boden und wirbeln die ganze Zeit die langen Haare herum. Das sieht toll aus! Aber Mikke traut sich nicht, sich dazuzuknien und einfach mitzumachen. Obwohl sie wahrscheinlich keiner beachten würde. Hier achtet keiner groß auf den anderen. Ein langsames Lied. Jetzt liegen sich auch auf der Tanzfläche einige Paare in den Armen. I am Sailing!

Jemand tippt ihr auf die Schulter und hält ihr ein Glas hin. Mikke nimmt das Glas mit der braunen Flüssigkeit. Cola! Sie weiß, dass es Cola sein muss, obwohl sie die noch nie getrunken hat. Aufgeregt nippt sie. Süß und prickelig! Mikke gefällt der Geschmack und sie nimmt noch einen Schluck!

„Ich kenne dich gar nicht. Woher kommst du?"

Der Mann, der ihr die Cola gebracht hat, ist bestimmt schon dreißig. Er ist Mikke an diesem Abend vorher ein paar Mal aufgefallen. Er hat rotes, zerzaustes Haar und entspricht ziemlich genau ihrem Bild von einem der alten Wikinger. Meistens sitzt er nicht, wie die anderen Gäste, irgendwo herum. Er scheint alle zu kennen und ist bemüht, sich trotz der lauten Musik mit ihnen zu unterhalten.

„Aus Kirkjubour!", brüllt sie zurück.

„Bist du ... verwandt?"

Mikke versteht nur die Hälfte, obwohl ihr Gegenüber kräftig schreit.

„Mit Thea!"

„Dann kennst du hier ...?"

„Keinen!"

Er deutet auf die Tür.

„… rausgehen … reden!"

Mikke blickt auf Thea, aber die ist immer noch in ihrem Sack verknotet und beachtet sie gar nicht.

Draußen ist es angenehm kühl nach der stickigen Luft in dem Haus. Ein paar Gäste sitzen auf dem Rasen, wiegen sich zu der Musik, die auch vor dem Haus noch sehr laut ist, und rauchen Zigaretten. Auch hier liegt dieser merkwürdige Geruch überall in der Luft.

Der Mann, der mit ihr reden will, bietet ihr eine Zigarette an. Er hat sie gerade selbst gedreht, aber sie ist viel dünner als die anderen.

Mikke nimmt noch einen Schluck von ihrer Cola. Der Geschmack gefällt ihr immer besser!

„Blöd, wenn man keinen kennt, oder?"

Mikke schüttelt den Kopf. Alles ist aufregend und neu für sie. Es stört sie nicht, dass sie niemanden kennt. Auch die anderen Gäste reden nicht viel miteinander und Mikke ist es gewohnt, mit sich alleine zu sein.

„Zum ersten Mal auf einer Party?"

„Bei uns gibt es solche Partys nicht!"

„Wie alt bist du?"

Mikke überlegt kurz, ob sie sich älter machen soll … aber nein!

„Dreizehn!"

„Oh …! Du siehst älter aus!"

Das hat ihr noch nie jemand gesagt. Vielleicht sind es die geföhnten Haare und die Bluse von Thea!

„… und sehr hübsch!"

Eine Hand fährt durch Mikkes Haar, streift kurz ihre Wange.

„Bitte …!"

„Entschuldige! Ich weiß! Ich lass das! Aber du bist wirklich außergewöhnlich schön!"

Versonnen lächelt er sie an.

„Wie alt sind Sie?"

Der Mann lacht!

„Du hast recht! Ich bin ein steinalter Sack und sollte mich nicht für ein so junges Mädchen interessieren. Ich bin übrigens Lehrer, deshalb kenne ich die meisten hier! Harry Sörensen!"

Er reicht ihr die Hand. Der peinliche Moment ist verflogen und er lacht sie offen an.

„Mikke! Ich bin Mikke!"

„Mikke, das ist schön! Hast du dir heute schon die Sterne angeschaut, Mikke?"

Der Mann verwirrt sie. Mal ist er so und dann wieder ganz anders.

Aber trotzdem ist es angenehm, hier mit ihm zu stehen und zu plaudern. Noch nie hat jemand zu ihr gesagt, dass er sie schön findet. Und auch wenn er jetzt seinen Ton ihr gegenüber geändert hat, bleibt doch eine knisternde Spannung zwischen ihnen, die Mikke gefällt.

„Nein, es war ja noch hell, als wir gekommen sind", antwortet sie wahrheitsgemäß.

„Kennst du denn ein paar von ihnen?"

Sie schüttelt den Kopf. Oft hat sie schon gedacht, dass sie mehr über die strahlenden Lichtpunkte nachts über ihr in der samtigen Dunkelheit wissen möchte, aber niemand hat ihr etwas über sie erzählen können.

„Wir müssen uns hinsetzen, dann können wir besser sehen! Siehst du die drei hellen Sterne, die ein langschenkliges Dreieck bilden? Ein schlaues Mädchen wie du weiß doch bestimmt, was ein langschenkliges Dreieck ist.

Sie bilden das Dreieck des Sommers: Wega, Deneb und Atair, im Sternbild Adler! Und Deneb, den kann man gut erkennen. Der ist im Sternbild Schwan. Siehst du, wie er seine weiten Schwingen ausbreitet?"

Mikke lauscht ihm ganz verzückt. Der Himmel wird plötzlich lebendig. Ein großer und ein kleiner Bär. Sie merkt sich alles ganz genau, damit sie es zu Hause ihrer Mutter erklären kann. Das wird ihr auch gefallen.

„Mikke, wo bist du? Bist du hier draußen?" Theas Stimme holt sie auf die Erde zurück.

„Ach da! Wir müssen los, es ist schon zehn nach zwölf! Ach, Herr Sörensen!"

Thea lacht!

„Na so etwas! Komm, es wird Zeit!"

Mikke springt auf. Der Moment ist vorüber! Der erste Moment in ihrem Leben, in dem sie mit einem Mann so gut wie alleine war! Und dann gleich eine Reise zu den Sternen.

Sie sind noch keine hundert Meter gegangen, da fällt Thea etwas ein.
„Meine Jacke!! Ich lauf schnell zurück und hol sie. Mama wird total sauer, wenn ich sie vergesse, sie hat sie mir erst letzte Woche gekauft!"
„Lauf du nur. Ich warte hier!"
Und so wartet sie auf dieser Bank vor der großen Kirche. Sie sitzt weit zurückgelehnt und versucht sich zu erinnern. Mit dem Finger verfolgt sie die Position der Sterne. Ihre andere Hand spielt mit einem lustigen rot-weißen Plastikband, das jemand an der Bank festgebunden hat. Da! Ist das eine Sternschnuppe? Ein leuchtender Punkt fliegt durch das Sternbild Schwan und verlischt, kurz bevor er den Adler erreicht.
„Ich darf mir etwas wünschen", denkt sie aufgeregt. „Ach, wenn ich doch für immer in dieser wundervollen Stadt bleiben könnte!"

6. August

Tórshavn, 00:41 Uhr

Ein Schrei! Anne fährt aus einem tiefen, traumlosen Schlaf hoch. So weit ist alles vertraut. Anne ist sehr zu ihrem Leidwesen schon des Öfteren nachts durch Schreie aus dem Schlaf gerissen worden. Aber dieser Schrei ist anders. Er hört nicht auf. Anne ist vollkommen wach und noch immer zerreißt der Schrei eines Mädchens die nächtliche Stille.

Die Schreie, die in Kiel ihren Schlaf beenden, verklingen im selben Moment, in dem Anne wach wird. Schweißgebadet!

Bisher hat sie gedacht, es gibt wohl nichts Schrecklicheres, als nachts von seinen eigenen Schreien wach zu werden. Aber das ist nicht so. Diese hier sind schrecklicher! Viel schrecklicher!

In Windeseile schlüpfen Anne und Christian in Pullover und Hose. „Brigitta konnte nicht mehr schreien", denkt Anne. „Was um alles in der Welt geschieht da draußen?"

Tórshavn, 00:42 Uhr

„Das war knapp. Verdammt knapp! Dieses kleine Luder! Hätte sich noch ein wenig Zeit lassen können.

‚Ich hab meine Jacke vergessen. Mama wird bestimmt sauer!' Babygewäsch!" Aber trotzdem Musik in seinen Ohren. Und da ist sie! Die andere kleine Schlampe! Steht da vor seiner Kirche und sagt, sie wolle warten!

„Die hat es doch drauf angelegt", denkt er, während er die Straße hinaufläuft. Hier hört man die Schreie kaum noch. Die Leute schlafen selig in ihren Betten. Nichtsahnend! Unten an der Kirche ist jetzt bestimmt schon die Hölle los! Verdammt knapp!

Aber es hat sich gelohnt! Und wie! Es war noch besser als die ersten Male mit seiner Lilli. Als sie noch klein war und voller Scheu. Nicht verstand, warum er ihr immer wieder so weh tun musste!

Dieses Mal brauchte er nicht zu befürchten, dass das Mädchen etwas ausplappert! Und brauchte nicht darauf zu achten, sie nicht zu verletzen. Ihr Schicksal lag in seiner Hand. Sie würde nie wieder plappern können, das hatte er schon lange vorher beschlossen.

Die Erinnerung an das Gefühl der Macht lässt Adrenalin in Strömen durch seinen Körper fließen. Und noch immer rennt er. Kann gar nicht mehr aufhören. Jetzt erst lässt er die Axt in einen Vorgarten fliegen. Vielleicht hat er Glück und ihr neuer Besitzer meldet sich nicht bei der Polizei. Und falls der es doch tun sollte, hat er an seine Handschuhe gedacht. Es gibt keine Fingerabdrücke von ihm und auch keine anderen Spuren. Niemand hat ihn gesehen. Und das Beste: Er hatte ein geniales Arrangement getroffen, so dass seine Familie ihm ein Alibi geben würde!

Tórshavn, 00:49 Uhr

Sie sind nicht die Ersten. Überall ist Licht in den Häusern und die Menschen laufen die Straße hinauf zu dem kleinen Kirchhof. Dort, wo man vor wenigen Tagen die ermordete Bürgermeisterin gefunden hat. Dort, wo jetzt ein junges Mädchen steht und ihr ganzes Entsetzen herausschreit!

Thea steht vor ihrer Mikke! Sie kann es nicht fassen. Noch vor wenigen Minuten ist sie mit ihr zusammen die Straße heruntergekommen. Sie haben gelacht und sich an den Händen gehalten. Berauscht von dem Glück dieses wunderbaren Abends.

Und jetzt liegt sie vor ihr. Ihre Mikke! Die Hose heruntergerissen, die Bluse zerfetzt! Und alles voller Blut! Blut, das noch nicht einmal getrocknet ist, so schnell ist alles gegangen.

Eine Frau nimmt Thea zu Seite, redet sanft auf sie ein.

Wortfetzen nur erreichen ihr Bewusstsein. „… Eltern … beruhigen …"

Aber Thea will sich nicht beruhigen. Sie will schreien. Will nicht akzeptieren, was doch offensichtlich ist. Will nicht den Schmerz an sich heranlassen, der wie eine drohende, dunkle Wand um sie herum lauert. Und nicht die Schuld!

So viele Menschen sind schon versammelt, dass Anne sich einen Weg bahnen muss. Die drei Treppen auf den Kirchhof hinauf. Die wenigen Schritte bis zu der Bank.

Ein Wimmern hat die Schreie des Mädchens abgelöst. Ein Wimmern so voller Verzweiflung, dass Anne sich beinahe die Schreie zurückwünscht.

Und da steht sie. Ein Kind! So jung! Eine ältere Frau redet auf sie ein, streicht ihr immer wieder über den Rücken. Aber erst, als sie das Mädchen ein wenig zur Seite zieht, sieht Anne auch Mikke.

Ein entsetztes Keuchen neben ihr.

„Anne ... das ist ...!"

„Ja, Christian, ich sehe es!"

Und wieder spaltet sich ein Teil ihrer Persönlichkeit ab. Sie schließt das Entsetzen, das ihre Kehle zudrückt und am liebsten in das Wimmern des anderen Mädchens einfallen möchte, tief in sich ein.

„Christian!"

„Ich kann nicht ..."

„Christian, bitte!"

„Ich kann nicht glauben, dass ein Mensch zu so etwas fähig ist!"

„Nein ...!"

„Sie ist so wunderschön! Siehst du, wie schön sie ist?"

Schön ... Ja! Wirklich! Wie ein wunderschöner Engel liegt sie da auf der Seite. Ihr zartes Gesicht umrahmt von den weichen, lockigen Haaren, die Augen weit geöffnet und so voller Entsetzen im Angesicht des letzten Bildes, dass sie mitnimmt auf ihre Reise.

Die Polizistin in Anne beginnt ihre mühevolle Arbeit.

Das Mädchen ist beinahe genauso schön, wie Brigitta es war. Beide haben wundervolle Haare. Beide sind an dieser besonderen Stelle ermordet worden. Ermordet mit einer Axt, die ihnen von hinten den Schädel gespalten hat. Auch die Tatzeiten stimmen in etwa überein. Aber es gibt Unterschiede! Das Mädchen ist auf die Seite gerutscht. Alles macht den Eindruck, als wäre der Täter in großer Eile gewesen. Keine Zeit für eine Inszenierung! Und sie muss ihren Mörder gesehen haben. Sie ist geknebelt und der Oberkörper gefesselt. Das war bei Brigitta nicht nötig. Sie hat nicht gemerkt, dass sich jemand von hinten anschleicht.

Geknebelt, gefesselt und dann vergewaltigt. Wahrscheinlich genau in dieser Reihenfolge. Die Kleidung in großer Eile achtlos zerfetzt, die Tote zur Seite gerutscht, während der Mörder schon auf der Flucht war.

Was ist mit ihrer Freundin? Waren sie beide so spät hier verabredet?

„Jemand muss Aksel holen!"

Tórshavn, 00:52 Uhr

Endlich! Das Auto ist erreicht! Jetzt wird die Luft doch knapp. So eine weite Strecke ist er nicht mehr gelaufen, seit er zur Schule gegangen ist.

Bevor er in das Auto steigt, sieht er an sich hinunter. Kein Blut! Das ist gut so! So kann er auch im Wagen keine Spuren hinterlassen. Natürlich ist es nicht sein eigener Wagen. Auch daran hat er gedacht. Sein eigener wäre viel zu auffällig in diesem Viertel, wo noch kaum jemand überhaupt ein Fahrzeug besitzt.

Als er im Wagen sitzt, gönnt er sich eine Minute. Eine Minute, in der er das Glücksgefühl noch einmal durch seinen Körper strömen lässt. Er weiß jetzt, dass es einen Weg gibt, seine unaussprechlichen Bedürfnisse zu stillen. Er kann sich nicht erinnern, sich jemals so frei gefühlt zu haben.

Tórshavn, 07:23 Uhr

Sie sitzen im Polizeirevier. Alle drei. Ihre Gesichter sind von dem Entsetzen der Nacht und der Erschöpfung gezeichnet. Der Tisch zwischen ihnen ist übersät mit Notizzetteln, Skizzen und leeren Kaffeetassen. Seit mehreren Minuten ist kein Wort mehr gesprochen worden. Alles, was bis zum jetzigen Zeitpunkt bekannt ist, haben sie immer wieder diskutiert. Jetzt müssen sie warten. Auf das Obduktionsergebnis. Auf die Gäste der Party, die sie vernehmen wollen.

Darauf, dass das Grauen in ihnen ein wenig Platz lässt für ein paar klare Gedanken.

Das Telefon klingelt!

…

Das Telefon klingelt!!!

„Das Telefon…!!!" Anne springt auf. „Es funktioniert!"

Der lange vermisste Ton weckt ihre Lebensgeister.

Ohne zu überlegen, hebt sie selber den Hörer ab.

„Kogler, äh, … Anne Kogler is speaking!"

Ihr Gesprächsteilnehmer zögert kurz.

„Anne?"

„Hajo!"

„Bist du schon zur Telefonistin aufgestiegen?"

„Ach, Hajo, du hast ja keine Ahnung!"

Und dann bricht es aus ihr hervor. Minutenlang berichtet sie ihrem Kieler Vorgesetzten über die Ereignisse der letzten Tage.

„Ihr braucht dringend Verstärkung!"

„Wir konnten nicht telefonieren. Das ist gerade das erste Mal seit Tagen, dass das Telefon wieder geklingelt hat."

„Unglaublich!"

„Das kannst du laut sagen!"

„Habe ich dich nicht zur Erholung da ans Ende der Welt geschickt?"

„Klappt leider nur bedingt!"

„Kannst du denn noch ein paar Neuigkeiten verkraften?"

„Kommt drauf an …?"

„Gute!"

„Na, dann …?"

„Sehr gute, wenn ich es so recht überlege!"

„Dann mach es nicht so spannend!"

„Wir haben ihn!"

„Wen …? Ne!!!"

Die Aufregung der Nacht hat Anne ihren Entführer für einige Stunden völlig vergessen lassen.

„Wie habt ihr …?"

Aufmerksam beobachtet Christian ihr Minenspiel, während ihr Vorgesetzter ihr eine Kurzzusammenfassung gibt.

„Wahnsinn! Grüß bitte Sven von mir! Wer hätte ihm so etwas zugetraut!"

„Was meinst du? Dass er unüberlegt und unvorsichtig sein eigenes Leben und das des entführten Mädchens in Gefahr bringt?"

„Ach Hajo, das Ergebnis zählt! Das Mädchen lebt, Sven lebt und der Typ wird niemanden mehr quälen."

„Reines Glück!"

„Haben wir als Polizisten denn kein Glück verdient?"

„Du weißt, was ich meine!"

Aus dem Vorraum ist Unruhe zu vernehmen und Aksel springt auf. Es ist beinahe 08:00 Uhr und sie wollen mit den Vernehmungen beginnen.

„Ich muss leider Schluss machen, Hajo! Hier wartet noch ein ganzes Stück Arbeit auf mich!"

„Wann kommst du zurück?"

„Tja, gute Frage! Geplant war der 20. August!"

„Wir freuen uns auf dich! Am allermeisten wohl unser von der Presse auserkorener Held!"

„Ich weiß!"

„Was ist da für ein Lärm bei euch?"

„Das sind die Gäste einer Party, auf der unser Mordopfer gestern Abend war!"

„Dann mal noch viel Erfolg, und pass auf dich auf, Anne!"

„Tschüss, Hajo!"

In dem Moment, als Anne den Telefonhörer wieder auflegt, ertönt im Vorraum ein unterdrückter Schrei. Das Bild, das sich ihr dort bietet, ist so skurril, dass Anne nicht anders kann, als zu schmunzeln.

In der Tür steht eine zierliche, kleine, sehr alte Frau in traditioneller Kleidung mit einem um den kleinen Kopf geflochtenen Zopf. Ihre Augen funkeln herausfordernd aus den vielen Grübchen und Fältchen ihres Gesichtes, während sie die jungen Leute mustert, die in dem Raum versammelt sind, bis sie schließlich Aksel erblickt.

„Junger Mann! Ich habe das hier heute Morgen in meinem Garten gefunden!", übersetzt Christian ihr leise.

Und Aksel beeilt sich, ihr die große, blutverschmierte Axt abzunehmen, die sie zur Untermalung ihrer Worte hochhält.

Im selben Augenblick klingelt wieder das Telefon.

Aksel verdreht kurz die Augen, dann stellt er die Axt neben seinem Schreibtisch ab, ruft Christian etwas zu und nimmt den Hörer.

„Wir sollen uns mit der Lady unterhalten, meine Herzdame!"

„Christian, du kannst doch …"

„Hier versteht uns kein Mensch, Goldiebchen. Ich könnte noch ganz andere Dinge zu dir sagen."

„Bitte doch die Dame in das Nebenzimmer, aber wenn es geht ohne sprachliche Attitüden."

„Schade, mir lag da schon was auf der Zunge."

Fünf Minuten später wissen sie genau, wo die Dame wohnt, welche Pflanzen die Axt im Garten zerschmettert hat und dass ihr bereits nachts aufgefallen ist, dass in ihrem Garten etwas nicht stimmt, weil sie nämlich immer mindestens bis zwei Uhr wach liegt und gegen zehn vor eins einen lauten Knall gehört hat.

„Das ist alles, was ich erzählen kann!" Mit unerwarteter Agilität springt die Dame von ihrem Stuhl auf und reicht Anne die Hand.

„Es ist ganz reizend, Sie kennengelernt zu haben. Man erzählt sich hier ja eine Menge über Sie!"

Ein langer Blick auf Christian, und bevor der alles wiedergeben kann, ist sie schon aus der Tür und auf dem Weg nach draußen.

„Seht zu, dass ihr den Burschen erwischt! So etwas können wir hier bei uns nicht zulassen!"

Aksel, immer noch mit dem Telefonhörer am Ohr, sieht ihr verdattert hinterher.

„Was war das denn?"

„Eine sehr ausgeschlafene ältere Lady!"

„Konnte sie uns helfen?"

„Wir haben mit großer Wahrscheinlichkeit die Tatwaffe und kennen damit den ersten Teil des Fluchtweges – also würde ich sagen: Ja!"

„Das war die Dienststelle aus Kopenhagen. Sie wollten wissen, was denn hier los ist, wie auch immer sie das schon herausfinden konnten. Morgen schicken sie ein Team, das hier die Arbeit übernehmen soll."

„Ach …"

„Ich dachte, du würdest dich freuen."

„Ich … ja, klar! Es ist nur …"

„Ich weiß, was du meinst, Anne! Übernehmen hat er gesagt! Wenn die da sind, bist du raus und ich bin nur der kleine Dorfpolizist, der Kaffee kochen und alle herumkutschieren kann!"

„Entschuldigung! Meinen Sie, dass Sie heute noch Zeit finden, mit uns zu sprechen?", fragt einer der jungen Leute.

„Es geht sofort los! Keine Bange!" An Anne gewandt meinte er: „Uns bleiben etwa dreißig Stunden!"

In diesem Moment tritt ein etwas älterer Mann aus der Gruppe hervor. Rotes, zerzaustes Haar, enge Jeans, Cowboy-Stiefel.

„Herr Sörensen! Sagen Sie bloß, Sie waren auch auf der Party?"

„Ich bin auf fast alle Partys meiner Schüler eingeladen."

„Dann lassen Sie uns doch gleich mit Ihnen beginnen!"

Tórshavn, 08:26 Uhr

„Ich habe mich eine ganze Weile mit dem Mädchen unterhalten. Bis ihre Cousine kam. Da war es schon nach zwölf."

„Das wissen Sie genau?"

„Thea hat es gesagt. Sie meinte, dass es Zeit würde, sie müssten los! Die beiden sind ja noch jünger. Bestimmt sollten sie gegen zwölf wieder zu Hause sein."

„War das eine Enttäuschung für Sie?"

„Jetzt fangen Sie bitte nicht an, mir etwas zu unterstellen, nur weil ich gerne mit jungen Leuten zusammen bin."

„Was glauben Sie denn, würde ich Ihnen unterstellen?"

„Ach, schon gut, ich weiß ja, Sie machen nur Ihre Arbeit! Glauben Sie, die Jungs würden mich zu ihren Partys einladen, wenn ich reihenweise ihre Mädchen abschleppen würde?"

„So etwas geht ja auch diskret!"

„Fragen Sie meine Schülerinnen doch einfach. Da war nie eine, von der ich etwas wollte. Ich bin einfach gerne mit den jungen Leuten zusammen. Hat wahrscheinlich was damit zu tun, dass ich selber noch nicht so ganz erwachsen sein möchte! Familie, Verantwortung, feste Abendbrotzeiten! Das ist alles nicht mein Ding!"

„Was ist dann Ihr ‚Ding'?"

„Ehrlich?"

„Wir bitten darum!"

„Rumhängen! Das machen, wozu ich gerade Lust habe! Und dazu gehören meine Forschungen, aber bitte nicht jeden Tag von 08:00 bis 17:00 Uhr. Wenn mich etwas interessiert, arbeite ich schon mal tage- und nächtelang durch. Und dann lasse ich alles wieder wochenlang schleifen."

„Dann ist das Unterrichten ja nicht so unbedingt etwas für Sie?"

„Das ist meine andere Leidenschaft. Ich habe Ihnen das letzte Mal schon erzählt. Junge Leute für meine Fächer begeistern, ihre Ideen aufsaugen. Ihre Ansicht von der Welt ist so frisch und unverbraucht. Ich lerne mindestens so viel von ihnen wie sie von mir!"

„Hört sich ja alles toll an!"

„Das ist es auch!"

„Was haben Sie denn von Mikke gelernt?"

„Mikke war anders als die Mädchen in ihrem Alter, die ich kenne!"

„Das haben sie tatsächlich an einem Abend feststellen können?"

„Ich hatte sie schon eine ganze Zeit beobachtet, bevor ich sie angesprochen habe. Sie stand für sich alleine und es machte ihr nichts aus. Sie war zufrieden damit, die anderen zu beobachten, dabei zu sein. Da sind die Mädchen hier aus Tórshavn anders! Die einen wären furchtbar unglücklich, dass keiner sie anspricht, ja nicht einmal beachtet, und die anderen würde selber auf die Leute zugehen."

„Und deshalb haben Sie sie angesprochen?"

„Nein, nicht deshalb! Ich spreche auf solchen Partys immer mit vielen Leuten. Mikke hätte ich auf jeden Fall angesprochen, weil ich sie nicht kannte! Übrigens auch, wenn sie ein Junge gewesen wäre!"

„Mit wem haben Sie gesprochen, als Mikke und Thea weggegangen waren?"

„Ich fürchte, da habe ich jetzt ein Problem. Als die beiden gegangen sind, habe ich noch eine Weile auf dem Rasen gesessen und dann bin ich selber abgehauen."

„Und Sie haben sich von niemandem verabschiedet?"

„Nein! Ich bin gar nicht mehr rein!"

„Haben Sie gesehen, dass Thea noch einmal zurückgekommen ist?"

„Nein! Warum hat sie das getan?"

„Sie hatte ihre Jacke vergessen. Sind Sie direkt nach Hause gegangen?"

„Ich wollte noch zu einer Freundin! Sie wohnt gar nicht weit weg!"

„Und …?"

„War leider nicht zu Hause oder hat mich nicht hineinlassen wollen. Es war ja auch schon nach halb eins! Ich habe ein paar Mal geklingelt und bin dann doch zu mir."

„Und unterwegs ist Ihnen nichts aufgefallen? Ist Ihnen noch irgendjemand begegnet?"

„Ich habe niemanden gesehen."

„Sie sind auch nicht an der Kirche vorbeigekommen?"

„Nicht mein Weg!"

„Wann waren Sie zu Hause?"

„Das war vielleicht Viertel vor eins. Ich hab nicht darauf geachtet!"

„Nehmen wir einmal an, es war anders! Mikke hat Ihnen gefallen. Sie war ein sehr hübsches Mädchen und Sie wollten sie gerne noch näher kennenlernen als in ihrem kurzen Gespräch. Sie haben sich deshalb von niemandem verabschiedet, weil Sie es eilig hatten, den beiden Mädchen zu folgen. Und dann hatten Sie Glück! Nur ein paar Meter die Straße hinunter bleibt Mikke alleine, während Thea noch einmal zurückläuft. Das ist Ihre Chance!"

„Ist das Mädchen nicht mit dieser Axt erschlagen worden, die die Dame hier gerade hereingetragen hat?"

„Davon gehen wir aus!"

„Wo soll ich die denn bitte versteckt haben? Ich konnte doch gar nicht wissen, dass Mikke da aufkreuzen würde. Glauben Sie, ich habe für alle Fälle hier überall in der Stadt Mordwerkzeuge deponiert?"

Das ist genau der Haken bei dem Mord, der Anne schon die ganze Zeit gestört hat. Wer hätte wissen können, dass sich an diesem Abend wieder ein Mädchen auf die Bank an der Kirche setzen würde? Oder gibt es jemanden, der jede Nacht mit einer Axt durch die Stadt rennt und nach einer günstigen Gelegenheit Ausschau hält?

So lange es nur um Brigitta ging, hat sie angenommen, dass ihr Mörder sie zu der Bank bestellt hat oder ihr dorthin gefolgt ist, weil genau sie es war, die er töten wollte. Das konnten sie in diesem Fall beides ausschließen. Oder ist er vielleicht einfach auf den Geschmack gekommen, zu töten? Der zweite Mord rückt alles in ein vollkommen anderes Licht!

Aber Harry? Während Aksel jetzt mit ihm genau den Weg auf einem Stadtplan markiert, den er in der Nacht genommen hatte, beobachtet sie ihn.

Offener Blick, feste Stimme, keine Unsicherheit, auch wenn er keinerlei Alibi vorzuweisen hat. Sie kann ihm nicht ganz glauben, dass er sich so wenig für seine Schülerinnen interessiert, wie er vorgibt, aber das wäre ja noch nicht besorgniserregend, sondern allenfalls männlich. Hat er wirklich eine dunkle Seite, die er so gut vor ihnen verbergen kann?

Nein! Anne gibt Aksel ein Zeichen. Draußen sitzen noch eine Menge potentieller Zeugen und dann wird es Zeit, nach Kirkjubour zu fahren.

Fahrt nach Kirkjubour, 09:32 Uhr

Verhöre im Schnelldurchlauf. Anne schätzt das nicht besonders, aber sie waren übereingekommen, dass sie schnell mit den Jugendlichen reden wollten. Bevor die Erinnerung an den Abend verblasst und sie sich durch Absprachen neue Fakten zusammenspinnen.

Das Ergebnis ist dürftig. Es gibt äußerst unterschiedliche Aussagen Mikke betreffend. Kaum jemand hat die Fremde richtig wahrgenommen. Keiner hat mit ihr gesprochen.

Aber alle sind sich einig, dass ihr Lehrer kurz nach Mitternacht gegangen sein muss und trotzdem auf keinen Fall der Täter sein kann. Nicht Herr Sörensen!

Und natürlich gibt es keine Aussagen bezüglich des Heimwegs von Thea und Mikke. Nur Theas Freund hat mitbekommen, wann die beiden sich aufgemacht haben und dass Thea kurz danach wieder da war, um ihre Jacke zu holen. Das ist aber auch schon alles. Keiner hat sie gehen sehen, keiner hat jemanden auf der Straße beobachtet, keiner hat etwas gehört. Noch nicht einmal Theas Schrei.

Der Weg nach Kirkjubour ist holprig, die Straße nicht überall asphaltiert, so dass Anne auf dem Rücksitz kräftig durchgeschüttelt wird. Hinter ihnen fährt Theas Vater. Die Familie will Mikkes Mutter mit der schrecklichen Nachricht nicht alleine auf dem kleinen Hof lassen. Sie soll zu ihnen in die Hauptstadt ziehen. Die Schafe kommen für eine Weile alleine zurecht. Es ist schließlich Sommer. Nur mit den Hühnern wird man sich etwas überlegen müssen, und mit der alten Lady, dem betagten Hütehund.

Kirkjubour, 09:54 Uhr

Mikkes Mutter ist heute spät aufgestanden. Ohne ihre Tochter fällt ihr alles noch schwerer. Mikke, die morgens immer munter ist wie ein Fisch im Wasser. Schon früh um sechs noch einmal den Ofen anfeuert. Auch mitten im Sommer, um die feuchte Kälte aus dem alten Gemäuer zu vertreiben. Dann eine Wärmflasche für sie und einen heißen Kaffee gegen die Kälte in ihrem Körper. Die ganze Zeit über trällert sie dabei selbsterfundene Melodien mit verrückten Texten, die sie zum Lachen bringen und auch noch die schwärzeste Einsamkeit aus ihrem Herzen vertreiben. „Ich heize meine Mama an, damit sie besser laufen kann!" Das Lied darf auf keinen Fall fehlen.

Jedes Jahr fällt es ihr schwerer, ihre Tochter im Sommer für eine Woche ziehen zu lassen. Sie spürt, dass Mikke sich bei ihrer Cousine immer weiter von ihr entfernt. Dort gibt es so viele Dinge, die Mikke hier vermissen muss. Sie weiß, dass sie ihre Tochter nicht mehr lange auf dem Hof wird halten können. Spätestens wenn sie mit der Schule fertig ist, werden sie alles verkaufen müssen und sich ein Zimmer in Tórshavn nehmen.

Und alles verkaufen bedeutet endgültig Abschied nehmen. Abschied von ihrem Leben hier draußen in der Natur, das sie als junge Frau so geliebt hat. Abschied von all den Träumen, die diese junge Frau hatte und Abschied von ihrem geliebten Leif. So wenig Zeit war ihnen miteinander vergönnt gewesen.

Sanna tritt aus der niedrigen Tür. Gestützt auf einen Gehstock, der sie im Sommer überallhin begleitet. Ihr Blick geht zuerst über das Meer. Wie immer, wenn sie aus dem Haus tritt. Dort, irgendwo etliche Meilen von der Küste entfernt, ruht er. Wartet auf sie! Streckt seine Hand nach ihr aus und holt sie Stück für Stück.

Am Anfang waren es nur die Knie. Ein Schmerz, der mal kam und dann auch wieder verschwand. Je nach Jahreszeit und Wetterlage! Dann kamen die Schübe immer schneller und immer heftiger. Schon ein leichter Nebel konnte sie auslösen. Das war die Zeit, als Mikke angefangen hat, die Arbeit im Haus zu übernehmen. Das Aufstehen morgens fällt ihr am schwersten.

Die Hühner flattern aufgeregt in ihrem Verschlag. Mikke füttert sie jeden Morgen, bevor sie in die Schule geht. Sanna ist heute sehr spät!

Im letzten Winter ist sie gar nicht mehr aus dem Bett gekommen. Und Mikke hat alle Arbeiten übernommen, die auf dem Hof anfallen. Klaglos! Sie liebt die Schafe und die alte Lady und tut das, was getan werden muss, jeden Tag!

„Nächste Woche, wenn sie wieder da ist, werden wir noch einmal Heu machen. Das Gras ist gut gewachsen in diesem Jahr und so wird es eine ausreichende Ernte geben."

Den ersten Tag hat sie geschafft. Den Abschied gestern Morgen und dann die vielen Stunden, bis sie sich wieder in ihr Bett legen konnte. Das Radio bleibt aus, wenn Mikke nicht da ist. Batterien sind teuer. Der einzige Luxus, den sie sich leisten, damit ihre Tochter etwas von dem mitbekommt, was in der Welt vor sich geht.

Auch die Hühner haben bemerkt, dass Mikke nicht da ist. Kein einziges Ei findet Sanna heute Morgen.

Das Wichtigste ist getan. Sie setzt sich zu der alten Lady auf die Bank in die warme Morgensonne. Jetzt heißt es warten! Warten, bis auch die Stunden dieses Tages vergangen sind.

In dem ruhigen Tal hört Sanna die Autos schon aus der Ferne. Nur selten verirrt sich ein Fahrzeug den letzten Teil des Feldweges bis zu ihrem Hof. Auch Lady wird unruhig, nimmt den Kopf von Sannas Schoß und bellt ein paar Mal laut. Selbst die Schafe, die weit oben am Hang gegrast haben, kommen angelaufen. Verscheuchen einen Krähenschwarm, der auf dem unteren Feld nach etwas Essbarem gepickt hat.

„Krähen bringen Unglück", denkt Sanna. Sie kann nicht sitzen bleiben und abwarten. Mühsam erhebt sie sich und humpelt auf ihren Stock gestützt um das Haus herum. Lady folgt ihr knurrend mit heruntergezogenen Lefzen.

Die Krähen kreisen mit lautem Krächzen um das Haus, kommen nicht zur Ruhe, weil auch die Schafe sich jetzt hier bei ihr eingefunden haben und aufgeregt blöken. Und die Hühner in ihrem Verschlag, die sowieso bei jedem Geräusch erschrecken, sind völlig außer Rand und Band. Zwei Wagen auf einmal biegen soeben um die letzte Kurve. Sanna erscheint es, als wären sie in eine düstere Wolke gehüllt, aber das ist nur der Staub vom trockenen Feldweg.

Als sie um eine weitere Kurve fahren, sieht Anne das Haus vor sich. Klein und geduckt am Hang, inmitten von einem eingezäunten Garten und grünen Wiesen. Das Weiß der Wände war vor vielen Jahren neu und strahlend, jetzt ist es schon seit längerer Zeit grau verwittert und an einigen Stellen bereits abgeblättert. Trotzdem macht der Hof einen anheimelnden Eindruck auf sie. Die Eingangstür und ein Fensterrahmen sind frisch gestrichen. Das eine rot, das andere blau. Das sieht freundlich aus. Und in dem Garten gibt es außer dem obligatorischen Rhabarber einige Beerensträucher und sogar ein paar bunte Blumen.

Aber am eindrucksvollsten ist das Empfangskomitee, das für sie vor der kleinen Gartenpforte bereitsteht.

Mikkes Mutter, von der Krankheit gebeugt, sieht trotz ihrer gerade einmal 35 Jahre bereits aus wie eine alte Frau. Neben ihr ein Hund, der aufgeregt bellt, und um die beiden herum läuft eine kleine Schafherde. Aber das Ungewöhnlichste ist der Krähenschwarm, der durch das ganze Spektakel aufgescheucht laut krächzend über dem Dach seine Runden dreht.

Tórshavn, 10:14 Uhr

Die ganze Nacht hat er keinen Schlaf finden können. Immer wieder durchströmt ihn die Euphorie, die Erinnerung an das, was er getan hat, wie ein warmer Schauer.

Und das Glücksgefühl über die Möglichkeiten, die sich ihm bieten. Nie wieder wird er leiden müssen, sich minderwertig und zweitrangig fühlen. Er ist es, der Macht über Leben und Tod hat. Das ist mehr, als sie alle zusammen haben. Feige, wie sie sind, bestrebt zu gefallen. Das war noch nie sein Ziel, aber immer wieder bringt es das Leben mit sich, dass man sich auf andere einstellen muss, sich ihnen unterordnen.

Jetzt weiß er, dass in Wirklichkeit er in seiner Skrupellosigkeit weit über ihnen allen steht.

Kirkjubour, 10:14 Uhr

„Sanna, lass uns ins Haus gehen, Liebes. Die Herrschaften hier haben etwas mit dir zu besprechen!"

Die Schafe sind weggelaufen, hinauf auf den Hang hinter dem Haus, die Krähen haben sich beruhigt. Beruhigt, weil alles totenstill geblieben ist, seit die letzte Autotür geschlossen wurde. Ohne ein weiteres Wort sind sie die letzten fünfzig Meter zu Sannas Haus gegangen. Nur das leise Knurren des Hundes begleitet sie hinein. Hinein durch die rotgestrichene Tür in das Reich von Sanna und Mikke.

Die kleine Wohnküche bietet kaum genug Platz für sie alle. Sanna sitzt am Tisch, schon jetzt weit nach vorne gebeugt durch die eine Last, die seit Jahren auf ihren Schultern ruht.

Aksel ist es, der zu ihr spricht. Und Anne versteht alles auch ohne dass Christian die einzelnen Sätze wiedergibt. Die Worte mit ihrem riesigen Gewicht liegen schwer in dem kleinen Raum.

Ihr Bruder hat sich neben Sanna auf den Boden gekniet, streicht unbeholfen immer wieder über ihren Arm und wartet auf den Ausbruch, der noch nicht kommen kann.

Sanna sieht sich um. Überall hier ist Mikke. Ihre Tochter! Dort die Schulhefte im Regal, ihre Tasse am Haken über der Spüle oder die selbst gemalten Bilder an der Wand. Und über all ihren Sachen liegen jetzt die Worte des jungen Polizisten. Wie kann das alles zusammenpassen? Das hier ist Mikkes Zuhause. Dort sitzt sie immer am Fenster, wenn sie Sanna von ihrem Tag erzählt. Dort am Herd erwärmt sie morgens das Wasser für ihre Mutter.

Sie sieht ihrem Bruder ins Gesicht, das von Tränen nass ist.

„Thea hat sie gefunden, Sanna, stell dir das mal vor!"

„Das ist schlimm!", antwortet sie.

Anne überlegt, ob sie nicht besser noch einen Arzt mitgenommen hätten für den Moment, in dem Mikkes Mutter die ganze Wahrheit begreift. Da geschieht das Unglaubliche. Der Hund, der die ganze Zeit nicht von Sannas Seite gewichen ist und die wenigen Worte von Aksel mit einem kräftigen Knurren kommentiert hat, Mikkes Hund, weint.

Er hat die Tränen und das Schluchzen von Mikkes Onkel eine Weile beobachtet und dann, bei Sannas Worten, ist er an seine Seite gekrochen, hat ihn angestupst und stimmt mit einem Heulen in den Kummer des Mannes ein.

Noch nicht einmal Sanna ahnt, dass es Mikke selber war, die Lady das Weinen beigebracht hat. Mikke, die allabendlich, wenn ihre Mutter im Bett war und der Regen oder Sturm sie nicht daran hinderte, noch einmal hinausgegangen ist. Hinunter mit Lady an das Meer, um dort ein wenig zu weinen.

Während Sanna ihren Hund beobachtet und ihren Bruder stützt, bekommt der Panzer, den sie sich in dem Moment übergestreift hat, als sie die beiden Autos bemerkte, kleine Risse. Schon einmal hat dieser Panzer sie davor geschützt den Verstand zu verlieren.

Die kleine Mikke, damals noch ein Säugling, hat dafür gesorgt, dass es Monate dauerte, bis er zu bröckeln begann.

Jetzt gibt es niemanden mehr auf dieser Welt, für den sie verantwortlich ist. Niemanden, der ihr seine kleinen Arme entgegenstreckt. Niemanden, der sie morgens aus ihrem Bettchen heraus fröhlich anlächelt, weil sie noch nicht wissen kann, welche Grausamkeiten das Leben für sie bereithält.

Mikke!

Ihre Mikke soll nicht mehr da sein. Nie wieder wird sie sie sehen können, sie in die Arme schließen. Die Risse werden größer! Sanna hat das schon einmal erlebt. Sie weiß, wie groß der Schmerz werden wird. Spürt schon jetzt seine Messerstiche, die durch die feinen Risse direkt in ihr Herz gehen. So schmerzhaft, dass sie es nicht mehr aushält, in ihrer eigenen Küche zu sitzen mit diesen Fremden, die sie anstarren, und ihrem weinenden Bruder.

Und ihr Blick geht hinaus. Hinaus aufs Meer. Dorthin wendet sie ihn jedes Mal, wenn sie sich nach ihm sehnt. Ihrem Leif!

Weit geht es über die Wellen Richtung Norden und dann ganz tief hinab zu ihm auf den Meeresgrund. Denn nur wo das Meer so tief ist, hat es genug Kraft, den Mann zu verschlucken, den sie so sehr geliebt hat. Dort unten bleibt sie bei ihm. An seiner Seite wie in so manchem ihrer Träume.

Christian sieht es zuerst. Hat die Veränderung erkannt, die in Sanna vorgegangen ist. Sanft spricht er sie an, schiebt den Bruder zur Seite, sieht ihr in die Augen. Aber Sanna ist für diesen Moment gegangen. Vor ihnen sitzt nur noch ihre Hülle. Ein Körper, verlassen von seiner verwundeten Seele. So lange verlassen, bis er bereit ist, diesen neuen Schmerz auch zu schultern.

Tórshavn, 12:34 Uhr

Wie eine Ewigkeit erscheint Anne der Rückweg in die Hauptstadt. Keiner sagt etwas. Zu sehr haben sie die Ereignisse der letzten Stunden erschüttert.

Warum?

Warum nur musste auch dieses junge Mädchen sterben? Was für ein Monster lebt in dieser bezaubernden, friedlichen Gemeinde? Und was hat es dazu werden lassen?

Sie erkennt keinen Zusammenhang zwischen den Morden außer dem Fundort und dem Geschlecht der Opfer. Liegen sie denn so falsch mit ihren Gedanken über Brigitta? Oder ist er bei ihr nur auf den Geschmack gekommen? Den Geschmack des Todes und seiner Macht?

Die Natur passt sich ihrer niedergeschlagenen Stimmung an. Bei strahlendem Sonnenschein haben sie Kirkjubour verlassen und finden sich nun in einem tristen, grauen Nieselregen wieder, als sie die ersten Häuser von Tórshavn erreicht haben.

Aksel unterbricht das Schweigen.

„Ich möchte mich mit euch noch kurz da umsehen, wo die Axt gefunden wurde."

Anne nickt: „Gute Idee!" Da hält er auch schon am Straßenrand.

„Was für eine kleine Stadt", denkt sie wieder einmal.

„Das hier oben ist auch schon der Dalavegur. Ich würde sagen, es gibt keine Zweifel, dass er auf direktem Weg hierhergelaufen ist."

„Hier wohnt nicht zufällig jemand aus Brigittas Umfeld in der Nähe?"

„Nicht, dass ich wüsste! Lasst uns die Straße noch weiter hinaufgehen."

Anne friert. Ein kühler Wind ist aufgekommen und der leichte Regen beginnt sie zu durchweichen, aber Aksel stapft unbeirrt vor ihnen her. Aufmerksam geht sein Blick an den Straßenrand und zu jedem möglicherweise verdächtigen Objekt, das vor ihnen auf dem Boden auftaucht.

„Hier!"

Aksel stoppt an einem unbewohnten Grundstück.

„Das könnte er gewesen sein!"

Reifenspuren sind in der Einfahrt zu erkennen.

„Jetzt müssten wir einen Techniker dabeihaben", denkt Anne.

Aus den Tiefen seiner Uniformtaschen zieht Aksel ein Metermaß.

„Das sind Spuren von einem Kleinwagen. Schmale Reifen und nicht sehr breite Spur."

Er kniet auf dem Boden, misst die Reifenbreite und ihren Abstand.

Anne beginnt das Umfeld abzusuchen, insbesondere dort, wo sie die Fahrertür vermutet, aber es gibt nichts Auffälliges zu entdecken, außer einer halb verwitterten Zaunlatte und einem rostigen Draht.

„Ich frage die Bewohner hier in der Umgebung, ob ihnen in der Nacht etwas aufgefallen ist."

„Wenn du nichts dagegen hast, würde ich gerne kurz nach Hause etwas Trockenes anziehen", meint Anne.

„Klar, geh ruhig. Es ist nur ein Stück die Straße hinunter."

„Kommst du mit, mein getreues Echo, oder möchtest du hier bei Aksel bleiben?"

Christian lacht: „Sehr witzig! Wenn das so weitergeht, werde ich vergessen, eigene Sätze zu formulieren. Immerhin könnte ich noch Simultandolmetscher werden, falls es mit der Medizin nicht klappt!"

„Ich kann dir ein prima Zeugnis ausstellen. Mir kommt es schon so vor, als würde ich direkt mit Aksel sprechen."

„Bestimmt würde ich einige interessante Jobs bekommen, überleg mal! Ich seh auch noch gut aus …!"

„Du verwechselst da was!"

„Findest du nicht, dass ich gut aussehe?"

„Du siehst sogar umwerfend gut aus!"

„Na also!"

Tórshavn, 17:13 Uhr

Die Stunden verrinnen wie feiner Sand, der zwischen den Fingern hindurchrieselt. Sie haben mit Zeugen gesprochen, die dann doch keine waren, weil sie gar nichts gesehen haben. Sie haben sich den Kirchhof noch einmal angesehen und dort mit allen Nachbarn geredet. Vergebens! Die Menschen in Tórshavn haben einen gesunden Schlaf.

Jetzt bleiben ihnen keine 24 Stunden mehr, dann sind die Kollegen aus Kopenhagen da. Ein merkwürdiges Gefühl. Anne ist noch nie mitten in den Ermittlungen von einem Fall abgezogen worden. Auf der einen Seite lastet die Verantwortung schwer auf ihr und sie wäre froh, nicht alleine aus den Sackgassen, die sich immer wieder vor ihnen auftun, herausfinden zu müssen.

Auf der anderen Seite fühlt sie sich verantwortlich. Brigitta und Mikke gegenüber, und auch den Angehörigen! Sanna, die vor ihren Augen verschwunden ist, und Staffan, der wahrscheinlich nur noch von hier wegmöchte.

Unerbittlich rückt der Zeiger der großen Wanduhr im Polizeirevier weiter. In welche Richtung sollen sie sich wenden? Ihre heißeste Spur ist Harry Sörensen. Aber ist der wirklich so dumm, ein Mädchen, das er gerade erst vor vielen Zeugen kennengelernt hat, zu erschlagen? Und warum?

„Ich brauch mal 'ne Pause!" Christian steht auf und geht zum Fenster.

„Kann keinen klaren Gedanken mehr fassen! Habt ihr vor, die Nacht durchzuarbeiten?"

Anne und Aksel sehen sich an. Sie haben einfach immer weitergemacht mit dem, was ihnen im Augenblick am wichtigsten erschien.

Und sie wollen es sich beide nicht aus der Hand nehmen lassen. Anne sieht die Entschlossenheit in den Augen des Färingers.

„Ja!"

„Okay! Dann könnt ihr euch jetzt zwei Stunden anschweigen, wenn ihr wollt. Ich gehe kurz duschen und etwas essen. Bin so um acht wieder bei euch."

„Das ist eine gute Idee! Das sollten wir alle machen! Ich könnte zwischendurch auch eine kleine Prise Frida und Kinderduft vertragen! Lass uns uns hier um acht wieder treffen und dann nehmen wir uns die letzten Tagebücher vor!"

„Wir waren heute noch gar nicht bei Thore", fällt Anne ein.

„Der muss warten! Ich möchte einmal zwei Stunden nichts über Polizeiarbeit hören. Er wird sich denken, dass ihr beide genug zu tun habt!"

Es ist zehn Minuten vor acht, als Anne und Christian sich frisch geduscht und satt gegessen wieder auf den Weg zum Revier machen.

„Morgen Abend haben wir auch frei!", fällt Christian ein.

„Wieso?"

„Dann sind die Kollegen da und schmeißen dich raus!"

„Nett, wie du das sagst! Vielleicht brauchen sie mich ja auch noch und schätzen meine Erfahrung!"

„Wie würdest du an ihrer Stelle reagieren?"

„Gute Frage! Ich glaube, ich würde mir anhören, was bisher zusammengetragen wurde. Und wenn ich das Gefühl hätte, da hat jemand mit Verstand vorgearbeitet, würde ich ihn wohl weitermachen lassen."

„Na dann …!"

„Wo kommt nur all die Freundlichkeit her, die du heute Abend für mich reserviert hast? Haben wir dich die letzten Tage zu sehr ausgebeutet?"

„Auf jeden Fall!"

„Nanu!"

Auf der Treppe zum Polizeirevier sitzt Petter.

Ein müder Petter. Ein trauriger Petter.

„Ich muss mit Ihnen sprechen! Ich habe mir die ganzen Tage den Kopf zerbrochen, und dann komme ich heute aus Kopenhagen wieder … und dann … es ist so entsetzlich!"

„Was genau meinen Sie?"

„Dieses Mädchen! Gerade einmal dreizehn Jahre und … ich kann es nicht fassen. Und dann ist mir etwas eingefallen. Ich hatte das völlig vergessen! Aber Sie haben ja gesagt, alles sei wichtig!"

Aksel kommt mit seiner Frida im Arm und der kleinen Katharina auf den Schultern um die Ecke.

„Jetzt kommen Sie erst einmal herein! Hier draußen kann uns jeder hören!"

Tórshavn, 20:13 Uhr

„Wissen Sie noch genau, was Brigitta damals gesagt hat?"

„Petter, kannst du immer für mich da sein? Kannst du mich nicht heiraten?"

„Und wie klang das in dem Augenblick für Sie? Wie eine Liebeserklärung?"

„Nein, auf keinen Fall. Sie war völlig außer sich. Es war schon weit nach Mitternacht. Eine Woche, nachdem sie aus Paris endgültig hierher zurückgekommen ist.

Wir hatten den Abend miteinander verbracht. Brigitta, Kristina, Lasse und noch ein paar Freunde. So eine Art spontane Willkommensparty. Aber es war mitten in der Woche, deshalb haben wir gegen 11:00 Uhr Schluss gemacht und ich habe sie und Kristina noch nach Hause gebracht. Wenn ich mich recht erinnere, war das die erste Nacht in ihrer neuen Wohnung. Als ich sie da abgesetzt habe, war sie noch richtig fröhlich. Sie freute sich, wieder bei uns zu sein, und vor allem hier in Tórshavn. Sie gehörte hier hin. Mehr noch als wir anderen!"

„Was haben Sie gemacht, nachdem Sie sie nach Hause gebracht hatten?"

„Ich bin selber zu mir nach Hause gegangen und hab noch gearbeitet."

„Ist das ungewöhnlich, dass sie so spätnachts noch arbeiten?"

„Nein! Ich kann dann am besten schreiben. Wenn alles ruhig ist!"

„Waren Sie noch wach, als Brigitta später zu Ihnen kam?"

„Ja!"

„Wusste sie, dass Sie manchmal so lange wach sind?"

„Klar! Wir haben in Paris ja eine Zeitlang zusammengewohnt."

„Wie hat sie Ihnen in der Nacht ihren Zustand erklärt?"

„Angst! Sie meinte, sie hätte Angst alleine in der neuen Wohnung!"

„Und …? Haben Sie ihr das geglaubt?"

„Nicht wirklich! Brigitta und Angst! Das passte nicht zusammen! Aber in dieser Nacht …! Sie war ein ganz anderer Mensch!"

„Ist das vorher schon einmal passiert, vielleicht auch in Paris, dass Brigitta solche Angst gehabt hat?"

„Nein! Bestimmt nicht! Daran würde ich mich erinnern!"

„Und Sie haben nicht mit ihr darüber gesprochen? Ob es einen Grund gab, meine ich, weshalb sie solche Angst hatte?"

„Ich glaube, ich war ihr in dieser Nacht ein schlechter Freund. Ich hatte mich gerade in einen neuen Artikel reingehängt. Als

Brigitta kam, hab ich mich nur gestört gefühlt. Ich wollte nicht aufhören zu schreiben, wollte nicht den Faden verlieren."

„Sie haben sie nicht gefragt!"

„Nein! Ich habe sie einfach in mein Bett gesteckt und ihr etwas zu trinken gebracht. ‚Wir reden morgen', hab ich gesagt."

„Wollte sie denn reden?"

„Das kann ich Ihnen ehrlich gesagt nicht beantworten. Ich war einfach nicht offen für sie. Ich weiß aber, dass sie das mit dem Heiraten noch einmal wiederholt hat, als sie bei mir im Bett lag. ‚Bitte Petter, lass uns doch heiraten.' Und ich habe geantwortet: ‚Kleines, das würde nicht gutgehen mit uns beiden. Ich liebe dich doch viel zu sehr, als dass ich dich andauernd verletzen wollte.'"

„Auch eine Möglichkeit, jemandem einen Korb zu geben."

„Sie ist dann fast sofort eingeschlafen."

„Hatten Sie den Eindruck, sie wäre körperlich angegriffen worden?"

„Damals nicht! Ich wäre gar nicht auf die Idee gekommen. Ich hatte sie ja kurz vorher an ihrer Haustür abgesetzt."

„Und sie hatte auch keinerlei sichtbare Verletzungen?"

„Nein, das hätte ich gesehen. Sie war einfach nur total aufgelöst!"

„War das der einzige Vorfall, an den Sie sich erinnern?"

Annes Frage klingt schärfer als beabsichtigt. Zeugen mit Gedächtnislücken erlebt sie immer wieder.

„Ja und nein! Ich hab sie so nie wieder erlebt. Allerdings glaube ich auch, dass sie nicht so besonders oft alleine in ihrer Wohnung geschlafen hat. Ich wollte bei unserem letzten Gespräch keinen falschen Eindruck erwecken, deshalb habe ich es nicht gesagt. Gitta hat danach fast jede Nacht bei mir verbracht. Manchmal auch bei Kristina, und seit Staffan hier ist, war sie fast immer bei ihm. Aber es könnte sein, dass sie in ihrer Wohnung nie alleine geschlafen hat."

„Und Sie haben sie nie gefragt, warum das so ist?"

Bewusst verzichtet Anne auf zweideutige Anspielungen. Sie glaubt Petter, dass er kein Verhältnis mit ihr hatte oder haben wollte.

„Es hat sich einfach so ergeben. Sie hat nie gefragt: ‚Darf ich jede Nacht bei dir bleiben, Petter?' Sie ist immer gekommen und war dann da! Aber niemand durfte es merken. Das war klar zwischen uns beiden. Unausgesprochen! Sie hatte ihren Ruf zu verlieren und ich meinen."

„Da hatte eine feste Freundin sicherlich keinen Platz!"

Jetzt ist es an Petter, zu lächeln.

„Haben Sie jemals darüber nachgedacht, ob sie in dieser ersten Nacht vielleicht vergewaltigt worden ist? Ob jemand ihr in ihrer Wohnung aufgelauert hat, jemand, der einen Schlüssel hatte?"

„Nein! Ganz bestimmt habe ich so etwas nicht gedacht! Das hätte sie mir doch …!"

„Erzählt!", wollte er sagen, aber dann fällt ihm ein, dass er ja gar nicht zugehört hatte.

„Und wenn sie die Person sehr gut kannte und es nicht das erste Mal war?"

„Aber sie war doch gerade erst wiedergekommen!"

„Sie ist hier aufgewachsen!"

„Da war sie ein Kind!!!"

„Das macht es für manche Männer erst interessant!"

„Was denken Sie eigentlich, was hier für Leute leben?"

„Glauben Sie es mir, diese Leute gibt es überall! Bestimmt hätten Sie sich vor zwei Wochen auch noch nicht vorstellen können, dass es jemanden auf dieser Insel gibt, der junge Mädchen mit einer Axt erschlägt."

Natürlich nicht! Petter schweigt. Versucht, sich Gitta als Opfer eines Mannes vorzustellen, der sich seit ihrer Kindheit – seit ihrer gemeinsamen Kindheit, in der er sie fast jeden Tag gesehen hat – wieder und wieder an ihr vergangen haben soll.

„Unmöglich! Sie sind auf dem ganz falschen Weg. Wer sollte das denn sein? Ich müsste diesen Mann ja kennen?"

Anne sieht ihn ernst an: „Ja! Davon gehen wir aus!"

„Wann genau ist Brigitta wieder aus Frankreich hierhergezogen? Wann war dieser Abend, an dem sie das erste Mal bei Ihnen geschlafen hat?"

Christian notiert sich den Zeitraum.

„Gibt es noch etwas, was du uns erzählen möchtest?", mischt sich Aksel in das Gespräch ein.

„Nein!"

„Du kannst ja noch einmal überlegen, ob es andere Gelegenheiten gab, in denen sie Schutz gesucht hat oder ängstlich war. Vielleicht gab es Menschen, mit denen sie sich nicht gerne umgehen wollte …? So etwas!"

„Sie haben uns einen wichtigen Hinweis gegeben." Anne erhebt sich, die Befragung ist für sie beendet. Sie brennt darauf, die Tagebücher weiterzustudieren.

„Und Sie müssen nicht denken, dass es uns Spaß macht, solche Abgründe aufzudecken. Das ist auch für uns eine sehr belastende Seite unseres Berufes."

In Petter rumort es, als er auf die Straße tritt. Er möchte die Verdächtigungen, die diese Polizistin in ihm geweckt hat, wieder los werden. Unmöglich! Seine Gedanken kreisen um jeden einzelnen Mann aus Brigittas und seinem Umfeld.

Erik, Kömand, Lasse, ja sogar seine jüngeren Brüder sind alle älter als sie beide. Angestellte aus Eriks Geschäft fallen ihm ein. Jeder scheint ihm plötzlich verdächtig, und doch keiner als Täter, der vergewaltigt und mordet, vorstellbar.

Petter kann jetzt nicht nach Hause. Dorthin, wo Gittas Zuflucht war. Und wenn die Polizei recht hatte, nicht nur die Zuflucht vor einer leeren Wohnung und einem anstrengenden Arbeitstag, sondern vor einem Monster, das ihr Leben seit vielen Jahren beherrschte.

Seine schöne, fröhliche, schlaue Freundin! Alleine schon die Vorstellung, dass ein anderer Mann sie zu einem Opfer seiner kranken Bedürfnisse gemacht haben soll, fällt ihm schwer. Sie, die trotz der Erkrankung ihrer Mutter so lange er sie kannte auf der Siegerseite gewesen ist.

Schon in der Schule konnte ihr kein anderes Mädchen das Wasser reichen. Er kannte keinen Jungen, der ihn nicht um seine Freundschaft zu ihr beneidet hat.

Und dann im Paris der späten 60er-Jahre. Eine Zeit des Aufbruchs, der Rebellion! Sie beide aus dem ereignislosen Leben in Tórshavn mitten in dieser aufgeladenen Stimmung. Auch hier war sie die unangefochtene Königin. Voller Lebensfreude und Lebenslust – aber immer unnahbar! Die sexuelle Revolution dieser Jahre, in die er sich so bereitwillig hatte treiben lassen, war für sie ein Tabu. Auch dann, als sie Staffan kennenlernte, wich sie nicht von ihrem fast schon puritanischen Lebensstil ab.

Für Gitta war ihre Unberührtheit Programm. Eiskönigin, so hatten seine Freunde sie genannt, nachdem sie ihm endlich glaubten, dass auch mit ihm nichts lief, obwohl sie zusammenwohnten. Aber sie machte sich nichts aus solchen Titeln. Für sie bot das Leben so viel Aufregendes, auch ohne das Vergnügen, sich mit einem Mann in warmen Federbetten oder auf weichen Flokatis zu wälzen. So war sie eben. Nach einer Weile hat er es nicht mehr hinterfragt und selber die Angebote, die es für ihn gab, in vollen Zügen genossen.

Schwer vorstellbar, dass es einen Menschen geben soll, der Gitta erst dazu gemacht hat. Einen Menschen, der seine kleine Freundin aus Kindertagen so benutzt haben soll. Und so verletzt! So unvorstellbar verletzt!

Ihr Vater? Für Gitta war ihr Vater immer die absolute Nummer eins. Durch die Krankheit ihrer Mutter hatten die beiden ein ganz besonderes Verhältnis zueinander. Früh hat er sie mit in sein Geschäft genommen. Wollte nicht, dass sie nur bei Verwandten oder Kindermädchen groß wird. Schon als sie noch ein kleines Mädchen war, hat er sie in so manche Entscheidung mit eingebunden, sie durfte mit verkaufen und Schaufenster dekorieren helfen. Ihr Vater war es, den sie in Paris als Einzigen vermisst hat. Ihre exorbitant hohe Telefonrechnung zeugte davon. Keiner seiner Geburtstage, an dem sie nicht nach Hause gefahren wäre. Einmal sogar trotz einer wichtigen Prüfung!

Ihr Vater? Nein, undenkbar!

Der Onkel? Kömand. Über ihn weiß Petter nicht viel. Hat Gitta jemals etwas über ihn erzählt? Er kann sich nicht erinnern. In dieser Familie ist es die Mutter, Susanna, über die man spricht. Sie strahlt so viel Warmherzigkeit und Lebensfreude aus, dass alle anderen Familienmitglieder daneben verblassen. Am meisten ihr Ehemann. Aber sich vorzustellen … Wie oft war Gitta schon als kleines Kind dort gewesen?

Und Petter spürt, dass auch ihn eine Schuld trifft, sollte die Polizistin recht haben. Er war ihr bester Freund und hat nichts bemerkt ... all die Jahre ... gar nichts ...

Und fast noch schlimmer ... Sie hat ihm nicht genug vertraut, um dieses schreckliche Geheimnis mit ihm zu teilen.

7. August

Tórshavn, 02:14 Uhr

„Anne, ich bin zwar kein Polizist, aber kann es nicht sein, dass du dich da in eine Idee verrennst? Du bist doch nicht Derrick, der in einer Stunde den Fall geklärt haben muss!"

Seit Petter gegangen ist, sind die drei ein Tagebuch nach dem anderen durchgegangen. Haben ihre Steckbriefe ergänzt, so dass die Wand über und über mit Zetteln beklebt ist.

„So funktioniert das nicht", gibt ihm Aksel recht.

„Wir haben ja gar keinen Überblick mehr! Schau, was für ein Durcheinander! Und in meinem Kopf sieht es nicht anders aus. Ich glaube, wenn wir jetzt weitermachen, ist es wahrscheinlicher, dass wir etwas Wichtiges übersehen, als dass wir etwas finden.

Ein Tagebuch liegt noch vor Anne. Sie haben es fast geschafft, aber sie gibt den beiden Männern recht. Auch in ihrem Kopf schwirren Daten und Personen wild durcheinander.

„Wenn eure Kollegen heute aus Kopenhagen kommen und diese Wand hier sehen, dann nehmen sie euch nicht mehr ernst."

„Morgen oder besser heute 10:00 Uhr! Und keine Minute früher." Aksel streckt sich.

„Was wir brauchen, ist ein klarer Kopf. Wir haben stundenlang diese Informationen zusammengetragen, aber Anne, wenn du ehrlich bist, keine davon stützt die Theorie, dass jemand Brigitta über viele Jahre missbraucht hat."

„Merkt ihr das denn nicht! Es steht zwischen den Zeilen! Das sind doch die Tagebücher eines jungen Mädchens! Aber da gibt es keine Verliebtheit, keine noch so kleine Schwärmerei, noch nicht einmal eine Spinnerei über die Beatles oder …"

„Anne! Schluss! Hier ist deine Jacke! Wir gehen jetzt!"

„Versteht ihr denn nicht …!"

„Nein! Wollen wir auch nicht! Aber ich höre da etwas … Dieses leise Rufen …!"

„Dieses …? Was meinst du?"

Anne geht zum geöffneten Fenster und lauscht angestrengt.

„Komm, du Superkommissarin! Du verstehst nicht einmal mehr meine Scherze! Das entwickelt sich zu einem ganz ernsten Fall!"

„Ach, du Idiot!"

„Danke!"

„Nein, entschuldige! Aber ich … ich kann jetzt nicht aufhören! Ich hab das Gefühl, dass wir ganz dicht …!"

„Anne!"

Aksel wartet schon in der Tür.

„Lass mich wenigstens noch aufräumen! Dann sehen wir morgen klarer, wenn wir weitermachen!"

„Nein!"

„Keine halbe Stunde, Christian! Ich komm sofort hinterher!"

„Und läufst nachts mutterseelenalleine durch eine Stadt, in der ein durchgeknallter Mörder mit einer Axt wartet! Vergiss es!"

„Der wird doch nicht …!"

„Meinst du, der nimmt Rücksicht auf dich, weil du gerade dabei bist, ihm auf die Schliche zu kommen?"

„Ach …!"

„Gute Nacht, Aksel! … So, wenn du jetzt ganz brav bist und sofort mitkommst, dann gehe ich mit dir noch am Hafen spazieren, damit du einen halbwegs klaren Kopf bekommst!"

„Und wenn ich nicht brav bin?"

„Dann auch! Damit ich einen klaren Kopf bekomme!"

Sehnsüchtig blickt Anne zurück.

„Aksel hat den Schlüssel! Der lässt uns hier vor 10:00 Uhr nicht wieder herein!"

„Weißt du, was mir gerade noch einfällt …!"
„Zum Glück nicht!"
„Die Mikke, die war ja …"
„Anderes Thema, bitte!"
„Ich kann an nichts anderes denken, Christian!"
„Guck! Da ist eine Bank …!"
„Na und?"
„Hast du schon einmal auf einer Parkbank …?"
„Was?"
„…"
„Nein!"
„Wie wär's?"
„Hier? Also wirklich, Christian!"

Hoyvik, 02:30 Uhr

Der Rausch hält ihn gefangen! Wieder und wieder erlebt er in seinen Gedanken die vergangene Nacht. Wieder und wieder genießt er das Gefühl der Macht und der Ekstase. Er hat sich eingeschlossen in seinem Zimmer. Hat sich zum ersten Mal in seinem Leben auf der Arbeit krankgemeldet. Ist nicht zu sprechen. Für niemanden!

Sie werden ihn nicht fassen! Können nicht draufkommen, dass er es war! Es gibt keine Verbindung zwischen ihm und diesem jungen Ding.

Da saß sie plötzlich! Auf seiner Bank! Auf ihrer Bank! Ihre Hand spielte mit dem Absperrband. Das war das Zeichen. Er wusste, dass es schnell gehen muss, und das erhöhte den Reiz! Er war noch in ihr, als er das andere Mädchen zurückkommen sah. Und die bemerkte nichts! Tanzte über die nächtliche Straße. Genauso unschuldig wie das kleine Ding, dessen Leben er jetzt nahm, im Angesicht der Freundin. Immer noch bemerkte sie ihn nicht! War so bei sich und den Träumen, die sie dazu veranlassten, Pirouetten zu drehen. Als er hinter der Kirche verschwunden war, hörte er noch ihre klare Stimme: „Mikke? Mikke, wo bist du?"

So hat sie also geheißen! Aber das ist egal. Namen sind ihm egal. Lieber hätte er ihn gar nicht gewusst. Für ihn würde sie nur „sein Mädchen" sein.

Und als er weiter darüber nachdenkt, weiß er, dass es längst beschlossen ist. Er wird es wieder tun. Jetzt weiß er, wie es geht. So einfach!

Die Bach-Kantate ertönt in voller Lautstärke aus seinen Kopfhörern. Unterstreicht das neue Gefühl, das in ihm wächst wie eine starke Pflanze. Alles wird sich ändern. Sein ganzes Leben! Nie wieder wird er der kleine, unbedeutende Junge sein. Im Schatten seines großen Bruders. Nie wieder im Hintergrund stehen. Auch nicht in seiner Familie, wo er stets nur die zweite Geige spielen durfte. Ihnen allen wird er es zeigen!

Er sieht auf die Uhr. Jetzt wird es zu spät sein ... oder zu früh. Kleine Mädchen sind um diese Zeit nicht auf den Färinger Straßen anzutreffen, sondern liegen warm und unschuldig in ihren kleinen Betten.

Die Vorstellung erregt ihn erneut. Morgen! Morgen schon wird vielleicht wieder eines dieser kleinen Mädchen, das gerade in diesem Moment noch unschuldig unter seiner warmen Decke schläft, ihm gehören. Für immer!

Tórshavn, 08:21 Uhr

Lange noch hat Anne wach gelegen. Immer wieder kreisten ihre Gedanken um die beiden Opfer. Heute Nacht hat sie die Verbindung zwischen den beiden verstanden. Nein, eigentlich ist es heute Früh gewesen.

Der Mörder kannte Brigitta. Und er hatte sie töten wollen. Sie hatte er zu dieser Bank bestellt, die Axt schon viel früher am Tag dort versteckt. Ein spätes Rendevouz oder er war nach dem Tanz gemeinsam mit ihr dorthin gegangen. Entscheidend ist, dass diese Tat geplant war. Die wunderschöne, selbstbewusste Bürgermeisterin der kleinen Stadt, sie hat er treffen wollen. Und was er getan hat, hat ihm gefallen, ihn in einen

Rausch versetzt. Und diesen Rausch wollte er wieder erleben. Deshalb ist er zurückgekommen. Vielleicht schon vorher. Doch an diesem Abend war da plötzlich Mikke. Ein junges, unschuldiges Mädchen, das Brigitta nur in einem Punkt glich. Beide waren sie Frauen.

Dieses Mal hatte er nicht geplant, wen er töten wollte. Aber dass es geschehen musste, stand fest, denn er hatte seine Axt wieder mitgenommen. Eine martialische Waffe, um eine junge Frau hinzurichten. Eine Waffe, die seine absolute Macht demonstrieren sollte.

„Es ist so offensichtlich", denkt sie.

Und während in ihren Träumen die Gedanken keine Pause machen konnten, ist ihr noch etwas aufgefallen. Es gibt eine Person, die in den ganzen Tagebüchern, die sie bisher durchgearbeitet haben, nicht auftaucht. Über alle Menschen, mit denen Brigitta verbunden war, gibt es immer wieder neue Notizen, ganze Seiten mit Beschreibungen von Begegnungen oder Charakterisierungen, gezeichnete und meist sehr zutreffende Karikaturen. Aber nicht von dieser einen Person, die ihr doch ein ganzes Leben lang vertraut gewesen sein muss.

Das kann kein Zufall sein, da ist sich Anne sicher!

Christian liegt noch in tiefem Schlaf, deshalb erhebt sie sich leise.

Bei der ersten Tasse Kaffee notiert sie alles, was sie heute Morgen besprechen möchte. Es ist wichtig, Aksel davon zu überzeugen, dass sie auf der richtigen Spur ist.

Sie muss diesen Mann noch einmal vernehmen. Vielleicht sogar auf dem Revier, wo er nicht von seiner Person ablenken kann.

Als Christian eine halbe Stunde und mehrere Tassen Kaffee später zu ihr stößt, liegt auf dem Tisch ein eng beschriebener Zettel.

„Du hast den Fall gelöst, stimmt's?", neckt er sie.

„Ja! Ich weiß, wer es war!"

„Quatsch! Du spinnst! Das sollte ein Witz sein!"

Anne schneidet ein paar Brotscheiben ab: „Weiß ich!"

„Aber du machst keine Witze!"

„Nein, ich nicht!"

Sie deckt die Marmeladen auf.

„Gibt's noch Kaffee?"

„Oh, nein! Ich hab die ganze Kanne getrunken."

„Seit wann trinkst du so viel Kaffee?"

„Ich war so in Gedanken!"

„Und …?"

„Was, und …?"

„Na, wer ist es?"

Es ist gut, dass man von dieser Insel nicht so leicht entkommen kann. Das verschafft Anne ein wenig Zeit und Ruhe.

„Ich erklär es euch gleich! Jetzt noch ein wenig abschalten! Anderes Thema, mein lieber Christian!"

„Okay, Küchentische! Wie sieht es damit aus?"

„Zählen auch andere Tische?"

„Anne, du überraschst mich!"

„Ich hatte ein bewegtes Leben!"

„Wie steht es mit Küche im Allgemeinen?"

„Wie steht es jetzt erst mal mit Frühstück in der allgemeinen Küche?"

„Ist auch wichtig, damit man zu Kräften kommt!"

„Ich ahne nicht, wozu diese Kräfte von Nutzen sein sollten!"

„Langsam fängst du an, mich zu durchschauen, mein Morgenstern!"

Tórshavn, Polizeirevier, 10:35 Uhr

„Mein Gott, Anne! Das ist alles so … Und wir haben keinen einzigen Beweis. Genau genommen sind das noch nicht einmal Indizien!"

„Ich weiß!"

„Das wird die Kollegen aus Kopenhagen nicht überzeugen!"

„Bitte lasst uns zu ihm fahren. Ich muss noch einmal mit ihm reden!"

Aksel bleibt weiter skeptisch. Jetzt, wo die Kollegen aus Kopenhagen schon unterwegs sein müssten und die Situation in Tórshavn wieder einigermaßen ins Lot geraten ist, macht sich seine Unsicherheit erneut bemerkbar. Er möchte keinen Fehler machen, zu wichtig ist ihm seine Arbeit in Tórshavn. In der Hand hält er das letzte Tagebuch.

Automatisch blättern seine Finger Seite um Seite weiter.

„Hier hat sie alles nur gezeichnet!"

„Sie war ja in diesem Jahr auch erst sechs!"

„Das ist Petter! Sein Name ist aus lauter kleinen Herzchen zusammengesetzt!"

„Hat sie da ein Bild von ihm gemalt?"

„Ich hab noch nichts gefunden."

„Und bist schon fast am Ende! Was ist das?"

„Zwei Seiten sind zusammengeklebt!"

„Das hatten wir noch gar nicht!"

„Wer ist das davor?"

„Das müsste ihre Lehrerin gewesen sein. Mein Gott, die kenn ich auch. Das war wirklich eine Hexe. Sieh mal!"

Aksel hält das Buch hoch, so dass Anne die Karikatur einer alten Frau erkennen kann. Die Nase krumm, die Augen klein und stechend.

„Nicht sehr vertrauenserweckend! ... Aksel, dahinter, wenn du die Seite so gegen das Licht hältst, dann scheint etwas hindurch."

„Kann er das sein? Es ist so ... was hat sie damit gemacht?"

„Schau mal von der anderen Seite, dann ist die Lehrerin nicht im Vordergrund!"

„Da sind sogar Löcher im Papier!"

„Sie hat ihn gemalt und dann drübergekritzelt und mit dem Bleistift auf ihn eingestochen."

„Das müssen seine Augen gewesen sein!"

„Versuch doch mal, die Seiten wieder zu lösen."

„Das klappt nicht! Da machen wir sie nur noch kaputt!"

Aksel hält das Buch direkt vor die helle Lampe.

„Was meinst du?"

„So kann man das unmöglich sagen!"

Christian mischt sich zwischen all seinen Übersetzungsbemühungen selber ein: „Man kann vielleicht nicht sagen, wer das sein soll, aber man kann sagen, dass ihr da irgendein Mann gar nicht gefallen hat!"

„Sieh dir mal die Haare an, Anne!"

„Rot!"

„Das ist er!"

„Er ist nicht der einzige Mann in dieser Familie mit roten Haaren!"

„Aber seine Söhne waren zu diesem Zeitpunkt noch Kinder. Und ein Kind hat sie da nicht gezeichnet!"

Hoyvik, 11:21 Uhr

„Hier muss es angefangen haben, als Brigitta sechs Jahre alt war. Auf diesem Hof."

Die drei gehen auf die große Eingangstür zu. Heute Mittag ist sie geschlossen.

Erst auf ihr drittes Klopfen hin wird ihnen geöffnet.

Vor ihnen steht Lasse. Das Hemd hängt aus der Hose, die Haare sehen zerrauft aus. Am Tisch seine Mutter, den Kopf in die Hände gestützt.

„Wer ist das, Lasse?"

„Polizei!"

Susanna Sörensen blickt auf, als hätte sie sie erwartet.

„Ja! … Natürlich …"

Der Unterschied zu ihrem ersten Besuch könnte nicht größer sein. Es ist nichts zu sehen von all den Kindern, der fröhlichen Gemeinschaft, die vor ein paar Tagen an diesem Tisch saß. Und es ist nichts zu sehen von der so jung wirkenden, starken Frau, die sie begrüßt hat.

Heute ist Susanna jedes ihrer fünfzig Jahre deutlich anzumerken.

„Wir haben gerade darüber gesprochen, dass wir zu euch fahren müssen", sagt Lasse zu Aksel, und Susanna stöhnt dazu, den Kopf immer noch auf die Hände gestützt, als wäre er neben all den anderen Lasten, die sie zu tragen hat, zu schwer.

Keiner von beiden macht den Eindruck, als hätte er tatsächlich die Entschlusskraft besessen, zu ihnen nach Tórshavn aufzubrechen.

„Wo ist Ihr Mann, Frau Sörensen?"

Statt seiner Mutter beantwortet Lasse Annes Frage.

„Mein Vater ist vor zwei Stunden weggefahren."

Damit hat Anne nicht gerechnet.

„Er hat das Boot genommen!"

„Wisst ihr, wo er hingefahren ist?" Auch Aksel sieht nicht glücklich aus mit dieser Situation.

„Ja!" Susannas Stimme ist immer noch glasklar. Während sie spricht, steht sie auf und geht ihnen entgegen.

„Kömand ist nach Esturoy gefahren. Seine Schwester lebt dort. Seine und Eriks Schwester. In Gjógv!"

„Warum ist Ihr Mann dorthin gefahren?"

„Er hat sie oft besucht! Die beiden dort draußen!" Susannas Blick geht in die Ferne, als könnte sie den kleinen Ort auf Esturoy dort sehen.

„Sie meinen, Ihre Schwägerin und deren Mann?"

„Ihr Mann ist lange tot. So viele Männer sind schon tot, wussten Sie das?"

„Wer lebt dann dort draußen mit Ihrer Schwägerin?"

„Lilli lebt da! Ihre Tochter! Ihre kleine Tochter! Sie ist gerade acht Jahre alt geworden! Vor zwei Wochen hat mein Mann sie noch besucht, als sie Geburtstag hatte. Sie liegt ihm sehr am Herzen, die Kleine! … Noch vor zwei Wochen …!"

Vor zwei Wochen, als die Welt noch in Ordnung war, aus ihrer Sicht, hier in Hoyvik.

„Hat Ihre Schwägerin ein Telefon?"

„Nein!"

„Susanna, was ist hier geschehen? Hat Kömand euch etwas gesagt?"

Lasse antwortet Aksel an ihrer Stelle.

„Nein, er hat nichts gesagt. Das brauchte er auch nicht! Er hat sich in seinem Zimmer eingeschlossen. Erst hieß es nur, er habe wieder einmal Migräne. Doch er kam nicht wieder heraus. Nicht am nächsten Morgen, gestern den ganzen Tag nicht. Ist nicht zur Arbeit gegangen. Er hat noch nie einen Tag gefehlt auf der Arbeit. Die ganzen Jahre nicht!"

„Und die Musik …", fällt seine Mutter ihm ins Wort. „Die ganze Nacht und den ganzen letzten Tag … es war so entsetzlich laut!"

„Welche Nacht meinst du?"

„Die letzte Nacht hat er wohl Kopfhörer genommen, da war es erträglich! Wir haben ein paar Mal bei ihm angeklopft! Aber gestern Nacht! Das war die Hölle! Man konnte hier kein Auge zutun. Und er hat nicht reagiert, obwohl wir ihm fast die Tür eingetreten haben. Schließlich haben wir die Kinder dann mit zu Ole genommen und da alle auf dem Heuboden geschlafen."

„Sind Sie sich sicher, dass Ihr Mann in dieser Nacht hier war?"

Susanna blickt Anne an. In ihren Augen ist eine letzte Abwehr zu lesen. Ein letzter Schutzwall, den sie vor ihrem Mann aufbaut. Lasse antwortet für sie.

„Nein! Wir sind uns nicht sicher!"

„Aksel, lass uns keine Zeit verlieren. Kommen wir mit dem Auto …?"

„Wir nehmen unser Boot! Danke für eure Offenheit, Lasse!"

Susanna blickt ihn an, aus den Trümmern ihres Lebens.

„Was wird nun, Aksel?"

„Das hängt von Kömand ab, Susanna! Und auch von euch! Wir werden auch mit euch noch reden müssen."

Das kleine, schnelle Polizeiboot liegt startbereit in Tórshavn. Nur eine Stunde nach ihrem Besuch in Hoyvik passieren sie bereits die Bucht, in der sie vor ein paar Wochen geangelt haben. Aksel kann mit dem Boot besser umgehen als mit einem Auto. Während er sie über die Wellen fliegen lässt, funkt er seinen Kollegen in Eidi an. Der braucht eine ganze Weile, bis er begreift, dass es hier wirklich einmal um Leben und Tod geht.

„Er soll das Boot beschlagnahmen, falls es noch nicht zu spät ist", übersetzt Christian.

Nachdem sie eine lange Weile durch den Sund zwischen den Inseln, Streymoy und Eysturoy, gefahren sind, werden Wasser und Wind spürbar rauer. Sie nähern sich dem offenen Nordatlantik. Auch die Landschaft auf Eysturoy hat sich fast unmerklich verändert. Der idyllische Süden mit geschützten Tälern und reichem Weideland hat den majestätischen Bergen mit schroff abfallenden felsigen Hängen im Norden Platz gemacht.

„Zum Glück ist das Wetter heute gut. Sonst wäre es jetzt schwierig geworden", ruft ihnen Aksel zu, während das Boot auf die Wellen klatscht.

Es dauert noch einmal über eine Stunde, bis sie Eidi passieren und, als sie die äußerste Spitze von Eysturoy umrunden, zwei Stein gewordene Riesen kennenlernen, die nebeneinander aus dem Wasser vor den schroffen Klippen aufragen. Die Legende besagt, dass sie in sehr grauer Vorzeit vergeblich versucht haben sollen, eine Leine an der Insel zu befestigen, um sie bis nach Island hinüberzuziehen. Die ersten Sonnenstrahlen eines längst vergessenen Morgens versteinerten sie und setzten ihren Bemühungen ein jähes Ende. Und so stehen sie noch immer hier im tosenden Nordatlantik vor Eysturoy: Risin und Kellingin, den Blick nach Norden gewandt in Richtung der fernen Vulkaninsel, die sie niemals erreichen werden.

Gjógv, 14:05 Uhr

Unzählige Vögel nisten an den steilen Hängen und geben der kargen Felslandschaft eine überquirlende Lebendigkeit. Sie umrunden eine letzte, riesige Felsklippe und Aksel lenkt das Boot wieder Richtung Südosten in einen neuen Sund.

Die Anspannung ist ihm jetzt deutlich anzumerken. Rechts neben ihnen taucht für den Bruchteil einer Sekunde eine pittoreske Schlucht auf. Es ist diejenige, von der der Ort Gjógv seinen Namen ableitet. Aksel umrundet ein vorgelagertes Riff, dann nähern sie sich einer kleinen Bucht, in der die Ortschaft vor ihren Augen wächst.

An der Küste werden sie von einer weiß gestrichenen Kirche begrüßt, und als sie noch näher kommen, können sie erkennen, dass auch das Boot von Kömand Sörensen dort am Strand vertäut liegt. Daneben stehen eine aufgebrachte Frau und ein Polizist, der sie zu beruhigen sucht.

„Das Kind", denkt Anne, „mein Gott, er hat es bereits in seiner Gewalt", und sie versucht sich den Gefühlen der Mutter zu verschließen, um selber einen klaren Kopf zu behalten; denn es ist offensichtlich, dass die Frau dort vor ihnen am Strand leidet.

Dann geht alles ganz schnell, nach der langen Fahrt, in der Anne zum Nichtstun verdammt war. Nachdem Aksel das Boot sicher angelandet hat, dauert es nur wenige Sekunden, bis sie bei dem ungleichen Paar am Strand angekommen sind. Sichtlich erleichtert begrüßt der überforderte Kollege Aksel und versucht zu schildern, was in der kleinen Ortschaft vorgefallen ist. Aber schon nach wenigen Worten übernimmt die aufgebrachte Frau neben ihm.

Und wenn Anne sich vorgestellt hat, eine besorgte Mutter anzutreffen, dann wird sie nun eines Besseren belehrt. Diese Frau sorgt sich nicht um ihre Tochter, sondern ist maßlos entrüstet über die Polizei, die es wagt, das Eigentum ihres Bruders zu beschlagnahmen.

Aksel hört sich ihren Redeschwall eine Weile an. Schließlich wird es ihm zu viel. Er kann sein Missfallen nur schwer verbergen, als er sie mitten in ihren Redeschwall hinein anherrscht: „Wo ist denn nun Ihre Tochter Lilli?"

Selbst Anne hat ihn verstanden. Die Mutter hingegen blickt ihn missmutig an. Offensichtlich ist der Verbleib ihrer Tochter ihre kleinste Sorge.

Mit einer abschätzigen Geste weist sie vage auf ein Haus am Ortsrand.

„Sie ist zu ihrer Freundin gelaufen", übersetzt Christian leise.
„Wann ist sie dorthin gelaufen?", will Aksel weiter wissen.
„Meiner Tochter, dieser undankbaren Göre, geht es gut! Um meinen Bruder sollten Sie …!"
„Dazu kommen wir gleich! Bitte antworten Sie ausschließlich auf meine Fragen! Wann ist Ihre Tochter weggelaufen?"
„Weggelaufen! Sie haben Ausdrücke! Als wenn man von hier weglaufen könnte!"

„Bitte!!!"

„Sie ist weggerannt, wenn Sie es so nennen wollen, als sie Kömand auf seinem Boot erkannt hat! Er kam um die Ecke, so wie Sie gerade, wir haben Heu gemacht und sie ließ alles stehen und liegen und war weg!"

„Können Sie sich vorstellen, warum Ihre Tochter so schnell weggelaufen ist?"

„Meine Tochter ist ein undankbares, verzogenes Balg!"

„Sind Sie schon einmal auf die Idee gekommen, dass Lilli Angst vor ihrem Bruder haben könnte?"

„Machen Sie sich nicht lächerlich! Angst vor Kömand? Mein Bruder ist der fürsorglichste Onkel, den sie sich nur wünschen kann!"

„Ich möchte das Mädchen sehen", wirft Anne ein, und Aksel nickt, nachdem Christian übersetzt hat.

„Bitte führen Sie uns zu dem Haus, in dem Ihre Tochter jetzt ist. Wir würden gerne mit ihr sprechen."

„Mit Lilli? Sind Sie jetzt völlig übergeschnappt? Die sitzt warm und sicher bei ihrer Freundin und lacht sich tot über den Aufstand, den Sie ihretwegen veranstalten! Mein Bruder ist es, den Sie suchen müssen."

„Warum ist Ihr Bruder nicht hier?"

„Weil dieser Hornochse in seiner Polizeiuniform ihn zu Tode erschreckt hat, als er plötzlich neben seinem Boot aufgetaucht ist. Konfisziert! Hat man so etwas schon einmal gehört?"

„Aber Ihr Bruder ist Anwalt! Wenn er sich nichts zuschulden hat kommen lassen, sollte er doch in der Lage sein, eine solche Situation aufzuklären!"

Der Polizist, der sich immer noch an dem Boot festhält, mischt sich in das Gespräch ein. Anne folgt seiner ausgestreckten Hand hinauf auf die Klippe, die sie eben umschifft haben. Tatsächlich! Sie erkennt ganz oben auf dem Grat einen einzelnen Mann.

„Der hat da wenig Möglichkeiten", meint Anne. „Ich möchte trotzdem erst das Kind sehen!"

„Da sehen Sie, wozu Sie Kömand mit Ihrer Amtsanmaßung getrieben haben! Und wer ist überhaupt diese Person?", will die Mutter von Aksel wissen.

„Frau Hauptkommissarin Kogler ist eine Kollegin aus Deutschland, die zur Zeit bei uns arbeitet. Genauer gesagt, die uns bei den Ermittlungen bezüglich der Ermordung Ihrer Nichte, Frau Brigitta Sörensen, und einer weiteren jungen Frau unterstützt!"

„Schlampe, die …!"

„Wie bitte?" Zum ersten Mal mischt sich Christian direkt in das Gespräch.

„Meine Nichte!! Hurt sich jahrelang durch Kopenhagen und Paris und jetzt sind ihr die Männer von hier nicht gut genug. Muss sich so einen Isländer kommen lassen …!"

„Gut, dass Ihre Meinung nichts zur Sache tut. Und jetzt möchten wir mit Ihrer Tochter sprechen. Sofort!"

Aksel ist endgültig die Geduld ausgegangen, und tatsächlich geht Lillis Mutter nun ohne einen weiteren Kommentar vor ihnen her.

Es dauert nur fünf Minuten, bis sie das Haus der Freundin erreicht haben. In der Tür steht eine junge Frau. Ihre entschlossene Miene und die in die Seiten gestemmten Fäuste verraten, dass sie bereits früher einen Disput mit Lillis Mutter geführt hat.

„Ich geb dir deine Tochter nicht raus, und wenn du die ganze Kopenhagener Polizei hier anschleppst. Solange dieser widerliche Kerl sich hier rumtreibt, bleibt Lilli bei uns!"

„Wir sind nicht hier, um Lilli abzuholen! Wir wollen uns nur davon überzeugen, dass es ihr gut geht. Mein Name ist Aksel Jacobsen. Ich komme aus Tórshavn." Aksel reicht ihr zur Bekräftigung seiner freundlichen Absicht die Hand.

„Aus Tórshavn! Wie dieser abscheuliche Mensch! Wo hast du die Leute so schnell her, du Hexe?"

Das ist zu viel! Anne nimmt an, dass eher die Bezeichnung abscheulicher Mensch für ihren Bruder Lillis Mutter aufgebracht hat als ihre Titulierung als Hexe. Mit hochrotem Gesicht stürmt sie vor, an Aksel vorbei, und geht auf die Frau in der Tür los. Aksel und Christian gelingt es trotz vereinter Kräfte nicht, die beiden Frauen voneinander zu trennen. Erst als ein kleines, zartes Wesen in der Tür auftaucht, lassen die Frauen voneinander ab.

„Mutter, bitte, tu ihr nicht weh! Ich komme ja mit!"

„Du bleibst bei uns! Du gehst nirgendwo hin!", keucht ihre Verteidigerin.

Lilli laufen große Tränen über die Wangen.

„Aber sie soll dir nicht weh tun!"

Anne ist entsetzt. Das kleine Mädchen, das sie aus großen, weinenden Augen anschaut, ist so dürr, dass man meinen könnte, es sei von einer schweren Krankheit gezeichnet. Ihr weißes Kleidchen schlottert an ihrem Körper, die langen, glatten Haare verbergen nicht die hohlen Wangen und knochigen Schultern. Anne fühlt sich an Bilder von afrikanischen Kindern erinnert, nur der runde, aufgeschwemmte Bauch fehlt bei Lilli.

„Noch", denkt sie.

Auch Aksel kann nicht verbergen, dass er tief betroffen von ihrem Anblick ist, als er jetzt neben ihr kniet.

So eine sanfte, einfühlsame Stimme hat Anne ihm gar nicht zugetraut.

„Du bist also Lilli?"

Das Mädchen nickt ängstlich.

„Magst du ein wenig bei deiner Freundin bleiben, Lilli? Wir müssen uns mit deiner Mutter unterhalten. Später kommen wir dann noch einmal zu dir!"

Wieder ein Nicken.

„Dann bis später!" Aksel erhebt sich wieder.

Seine Stimme ist ruhig und gefasst, als er zu Lillis Mutter spricht, aber Anne merkt ihm deutlich die unterdrückte Wut an.

„Wir begleiten Sie jetzt in Ihr Haus und ich möchte, dass Sie dortbleiben, bis wir wiederkommen. Ich verbiete Ihnen, sich diesem Haus und vor allem Ihrer Tochter zu nähern, sollten Sie dem zuwider handeln, werde ich Sie festnehmen!"

Die beiden Frauen und das kleine Mädchen sehen ihn mit großen Augen an. Damit hat keine von ihnen gerechnet.

„Was erlauben Sie sich?"

„Und ich möchte kein Wort mehr hören, bis wir Ihren Bruder festgenommen haben und uns wieder mit Ihnen befassen können!"

Anne lächelt in sich hinein. „Nicht schlecht, Aksel! So viel brauche ich dir nicht mehr beizubringen!"

Und wieder stapfen die vier durch den Ort. Lillis Mutter vorweg!

Aksel bringt sie in ihr Haus und schließt persönlich die Tür. Einen Schlüssel gibt es nicht, aber seine Drohung scheint ihre Wirkung getan zu haben.

Zum ersten Mal richtet Anne ihren Blick wieder auf die Klippe, auf die ihr Verdächtiger geflohen ist. Er sitzt noch immer dort!

Was macht das für einen Sinn? Wenn er fliehen will, warum nutzt er nicht seinen Vorsprung, und wenn er springen will, worauf wartet er? Seine Flucht hat sie schon als eine Art Schuldeingeständnis gedeutet. Aber jetzt? Anne kann sich keinen Reim darauf machen, warum Kömand dort oben sitzen bleibt, gerade so, als warte er auf sie.

Und so machen sich die drei auf den Weg den steilen Grashang hinauf.

Gjógv, 15:49 Uhr

Zu dritt! Lächerlich! Haben sie Angst vor ihm? Was soll er schon machen, hier am Ende des steilen Hanges? Ja! Sie verdächtigen ihn. Aber mehr nicht! Ein Verdacht kann entkräftet werden! Er weiß ja, dass es keine Beweise gegen ihn gibt.

Vorhin, als der andere Polizist mit dem Boot kurz nach ihm eingetroffen ist, als ihm klar wurde, dass seine kleine Lilli sich ihm entzogen hat, da war für einen Moment Panik in ihm aufgestiegen. Eine Panik, wie er sie von früher kannte. Die immer dann in ihm zu einem Reptil anwuchs, das ihm die Luft abschnüren wollte, wenn Erik glaubte, ihn ertappt zu haben. Bei einem seiner Streiche.

Aber er hat den großen Bruder immer wieder besänftigen können. Den großen, schönen, beliebten Bruder. All diese Streiche, wie er sie für sich selber nannte, seine kleine Rache! Dafür, dass er nicht so war wie Erik! Er, der Kleine, Hässliche, Unscheinbare! Dafür, dass sie alle den anderen liebten!

Die Streiche wurden zusammen mit ihnen beiden größer.

Und dann ein wirklich genialer Treffer! Siglind! Eriks Frau! Sie war etwas Besonderes, schon als sie alle noch Kinder waren. Stets hatte sie etwas Entrücktes, Unnahbares an sich gehabt. Sie, die Schönste! Die allerschönste Frau auf ihren gottverdammten Inseln.

Und natürlich war es Erik, den sie wählte! Siglind, die Zarte! Die Feengleiche! Wenn sie vor ihm her ging, sah es aus, als würde sie schweben. Ihre Stimme! Jeder Satz eine eigene Melodie! Noch heute ist es so, dass sie einen Raum, den sie betritt, vollkommen ausfüllt. Selbst der stolze Erik wirkt an ihrer Seite nebensächlich und unscheinbar!

Sogar heute noch! Heute, wo sie die meiste Zeit in der Welt lebt, in die er sie vor vielen Jahren geschickt hat. Dabei war es nicht seine Absicht gewesen. Sie waren sich begegnet. Zufällig! Die kleine Brigitta, noch kein Jahr alt, schlief in ihrem teuren Kinderwagen!

Da wusste er, dass es wieder Zeit war. Zeit für einen Streich! Dass sie mit ihrem Kopf auf eine Baumwurzel aufschlug, als er sie zu Boden stieß ... so etwas passiert eben! Und dann war sie sein. Für einen wundervollen Moment!

Damals wusste er noch nicht, dass sie nie wieder ganz zurückkehren würde! Hatte sich einige Tage mit der Angst gequält, sie könne ihn verraten! Aber nichts geschah! Während all der vielen Jahre!

Jedes Mal, wenn er in ihre Nähe kam, überfiel sie eine Unruhe, so dass sie einen Raum, wenn er ihn betrat, sofort verließ. Aber keiner machte sich Gedanken! Keiner brachte diesen Streich mit ihm, Kömand, in Verbindung! Und er hat gelernt, die Momente ihrer Verwirrung auszukosten.

Und schließlich Brigitta! Eriks Augenstern! Auch sie war sein gewesen. Unzählige Male! Niemals hat sie Erik auf diese einzigartige Weise gehört! Nur er alleine kannte jede einzelne Stelle ihres wunderbaren, jungen Körpers. Hat ihre Brüste wachsen sehen und die Haare in ihrem Schoß. Keine sechs Jahre war sie gewesen, als er zum ersten Mal die Freude genossen hat, ihren kindlichen Körper zu berühren. Damals noch sanft! Er wollte sie nicht erschrecken. Wollte ihr keinen Grund geben, ihn zu verraten. Doktorspiele, so wie Kinder sie spielen, um ihren Körper zu entdecken. Nur dass er selber schon lange kein Kind mehr war. Und ihre unbändige Neugierde auf das Leben hat ihm dabei geholfen. Genauso wie ihr Verlangen, anderen Menschen wichtig zu sein.

Dann, als sie älter wurde und ihre Spiele ernster, als sie begonnen hat, sich zu wehren und sich ihm zu entziehen, da war sie selber schon viel zu sehr verstrickt in ihre erotischen Erfahrungen, die so unschuldig begonnen hatten. Hatte selber die Aufregung zu oft genossen, und das Gefühl, von ihm auserwählt worden zu sein.

Kömand lächelt versonnen, während er in die Schlucht vor sich blickt. Es wird sich zeigen, wer der Bessere von uns beiden ist, Erik!

Gjógv, 16:25 Uhr

Der Anstieg ist so steil und hoch, dass sie über eine halbe Stunde brauchen, bis sie in Rufweite sind. Anne hat den Mann oben auf der Klippe die ganze Zeit im Auge behalten. Wie würde er reagieren? Sie kann nun erkennen, dass es auf der anderen Seite zum Meer hin viele Dutzend Meter steil in die Tiefe geht. Dort muss die schmale Schlucht sein, die sie vom Meer aus erkennen konnten. Warum läuft er nicht weg? Wieso hat er für seine Flucht einen Ort gewählt, der für ihn als Sackgasse endet?

Sie sind nun so nahe, dass es für Kömand endgültig keinen Weg mehr gibt, ihnen zu entkommen, es sei denn, er würde sich hinabstürzen.

Als sie wenige Meter hinter ihm stehen, wendet er sich langsam um. In der rechten Hand hält er eine Zigarette, die, ohne dass er einen Zug genommen hätte, bis zum Ende hinuntergebrannt ist. Die linke Hand ist fest um ein Federbüschel geschlossen, das sich bei näherem Hinsehen als einer der lustigen, bunten Papageientaucher entpuppt. Tot! Schlaff hängen der Kopf und die Flügel hinunter, während er den Vogel hochhält, um ihn zu zeigen.

„Er hat mich angegriffen!"

Natürlich hat er das getan. Ein weiterer Papageientaucher flattert aufgeregt in einiger Entfernung. Kömand hat direkt auf ihrem Nest oben an der Klippe Platz genommen.

Aksel sagt ein paar Sätze, die Christian nicht zu übersetzen braucht, weil Anne weiß, was sie bedeuten. Weil sie diese Sätze selber oft genug gesagt hat. In diesem Moment, wenn tage-, ja manchmal auch monatelange Ermittlungen ihr Ende gefunden haben. Der Täter gestellt ist. Die Suche beendet!

Als Kömand Sörensen sich erhebt, beginnt er zu lachen. In derselben Sekunde! Die kleine Nisthöhle ist eingedrückt. Alles, was darin gelebt haben könnte, zerquetscht. Er schleudert den toten Vogel auf seinen Partner, der laut schreiend das Weite sucht! „Deshalb ist er nicht geflohen", denkt Anne. „Er lacht uns aus, weil er glaubt, dass wir ihn nicht überführen können. Weil er der festen Überzeugung ist, keine Beweise hinterlassen zu haben und keinerlei Spuren, die zu ihm führen. Wer weiß, ob er vielleicht auch früher schon unerkannt davongekommen ist. Mit anderen Verbrechen!"

Sein Geist ist vollständig verblendet. Er merkt nicht, dass jede seiner Handlungen Hinweise liefert auf die schrecklichen Taten, die er verübt hat. Weiß nicht, dass er seine Familie nicht länger täuschen konnte. Dass selbst seine Schwester, die immer zu ihm gehalten hat, ihn verraten wird.

Aksel legt ihm Handschellen an. Vor ihnen stolpert er den steilen Hang wieder hinab. Und Kömand lacht weiter. Lacht, bis sie unten am Strand angekommen sind, und weiter, als Aksel ihn in das Polizeiboot setzt. Der Polizist aus Eidi bleibt dort mit ihm zurück, aber ihm ist deutlich anzumerken, wie unwohl er sich dabei fühlt.

Während sie wieder durch den Ort gehen, spüren sie die Blicke der Menschen auf sich. Durch Gardinen und Wände. Sie werden beobachtet. Irgendetwas ist hier geschehen in der Zeit, die sie benötigt haben, um Kömand von seinem einsamen Posten hoch über Gjógv zu holen.

Vor dem Haus von Lillis Mutter stehen mehrere Männer. Wie Wachposten neben der schmalen, niedrigen Tür. Stumm treten sie beiseite!

Die Frau, die sie dort drinnen empfängt, ist trotz der offensichtlichen Feindseligkeit der anderen Dorfbewohner nicht einen Zentimeter kleiner geworden. Erhobenen Hauptes, unbeeindruckt von der Menschenansammlung vor ihrem Haus, empfängt sie sie mit dem gleichen ablehnenden Gesichtsausdruck wie schon vor wenigen Stunden.

„Was haben Sie mit meinem Bruder gemacht? Sie haben ihn doch nicht allen Ernstes verhaftet?"

„Genau das ist es, was wir getan haben. Und jetzt würden wir uns gerne mit Ihnen unterhalten. Können wir uns hier bei Ihnen in die Küche setzen?" Aksel nimmt bereits unaufgefordert Platz.

„Was wollen Sie eigentlich von uns? Was glauben Sie, wer Sie sind? Kommen hier in mein Haus …!"

„Wir sind die Polizei, Frau Sörensen. Und wenn ein Verbrechen verübt wurde, haben wir alles Recht dazu, in Ihr Haus zu kommen und Ihnen Fragen zu stellen."

„Vor vielen Jahren musste ich bei meiner Hochzeit diesen Namen ablegen!"

„Und jetzt heißen Sie bitte …?"

„Joensen."

„Also dann, Frau Joensen. Lassen Sie uns zunächst einmal über Lilli sprechen. Wie war das mit Lilli und ihrem Onkel? Hat Ihre Tochter ihn schon immer so sehr abgelehnt, dass sie vor ihm weggelaufen ist?"

„Ach, Sie haben doch überhaupt keine Ahnung, wie es ist, hier zu leben. Was es bedeutet, in diesem kleinen Kaff, mit all diesen …" Ihre Hand macht eine abfällige Bemerkung nach draußen, wo inzwischen der halbe Ort versammelt ist.

„Mein Bruder hat so viel für uns getan! Und Lilli mochte ihn nicht! Können Sie sich das vorstellen? Er hat ihr Geschenke mitgebracht, Sachen, von denen wir hier draußen noch nicht einmal gehört hatten. Hat mir ihr Ausflüge gemacht mit seinem Boot. Er wollte ihr den Vater ersetzen. Aber sie hat ihn regelrecht verabscheut! Hat sich tagelang verkrochen, wenn er sich angekündigt hat, und wenn er wieder weg war, war es noch schlimmer. Unglaublich, wie undankbar ein Kind sein kann. Mein Bruder hätte alles für sie getan."

„Haben Sie sich irgendwann einmal Gedanken darüber gemacht, warum Lilli ihren Onkel so gar nicht mochte?"

„Da hätte ich ja viel zu tun, wenn ich mir jedes Mal Gedanken machen würde, wenn Lilli etwas nicht will. Wir können uns schließlich alle im Leben nicht immer die Schokoladenseiten herauspicken. Glauben Sie, mir macht das Spaß hier?"

„Warum sind Sie dann nicht von hier weggezogen? Zusammen mit Lilli?"

„Alles, was ich besitze, ist hier! Denken Sie, irgendjemand hätte mir hier mein kleines Stückchen Land abgekauft? Oder mein Haus? Hier will doch keiner her! Kömand hat immer wieder versucht, Interessenten zu finden!"

„Wer weiß, wie ernsthaft er das betrieben hat", denkt Anne. „So war es für ihn doch viel praktischer."

Aksel sieht die aufgebrachte Frau lange an. Als er dann spricht, ist es fast ein Flüstern, so ungeheuerlich erscheinen ihm die Worte, die ihm selber über die Lippen kommen.

„Glauben Sie eigentlich, dass Herr Sörensen, also Lillis Onkel, das Recht hatte, von ihr eine Gegenleistung zu fordern für alles, was er hier für Sie beide getan hat? Eine sexuelle Gegenleistung, meine ich!"

Lillis Mutter blickt zurück, zunächst auch schweigend, aber hocherhobenen Hauptes. Nur ihre Gesichtshaut hat die hektischen roten Flecken verloren, eine tiefe, einheitliche Röte breitet sich stattdessen aus. Auch ihre Antwort ist nur ein Flüstern:

„Warum meinen Sie, dass meine Tochter ein Recht hätte, ihre Dankbarkeit nicht auf jede erdenkliche Art zu zeigen? Seit wann kann man sich als kleine Rotzgöre solche Freiheiten herausnehmen?"

„Auch Kinder haben Rechte!"

„In welcher Welt leben Sie, Sie Traumtänzer?"

Als die drei eine Stunde später das Haus von Lillis Mutter verlassen, klingen diese Worte immer noch nach. Wenn es um menschliche Abgründe geht, ist man als Außenstehender wirklich ein Traumtänzer, so lange, bis man ihnen begegnet.

Natürlich weiß Anne, dass es Kindesmissbrauch gibt. Auch in der Familie, auch durch die engsten Angehörigen! Aber diese von den Sörensens gelebte Familientradition beinhaltet selbst für Anne eine neue Dimension. Etwas, was sie nicht wirklich greifen kann. Die Schatten und Ängste, die sich auf kleinen Kinderseelen ausbreiten und das Leben in Bahnen lenken, die für andere Menschen unvorstellbar sind. Emotionale Brüche, die so tief gehen, dass sie einer Frau versagen, wie eine Mutter zu empfinden. Die einem Mann die Zugehörigkeit zu seiner eigenen Familie völlig verschließen und ihn nur in Momenten der Gewalt und Dominanz lebendig werden lassen.

Und was ist mit Erik Sörensen? Seine Schwester spricht nur mit Hass und Verachtung von ihm. Er ist in der gleichen Familie herangewachsen, weder Opfer noch Täter. Ist er schon als Kind selbstbewusst genug gewesen, um sich vor Übergriffen zu schützen? Unwahrscheinlich! Oder hat seine Mutter, so lange sie lebte, eine schützende Hand über ihn halten können?

Für die Überführung seines Bruders spielt das keine Rolle.

„Manche Fragen bleiben besser ungestellt", denkt Anne. Seine Schwester hat ihnen genug Hinweise gegeben, so dass zumindest das Verhältnis zu Brigitta eindeutig belegt ist. Fast war so etwas wie Eifersucht herauszuhören, dass Kömand erst so spät angefangen hat, ihr seine Besuche abzustatten, um sich ihrer eigenen Tochter zuzuwenden.

Als sie ein paar Meter gegangen sind, fällt Anne plötzlich auf, dass die Menschenmenge sich verzogen hat. Eigentlich sollte sie jetzt erleichtert sein. Es sieht so aus, als drohe Lillis Mutter keine unmittelbare Gefahr mehr. Aber das Gegenteil ist der Fall.

Aus jedem Fenster, an dem sie vorbeigehen, starren ihnen Augen hinterher. Kinder, Greise, Frauen und Männer. Kein Schritt, den sie durch die Ortschaft tun, bleibt ihren Bürgern verborgen. Auch nicht die Tatsache, dass Lillis Mutter nicht mit ihnen geht.

Aksel und Anne sind sich einig. Zunächst wollen sie das Kind mitnehmen. Es aus diesem Ort herausholen, in dem es so viele Schrecken erlebt hat. Und weder mit dem Onkel noch mit der Mutter wollen sie es in einem Boot fahren lassen. So muss die Mutter noch einen Tag hier ausharren.

Morgen sollen sich die Kollegen aus Kopenhagen mit ihr befassen. Sollen prüfen, gegen welche Gesetze diese Frau, die selber so tief traumatisiert ist, verstoßen hat.

Auch Kömand werden sie nicht ganz bis nach Tórshavn mitnehmen können. Aksels Kollege hat ihn bereits nach Eidi überführt, wo er die Nacht in der Arrestzelle verbringen muss.

Und jetzt also Lilli!

Es dauert eine ganze Weile, bis ihnen auf ihr Klopfen hin geöffnet wird. Sie sind nicht willkommen. Mit jeder Geste drückt das die Mutter von Lillis Freundin aus, als sie ihnen schließlich die Tür öffnet.

„Lilli bleibt hier!"

„Nein, gute Frau! Das wird nicht gehen. Wir werden Lilli nach Tórshavn mitnehmen."

„Und ihre Mutter? Nehmen Sie die auch mit? Wird Lilli dort bei ihr sein?"

„Ihre Mutter wird morgen abgeholt, wir möchten sie nicht mit Lilli auf dem gleichen Boot fahren lassen."

„Sie wissen, dass ich die Schwester ihres Vaters bin?"

„Nein, das wussten wir nicht!"

„Was haben Sie mit ihrem Onkel angestellt? Kann der sie wieder in seine Finger bekommen?"

„Das halten wir für ausgeschlossen. Wir haben ihn gerade verhaftet!"

„Gut! ... Das ist gut! ... Wegen Lilli? Ich meine, wegen dem, was er mit Lilli gemacht hat?"

„Nein! Zunächst einmal nicht! Darüber wird ein Richter befinden. Es geht um eine Sache in Tórshavn!"

„Und wenn Ihr feiner Richter ihn morgen wieder gehen lässt? Der ist Anwalt, der kennt sich doch aus!"

„Davon gehen wir nicht aus."

„Der Mord ...?" Sie sieht Aksel entsetzt an.

„Haben Sie ihn deshalb ... Mein Gott ... War das nicht Lillis Cousine? Seine Nichte? Seine andere Nichte? ... Ach, du mein Gott ... dann ... dann ...!"

„Ja! Dann war Lilli auch in Gefahr! Deshalb mussten wir vorhin unbedingt sehen, ob sie bei Ihnen in Sicherheit ist."

Sie lässt sich auf die Bank vor ihrem Haus fallen.

„Das ist so entsetzlich!"

„Ja!"

„Wenn Sie wüssten, was Lilli für ein …"

Aksel hat sich zu der Frau gesetzt. Fast sieht es aus, als würde er ihre Hand nehmen. Anne und Christian ziehen sich zurück, während er leise auf sie einredet.

Schließlich nickt sie, erhebt sich mühsam.

„Sie wird mitkommen. Will Lilli nicht alleine lassen!"

„Das ist gut! Es wird die Gespräche erleichtern, Lilli vertraut ihr."

Eine halbe Stunde später folgen Lilli und ihre Tante, Agnes, ihnen zum Boot, ein kleines Bündel mit Kleidung unter dem Arm.

Das kleine Mädchen bekommt eine ängstliche Miene, als es das Boot ihres Onkels noch am Ufer liegen sieht, aber Agnes drückt Lilli fest an sich.

Während der Fahrt sagen die beiden kein Wort. Sie sitzen eng beieinander hinten im Heck.

Nachdem sie die Insel nördlich umrundet haben und in ruhigeres Wasser gekommen sind, wagt Lilli ein paar neugierige Blicke.

„Ob sie wohl schon einmal aus ihrem kleinen Heimatort herausgekommen ist?", fragt sich Anne.

Während sie an Eidi vorüberfahren, sehen sie zwei Delphine. Eine Mutter und ihr Junges. Die beiden begleiten das Boot ein Stück den Sund hinunter. Als sie beidrehen, um zurückzuschwimmen, ist Lilli im Arm ihrer Tante eingeschlafen.

8. August

Kiel-Gaarden, 09:34 Uhr

Sven hat sich dazu entschlossen, jetzt endgültig erwachsen zu werden.

Ganz alleine geht er die Treppe zu ihrer Wohnung hinauf. Er hätte bei Anke schlafen können. Ein verlockendes Angebot. Endlich einmal ungestört mit ihr und den Kindern zusammen sein. Ohne Sabines eifersüchtige Blicke. Aber die Kinder würden ihn zu sehr ablenken. Von all den Gedanken, die jetzt gedacht werden müssen. Von all den Gefühlen, mit denen er alleine fertig werden muss. Und er will es lernen, die Einsamkeit auszuhalten. Wird vielleicht für eine lange Zeit alleine leben.

Im Krankenhaus hat ihn der Arzt von Sabine besucht. Das war ein trauriges Gespräch. Aber nun hat er nicht mehr das Gefühl, alles falsch gemacht zu haben. Mit ihr. Er hat immer geglaubt, dass es in seiner Macht stünde, Sabine glücklich zu machen.

Aber nun weiß er, er alleine würde ihr nicht helfen können. Das ist nicht seine Rolle. Und das wiederum ist auch ein gutes Gefühl. Nun ruht die Verantwortung nicht mehr ausschließlich auf seinen Schultern.

Auch auf seine Kollegen wird er noch ein paar Tage verzichten müssen. Hajo hat ihn vom Dienst freigestellt. Sven solle erst einmal seinen Kopf wieder klarkriegen, hat er gesagt. Und das hat Sven sich nun fest vorgenommen.

In der Wohnung erwartet ihn ein bunter Blumenstrauß. Natürlich! Anke ist dagewesen. Zeigt ihm auf ihre Art, dass er niemals so ganz alleine sein wird.

Gegen die Stille um ihn herum hilft das Radio. Beim Kaffeekochen lässt er sich Zeit. Hat den ganzen Tag noch vor sich. In den Kieler Nachrichten ist der Held von gestern schon wieder vergessen. Belanglose Sommermeldungen füllen die Titelseite. Nur eine internationale Nachricht über die Schlussakte einer Konferenz in Helsinki, von deren Namen er noch nie gehört hat. KSZE? Vielleicht sollte er sich mehr für Politik interessieren, denkt er.

Als er mit der Zeitung fertig ist, sind die Stunden, die an diesem Tag noch vor ihm liegen, schon weniger geworden. Das Eintauchen in die Probleme anderer hat ihn abgelenkt, und als er jetzt wieder an Sabine denkt, ist die Verzweiflung ein winziges Stückchen kleiner geworden. Sie wird ja wiederkommen. Wird bei ihm bleiben. Schon bald darf er sie besuchen.

Im Badezimmer stapelt sich die schmutzige Wäsche. Sabines und seine. Anke hat ihm das nicht abgenommen. Sie wird ihm Freundin sein, Schwester, aber keine Haushaltshilfe! Sven fängt an zu sortieren. Bei einigen Stücken von Sabine hält er inne. Das haben sie zusammen in Eckernförde gekauft, das hat sie am letzten Morgen getragen, an dem er sie gesehen hat ...

Er beschließt, ihr später noch eine bequeme Hose zu kaufen, und dazu vielleicht eine neue Sommerbluse. Es wird sie freuen, wenn er an sie denkt.

Dann muss er auch Lebensmittel besorgen. Abgesehen von einer Dose Kondensmilch ist der Kühlschrank leer.

Plötzlich liegen die vielen Aufgaben vor ihm, die er heute erledigen möchte, und er hat das Gefühl, die verbleibenden Stunden des Tages könnten vielleicht noch nicht einmal ausreichen.

Kiel, Uni-Klinik, 09:35 Uhr

Silke ist aufgewacht. Ihre Blicke schweifen an der Decke des Zimmers umher. Dieses ist ein Krankenzimmer. Silke hat viele Stunden in ähnlichen Räumen verbracht. Viele Stunden in denen ihre Großmutter sich ganz langsam verabschiedet hat. Aus dieser Welt hinüber in eine andere Welt, in die sie ihre kleine Silke nicht mitgenommen hat. An sie denkt Silke während sie die Zimmerdecke betrachtet. Ihre Großmutter mit ihren wunderbar warmen Händen und ihrem lieben Blick.

Silke weiß, warum sie im Krankenhaus liegt. Erinnert sich an jede Minute der vergangenen Tage. Jede Minute, die sie in dem Kellerverlies zugebracht hat, bis sie kurz vor ihrer Rettung in eine tiefe Bewusstlosigkeit geglitten ist.

Sie weiß auch, dass der Mann, der sie gefangen gehalten hat, tot ist. Ein Polizist hat es ihr erzählt. Silke weiß vieles. Sie erinnert sich sehr genau. Sie erinnert sich an das Leben, das sie als Studentin geführt hat, und sie weiß, dass sie glücklich war. Voller Neugierde. Sie erinnert sich an den Tag, als ihre Großmutter gestorben ist. Und sie weiß, wie traurig sie damals war. Viele Tage hat sie immer wieder geweint und nicht begriffen, dass ihre Großmutter an einen Ort gegangen ist, an den sie ihr nicht folgen konnte.

Und sie erinnert sich an das Kellerverlies, in dem sie so viele Stunden verbringen musste. Sie erinnert sich, dass ihr kalt war, dass sie Hunger hatte und schließlich nur noch Durst. Und sie erinnert sich an die entsetzliche Angst, die sie jede Sekunde ihrer Gefangenschaft mit eiskaltem Griff umklammert gehalten hat.

Jetzt ist da nichts mehr von all diesen Gefühlen. Da ist keine Angst und kein Schrecken. Da ist kein Hunger, kein Durst und keine Kälte. Da ist keine Trauer, aber ist auch kein Glück.

Am Bett sitzt ihre Mutter und streichelt sanft über ihre Hand. Doch für Silke macht es keinen Unterschied, ob sie ein Buch hält oder eine Gabel oder die Hand ihrer Mutter. Es macht keinen Unterschied, ob draußen die Sonne scheint oder der Himmel wolkenverhangen ist. Es macht keinen Unterschied, ob Silke lebendig ist oder tot. All diese Gefühle sind vergessen. Es ist, als wäre Silke gestorben in dem Augenblick, als sie bewusstlos wurde, nur einen winzigen Moment vor ihrer Rettung, und als leere Hülle in dem Krankenzimmer erwacht ist.

„Über allen Gipfeln ist Ruh!"

Tórshavn, 11:15 Uhr

Thores Kräfte sind zurückgekehrt. Noch nicht alle und noch nicht sehr ausdauernd, aber als er jetzt vor Anne und Christian in seinem Bett sitzt, kommt er ihnen fast wieder wie der Alte vor.

Ganz zurückgekehrt ist in jedem Fall der Ermittler, der in ihm steckt, seit er seinen Fuß zum ersten Mal in die Polizeischule gesteckt hat. Und er spart nicht mit Kommentaren, als die beiden ihm eine genaue Schilderung der letzten Tage geben.

Ausgerechnet so ein Gutbürger, der sich selbst immer als Stütze der Tórshavner Gesellschaft verstanden hat. Und das ist all die Jahre passiert! Hier – direkt vor seiner Nase! Wofür ist er so lange Polizist gewesen, wenn er die Schwächsten nicht beschützen konnte?

„So wird es immer wieder sein, Thore! Wenn du den Anspruch hast, alle Verbrechen verhindern zu wollen, dann hast du gleich verloren."

„Gut, dass ich aufhöre!"

„Ja! Für dich ist es gut! Und du kannst auch ganz beruhigt aufhören. Aksel ist auf einem guten Weg und er ist ein prima Kerl. Die Menschen vertrauen ihm. Er kann auf sie zugehen und ihre Sprache sprechen."

„Hab ich ihm ehrlich gesagt gar nicht zugetraut."

„Ich glaube, der ist nur mit uns beiden Alten nicht zurechtgekommen. Aksel wurde immer ruhiger, je turbulenter und schwieriger die Situation war. Richtig klasse!"

„Zählst du dich auch schon zu den Alten?"

„An Dienstjahren sicherlich! Und manchmal auch an Jahren! Solche Geschichten machen mich unglaublich traurig. Müde! Wenn du langsam begreifst, wie du bei deinen Ermittlungen Schicht um Schicht Tragödien ans Licht bringst, die du selber kaum begreifen möchtest. Ich bin ganz froh, dass ich einmal nicht die ganzen Verhöre leiten muss!"

„Was haben denn die Kollegen aus Kopenhagen zu dir gesagt?"

„Die waren ganz schön baff, dass ich gar kein Dänisch spreche."

„Und dass so ein Typ wie ich die ganze Zeit als Übersetzer dabei sein musste", wirft Christian ein.

„Tja, was solltet ihr machen?"

„Das haben sie auch gesagt! Und sie waren ganz froh, dass sie nicht wochenlang hier am Ende der Welt einen wahnsinnigen Axtmörder suchen müssen."

„Sondern ihn einfach aus seiner Arrestzelle abholen können", ergänzt Christian. „Die sind ganz früh mit Aksel los, um die Geschwister Sörensen einzusammeln."

„Ich hab da kein gutes Gefühl", meint Anne. „Die Mutter von Lilli gestern in diesem Dorf zurückzulassen war sicher nicht richtig!"

„Hätt ich bestimmt genauso gemacht!"

„Vielleicht hätte ich …"

„Gib Ruhe, Anne! Weder hättest du ein Boot alleine hier nach Tórshavn zurücksteuern können noch die Nacht bei ihr bleiben und dich selber in Gefahr bringen. Das ist hier nun mal so auf den Inseln. Du musst mit den Gegebenheiten klarkommen und das Beste draus machen, und das habt ihr drei!"

„Aber wenn sie ..."

„Wenn sie sich etwas hätte antun wollen, hätte sie das hier auch geschafft! Und wenn die Leute etwas im Schilde führten, könntest du alleine sie nicht schützen."

„Das weißt du nicht!"

„Nein, aber du auch nicht! So, und jetzt lasst ihr beide mich alleine, damit ich mich in Ruhe aufregen kann!"

Als Thore sich zurücklehnt, sieht Anne ihm die Erschöpfung deutlich an. Sein Gesicht hat wieder eine graue Farbe angenommen und die Augen blicken erschöpft aus den weißen Kissen zu ihnen herüber.

„Entschuldige, Thore, wir wollten dich nicht ... Meine Güte, wir sind ja schon zwei Stunden bei dir!"

„Schon gut! Ich lebe ja noch! Jetzt haut aber ab und seht nach diesem kleinen Mädchen! Und morgen kommt ihr gefälligst wieder und haltet mich auf dem Laufenden!"

„Wird gemacht, Chef", grinst Christian.

Lilli sitzt am Fenster ihres Krankenzimmers. Wie vor ihr Mikke staunt sie über die große Stadt und die vielen Leute, die dort draußen herumlaufen. Ihre Tante ist eingeschlafen. Die ganze Nacht hat sie vor Aufregung kein Auge zutun können und über Lillis Schlaf gewacht. Dann am Morgen, als eine Psychologin zu ihnen gekommen ist und eine Menge Bilder mit Lilli gemalt und Spiele gespielt hat, statt sie auszufragen, wie sie es befürchtet hatte, da konnte sie loslassen von ihrer Sorge. Dass es hier weitergehen würde mit dem Martyrium für ihre kleine Nichte, die sie die ganzen Jahre nicht hatte beschützen können.

Als Anne und Christian in das Zimmer treten, legt Lilli einen Finger an den Mund. Leise! Sie klettert von der Fensterbank und führt die beiden hinaus auf den Flur. Mit nackten Füßen steht sie dort. Das Krankenhausnachthemd schlottert um ihren Körper. Zu groß ist es für dieses kleine, zarte Geschöpf. Wie auch die Stadt, in die sie sie gebracht haben, Lilli viel zu groß vorkommt.

„Wo ist Mutter?" Noch immer flüstert sie, als könne ihre Tante sie hinter der geschlossenen Tür hören. Oder ihre Mama.

„Deine Mutter wird jetzt auch mit dem Boot hierhergebracht. Nach Tórshavn", erklärt Christian.

„Kommt sie dann zu mir?"

Lilli sieht ihn mit ihren riesigen braunen Augen an.

„Möchtest du das denn?"

Ihr Blick geht von einem zum anderen. Fremde sie beide! Erst gestern sind sie ihr zum ersten Mal begegnet. Ihr, die in ihrem kleinen Dort fast nie neue Menschen trifft. Und doch ... sie haben sie von dort weggeholt. Dort, wo die Mutter ist und wo sie immer Besuch bekommen hat. Von ihm! Sie haben sie in die große Stadt gebracht. Hier, wo alle plötzlich so nett sind zu ihr. Lilli kann es kaum begreifen. So viele nette Menschen. Sie hat immer geglaubt, in der Hauptstadt würde es nur Menschen geben wie ihren Onkel. Menschen, die ihr wehtun.

Ganz langsam, fast unmerklich, schüttelt sie ihren Kopf. Es ist so ungeheuerlich! Ihre Mutter ist doch der einzige Mensch auf der Welt, den sie hat. Außer der Tante! Aber auch deren offene Zuneigung und Sorge ist neu für Lilli.

Bei neun Kindern im Haus war nie viel Zeit für die Tochter ihres Bruders geblieben. Und dann war da noch das Gefühl, dass im Haus ihrer Schwägerin etwas Unsägliches geschieht. Etwas, das keiner in Gjógv sehen wollte. So hat auch sie sich dem Mädchen gegenüber immer sehr distanziert verhalten. Wie alle Dorfbewohner.

Und jetzt gibt es da plötzlich diese Möglichkeit. Darf Lilli wirklich sagen: Nein! Ich will die Mutter nicht sehen. Sie ist doch die Mutter! Es gibt niemand anderen! Was, wenn sie böse wird? Sie ist so oft böse mit Lilli. Und wenn sie hört, dass Lilli sie nicht sehen will, dann ist sie bestimmt ganz furchtbar böse! Dann muss Lilli wieder weg von all den netten Menschen.

Resigniert lässt sie ihre Schultern hängen und schaut die beiden, die sie für Polizisten hält, traurig an.

„Wenn du nicht zu deiner Mutter möchtest, dann brauchst du es nicht, Lilli! Ich kann mir sogar vorstellen, dass du nie wieder zu deiner Mutter gehen musst!"

Was ist das jetzt für eine verrückte Idee, die der Mann hat? Nie wieder zu der Mutter? Wo soll sie denn hin? Darf sie denn bei diesen freundlichen Menschen bleiben? Ihre Mutter hat ihr immer gesagt: Für dich interessiert sich sowieso keiner! Da kannst du wirklich froh sein, wenn der Onkel dich besuchen kommt!

Aber ihre Mutter hat nicht recht gehabt. Sie konnte nicht froh sein, wenn sie ihn mit seinem Boot ankommen hörte. Sie konnte nur entsetzliche Angst haben, weil sie genau wusste, was geschehen würde, wenn er da war.

Vielleicht hat ihre Mutter ja auch mit dem anderen nicht recht gehabt? Vielleicht gibt es doch Menschen, die sich für sie interessieren?

So viel Neues ist in den letzten Stunden passiert. Lilli kann es noch gar nicht begreifen. Der Onkel ist gekommen, aber er hat ihr nicht wehgetan. Die Tante hat sich vor Lilli gestellt, hat sie nicht zu der Mutter zurückgelassen, und ist sogar mit ihr gekommen, um sie auch weiter zu beschützen.

Und dann diese Stadt, vor der sie immer Angst gehabt hat. Sie hat sie so freundlich aufgenommen. Alles ist anders, als sie es viele Jahre lang gekannt hat. Vielleicht ist dann auch das anders. Vielleicht braucht sie wirklich nicht mehr zu der Mutter zurück.

Und so wagt sie ein zaghaftes Lächeln!

Tórshavn, 19:24 Uhr

Die erneute Begegnung mit Lilli hat Anne und Christian tief bewegt. Den ganzen Nachmittag haben sie ungewöhnlich still nebeneinander verbracht. Jeder in seine Gedanken vertieft.

„Schade, dass wir sie nicht adoptieren können!"

„Hast du ‚wir' gesagt?" Christian, der gerade mit dem Abwasch beschäftigt ist, schaut auf.

„Hab ich?"

„Hast du!"

„Vielleicht können wir ein wenig Zeit mit ihr verbringen. Vielleicht gefällt ihr das!"

„Wir werden bald wieder aus ihrem Leben verschwunden sein!"

„Ja, ich weiß!"

„Könntest du dir vorstellen, hier zu leben?"

„Wegen Lilli, meinst du?"

„Nein! Wegen allem!"

Anne lacht zum ersten Mal an diesem Tag.

„Wegen allem! Das sind ja eine Menge Gründe! Kannst du es dir vorstellen?"

„Ich hab zuerst …".

„Jaja, ich weiß!" Anne überlegt.

„Nein! Ferien ja! Auszeit ja! Aber Leben: nein! Hier ist mir alles zu weit weg!"

„Ja, das ist es!"

„Und du, Christian? Wäre das hier ein Ort, an dem du dich wohlfühlen könntest?"

„Wohlfühlen ja! Aber leben auch nicht! Meine Freunde, meine Schwester …"

„Freunde findest du hier auch!"

„… meine Neffen!"

„Ja, die haben dir jetzt schon gefehlt, stimmt's?"

Christian nickt.

„Danke, dass du mitgekommen bist!"

„Ohne mich hättet ihr das ja gar nicht geschafft!"

„Ohne dich hätte ich das nicht geschafft!"

„Doch, Anne, das hättest du! Ich glaube, du weißt gar nicht, was in dir steckt!"

Bevor Anne etwas erwidern kann, klopft es so laut an der Haustür, dass beide vor Schreck zusammenfahren.

„Himmel, wer kommt denn jetzt noch?"

„Das kann nur Aksel sein!"

Und tatsächlich! Dieses Mal stolpert er über die Schwelle, ohne auf ein „Herein" zu warten. Rotgesichtig, müde, resigniert lässt er sich auf einen Stuhl fallen. Bringt die ganze Tragik mit sich herein, die Anne und Christian im Laufe des Tages ein wenig abschütteln konnten.

„Seid ihr jetzt erst zurückgekommen?", fragt Christian entsetzt.

„Was ist passiert?"

„Viel!"

„Hast du Hunger?", fragt Anne.

Ein Nicken und Anne steht schon am Herd, um die Suppe wieder aufzuwärmen, während Christian das Brot schneidet.

„Habt ihr diesen Kömand geholt?"

Wieder ein Nicken, während Aksel das erste Stück Brot trocken hinunterschlingt.

„Mach die Suppe lieber nicht zu heiß, Anne!"

„Und Lillis Mutter?"

Aksel hält inne und blickt sie an.

„Ich wusste es! Ist sie tot?"

Für einen Moment ist es, als hätte jemand den Pausenknopf gedrückt. Die hektische Betriebsamkeit in der Küche ruht und Anne und Christian blicken Aksel an.

Der zuckt mit den Schultern, ein paar dänische Sätze folgen, bei denen Christian vor lauter Anspannung das Übersetzen vergisst und Aksels Blick auf den Teller mit der Suppe gerichtet ist.

„Christian!!!"

Die Suppe ist in Aksels Reichweite und der hat seine Ausführungen zunächst eingestellt.

„Was ist mit ihr???"

„Äh, tschuldige! Sie ist weg!"

„Wie weg?"

„Sie ist mit dem Boot abgehauen, gestern Abend noch."

„Mit welchem Boot?"

„Das Boot von ihrem Bruder lag doch noch da! Und sie hatte wohl den Schlüssel!"

„Und haben sie sie gesucht?"

„Gesucht ja, aber nicht gefunden!"

„Mist!"

„Weit kann sie nicht sein! So ein Tank hält ja nicht ewig!"

„Die Kollegen aus Eidi suchen morgen weiter. Sind ja sozusagen vor Ort!", meldet sich Aksel.

Er ist nun deutlich entspannter, die Suppe von dem Teller und das Brot sind bereits verschwunden. Ohne zu fragen füllt Christian ihm nach. Den zweiten und dritten Teller lassen sie ihn in Ruhe essen. Anne hat noch einen Kaffee aufgesetzt und Aksel fängt schließlich an, genauer zu berichten.

„Die Haustür stand noch offen. Keinen aus Gjógv schert es, was mit dieser Frau geschehen ist. Keiner hatte Zeit, uns bei der Suche zu helfen. Sie muss losgefahren sein, als es dunkel wurde. Ein paar Leute haben sie gesehen, wie sie zum Wasser gegangen ist, und auch das Boot konnte man wegfahren hören. Aber was weiter mit ihr passiert ist, interessiert die gar nicht. Einige haben vor uns auf den Boden gespuckt, als wir nach ihr gefragt haben."

„Tja …!", sagt Anne.

Christian schenkt den frischen Kaffee ein. „Und ihr Bruder? Der ist aber heil hier angekommen?"

„Wie man es nimmt! Ich glaub, bei dem ist irgendein Schalter umgesprungen. Der hat die ganze Zeit im Boot geredet wie ein Buch! Unglaublich! Gesteht beide Morde, aber ist immer noch der Überzeugung, dass wir ihn nicht überführen können, weil er ja keine Beweise hinterlassen hat. Völlig gaga, wenn ihr mich fragt."

„Der ist doch Jurist!"

„Ein Spinner ist der, völlig quergebürstet!"

„Dann ist der Fall endgültig gelöst?", will Anne wissen.

„Die Kollegen haben alles protokolliert. Schon als er im Boot nicht aufgehört hat zu reden. Ich glaub, so einen Mörder haben die in Dänemark auch noch nicht gehabt."

„Er ist ja gar nicht mehr zurechnungsfähig", wirft Christian ein.

„Jetzt vielleicht nicht", meint Anne, „aber als er die Morde begangen hat, da war er es schon!"

„Morgen wollen sie ihn nach Kopenhagen überführen."

„Dann werde ich ja gar nicht mehr gebraucht?"

„Doch, das wirst du! Ein Kollege bleibt noch länger und will auch mit dir sprechen. Und mit Thore natürlich."

Natürlich! Das gehört dazu. Alle Fakten müssen festgehalten werden, alle Zeugenaufnahmen aufgenommen. Anne ist noch einmal froh, dass sie nicht selber die ganzen Protokolle verfassen muss.

„Und jetzt …!" Ein breites Grinsen liegt auf Aksels Gesicht, als er aus seiner Tasche eine Flasche herauszieht.

„Amtshilfe aus Dänemark für unsere von der Prohibition geknechteten Inseln!"

Anne folgt seinem Blick und zieht vorsichtshalber die Vorhänge zu. Immerhin sind sie die Polizei.

10. August

Tórshavn, 09:21 Uhr

„Nein! Du klopfst!"
„Sei nicht albern!"
„Sind das Stimmen?"
„Hört sich so an!"
„Vielleicht ist die Psychologin bei ihr?"
„Also für mich klingt das eindeutig männlich!"
„Ein Arzt?"
Die Tür geht von selber auf und die Szene, die sie vor sich sehen, überrascht Anne und Christian so sehr, dass sie sprachlos sind.

Auf dem Bett sitzt Lilli und ganz eng neben ihr eine Frau, die genauso zart aussieht wie das Mädchen. Brigittas Mutter hält die kleine Lilli fest an der Hand und lächelt ihr aufmunternd zu.

Neben dem Bett steht Erik Sörensen, in ein ernstes Gespräch mit Lillis Tante vertieft. Die einfache Frau wirkt äußerst beeindruckt von der Erscheinung und dem Auftreten ihres Gegenübers.

Obwohl Christian die beiden nur aus Annes Beschreibung kennt, weiß er sofort, wen sie vor sich haben.

Erik Sörensen öffnet die Tür ganz und nimmt dann seine Frau an die Hand. Bevor sie gehen, hockt er sich noch einmal vor Lilli auf den Boden und redet leise mit ihr. Erstaunt beobachtet Anne, dass das Mädchen vor ihm keine Furcht zu haben scheint.

„Dann ist das abgemacht!", verabschiedet er sich von Lillis Tante aus Gjógv, die ihn immer noch sprachlos ansieht.

„Ach, Frau Kommissarin", begrüßt er Anne im Hinausgehen.

„Stellen Sie sich vor, meine liebe Frau hatte eine wunderbare Idee!"

Und ohne eine nähere Erklärung abzugeben, verlässt er mit seiner Frau an der Hand die Station, und Anne denkt, dass heute wohl einer der guten Tage sein muss.

Lilli, die immer noch auf ihrem Bett sitzt, baumelt mit den Beinen und winkt ihnen zu.

„Meine Mutter ist verschwunden!", begrüßt sie sie freudestrahlend.

„Und meinen Onkel haben sie ganz weit weggebracht! Der kommt bestimmt nie wieder auf die Inseln, hat mir gestern ein Polizist erzählt."

„Und das findest du wohl großartig?", fragt Christian.

„Aber das Allerschönste ist: Ich darf bei dieser netten Dame wohnen, die gerade hier war. Sie ist auch meine Tante. Wusstest du, dass ich so viele nette Tanten habe?", will sie von Christian wissen.

„Ja, das habe ich schon gewusst", antwortet der wahrheitsgetreu.

„Bestimmt habt ihr mich deshalb hier hergebracht."

„Na ja, so ganz genau haben wir das ehrlich gesagt nicht geplant!"

Und als sie die andere Tante begrüßt haben, übersetzt Christian Anne sein kurzes Gespräch mit Lilli.

„Warum sprichst du immer so seltsam mit deiner Freundin?", möchte das Mädchen wissen.

„Meine Freundin und ich kommen aus einem anderen Land, aus Deutschland. Und sie kann leider kein Dänisch sprechen."

„Die Arme! Gar kein bisschen Dänisch?"

„Ein ganz kleines bisschen schon!"

„Dann übersetz doch mal bitte für sie: Du … bist … aber … trotzdem … eine … ganz … nette … Dame!"

Dabei betont Lilli jedes einzelne Wort so genau, dass sich selbst Lillis Tante, die noch immer gedanklich mit der neuen Entwicklung beschäftigt ist, vor Lachen die Seiten halten muss.

„Vielleicht wächst sie doch noch hinein, in ihre Kleider und das Leben hier in der großen Stadt", meint Anne, als sie zu Thore hinübergehen.

„Denn jedem Anfang wohnt ein Zauber inne, der uns beschützt und der uns hilft zu leben."

„Auch Herr Hesse hat schon gewusst, dass es immer weitergeht!"

Thore steht angezogen und mit seiner gepackten Tasche in der Hand bei der Stationsschwester.

„Mir reicht's", begrüßt er seine Besucher.

„Darfst du schon nach Hause?"

„Mit einem angehenden Arzt unter meinem Dach wird das ja wohl gestattet sein. Außerdem seid ihr beide schließlich noch da und könnt mich ein wenig pflegen."

„Als ob du das zulassen würdest!", lacht Anne.

„Ihr werdet schon sehen. Und damit ich mich nicht gleich wieder aufregen muss, sagt ihr bitte dieser Person, die meinen Haushalt führen soll, dass sie so lange Urlaub hat, wie ihr noch bei mir wohnt!"

„Olivia?"

„Kennst du jemand anderen, der von meiner Küche aus die Nachbarn bespitzelt?"

„Ich dachte, ihr zwei kommt ganz gut klar miteinander?"

„Meine Einstellung zu dieser Person hat sich in den letzten Wochen geändert!", sind Thores letzte Worte zu dem Thema. Dann marschiert er allen voran von der Station und herrscht Anne unsanft an, als sie ihm seine Tasche abnehmen will.

„Du wirst ja ein geduldiger, angenehmer Patient sein", lacht sie erneut und hakt sich stattdessen bei ihm ein.

Kiel, Uni-Klinik, 10.14 Uhr

Es ist wunderschönes Sommerwetter. Eine Amsel hat sich ganz oben auf der Birke vor dem Eingang zur Uni-Klinik niedergelassen und feiert den Tag mit fröhlichem Gesang. Zwei kleine Mädchen in bunten Kleidern springen laut lachend um einen Mann mit Krücken herum.

Silkes Mutter lächelt. Das Glück ihre Tochter wiederzuhaben lässt sie beinahe tanzen. Aber nur beinahe, denn an der Hand hält sie Silke. Ihre Tochter tritt langsam mit unsicheren Schritten vor die Tür. Ihr Blick gleitet über die beiden Mädchen hinweg, ohne sie wahrzunehmen. Kein Lächeln ist auf ihrem Gesicht zu erkennen. Keine Freude darüber, dass sie nach vielen Tagen der Gefangenschaft und ihres Aufenthaltes in der Klinik nun wieder in ihr gewohntes Leben zurückkehrt. Die Amsel schweigt und beobachtet mit schief gelegtem Kopf, wie Silke mit hölzernen Bewegungen an der Hand ihrer Mutter in das bereit stehende Taxi steigt. Dann schüttelt sie sich und fliegt in den hellen Sommermorgen.

18. August

Tórshavn, 09:15 Uhr

„Das ging jetzt alles viel zu schnell!"
„Was meinst du?"
„Anne, was machst du da unter dem Bett?"
„Hier, sieh mal, hattest du nicht zwei Socken?"
„Einen hab ich an!"
„Äh … dann …?"
„Ist doch egal! Olivia wird sich eine feine Geschichte dazu überlegen, wenn sie hier saubermacht."
„Ach, die kommt ja morgen wieder."
„Armer Thore!"
„Halt mal bitte, der Verschluss klemmt!"
„Dabei ist fast nichts drin in deiner Tasche."
„Haha! Sehr witzig! Aber recht hast du übrigens!"
„Womit?"
„Die letzten Tage!"
„Wir kennen jetzt so viele Leute hier, ist schon irre!"
„Am meisten wird mir Lilli fehlen!"
„… und Thore!"
„Ja, Thore natürlich am allermeisten!"
„Es zerreißt einem das Herz! Ist schon ganz treffend, so ein Spruch!"
„Komm jetzt runter, du Poet, ich glaube, unser Hausherr ist zurück!"
„Zurück von was? Es ist gerade mal 09:00 Uhr!"

„Er hat uns ein wenig Reiseproviant organisiert."
„Tüchtig!"
„Vielleicht denkt er, wir bekommen auf dem Schiff nichts mehr?"
„Auf jeden Fall keine Butter! Zu gefährlich!"
„Mach, dass du runterkommst, du Witzkeks!"
„Ist das als Beleidigung gemeint?"
„Absolut!"
„Dachte ich mir!"
„Wenn ich ein Witzkeks bin, dann bist du ein Glückskeks, weil du mit so einem Witzkeks wie mir ... Hallo Thore! Morgen!"
„Wolltet ihr Kekse?"
„Nein, nein, alles gut, Thore. Christian hat seine poetische Phase."
„Ach! ... Ratet mal, wen ich getroffen habe! Sanna!"
„Wen?", fragen beide wie aus einem Mund.
„Na Sanna, Mikkes Mutter!"
„Woher kennst du die?"
„Woher ...? Also ... lange Geschichte, außerdem kenn ich hier jeden!"
„Hast du mit ihr gesprochen?"
„Stellt euch vor: Ja, das hab ich! Sie saß mit einem der kleinen Jungs von ihrem Bruder vor dem Haus."
„Dann wohnt sie jetzt bei ihrem Bruder."
„Sieht so aus!"
„Vielleicht tut es ihr gut, wenn sie da ein wenig helfen kann."
„Sie hat ein bisschen erzählt. Es geht ihr hier gesundheitlich tatsächlich besser als vorher. Das Haus ist wärmer, es ist nicht so zugig, und sie geht auch endlich zum Arzt."
„Wenigstens das", meint Anne und nimmt ein letztes Mal an Thores Küchentisch Platz.
„Nette Frau!", murmelt der, während er den Kaffee aufsetzt.
„Alles zum letzten Mal heute." Christian ist schon immer sehr gut gewesen im Gedankenlesen.
„Quatsch! Ihr kommt wieder! Ich dachte, das wäre klar! Wenn ihr Lust habt, schon an Weihnachten! Das ist immer sehr gemütlich hier!"

„Da müssen wir uns wahrscheinlich schon Anfang Dezember auf den Weg machen und mindestens bis Ende Januar bleiben, weil das Wetter uns hier festhält!"

„Wäre nicht das Schlechteste, meine Blume!"

„Aber du wolltest doch Arzt werden? Und Weihnachten ohne Achim und Sönke, das geht gar nicht!"

„Stimmt!"

„Die bringt ihr einfach mit! Sind doch noch nicht in der Schule!" Auch Thore weiß natürlich über Christians Neffen Bescheid.

„Wenn das immer alles so einfach wäre!"

„Ihr macht euch das nur so kompliziert, da unten im Süden!"

„Kiel als ‚unten im Süden' zu bezeichnen ist auch mal eine interessante Perspektive", denkt Anne. „Wahrscheinlich hast du recht!"

„Euer Kapitän ist übrigens schon da!"

Anne verschluckt sich fast an ihrem heißen Kaffee.

„Das sagst du jetzt? Dann müssen wir doch los!"

„Keine Panik! Astrid und Svend wollten euch auch noch verabschieden."

„Und du meinst, der wartet darauf?"

„Der fährt schon nicht ohne euch zwei! So was wie euch hat der auch noch nicht erlebt, hat er mir gerade erzählt. Freut sich schon!"

„Sag bloß, den kennst du auch?"

„Klar! Hab ich euch das nicht erzählt?"

Die nächste Stunde geht unter in einem bunten Durcheinander aus Reisegepäck, Provianttüten, Begrüßungen, Abschied und einigen Tränen.

Als sie schließlich am Hafen stehen, sind sie von etwa zwanzig Menschen umringt. Aksels Frida und die kleine Lilli heulen um die Wette. Erik Sörensen kann seine Frau nur mühsam davon abhalten, selber an Bord zu gehen, und Aksel seine Tochter davon, ins Wasser zu fallen.

Erst als Olivia mit säuerlicher Miene auftaucht, weil ihr keiner Bescheid gesagt hat, gelingt es Christian, Anne hinter sich herzuziehen, und dem Matrosen, die kleine Gangway aufs Schiff zu hieven.

Abschied! Anne schwört sich, nie wieder so lange irgendwo hinzufahren.

„Wie kann ich denn in zwei Monaten so viele Menschen in mein Herz schließen? Ich bin doch total plemplem." Zu Hause hat sie gerade mal eine Handvoll Freunde, an denen ihr etwas liegt.

„Heulsuse!", flüstert Christian ihr zärtlich ins Ohr und nimmt sie fest in den Arm.

„Ist doch wahr, Mensch!"

Nordatlantik, 13:02 Uhr

„Ich seh nichts mehr!"

„Da ist auch nichts! Nur Wasserwüste!"

„Keine Menschen!"

„Keine Höhlen!"

„Keine Schafe!"

„Ein paar Schafe könnten wir uns zulegen. So zur Erinnerung!"

„Die staple ich dann auf meiner Veranda!"

„Anne …"

„Ja, Christian!"

„Das Leben auf deiner kleinen Veranda ist vorbei! Es gibt kein Zurück!"

„…"

„Ich werde nicht mehr neben dir leben, irgendwo im Untergrund! Ganz oder gar nicht!"

Anne sieht Christian lange an. Und Christian sieht Anne an.

„So blüht jede Lebensstufe … zu ihrer Zeit und darf nicht ewig dauern."

„Ja!"

„Es muss das Herz bei jedem Lebensrufe bereit zum Abschied sein und Neubeginne!"

„Ja!"

„Wohlan denn, Herz …!"

„Das ist jetzt aber kein Heiratsantrag?"

„Warum denn nicht?"

„Du spinnst!"

EPILOG

3. März 1976

Kiel, Altenholz-Klausdorf, 14:34 Uhr

Ein wunderschöner Vorfrühlingstag an der Ostsee. Anne ist noch einmal mit ihrem alten VW unterwegs.

Abschiedsfahrt!

Morgen wird sie ihn gegen etwas Größeres, Zeitgemäßes eintauschen. Na ja, vielleicht nicht direkt eintauschen!

Das Radio hat schon seit Monaten den Geist vollständig aufgegeben, aber auch wenn sie selber das wirklich bedauerlich findet, der TÜV hat andere Gründe, ihr diesen Abschied zu verordnen.

Anne lässt die warme Luft durch beide Seitenfenster hereinströmen und genießt die Fahrt nach dem langen Winter. Sie hat Christian im Institut nicht erreichen können und weiß schon, wo sie ihn auftreiben kann. Denn Anne möchte ihm etwas zeigen. Etwas, das nicht bis zum Abend warten kann. Anne ist viel zu aufgewühlt, um jetzt noch vier Stunden neben Sven im Büro auszuharren.

Natürlich! Da steht schon die kleine 125er, die er sich vor zwei Wochen zugelegt hat, um die Bauarbeiten zu beaufsichtigen.

„Wir werden spießig!", hat sie gedroht, als er zum ersten Mal die Idee mit dem Haus hatte. Und tatsächlich! Es passiert! Tag für Tag ein bisschen mehr! Das Haus bringt sie mit sich, die ganze Spießigkeit, man kann ihr nicht mehr entkommen. Sie reden über ihren Garten, über Einbauküchen und Wohnzimmersofas, über Kredite und Lebensversicherungen.

Und über andere Dinge! Aber das ist eine andere Geschichte, die an dieser Stelle noch nicht ihren Platz hat.

Da das Haus selber noch nicht gebaut ist, entdeckt sie ihn sofort. Die Nachbarin! Das hätte sie sich denken können. Mit hochgesteckten Haaren und ihren großen Brüsten lehnt sie sich über den kleinen Jägerzaun, den ihr Mann bei Beginn der Bauarbeiten hat errichten lassen. Als Grenze! Allerdings eine sehr uneffektive! Weder hält sie seine Kinder davon ab, abends über die Baustelle zu turnen, noch seine Frau, sie ständig in ihre kleine Hausfrauenwelt zu zerren. Rhododendrenbeete, Backrezepte und als Krönung Tupperpartys! Diese Frau würde eindeutig ein Wermutstropfen in ihrem neuen Paradies werden.

Anscheinend hat sie gerade entdeckt, dass Christian auf dem besten Weg dazu ist, Arzt zu werden.

Sehr zur Freude der Bauarbeiter ist ihre Bluse bis zum stramm gefüllten BH gelüftet, damit sie Christian ihre gut verheilte Blinddarmnarbe präsentieren kann.

Erleichtert lässt Christian sie so halb entblößt stehen, als er Anne kommen sieht, und verdreht die Augen.

„Die würde glatt ein Verbrechen begehen, nur um dich in ihren kleinen Hausfrauenkreis zu integrieren", begrüßt er Anne.

„Oder lieber dich", lacht sie.

„Was machst du schon wieder hier? Gibt es nicht irgendetwas für dich zu studieren?"

„Absolut! Ich habe mich gerade mit dem Polier über die richtige Konsistenz von Estrich unterhalten, als ich so unsittlich von jenseits des Zaunes gestört wurde."

„Und? Warum ist der Estrich noch nicht da?"

„Wird noch gerührt, glaube ich!"

„Aha!"

„Aber die Kellertreppe! Willst du eben mal mitkommen, ich wollte dir …"

„Christian, wir haben Post!"

„Wir? Wir beide, meinst du?"

„Stell dir vor!"
„Die Bank?"
„Nein! Wir haben Freunde, du und ich!"
„Also ich bestimmt nicht!"
„Ganz weit weg!"
„Amerika? Eine Erbtante?"
„Falsche Richtung! Nördlicher!"
„Ach … Thore!"
„Ich wollte den Brief mit dir zusammen lesen. Und ich wollte nicht länger warten!"
„Sehr gut gemacht! Wollen wir uns nicht dabei hinsetzen? Wo hast du eigentlich unsere Gartenstühle hingeräumt? In die Garage?"
„Christian! Du musst jetzt tapfer sein! Wir haben noch gar keinen Garten. Jedenfalls keinen, in dem man einen Stuhl aufstellen könnte. Und auch keine Garage!"
„Ach! Na, dann setzen wir uns in deine Luxuskarosse!"
„Wer liest vor?"
„Wir lesen beide, wenn du nicht so zitterst."
„Das ist nur die Aufregung!"
„Na, dann bin ich ja beruhigt!"

Liebe Anne, lieber Christian,

danke für eure Berichterstattung zu Weihnachten. Schön, dass ihr beide diesen Schritt in ein gemeinsames Leben wagt. Ich habe selten Menschen getroffen, die so gut zusammenpassen wir ihr. Die anderen beiden leben hier in meiner Nähe und lassen auch schön grüßen.
Was ich euch berichten möchte, ist vielleicht wie eine kleine Märchenstunde, wenn ihr es lest. Aber hier bei uns hat sich alles in den letzten Monaten so gerichtet, und trotz all dem Kummer, der immer noch da ist, ist es ganz gut gelungen.
Die kleine Lilli ist bei Erik und seiner Frau richtig aufgeblüht. Sie ist immer noch ein zartes, kleines Ding, aber jedes Mal, wenn ich sie sehe, strahlt sie über das ganze Gesicht. Sie geht oft mit ihrer neuen Mama, Frau Sörensen, hier spazieren, und ich weiß nie so genau, wer von beiden auf wen aufpasst.

Auch mit Mikkes Familie hat sich eine große Veränderung ergeben. Das Haus in Kirkjubøur haben sie nicht verkaufen können. Keiner will dort heute mehr leben. Nur die Cousine von Mikke hat ihre Eltern so lange belagert, bis die schließlich zugestimmt haben, selber dorthin zu ziehen. Der Vater kann auch von dort aus fischen gehen und sie können noch ein wenig Landwirtschaft betreiben. Bestimmt stehen sie sich da besser. Jetzt war da natürlich das Problem mit Mikkes Mutter. Die können sie ja schlecht wieder mit da hinnehmen. Aus allen möglichen Gründen geht das natürlich nicht. Und alleine hier in Tórshavn kann sie ja auch nicht zurechtkommen.
Und stellt euch vor, wer da ins Spiel kommt. Euer alter Freund Thore! Ich war es in den letzten Wochen endgültig leid mit Olivia. Sie ist wirklich eine schreckliche Person. Jetzt kann ich es ja sagen, wo nicht mehr die Gefahr besteht, dass sie diesen Brief liest. Vor ihr war wirklich nichts in meinem Haushalt sicher! Da hab ich sie vor zwei Wochen kurzerhand an die Luft gesetzt.
Sie wollte es gar nicht glauben, dass ihr so etwas passieren kann.
„Ich hab dich rausgeschmissen, Olivia! Und wenn du noch einmal mein Haus betrittst und in meinen Sachen schnüffelst, dann hol ich die Polizei!" Das hab ich ihr gesagt und dann ist sie gegangen. Ihr könnt euch nicht vorstellen, wir froh ich war!
Aber am nächsten Tag standen Astrid und Svend vor meiner Tür.
„So geht das nicht! Du brauchst jemanden! Du sollst das nicht alles alleine machen!"
„Diese Person kommt nicht wieder über meine Schwelle!"
Und dann hatte ich die Idee.
„Was haltet ihr von Sanna?", habe ich gesagt. Hier kennt ja jeder die ganze Geschichte und sie wussten sofort, wen ich meine.
„Aber die ist doch selber nicht gesund?"
„Papperlapapp, das ist mir egal! Sie kann wohl ein bisschen kochen, nehme ich an, und vielleicht auch einen Lappen halten. Außerdem ist sie eine ganz angenehme Person."
Damit war es beschlossen. Natürlich war Sanna überrascht, dass sie nun plötzlich eine Anstellung hatte. Und ein neues Zuhause. Das könnt ihr euch wohl vorstellen. Aber ich habe da keinen Widerspruch zugelassen, und ihre Familie war so erleichtert, dass es nun losgehen konnte mit dem Umzug, die haben mich kräftig unterstützt.

Jetzt räume ich hier noch ein wenig um. Ich ziehe nach oben in euer Schlafzimmer, sie kann ja keine Treppen steigen; und dann kümmern wir beide uns hier umeinander.
Was sagt ihr? Hättet ihr das geglaubt, als ihr weggefahren seid?
Von Kömands Familie hört man nicht viel. Ich glaube, Lasse ist mit seiner Tochter wieder nach London gegangen und Harry nach Kopenhagen. Die anderen sieht man nicht mehr hier in der Stadt. Dieser Tage wird auch der Prozess in Kopenhagen beginnen. Aksel fliegt morgen rüber. Als leitenden Ermittler haben sie ihn eingeladen. Seine Frida ist so stolz, dass sie nur noch über den Boden schweben würde, wenn das bei ihrem Gewicht möglich wäre.

Das hört sich doch wirklich an wie eine Färinger Märchenstunde, oder? Ich jedenfalls bin ganz zufrieden und glaube, ein paar andere Personen auch. Schade, dass ihr beide diesen Sommer nicht kommen könnt, aber eure Pläne in Kiel werden euren vollen Einsatz erfordern.

Mit besonders herzlichen Grüßen bleibe ich euer Freund aus dem Norden!

Thore

Als Anne den Brief sinken lässt, laufen ihr Tränen über das Gesicht.
„Sie fehlen mir!"
„Ja", meint Christian und nimmt sie in die Arme.
„Das ist das Problem, wenn man überall auf der Welt Freunde hat."

QUELLENVERZEICHNIS

Allgemeines über die Färöer Inseln
- „Die Färöer Inseln – Das Paradies nicht nur für Angler", Mauritia Kirchner, Selbstverlag: By Mauritia
- „The Faroe Islands", Liv Kjorsvik Schei and Gunnie Moberg, Birlinn limited. 2003
- „Island, Färöer-Inseln", Reise Know-How Verlag, 2003

Lyrisches
- „Ein ganz kleines Reh", Joachim Ringelnatz
- „Der Panther", Rainer Maria Rilke
- „Im Nebel", Hermann Hesse
- „Stufen", Hermann Hesse
- „Wanderers Nachtlied", Johann Wolfgang von Goethe
- „Septembermorgen", Eduard Mörike

novum VERLAG FÜR NEUAUTOREN

Bewerten
Sie dieses Buch
auf unserer
Homepage!

www.novumverlag.com

Die Autorin

Annelie Wiefel wurde 1962 in Lübeck geboren. Sie hat in Kiel Volkswirtschaftslehre studiert und ist als Direktionsassistentin tätig. Bereits 1996 hat sie ihren Debütroman „Der blaue Mond" geschrieben. Seit 2012 drehen sich ihre literarischen Werke um die Kommissarin Anne Kogler, die im Norden Deutschlands in Mordfällen ermittelt. Neben dem Schreiben zählen Sport, Reisen, Astronomie und die Gartenpflege zu den Lieblingsbeschäftigungen der Mutter zweier Söhne.

https://www.facebook.com/Anne-Wiefel-182409315975597/

novum VERLAG FÜR NEUAUTOREN

Der Verlag

„ *Wer aufhört besser zu werden, hat aufgehört gut zu sein!*

Basierend auf diesem Motto ist es dem novum Verlag ein Anliegen neue Manuskripte aufzuspüren, zu veröffentlichen und deren Autoren langfristig zu fördern. Mittlerweile gilt der 1997 gegründete und mehrfach prämierte Verlag als Spezialist für Neuautoren in Deutschland, Österreich und der Schweiz.

Für jedes neue Manuskript wird innerhalb weniger Wochen eine kostenfreie, unverbindliche Lektorats-Prüfung erstellt.

Weitere Informationen zum Verlag und seinen Büchern finden Sie im Internet unter:

w w w . n o v u m v e r l a g . c o m